GEOFF NICHOLSON

Alles und noch mehr

Buch

»Also habe ich mir gedacht, warum soll ich mein Buch nicht wie ein Kaufhaus strukturieren ...?« So sinniert Charlie Mayhew. Eines Tages wird Charlie ein großer Künstler sein, aber bis es soweit ist, verdingt er sich als Möbelträger bei »Haden Brothers«, dem größten Kaufhaus der Welt. Es wurde in den dreißiger Jahren von dem etwas verrückten Architekturgenie Edward Zander mitten in London errichtet. Wie verrückt Zander wirklich war, entdeckt Charlie, als er in der Welt draußen sein Dach über dem Kopf verliert und sich im Kaufhaus häuslich einrichtet. Denn »Haden Brothers« ist kein gewöhnlicher Konsumtempel, sondern ein Nährboden der Anarchie, ein künstlerisches Experiment, ein verwunschenes Spukschloß, unter dessen gleißender Oberfläche sich Geheimtüren, Vexierspiegel, Trompe-l'œil-Effekte, doppelte Böden und dunkle Nischen verbergen.

Über all dem thront Arnold Haden, der letzte der Haden-Brüder, in seinem antiseptisch-weißen Apartment im obersten Stock des Kaufhauses. Er hat seit Jahren keinen Fuß mehr auf die Straße gesetzt und verläßt auch seine Wohnung nur, um sich mit neuen weiblichen Angestellten in der Matratzenabteilung zu vergnügen. Nun erwartet er Vita Carlisle, um auch bei ihr sein Recht der ersten Nacht geltend zu machen. Aber Vita ist bestens gerüstet und wild entschlossen, dem Herrn den Abend gründlich zu verderben ...

Autor

Geoff Nicholson, geboren 1953 in Sheffield, studierte in Cambridge und Essex. Er hat für Radio, Fernsehen und das Theater geschrieben und mittlerweile zahlreiche Romane sowie zwei Sachbücher veröffentlicht. Einen Großteil des Romans »Alles und noch mehr« verfaßte Nicholson im Warenhaus-Café von Selfridge in London.

Wenn Nicholson nicht gerade verschiedene Wüsten bereist, lebt er in London.

Weitere Romane des Autors sind bei Goldmann in Vorbereitung.

Geoff Nicholson

Alles und noch mehr

Roman

Aus dem Englischen von
Gunnar Kwisinski

GOLDMANN

Die Originalausgabe erschien 1994 unter dem Titel
»Everything and more«
bei Victor Gollancz, London

Umwelthinweis:
Alle bedruckten Materialien dieses Taschenbuches
sind chlorfrei und umweltschonend.

Der Wilhelm Goldmann Verlag ist ein Unternehmen
der Verlagsgruppe Random House GmbH

Taschenbuchausgabe August 2001

Umschlaggestaltung: Design Team München
Umschlagfoto: Mauritius/AGE
Satz: Uhl + Massopust, Aalen
Druck: Elsnerdruck, Berlin
Titelnummer: 44338
AB · Herstellung: Heidrun Nawrot
Made in Germany
ISBN 3-442-44338-5
www.goldmann-verlag.de

1 3 5 7 9 10 8 6 4 2

Der Literatur verdanke ich viele wertvolle Ideen und einige sehr handfeste Erfolgsrezepte.

H. GORDON SELFRIDGE

1

Große Eröffnung

Das Kaufhaus ruht im Dunkeln, wartet auf die morgendliche Öffnung und die Anwesenheit des Menschen. Die Rolltreppen stehen still. Die Klimaanlage schweigt. Die Teppiche sind gesaugt und für den Ansturm gerüstet. Es ist soweit. Die Vorarbeiten sind abgeschlossen. Die Waren stehen für Sie bereit. Alles ist von höchster Qualität, ansprechend arrangiert und reizvoll verpackt.

Die Regale und Gestelle, Kleiderstangen und Drehständer biegen sich unter ihrer Last. Jedes Stockwerk, jede Abteilung, jeder Gang und jeder Verkaufstisch ist gut bestückt und zeigt, was er zu bieten hat: Von Taschenrechnern über Hochzeitsmoden, vom Schottland-Shop bis Mister Minit, von der Haustierabteilung bis zum Wickelraum ist alles wohlgeordnet, gut erreichbar und übersichtlich präsentiert. Die Angestellten waren fleißig. Die Systeme sind eingerichtet: Systeme für die Buch- und Lagerhaltung, für Notfälle und zur Warensicherung und Angebot und Nachfrage.

Und das nur für Sie. Wir garantieren besten Service. Wir stehen ganz zu Ihrer Verfügung. Wir danken Ihnen für Ihre langjährige Unterstützung in schwierigen Zeiten. Sie sind unser wichtigster Kunde. Sie haben immer recht.

Das Berühren der Ware ist erwünscht. Fühlen Sie die Qualität. Erleben Sie unser reichhaltiges Angebot. Sehen Sie sich ungestört um. Bummeln Sie in aller Ruhe durch die Abteilungen, genießen Sie es, nehmen Sie sich einen ganzen Tag Zeit. Schwelgen Sie im Luxus. Laben Sie sich an den süßen Düften der Parfümerie und den verlockenden Gerüchen der Bäckerei und von Mr. Cappuccino's Coffee Shop. Werfen Sie Ihre Sorgen über Bord. Lassen Sie sich verwöhnen. Gönnen Sie sich etwas Besonderes, leben Sie ein wenig. Leben Sie viel.

Auf dem Dach des Kaufhauses, das seinen Namen trägt, lehnt sich Arnold Haden, der letzte lebende Haden-Bruder, im kargen Weiß seines Penthouses zurück. Er ist ein großer, weicher Mann, zart, aber nicht zerbrechlich, jugendlich, aber nicht jung.

Er sagt: »Es ist die alte Geschichte. Der Verrückte stellt seine Staffelei auf, um die ganze Welt und alles, was darin enthalten ist, zu malen.

Er arbeitet beharrlich und kommt so lange gut voran, bis er merkt, daß er zur Vervollständigung seiner Arbeit ein Porträt seiner selbst beim Malen der ganzen Welt und allem, was darin enthalten ist, ins Bild aufnehmen muß.

Und nicht nur das. Dann muß er sich beim Malen seiner selbst malen, der sich beim Malen seiner selbst malt, wie er sich selbst malt, und so weiter. Ich glaube, das nennt man Regression. Das könnte ihn in den Wahnsinn treiben, wenn er dort nicht schon wäre.

Bei einem Kaufhaus wie Haden Brothers ist es ganz ähnlich. Wir pflegen zu sagen, daß es hier alles und noch mehr gibt. Das ist unser Slogan, das Motto, mit dem wir unsere Kunden anlocken. Wenn Sie eine Stecknadel, einen Elefanten, einen Ron-Arad-Big-Easy-Sessel oder eine Aldo-Rossi-La-Conica-Espressokanne aus rostfreiem Stahl suchen – wir haben es. Aber können Sie hier herkommen und ein Kaufhaus kaufen, in dem man alles und noch mehr kaufen kann? Nun ja, wir haben zwar eine Immobilienabteilung, aber dennoch, nein, eigentlich nicht. Und können Sie hier herkommen und ein Kaufhaus kaufen, in dem man ein Kaufhaus kaufen kann, in dem man …? Und so weiter. Wieder eine Regression.

Noch haben wir bei Haden Brothers diesen Grad philosophischer Reinheit nicht erreicht, und wahnsinnig sind wir auch noch nicht, aber das eine kann ich doch über uns sagen: Haden Brothers ist alles, was der Fall ist.«

Der Anruf erreicht Arnold Haden durch seine Sekretärin, die ihm mitteilt, daß Miss Vita Carlisle ihn nun doch persönlich treffen möchte. Nach langem Überlegen ist sie zu einer Entscheidung gekommen und schlägt vor, ihn nach Geschäftsschluß um sieben in seiner Wohnung zu besuchen.

Für Arnold ist es fast zu schön, um wahr zu sein. Zuerst vermutet er, seine Sekretärin hätte die Nachricht falsch verstanden, obwohl sie sonst absolut zuverlässig ist. Er kann es einfach nicht so recht glauben. Darauf hat er schon so lange gewartet. Dann fragt er sich, ob es sich um einen Streich handelt, eine Hinhaltetaktik, um ihn dann durch weitere Zurückweisungen noch tiefer in Frust und Enttäuschung zu stürzen. Aber das hält er dann doch für unwahrscheinlich. Bisher war das nicht Vita Carlisles Stil. Zu vorsätzlicher Grausamkeit scheint sie nicht zu neigen. Nichtsdestoweniger hat ihn ihre Gleichgültigkeit verletzt. Also trägt sein Werben doch endlich Früchte. Sie wird schwach, ist bereit, sich ihm hinzugeben – zumindest würde sie es heute abend um sieben sein. Seine Überzeugungskraft, seine Appelle und bestimmt auch seine Geduld sollten sich schließlich auszahlen. Dennoch braucht er eine Bestätigung und ruft über das hausinterne Telefonnetz in der Abteilung an, in der sie, wie er weiß, arbeitet.

Sie ist selbst am Telefon und sagt: »Gardinen und Dekostoffe.«

»Miss Carlisle?«

Natürlich erkennt sie seine Stimme sofort, antwortet aber nicht.

»Vita?«

»Ja, Mr. Haden.«

»Ich habe Ihre Nachricht erhalten, Vita. Bedeutet es, was ich glaube, das es bedeutet?«

»Bitte, Mr. Haden. Ich stehe hier mitten in einer überfüllten Abteilung.«

»Tut mir leid. Ich weiß, daß ich Sie nicht bei der Arbeit anrufen sollte, selbst wenn Sie für mich arbeiten. Aber wenn es bedeutet, was ich glaube, das es bedeutet, kann ich Ihnen gar nicht sagen, wie glücklich ich bin.«

»Können Sie nicht?«

»Na ja, schon, wenn Sie mir eine Chance geben.«

»Vielleicht sagen Sie es mir dann später.«

»Um sieben, ja, sicher, wenn Sie möchten, aber warum so lange warten? Warum kommen Sie nicht jetzt gleich herauf?«

»Ich fürchte, hier warten Kunden auf mich.«

»Ja, natürlich. Das ist sehr verantwortungsbewußt von Ihnen, trotzdem frage ich mich ...«

»Es wird mir ein Vergnügen sein, Ihnen später dabei behilflich zu sein«, sagt sie, und er bemerkt eine plötzliche Kälte in ihrer Stimme.

»Was ist los? Können Sie nicht frei sprechen? Steht die Kundin neben Ihnen? Kümmern Sie sich nicht darum.«

»Ja, sieben Uhr. Vielen Dank für Ihren Anruf.«

Nicht, daß sie ihn einfach abgehängt hätte, aber plötzlich

ist die Leitung tot, und sie hat sich schnell und effizient dem nächsten Kunden zugewandt. Arnold Haden schießen faszinierende Bilder von ihr bei der Arbeit in der Abteilung für Gardinen und Dekostoffe durch den Kopf, wie sie höflich und bestimmt, aufmerksam und freundlich beratend viele Waren verkauft. Dann verzerren sich die Bilder plötzlich und werden zur Vision. Wie im Traum sieht er sie nackt vor sich, wobei sie aber weiterhin ihren Pflichten in der Abteilung nachkommt, die Kasse bedient, Stoffmuster heraussucht für Kunden, die ihre Nacktheit absolut nicht wahrnehmen, völlig immun sind gegen die weiße Perfektion ihres Körpers. Er ist nicht so immun.

Den Rest des Tages verbringt er in kaum zu zügelnder Vorfreude. Er schwebt in einem Zustand pubertärer Nervosität und Erregung, die durch nichts im Zaum gehalten werden kann. Im Lauf des Nachmittags duscht er mehrmals, bestellt eine Maniküre und einen Friseur aus dem Kaufhaus nach oben, damit er ordentlich und gepflegt aussieht. Er wählt seine neusten, saubersten, weißesten Kleidungsstücke, vergewissert sich, daß sein Lager reich bestückt ist mit kühlem Weißwein und Champagner, läßt seine Dienstmädchen kommen, die die weißen Teppiche saugen, das Bett mit frisch gestärkten weißen Laken beziehen und frische weiße Lilien in die Vasen stellen. Er ist nicht so naiv zu glauben, Vita Carlisle wäre noch Jungfrau, und doch hat er das Gefühl, daß dieses Treffen etwas Besonderes, ein neuartiges, jungfräuliches Ereignis werden könnte. Er schickt seine Sekretärin früh nach Hause. Seinen Hausangestellten wird mitgeteilt, daß er für niemanden zu sprechen ist. Die Telefone werden abgestellt. Nichts darf seine Vergnügungen mit Vita Carlisle stören.

Kurz vor der vereinbarten Uhrzeit hört er das Surren seines Privataufzugs. Der Portier im Erdgeschoß wurde angewiesen, niemanden außer Vita Carlisle hereinzulassen, es kann also nur sie sein. Er wartet im schlichten, sparsam möblierten Vorzimmer, in dem der Fahrstuhl ankommt. Er bezieht an einem der Panoramafenster Stellung und nimmt eine Pose ein, die, wie er hofft, nonchalant und ungekünstelt aussieht. Die Spannung wird mörderisch.

Der Fahrstuhl kommt an, die Tür geht auf, und plötzlich ist sie bei ihm. Obwohl ihm all ihre Gesichtszüge und Gesten ins Gedächtnis eingebrannt sind, hat sie etwas Frisches und Überraschendes an sich. Sie trägt nicht mehr ihre Arbeitskleidung, sondern ein langes, helles, locker fallendes Baumwollkleid; sommerlich und sittsam – nicht daß es Arnold Hadens Gedanken sittsamer machen würde.

»Hallo, Vita«, sagt er.

»Hallo, Mr. Haden. Arnold.«

»Danke«, sagt er. »Ich denke, es ist an der Zeit, daß wir uns duzen.«

Sie antwortet nicht. Sie wirkt ruhig und bedacht. Arnold Haden verspürt einen instinktiven Drang, sich beherzt, wenn auch etwas unbeholfen, auf sie zu stürzen, sie auf der Schwelle der Fahrstuhltür mit Gewalt zu nehmen, aber er weiß, daß sie daran keinen Gefallen finden würde. Sie ist eine kultivierte junge Frau, der er Zeit und Raum lassen muß. Er verharrt in seiner Pose, während sie durchs Zimmer geht, nicht auf ihn zu, sondern zu einem anderen Fenster, gut drei Meter entfernt, wo sie stehenbleibt und auf die von Menschen, Taxis und geparkten Wagen belebte Straße hinunterblickt.

Sie klopft mit der rechten Hand gegen die Scheibe. »Panzerglas?« fragt sie.

Ihn überrascht diese Frage, aber er nickt bestätigend.

»Ich nehme an, du fühlst dich hier oben sicher«, sagt sie.

Im Moment ist er bis an den Rand des Schwachsinns verunsichert. Die Muskeln in seinen Kniekehlen haben ein neurotisch zuckendes Eigenleben entwickelt, aber er stimmt ihr zu, daß er hier oben das dringend notwendige Gefühl von Sicherheit und Abgeschiedenheit verspürt.

»Selbst wenn auf der Straße eine Bombe hochginge, würde dir hier oben nichts passieren, oder? Vielleicht würdest du die Druckwelle bemerken, das eine oder andere Bild könnte von der Wand fallen ...«

»Ich habe keine Bilder an den Wänden«, sagt er hastig.

»Aber nichts könnte dich ernsthaft in Gefahr bringen, oder?«

»Nichts würde ich nicht sagen. Ich meine, ich würde es auch gar nicht darauf ankommen lassen wollen, aber es ist schon so gedacht, daß ich hier sicher bin.«

»Kann ich dir absolut nicht verdenken«, sagt sie charmant.

Er ist froh darüber, daß sie Verständnis hat und ihr seine Sicherheit offenbar am Herzen liegt. Viele Menschen halten seine Isolation für den exzentrischen Spleen eines reichen Einsiedlers.

»Terroristen jagen dir also keine Angst ein?« fährt sie fort.

»*Keine* Angst ist vielleicht zuviel gesagt.«

»Aber wieso? Sieh dir doch nur mal die Autos da unten an, zum Beispiel den blauen Ford, den roten Vauxhall Kombi, den weißen Renault. Selbst wenn jeder dieser Wagen bis oben hin mit Sprengstoff vollgepackt wäre und die Polizei keine Warnung bekäme, selbst wenn das dann explodiert, und sogar, wenn im Kaufhaus auch noch Bomben versteckt wären, sagen wir ein paar Brandbomben, Rauchbomben und Splitterbomben, und selbst wenn die alle hochgingen – nicht einmal dann würde dir etwas passieren, oder, Arnold? Du würdest vielleicht ein paar Kunden verlieren, ein paar Angestellte, ein bißchen Ware, aber dir ginge es gut. Dir würde es absolut nichts ausmachen, oder?«

Arnold Haden findet dieses Gespräch überflüssig und alles andere als erotisierend, trotzdem will er ihre augenscheinlich echte Besorgnis nicht einfach so beiseite wischen.

»Ich bin sehr um das Wohlergehen unserer Kunden und Angestellten bemüht«, sagt er, »und den Verlust von Ware könnte ich absolut nicht ertragen.«

»Ach, komm schon, Arnold. Du klingst wie das Handbuch für Mitarbeiter.«

Er lächelt, genießt ihren plötzlichen Humor. Ihre Schwatzhaftigkeit wertet er als Beweis dafür, daß sie ebenso nervös und aufgeregt ist wie er. Das stört ihn keineswegs, bringt ihn aber zu dem Entschluß, die Initiative zu ergreifen. Er geht hinüber, aber sie wendet ihm immer noch den Rücken zu, dreht sich nicht um, sondern blickt einfach weiter aus dem Fenster. Er berührt ihren Nacken, worauf sie zwar nicht zurückzuckt, aber auch sonst keine Reaktion zeigt. Das gefällt ihm nicht. Sie soll elektrisiert sein von seiner Berührung. Sie soll sich ihm hingeben, aber nicht untätig sein.

»Auf diesen Moment habe ich lange gewartet«, sagt er.

»Ich weiß. Ich auch.«

»Aber ich denke, das war es wohl wert. Der gesteigerte Lustgewinn durch die Verzögerung der Befriedigung und alles was so dazu gehört.«

»Ich denke, ich weiß, was du meinst.«

»Mir ist durchaus bewußt, daß ich nicht das Recht habe, dir diese Frage zu stellen, Vita, aber ich wage es trotzdem: Warum hast du es dir anders überlegt?«

Er fängt an, sanft ihren Nacken zu massieren, und bildet sich ein, daß ein schwacher Erregungsschauer ihren Körper hinabläuft.

»War es einfach nur meine Beharrlichkeit? Oder eine plötzliche Eingebung? Oder hat sich in deinem Leben etwas verändert?«

»Sowohl als auch«, sagt sie kurz, und er bemerkt ihr Ausweichen, ihren Widerwillen zu antworten.

»Aber das spielt ja auch keine Rolle, Hauptsache, du bist hier«, sagt er, um sie nicht unter Druck zu setzen.

Er rückt ganz nah an sie heran, preßt sich an ihren Rücken. Ihr Hintern schmiegt sich in sein Becken, ihr Kopf lehnt an seiner Schulter, und ihr blondes Haar streicht über sein Gesicht. Er holt tief Luft. Seine Hände gleiten nach vorn, bewegen sich zielstrebig auf ihre Brüste zu. Er ergreift sie, drückt sie einen Augenblick, merkt, daß er zu hastig vorgeht, sie zu sehr bedrängt, läßt los, doch er kann sich nicht beherrschen. Seine Hände wandern ihren Brustkorb herab zur Taille, von dort zu ihrem Bauch, und ab da läuft dann plötzlich etwas grundlegend falsch.

Unter ihrem weit geschnittenen Baumwollkleid hat sie etwas sehr Eigenartiges; viele Riemen und Gurte. Zuerst meint er, es könnte sich um eine Art Korsett oder Reizwäsche handeln. Das wäre sehr aufmerksam von ihr, wenn es auch nicht ganz seinem Geschmack entspräche, und doch sagt ihm eine innere Stimme, daß er es mit etwas Komplizierterem als Dessous zu tun hat, und als seine Hände ihren Weg nach unten fortsetzen, stoßen sie auf etwas Hartes, Zylindrisches, das sich im ersten Augenblick ausgesprochen phallisch anfühlt. »O mein Gott. Sag bloß, ich habe die ganze Zeit versucht, einen Transvestiten oder Transsexuellen zu verführen.« Aber dieser Zylinder hat nichts Fleischiges oder Sinnliches an sich, und er spürt, daß mehrere dieser verdammten Dinger in einer Reihe vor ihren Unterleib geschnürt sind. Er läßt von ihr ab und tritt zurück.

Sie dreht sich zu ihm um. Das Kleid hängt immer noch locker, so daß er nicht erkennt, was sie darunter trägt, aber liebenswürdigerweise bückt sie sich, nimmt den Saum und hebt den Rock langsam und verlockend hoch, erst bis über die Knie, dann bis über die Schenkel und dann bis zur Hüfte, und entblößt so ein Dessous, wie er es noch nie gesehen hat, und das bei genauerem Hinsehen auch gar keine Unterwäsche ist.

Bei den drei harten Zylindern handelt es sich um mit Gurten und Pflastern befestigte Dynamitstangen samt Zündern und diversen Kabeln, die zu einem Schalter an ihrem Nabel führen. Er fragt sich, ob er Vita Carlisle völlig falsch eingeschätzt hat und sie nicht das junge, unbeschwerte Ding ist, für das er sie gehalten hat, sondern ob sie ihm eine Rolle in einem geheimnisvollen und bizarren Sexspielchen zugedacht hat, einem perversen Rollenspiel, das er nie von ihr erwartet hätte. Aber tief im Herzen weiß er, daß dem nicht so ist. Es geht nicht bloß um Sex.

Sie sagt: »Das ist genug Sprengstoff, um uns beide in Fetzen zu reißen.«

Er hegt keinerlei Zweifel. »*Willst* du uns beide in Fetzen reißen?« fragt er.

Sie überlegt kurz. »Weiß ich noch nicht«, sagt sie. »Aber auf jeden Fall wäre es eine Möglichkeit, nicht wahr?«

»Ja, das wäre es«, gibt er zu.

»Wenn du versuchst, einen Wachmann zu rufen, mir das abzunehmen oder mich zu überwältigen, werde ich nicht eine Sekunde zögern.«

»Ich würde nicht einmal im Traum daran denken.«

»Das ist sehr vernünftig«, sagt sie.

»Gibt es noch Alternativen?« fragt er freundlich.

»Was?«

»Ich meine, besteht die Möglichkeit, daß du uns *nicht* in Fetzen reißt?«

Es ist eine ernstgemeinte Frage, eine Bitte um Auskunft.

»Ich denke schon«, sagt sie, klingt aber weder überzeugt noch überzeugend.

»Willst du etwas von mir?« fragt Arnold Haden. »Zum Beispiel Geld?«

»Nein, ich glaube nicht.«

»Oder brauchst du etwas Bestimmtes, einen Gefallen, kann ich etwas für dich tun?«

»Ich weiß nicht genau. Schon möglich. Ich muß darüber nachdenken.«

Arnold Haden sieht sie mit einer Miene an, die, wie er hofft, Besorgnis ausdrückt.

»Laß dir beim Nachdenken soviel Zeit, wie du brauchst«, sagt er, ohne zu flehen. Es klingt nicht nach einer Verzögerungstaktik. Er will Vita wirklich nicht in Zeitdruck bringen.

»Du nimmst das wahnsinnig gefaßt auf, das muß man dir lassen, Arnold«, sagt sie sarkastisch.

»Ja, nicht wahr?«

»Wie kommt das?«

»Weil ich so etwas befürchtet habe, Vita. Ich habe mein Leben lang damit gerechnet.«

ARNOLD HADEN: Ja, es stimmt, ich habe gerne mit hübschen jungen Frauen geschlafen. Daß einige von ihnen, um nicht zu sagen die meisten, Angestellte von Haden Brothers waren, liegt auf der Hand. Haden Brothers ist meine Welt. Hier lebe ich. Ich bin damals nicht oft rausgekommen. Ich gebe zu, daß ich auf zwischenmenschlichem Gebiet nicht sehr bewandert war. Das ist schließlich kein Verbrechen. Und wenn Sie jetzt sagen, daß diese sexuellen Zusammenkünfte nicht sonderlich bedeutsam, geistvoll oder erhebend waren, müßte ich Ihnen wahrscheinlich beipflichten. Aber andererseits darf ich sagen, daß sie harmlos und nicht weiter ausbeuterisch waren. Ich habe den jungen Frauen genau gesagt, was ich von ihnen wollte, und so schlimm war das alles nicht. Ich wollte Sex. Ich habe ihnen nichts vorgespielt. Ich habe nie behauptet, daß ich sie liebe. Ich habe ihnen weder die Ehe noch eine Karriere bei Haden Brothers versprochen. Ich war offen und ehrlich. So mache ich alle meine Geschäfte.

Und, ja, ich weiß, daß man sagen könnte, mein Geschmack sei etwas eintönig gewesen, etwas berechenbar. Ich mochte junge, unschuldige, frische, blonde, makellose und saubere Mädchen. Sauberkeit ist mir seit jeher wichtig. Ich habe Wert auf natürliche, ungeschminkte Frauen gelegt, und Vita Carlisle paßte perfekt in diesen Rahmen, entsprach diesem Schema, war fast schon ein platonisches Modell, mein Ideal einer begehrenswerten jungen Frau. Aber ganz so einfach war es nicht.

Oberflächlich betrachtet mag es aussehen, als sei Vita Carlisle nur eins von Mr. Hadens Mädchen gewesen, und anfangs wollte ich auch gar nicht mehr von ihr. Aber im Laufe der Zeit, je länger sie Widerstand leistete, wurde sie in meinen Gedanken, und vielleicht nicht nur da, zu etwas anderem, etwas ganz Besonderem und Einzigartigem und wirklich ganz Wunderbarem. Ohne es zu überspitzen oder mich in Larmoyanz zu ergehen, muß ich doch sagen, daß ich mich in sie verliebt hatte.

VITA CARLISLE: Als Mensch hat er mich natürlich angewidert. Wie hätte es anders sein können: ein Mann seines Alters, nicht sehr gutaussehend, nicht besonders gut in Form, weder geistreich noch charmant oder intelligent – trotz der hohen Meinung, die er von sich hatte. Ich dachte, Arnold

Haden wäre ein sehr unterentwickeltes menschliches Wesen, und ich verstehe, warum er Probleme hatte, Beziehungen zu Frauen aufzubauen.

Theoretisch halte ich Prostitution nicht für eine besonders verwerfliche Form menschlicher Interaktion. Wenigstens gibt es klare Regeln. Ein Tauschmittel wird eingesetzt, und die Machtverhältnisse sind, zumindest für die Dauer der Transaktion, klar definiert. Hätte Arnold Haden sich einfach eine Reihe Callgirls bestellt, dann würde ich etwas Mitleid empfinden und ihm erheblich mehr Respekt entgegenbringen. Widerlich fand ich, daß er nicht davor zurückschreckte, einige seiner weiblichen Angestellten (ausnahmslos die jungen, schutzlosen und wenig erfahrenen) in ein Beziehungsgeflecht einzubinden, bei dem die Kontrolle über das Tauschmittel fast vollständig bei ihm lag. Vielleicht würden einige der Mädchen sogar sagen, daß sie gerne mit ihm ins Bett gegangen sind, und vielleicht hat es ihnen etwas gegeben, das ihnen weitergeholfen hat – das heißt aber nicht, daß sie nicht ausgebeutet wurden. Wie hätten sie in einer Transaktion gleichwertige Partner sein können, bei der die Machtverhältnisse so ungeheuer ungleich verteilt waren?

Ich dachte, Arnold Haden würde die Mädchen gebrauchen und mißbrauchen. Unter anderem war er korrupt, pervers und gefährlich. Aber genaugenommen hat das nichts damit zu tun, warum ich in sein kleines Penthouse auf seinem Kaufhaus gegangen bin und gedroht habe, ihn in Fetzen zu reißen.

CHARLIE MAYHEW: Die Suche nach dem Sinn ist doch wohl immer die Suche nach der Struktur. Besonders Romanciers erkennen oft die Notwendigkeit eines festen, stützenden und leitenden Gerüsts für ihre Bücher. Das kann mythologisch und/oder ironisch und/oder willkürlich sein. So kam

James Joyce auf die *Odyssee*, Primo Levi auf das Periodensystem, Georges Perec auf sein Pariser Mietshaus und so weiter. Manche dieser Strukturen sind weitaus tragfähiger als andere.

Also habe ich mir gedacht, warum soll ich mein Buch nicht wie ein Kaufhaus strukturieren? Es wäre leicht zugänglich, mit sehr schicken Schaufensterdekorationen, einem Schnäppchenmarkt, Sonderposten, Informationstafeln, Souvenirs, Gratisproben, Geschenkverpackungen, Rätseln und Spielen, zum Jahresende eine Krippenschau, alles wäre deutlich ausgeschildert und mit vielen Notausgängen und Feuertreppen versehen.

Aber mehr noch ist ein Kaufhaus eine große Ansammlung von Material. Eine Welt der Objekte. Auch wenn dort vielleicht nicht alle Aspekte menschlichen Lebens vertreten sind, so fehlt doch kaum etwas an begehrenswerten Konsumartikeln. Und das Kaufhaus unterteilt diese Objektwelt nach völlig willkürlichen Prinzipien: in Stockwerke, Abteilungen und Unterabteilungen, dazu noch der eine oder andere Franchise- oder Shop-in-Shop-Lizenznehmer, wobei jeder Bereich seine eigenen Erfahrungs- und Wissenskategorien aufweist, ein eigenes Stück Welt enthält. Das ist doch wohl eine ziemlich zweckdienliche Struktur. Das ist doch wohl das, was jede Form in der Kunst macht.

Und natürlich gibt es Menschen im Kaufhaus: die mehr oder minder stabile Bevölkerungsgruppe der Angestellten und die mehr oder minder variable Gruppe der Kunden. Sie existieren innerhalb der Struktur. Sie füllen sie mit Leben, sind ihr aber gleichzeitig untergeordnet. Strukturen sind Steuerungsinstrumente – sowohl für Menschen als auch für Kunstwerke.

Im Zentrum des mir vorschwebenden Buchs stünde ein Wortspiel, das Sie je nach Standpunkt als äußerst bedeutsam oder ziemlich lahm ansehen können. Es würde das Wort verkaufen betreffen, das in erster Linie den Handel mit Waren, aber auch mit Dichtung und Wahrheit meint. Ein Autor muß seinen Lesern seine Ware gut verkaufen, und ein Kaufhaus ist ein Ort voll wahrer und erfundener Geschichten.

Wenn man nicht aufpaßt, kann das Ganze schnell zu einer an Chaucer angelehnte Sammlung werden, mit der Erzählung der Schreibwarenverkäuferin, der Erzählung der Gattin des Kunden in der Delikatessenabteilung, und so könnte es langweilig immer weitergehen. Das wäre dann zwar eine Struktur, allerdings keine sehr ansprechende.

Natürlich brauchen wir Geschichten, und sie können in sich eine Art Struktur bilden, aber es gibt noch andere bedeutsame Elemente. Bedeutung kann in einem Graffito liegen, in der Farbzusammenstellung, im Arrangement eines Gedecks oder im Kauf eines neuen Schwingdeckel-Mülleimers. Das abnehmende Licht in den Kaufhausfenstern, der Winkel eines Spotlights, die Form eines Sonderverkaufsstands – all diese Dinge sind Bedeutungsträger, aber keine Geschichten. Wir benötigen eine Struktur, die beides enthalten kann.

Das Buch enthielte ein kleines und weniger wesentliches Wortspiel mit dem Verb ›kaufen‹, das in erster Linie das Erstehen von Waren meint, umgangssprachlich aber auch vorknöpfen oder im Polizistenjargon jemanden festnehmen heißen kann. (Dies kann man natürlich vorantreiben, indem man ›Geschichten erzählt‹.) Ich weiß nicht, ob diese zweite Bedeutung im amerikanischen, australischen oder südafrikanischen Englisch einen Sinn ergibt, von Übersetzungen mal ganz zu schweigen.

Aber eine Struktur ist nie ganz willkürlich, sie ist immer auch mit Funktion verbunden. Die Struktur eines Kaufhauses lockt den Kunden in sich hinein, ermöglicht es, ein breitgefächertes Angebot an Waren und Dienstleistungen bereitzuhalten, anzubieten und zu verkaufen. Sie lenkt Kundschaft und Personal. Und wenn dies mit entsprechender Effizienz geschieht, kann das Kaufhaus viele Wareneinheiten umsetzen und Gewinn erzielen.

Im Idealfall zieht die Struktur eines Romans den Leser in den Roman hinein, ermöglicht es, ein breitgefächertes Themen- und Ideenspektrum bereitzuhalten, anzubieten und gewissermaßen zu verkaufen. Sie lenkt den Autor und den Stoff. Und wenn dies mit entsprechender Effizienz geschieht, kann er hohe Stückzahlen umsetzen und Gewinn erzielen. Wenn er ganz viel Glück hat, wird sein Roman sogar in Kaufhäusern verkauft.

Ich fand die Idee großartig, habe aber lange gebraucht, bis ich die darin enthaltenen Möglichkeiten erkannt hatte, und da war längst alles zu spät.

Ich wollte nie bei Haden Brothers arbeiten. Das war mir viel zu snobistisch, viel zu vornehm. Ich war davon überzeugt, daß es randvoll mit überteuertem, sinnlosem Plunder ist. Ich hielt die Angestellten durch die Bank für Schwachköpfe und die Kunden für Schlimmeres. Bis ich da anfing, hätte ich dort nicht begraben sein wollen. Aber Sie wissen ja, wie das ist, in der Not frißt der Teufel Fliegen. Ich hätte nie da angefangen, wenn ich eine Wahl gehabt hätte. Es klingt albern, aber ich wollte Künstler werden!

Das habe ich auch Vita Carlisle erzählt, als ich ihr zum ersten Mal begegnete. Und so seltsam es auch erscheinen mag, in dem Augenblick, als ich sie sah, hatte ich das Gefühl, daß unsere Schicksale untrennbar miteinander verbunden sind, und ich Trottel dachte zu diesem Zeitpunkt noch, daß mich das glücklich machen würde.

2

Personal

Vor langer Zeit, als Charlie Mayhew zum ersten Mal die Schwelle von Haden Brothers überquerte, wußte er augenblicklich, daß er eine andere Welt betreten hatte. Ein Portier in Uniform hielt ihm die Glastür auf und sagte, »Guten Morgen, Sir«, was Charlie als zutiefst peinlich empfand.

Er stand in der riesigen, imposanten Eingangshalle. Natürlich lockte und zog sie ihn ins Kaufhaus hinein, aber sie war vielleicht etwas zu vornehm und überdimensioniert, um wirklich einladend zu wirken. Unter den Füßen hatte er schwarzgrauen polierten Marmor, über dem Kopf Säulen, Kronleuchter und gravierte Spiegel. Rolltreppen fuhren hinauf in die unerbittlich funkelnde Flut aus Optimismus und künstlichem Licht. Diese Halle war ein Portal, ein Stadttor. Es bot Einlaß zu ganzen Königreichen der Opulenz und des Luxus. Es war ein Montagmorgen im Februar, und draußen war es bitterkalt, aber im Kaufhaus war sogar die Luft anders. Sie war ein zentralbeheizter warmer Wind, gereinigt und parfümiert – nie zuvor hatte er solche Luft geatmet.

Eine Welle von Kunden überflutete ihn, unenglische Teints, entlegene Akzente und ungewohnt aufwendige Kleidung. Die Leute wirkten entschlossen, aber leger, zwanglos, aber gutbetucht. Sie bekannten sich zu ihren hohen Ansprüchen an Stil und Geschmack und den ebenso hohen frei verfügbaren Einkommen. Er stand in seinem modischen Anzug herum (ein taubenblaues Hugo-Boss-Modell, das selbst im Ausverkauf noch ein Vermögen gekostet hatte), mit frisch geschnittenen Haaren, handbemalter Seidenkrawatte und Doc Martens und hatte ausgesprochen ambivalente Gefühle. Er merkte, wie leicht es wäre, durch ein paar Abteilungen zu bummeln, ein bißchen Schmuck anzusehen, Tand zu sammeln, Rattansofas und Wintergarderobe zu bestellen. Man könnte ohne weiteres im Laufe eines ungestörten nachmittäglichen Einkaufsbummels ein paar tausend Pfund ausgeben. Das würde ihm keinerlei Schwierigkeiten bereiten.

Das Problem, die traurige Wahrheit, war, daß er nicht zum Einkaufen hier war. Er suchte Arbeit. Er trug seinen modischen Anzug, seinen einzigen Anzug, weil er auf dem Weg zum achten Stockwerk war, zur Personalabteilung, wo man ihn zum Vorstellungsgespräch erwartete. Und wenn das gut lief und er einen Job bekäme, würde ihm das einen Wochenlohn einbringen, von dem er sich zur Not in der Glasabteilung eine passable Karaffe oder in der Herrenabteilung einen halben Kaschmirpullover kaufen könnte. Dieser Gedanke begeisterte ihn nicht gerade, löste aber auch keine Verbitterung aus. Er konnte es sich leisten, seinen Stolz herunterzuschlucken. Er war hier nur auf der Durchreise. Auf ihn warteten bessere Zeiten mit unbeschreiblichem Wohlstand und Erfolg. Garantiert. Die Schicksalgöttinnen wollten bestimmt nicht, daß jemand mit seinen unübersehbaren Fähigkeiten allzulange so tief am Boden zerstört war. Eigentlich war ihm sowieso völlig unverständlich, warum die Schicksalsgöttinnen ihn überhaupt am Boden zerstört sehen wollten; da es aber nun zweifelsohne so war, mußte er sich eben damit abfinden.

Sechs Wochen zuvor war er in London angekommen, ein bißchen Geld und die Adressen von einem halben Dutzend Collegefreunden in der Tasche, die ihm seinerzeit versichert hatten, daß sie immer ein Bett oder zumindest ein Plätzchen auf dem Fußboden für ihn hätten, wenn er einmal nach London käme. Nur eins dieser Angebote hatte seine Ankunft überlebt. Die anderen hatten behauptet, daß ihre Mütter zu Besuch wären, die Vermieter das nicht erlaubten, sie in ihren Wohnungen so schon nicht genug Platz hätten. Ob diese Ausreden der Wahrheit entsprachen, konnte er nicht beurteilen, bezweifelte es aber. Nur durch energische emotionale Erpressung hatte er sich Keith und Sarah aufdrängen können, einem Paar, mit dem er am College gar nicht allzuviel zu tun gehabt hatte. Ihre Wohnung war auch sehr klein, aber sie waren bereit, ihn mit reinzuquetschen, und so kampierte er derzeit auf ihrem Wohnzimmersofa. Keith arbeitete für einen Plattenvertrieb. Sarah war als Sekretärin bei einer Zeitarbeitsfirma angestellt. Sie kamen jeden Abend müde und gestreßt nach Hause, aßen, tranken viel billigen Wein, rauchten Dope und sahen bis nach Mitternacht fern. Und dabei belegten sie die ganze Zeit das Sofa, Charlies Bett. Erst wenn sie es freimachten und sich in ihr eigenes Bett zurückzogen, konnte Charlie sich schlafen legen.

Er war fest davon ausgegangen, daß das nur eine vorübergehende Lösung war. Er hatte gedacht, er würde sich auf der Stelle in London etablieren, seine Nische in der Großstadt finden. Dazu mußte er nach seiner Ansicht zu einer Clique ähnlich kreativer Typen wie er selbst stoßen. Das wären dann Künstler und Models, Rockmusiker, Collagisten, Dichter, Juweliere, unabhängige Filmemacher, Schauspieler und Autoren experimenteller Prosa. Sie würden ihn als einen der Ihren erkennen und in ihr kollektives Herz schließen. Sie gäben

Partys, Lesungen, Gigs, Privatvorstellungen und Vernissagen. Die Szene wäre unkonventionell und etwas (wenn auch nicht gefährlich) dekadent. Er würde sich Freunde machen, Freundinnen finden, in große Villen und Landhäuser eingeladen werden. Er würde der neue Simplicissimus werden.

Kurz gesagt, er würde Künstler werden. Charlie war immer schon auf eine allgemeine, indifferente Weise kreativ gewesen. Am College beteiligte er sich in der studentischen Theatergruppe, beim Siebdruck, im Creative-Writing-Workshop und, obwohl er es damals schon ziemlich ätzend fand, im Folk Club. Amüsiert hatte er sich bei all diesen Aktivitäten, sie hatten ihn sogar, wie er es nannte, mit ›geistiger Nahrung‹ versorgt, und trotzdem sah er sich nicht als Schauspieler, Graphiker, Schriftsteller und schon gar nicht als Folk-Musiker. Seine wahre Kunstgattung, reichhaltig, fruchtbar und doch noch unentdeckt, wartete nur darauf, daß er ihrer gewahr wurde. Vielleicht würde sie sogar seine eigene Erfindung sein. Mit Sicherheit würde London ihn mit der Inspiration und den Kontakten versorgen, die er benötigte, um sein neues, künstlerisches Ich zu schmieden.

Ihm war klar, daß sechs Wochen dafür kaum ausreichten, und daher war er nicht allzu entmutigt, als ihm die Welt der Bohemiens noch verschlossen geblieben war. Aber die sechs Wochen hatten gereicht, um beinah sein ganzes Geld durchzubringen. Er war durchaus bereit, eine Zeitlang den darbenden Künstler zu spielen, aber selbst das am wenigsten materialistische und unwilligste Mitglied der Konsumgesellschaft (und er hatte nie behauptet, das zu sein) brauchte das nötige Kleingeld, um in London überleben zu können. London war ein teures Pflaster. Aber noch unangenehmer war, daß Sarah ein paar beißende Bemerkungen über das Ausbleiben einer Beteiligung am Haushaltsgeld gemacht hatte. Charlie glaubte zwar, Frauen mit seinem Charme um den Finger wickeln zu können, aber Sarah zeigte sich unbeeindruckt.

»Was soll ich denn machen?« fragte er, »jemanden überfallen?«

»Wär ja mal 'ne Idee«, sagte Sarah. »Daß du dir 'nen Job und 'ne eigene Wohnung suchst, ist wahrscheinlich zuviel verlangt.«

Das war es wirklich, aber immerhin probierte er es bei ein paar Sozialämtern. Das war ein Schlüsselerlebnis. In den Wartezimmern herrschten Verzweiflung und Paranoia. Zwischen Antragstellern und Sachbearbeitern prallte unverhohlener Haß aufeinander. Die Bediensteten saßen an Tresen hinter von unbestimmbaren Flüssigkeiten verschmierten Glasscheiben und stellten die Echtheit jeder Auskunft des Antragstellers und jedes von ihm vorgelegten Dokuments in Frage. Auf der anderen Seite wurden von durch Trunkenheit und Wut verzerrten Stimmen schaurige, aber machtlose Drohungen ausgestoßen. Besoffene junge Männer pißten in Ecken. Fette, aber hyperaktive Kinder tobten wild in den Fluren herum. Alle versuchten, sich zu Tode zu rauchen. Nachdem er anderthalb Stunden im, wie er schon vermutet hatte, falschen Büro im verkehrten Gebäude ausgeharrt hatte, floh er gereizt. Das war nichts für ihn. Dafür war er zu cool. Er merkte, daß ein Job seine einzige Chance war.

Sarah schlug vor, er solle ins Marketing oder in die Software-Entwicklung gehen, oder, falls das nicht klappte, könnte er doch eine Ausbildung zum Buchhalter oder Rechtsanwalt anfangen. Er hoffte, daß das ironisch gemeint war. Einem Mann in Charlies Lage bot sich Schichtarbeit unterschiedlichster Couleur an. Er konnte als Wachmann arbeiten, als Platzanweiser im Kino oder als Putzmann. Keine dieser Möglichkeiten ließ sich mit seinem Ehrgefühl in Einklang bringen. Und so fing er allmählich an, über Haden Brothers nachzudenken.

Wenn man schon eine Arbeit annehmen mußte, die man nicht machen wollte, so schien Haden Brothers dafür ein geeigneter Ort zu sein. Haden Brothers war das angesehenste und teuerste Kaufhaus Londons und wahrscheinlich der Welt. Okay, man könnte behaupten, daß dort nutzloser, überteuerter Schund an einen Haufen Snobs, Touristen und Menschen mit mehr Geld als Verstand verkauft wurde, aber Charlie war durchaus bereit, sich für eine Weile eines Urteils zu enthalten. Wenn man auf Solidarität mit der Arbeiterklasse Wert legte, konnte man immer noch bei Woolworth anfangen. Charlie legte keinen gesteigerten Wert darauf. Er hoffte, Haden Brothers würde einen reichhaltigen und exotischen Hintergrund für die dramatische Entwicklung seines eigenen Ichs abgeben. Vielleicht traf er da sogar auf verwandte Seelen, andere aufstrebende Künstler, die genau wie er für ihren Lebensunterhalt arbeiten mußten. Und sobald er Fortschritte auf dem Weg zum Künstler gemacht hatte, würde er natürlich zusehen, daß er da rauskam.

Er rief also in der Personalabteilung an, wo man ihm zu seiner nicht geringen Überraschung mitteilte, er solle sich so bald wie möglich zu einem Vorstellungsgespräch einfinden. Es klang dringend und wichtig. Über ihn wollten sie erstaunlich wenig wissen, und er nahm an, daß es sich schließlich als ziemlich aussichtslose Sache erweisen würde. Er entschloß sich aber trotzdem, es zu probieren, und so marschierte er dann an diesem kalten Februarmorgen durch die Tür zu Haden Brothers hinein.

Er ging durchs Kaufhaus zu den Fahrstühlen. Nach kurzem Warten kam einer an, und er trat hinein. Die Kabine war größer, eleganter und besser eingerichtet als jedes Zimmer in Keiths und Sarahs Wohnung, mit einer Täfelung aus Walnußholz, Bronzebeschlägen und Filigranarbeiten. Er brauchte ihn mit niemand außer dem Fahrstuhlführer zu teilen. Der trug auch eine Uniform, die aber, soweit Charlie sich erinnerte, anders aussah als die des Portiers, der ihn am Eingang begrüßt hatte. Diese sah aus wie ein historisches Stück aus einem längst vergessenen Krieg. Es hingen sogar Orden dran.

Der Fahrstuhlführer hatte weißgraue Haare, war ziemlich alt, dafür aber sehr groß und aufrecht. Anfangs kümmerte Charlie sich nicht weiter um ihn, nicht einmal, als er fragte, in welche Etage Charlie wollte. Er antwortete »Achte«, und der Fahrstuhlführer sagte »Ah, Personal«, drückte einen Knopf, ein hydraulisches Schnaufen ertönte, die Türen schlossen sich, und der Aufzug setzte sich schwerfällig in Bewegung. Während er das tat, drehte sich der Fahrstuhlführer um und schnüffelte. Charlie war ziemlich erstaunt und ein wenig verärgert und maß den Mann mit einem, wie er hoffte, vernichtenden Blick. Aber der Fahrstuhlführer konnte Charlies Blick weder wahrnehmen noch erwidern. Durch die Art, wie er in eine nicht existente Ferne starrte, wurde Charlie klar, daß der arme alte Mann blind war. Er bedauerte, daß er verärgert gewesen war.

Der Aufzug kam in der ersten Etage an. Die Türen gingen auf, und der Fahrstuhlführer sagte: »Erster Stock: Betten und Matratzen, Bettwäsche, Gardinen und Dekostoffe, Herrenschuhe …«

Charlie hörte höflich zu, fragte sich aber, warum der Fahrstuhlführer sich das nicht sparte. Da er der einzige in der Kabine war und schon gesagt hatte, daß er in die achte Etage wollte, verstand er nicht, warum er sich eine Aufzählung sämtlicher Abteilungen des Kaufhauses anhören sollte. Aber er konnte den Mann kaum auffordern, den Mund zu halten. Niemand stieg zu, und in der zweiten Etage geschah wieder das gleiche. Der Fahrstuhlführer sagte: »Brautmoden, Damenwäsche, Prêt-à-porter, Souvenirs, Geschenkartikel.«

Wieder trat keiner in den Aufzug. Auf dem Weg zur dritten Etage dämmerte Charlie, daß Fahrstuhlführer für einen Blinden ein ungewöhnlicher Job war, und je länger er darüber nachdachte, desto seltsamer kam es ihm vor. Da taten sich reichlich Probleme auf. Er sah die Knöpfe an, mit denen der Aufzug bedient wurde, und fragte den Fahrstuhlführer: »Bitte entschuldigen Sie meine Frage, aber stehen die Stockwerknummern in Blindenschrift auf dem Knopf?«

»O nein, Sir. Das wäre geschummelt.«

Der Aufzug hielt wieder. »Dritter Stock: Spielwaren, Babybekleidung, Teddybären, Wickelraum, Telefone, Campingbedarf.« Charlie blieb der einzige Mitfahrer. Als der Fahrstuhlführer seine Aufzählung beendet hatte, schloß sich die Tür, und der Aufzug setzte sich wieder in Bewegung. Charlie hätte ohne weiteres schweigend weiterfahren können, aber jetzt war seine Neugier geweckt.

»Woher wissen Sie denn dann, in welchem Stockwerk Sie sind?« fragte er. »Ich nehme an, Sie können die kleinen Leuchtziffern nicht sehen.«

»Nein, das kann ich nicht.«

»Und wie machen Sie das dann? Merken Sie sich das? Sagen wir, Sie fahren von der ersten Etage zwei hoch und dann drei runter, rechnen Sie sich dann aus, daß Sie im Erdgeschoß sind? Funktioniert das so? Also ich fände das ganz schön verwirrend.«

»Ich wohl auch, wenn ich es so machen würde.«

Der Aufzug hielt wieder.

»Vierter Stock: Nudelmaschinen, Bücher, Sportwaffen, Lampen, Grundstücksmakler, Theaterkasse, Reisebüro, Zeitschriften.« Dann ging es weiter.

»Interessiert Sie das wirklich?« fragte der Fahrstuhlführer. »Oder fragen Sie nur aus Höflichkeit?«

»Es interessiert mich wirklich«, sagte Charlie.

»Gut. Also, zum Teil hängt es mit dem Luftdruck zusammen. Je höher wir sind, desto geringer wird der Druck, den die Luft auf die Haut, die Schleimhäute und das Innenohr ausübt. Die Veränderung ist nur sehr schwach, aber, wie Sie wissen, kompensiert der Körper den Verlust der Sehkraft zum Teil, indem er die anderen Sinne schärft.«

»Das ist ja großartig.«

»Fünfter Stock: Haustierbedarf, Klaviere, Autozubehör, Blumen, Friseur, Designerartikel, Bestattungsservice.«

Diesmal versuchte jemand einzusteigen, aber der Fahrstuhlführer konnte ihn natürlich nicht sehen und schloß die Tür direkt vor ihm, als wolle er den Versuch im letzten Moment vereiteln.

Als sie wieder fuhren, fragte Charlie: »Und dann haben Sie einfach auswendig gelernt, was in den einzelnen Stockwerken ist?«

Der Fahrstuhlführer schüttelte den Kopf. »Das würde kaum funktionieren, Sir. Das Kaufhaus ist immer in Bewegung. Abteilungen ziehen um, werden neueröffnet, umarrangiert, oder die Namen werden geändert. Bis Sie das alles auswendig gelernt hätten, wäre es längst überholt.«

»Wie dann?« fragte Charlie.

Der Aufzug hielt wieder, die Tür öffnete sich, und der Fahrstuhlführer schnupperte ausgiebig und unüberhörbar die hereinströmende Luft.

»Sechster Stock«, sagte er, »Glückwunschkarten, Badesalz,

Musikkassetten und CDs, elektrische Klein- und Großgeräte, Versandbüro, Inkassostelle.«

Er wartete kurz, niemand stieg ein oder aus, und dann setzte er den Lift wieder in Bewegung.

»Sie *riechen*, in welcher Etage Sie sind?« fragte Charlie.

»Nicht ganz. Ich rieche, was in der Etage ist. Wenn ich Bienenwachs rieche, weiß ich, daß es die Möbelabteilung sein muß. Und wenn Ledergeruch dazukommt, ist es die Lederwarenabteilung.«

»Aber in der Schuhabteilung ist doch auch jede Menge Leder.«

»Ja, aber kein Bienenwachs. Und wenn ich dunkel geröstete Arabica-Kaffeebohnen rieche, dann bin ich im Stockwerk mit der Lebensmittelabteilung.«

»Oder an der Coffee-Bar.«

»Nein«, sagte der Fahrstuhlführer geduldig. »Bei Haden Brothers gibt es zwölf verschiedene Eßstände und Restaurants, vom Tropicana Blue Mountain Cafe bis zum Blackamoor's Head Olde English Pub. Überall werden andere Kaffeemischungen verwendet, die für eine geschulte Nase problemlos unterscheidbar sind. Siebter Stock: Möbel, Liegen, Polstergarnituren, Tische, Büfetts.«

Diesmal fragte Charlie schon, bevor die Tür geschlossen war: »Und als ich hereingekommen bin, haben Sie mich gerochen?«

Ruhig und bestimmt drückte der Fahrstuhlführer zum letzten Mal auf dieser Tour den Knopf. »Ja«, antwortete er, »aber erst nachdem Sie mir gesagt hatten, daß Sie in die Personalabteilung wollten.«

»Da komme ich nicht mit.«

»Ach wissen Sie, Sir, nur ein bestimmter Personenschlag ist für die Arbeit bei Haden Brothers geeignet. Die Personalabteilung ist sehr gut darin, genau diesen und nur diesen Typus auszuwählen. Für sie ist es eine Frage von Aussehen, Kleidung und Körpersprache. Diese Kriterien kann ich nicht zur Entscheidungsfindung heranziehen, also muß ich mich ganz auf meinen Geruchssinn verlassen.«

»Und wie rieche ich?«

Der Fahrstuhlführer schnupperte noch einmal flüchtig, nur um den Eindruck, den er sich offenbar schon vorher gemacht hatte, noch einmal zu bestätigen. »O ja, Sir, Sie riechen genau wie einer von uns«, und im gleichen Atemzug sagte er: »Achter Stock: Nur für Angestellte.«

»Ach, ja«, sagte Charlie etwas verwirrt, »herzlichen Dank.«

Er wußte nicht so recht, wofür er sich bedankte, und fragte sich, ob man einem Fahrstuhlführer ein Trinkgeld gab, ließ es dann aber. Er schüttelte ihm die Hand, obwohl ihm auch das unangebracht vorkam, und sagte, er freue sich, ihn bald wiederzusehen, was es nur noch schlimmer machte.

Charlie trat aus dem Aufzug und ging durch eine Milchglas-Schwingtür in den Empfangsbereich der Personalabteilung. Er war voll Tageslicht, Frischluft, heller Teppiche, Textiltapeten, einem Wasserspender, Topfpflanzen mit großen fedrigen Blättern und mehrerer weicher, beiger Sofas.

An der Rezeption nannte er einem strahlenden, unheimlich freundlichen und zuvorkommenden jungen Mann seinen Namen und wurde gebeten, doch bitte so freundlich zu sein, einen Moment Platz zu nehmen, es würde wirklich nicht lange dauern, und herzlichen Dank auch für die Geduld, die er ihnen entgegenbrächte. Charlie setzte sich. Er verspürte ein eigenartiges Wohlbefinden. Zum Teil lag das an der Höflichkeit des Rezeptionisten, mehr aber an der Beteuerung des Fahrstuhlführers, daß er das Zeug hätte, bei Haden

Brothers zu arbeiten. Er fragte sich, wie er für einen Blinden roch, nachdem er im Badezimmer viel Zeit damit verbracht hatte, sicherzustellen, daß er nach nichts roch. Ein Fahrstuhlführer war kaum als hundertprozentig zuverlässige Quelle über die Personalpolitik einer Firma anzusehen, aber irgendwie vertraute Charlie ihm. Er begann, dem Mann großen Respekt und Sympathie entgegenzubringen. Mit einer solchen Nase sollte er in der Wein- oder Parfümabteilung arbeiten, statt in einem Aufzug. Es kam ihm wie eine sträfliche Verschwendung vor.

Diese edleren Gefühle wurden unterbrochen, als eine weitere Person den Empfangsbereich betrat. Es war eine junge Frau, fast noch ein Mädchen, kaum älter als neunzehn oder zwanzig Jahre. Ihre Schönheit stand außer Frage, aber sie war darüber hinaus offensichtlich etwas Besonderes. Sie wirkte außergewöhnlich sinnlich und sexy, sah dabei aber entschieden formell aus. Kleidung und Benehmen strahlten Selbstbewußtsein und wortkarge Tüchtigkeit aus, und doch hatte sie nichts Aggressives oder Strenges an sich. Er hielt sie auf den ersten Blick für eine aufstrebende Kraft bei Haden Brothers. Sie stellte sich jedoch an der Rezeption vor – er hörte sie sagen, ihr Name sei Vita Carlisle –, und als der junge Mann sie auf ähnliche Weise empfing, wie er es bei Charlie gemacht hatte, wurde ihm klar, daß auch sie einen Job suchte.

Sie setzte sich auf ein Sofa, das sich in angemessenem Abstand zu Charlie befand. Als sie ihn ansah, lächelte er ihr, wie er hoffte, freundlich und gewinnend zu. Sie erwiderte sein Lächeln, allerdings weniger verbindlich, weniger herzlich und weniger berechnend. Er wußte, daß es taktisch unklug war, sie sofort anzusprechen. Das war zu offensichtlich, sah aus, als würde er so etwas dauernd machen. Er hoffte, daß man sie recht lange warten lassen würde, wodurch er Grund und Gelegenheit bekäme, mit ihr zu reden.

Aber sie saßen kaum eine Minute beieinander, als der Sekretär zu ihnen herüberkam und jedem ein Bewerbungsformular reichte. »Wenn Sie vielleicht so freundlich wären, das schon einmal auszufüllen, während Sie warten«, flötete er galant. Er bot ihnen Kugelschreiber an, aber sie lehnte ab und holte einen eigenen Füllfederhalter mit Goldauflage heraus. Sogar Charlie hatte einen dabei, aber im Vergleich zu ihrem eleganten Schreibgerät war seiner ein zerkautes und schäbiges Ding. Sie nahm ihre Aktentasche als Unterlage, während er sich mit einem Exemplar des ›Economist‹ von einem der Tische zufriedengeben mußte.

Das Formular war beängstigend lang. Geburtsort und -datum, Bildung und Ehestand konnte man schnell eintragen, obwohl nicht genügend Platz für die verlangten Auskünfte vorhanden war. Dann folgten seitenweise Fragen über vorherige Anstellungen, mit Kästchen für die genauen Daten des ersten und letzten Beschäftigungstages, der Bezeichnung der Anstellung, einer genauen Tätigkeitsbeschreibung, den Aufgabengebieten, Einzelheiten über die Ausbildung, eventuelle Beförderungen und das Anfangs- und Endgehalt. Dann kam ein bedrohlich großes Feld mit der Inschrift: »Nennen Sie ausführliche und genaue Gründe für das Verlassen Ihres vorherigen Arbeitsplatzes«, gefolgt von einem weiteren, ebenso großen, über dem stand: »Führen Sie auf, welche Fortschritte Sie während Ihrer letzten Stellung in bezug auf Fertigkeiten, Verantwortlichkeit und Persönlichkeitsentwicklung gemacht haben.«

Vita Carlisle begann ihr Formular schwungvoll und energisch auszufüllen. Bei Charlie war das anders. Er hatte bislang erst drei oder vier Stellungen gehabt, und das waren entweder Teilzeitjobs oder befristete Arbeitsverhältnisse oder sie waren einfach furchtbar gewesen – meist alles gleichzeitig. Weder hatte er Fertigkeiten erworben, noch war ihm Verantwortung übertragen worden, so etwas wie »Persönlichkeitsentwicklung« hatte schon gar nicht stattgefunden, und meist hatte er unter dubiosen Umständen aufgehört. Sowohl Anfangs- wie auch Endgehalt waren jämmerlich gewesen. Er gab sein bescheidenes Bestes, um in diesen Abschnitten des Formulars Desinformation zu verbreiten.

Dann folgte eine Reihe von Ja/Nein-Fragen, in denen er ankreuzen mußte, daß er nicht an chronischen oder ansteckenden Krankheiten leide, bisher kein Anzeichen psychischer Labilität aufgetreten sei, daß er keiner verbotenen Organisation angehöre und, falls er die Stelle bei Haden Brothers bekommen sollte, bereit sei, ein hauseigenes Pendant zum Gesetz über Landesverrat und Gefährdung der inneren Sicherheit zu unterschreiben. Die nun folgenden Fragen über die Zugehörigkeit zu religiösen und politischen Gruppierungen sowie nach seinen sexuellen Vorlieben waren mit dem Schriftzug »Vertraulich« gekennzeichnet.

Gerne wäre Charlie in einem Anfall vorgetäuschter, wenn auch berechtigter Wut über dieses indiskrete Eindringen ins Privatleben aus der Personalabteilung gestürmt. Was glaubten Haden Brothers, wer sie sind? Aber er erinnerte sich noch an die Schrecken der Sozialfürsorge und konnte sich, und das war nicht weniger beängstigend, nur zu gut Sarahs Gehässigkeiten vorstellen, wenn er ihr mitteilte, daß er die Möglichkeit verschenkt hatte, einen Job zu bekommen. Und außerdem würde er auch noch die Möglichkeit verschenken, Vita Carlisle anzumachen. Also füllte er weiter so gut er konnte das Formular aus. Bei der Frage: »Warum wollen Sie bei Haden Brothers arbeiten?« strandete er allerdings völlig.

Zu ihrer Beantwortung standen ihm volle zwei Seiten zur Verfügung.

Er sah zu Vita Carlisle hinüber. Sie hatte ihre Knie fest aneinandergepreßt, ihren Kopf nachdenklich etwas auf die Seite gelegt und das Haar hinters Ohr geschoben. Bei ihr flossen die Kreativitätsströme wie nichts Gutes. Pausenlos tanzte ihr Füller über das Formular. Sie schrieb einen Essay, eine Abhandlung. Charlie fühlte sich überfordert, versuchte aber, die Ruhe zu bewahren. Nach langer Überlegung gab er unter »Nennen Sie Gründe, warum Sie bei Haden Brothers arbeiten wollen« an: »Weil es *der* Ort zum Arbeiten ist!!!« Er hoffte, daß es Zusatzpunkte für prägnante Antworten gab. Er faltete das Formular zusammen und sah sich schweigend um: das Bild eines Examenskandidaten, der entweder alles richtig oder alles falsch gemacht hat.

Als Vita endlich zu schreiben aufhörte, war ihr Formular, ganz anders als Charlies wenige, kurz hingeworfenen Kugelschreibernotizen, ein Meer schwarzblauer Buchstaben. Jetzt fand sie Zeit, ihn anzulächeln. Es war ein freundliches Lächeln. Er hob die Augenbrauen, als wollte er sagen, »Was für ein nutzloser Unsinn, dieses ganze Formular, nicht wahr?«. Aber sie schien ihn nicht zu verstehen. Auf jeden Fall antwortete sie nicht. Sie gingen einzeln zum Sekretär, gaben ihm ihre ausgefüllten Formulare und setzten sich wieder auf ihre Plätze. Jetzt schien es soweit zu sein, daß sie sich unterhalten konnten.

»Schönen Füller haben Sie da«, sagte er.

»Vielen Dank«, erwiderte sie gnädig, zweifellos an weitaus vielsagendere Komplimente gewöhnt.

»Er sieht sehr edel aus«, sagte er.

»Ja, es ist ein Parker. Ein Presidential International aus der Duofold Collection. Damit wird Schreiben zum Vergnügen«, sagte sie. »Ich habe ihn von meiner Mutter geschenkt bekommen.«

»Oh, okay.«

»Sie hat ihn übrigens hier bei Haden Brothers gekauft.«

»Na, wenn das kein Zufall ist.«

»Nein, eigentlich nicht«, sagte Vita.

Sie saßen eine Weile schweigend da, was Charlie mehr bedrückte als sie.

»Ich sag mal«, sagte er plötzlich scherzhaft, »bist du oft hier?«

Er lachte, nicht weil er dazu neigte, über seine eigenen Witze zu lachen, sondern um zu zeigen, daß es ironisch gemeint war und er selbst wenige Minuten vor einem Einstellungsgespräch komisch, respektlos und weltgewandt sein konnte.

»Also, natürlich nicht auf Arbeitssuche«, sagte sie und bemerkte den Scherz gar nicht. »Aber ich komme öfter zum Einkaufen her, wenn es das war, was Sie meinten. Oder sollte das ein Witz sein?«

Er machte eine weitausholende Geste mit offenen Händen, die andeuten sollte, daß sie seine Bemerkung ganz nach ihrem Geschmack ernst oder als Scherz auffassen konnte.

»Ich glaube, es war ein Witz«, sagte sie. »Und eigentlich ziemlich komisch, nicht wahr? Als hätten wir uns in einer Diskothek getroffen oder so etwas.«

Charlie lächelte ihr breit und ermutigend zu.

»Aber falls es doch ernst gemeint war«, fuhr sie fort, »muß ich wohl sagen, daß ich eigentlich schon mein Leben lang zu Haden Brothers komme. Meine Mutter hat mir erzählt, daß sie zum ersten Mal mit mir hier war, als ich sechs Wochen alt war. Ich finde es einfach toll hier. Wenn ich hier arbeiten könnte, wäre das die Erfüllung eines Traumes.«

»Haben Sie das ins Bewerbungsformular geschrieben?«

»Nein«, sagte sie. »Ich dachte, das würde zu überschwenglich klingen.«

»Gut möglich«, sagte er.

»Haden Brothers schien mir immer das Ideal eines perfekten Einkaufserlebnisses zu sein«, fuhr sie fort.

»Hey«, sagte Charlie, »das Vorstellungsgespräch hat noch nicht angefangen. Passen Sie auf, daß Sie Ihr Pulver nicht schon vorher verschießen.«

»Vielleicht haben Sie recht.«

Trotz Charlies Bemühen um Charme und Verbindlichkeit führten sie ein unbeholfenes, zusammenhangloses Gespräch, bis der Sekretär endlich sagte: »Mr. Snell erwartet Sie jetzt.« Beide sahen ihn mit fragendem »Meinen Sie mich?«-Blick an, der Sekretär nickte ihnen zu und sagte: »Er will Sie gemeinsam sprechen.«

Damit waren beide auf der gleichen Seite, eine Entwicklung, die Charlie durchaus entgegenkam. Der Sekretär führte sie aus dem hellen Empfangsbereich durch einen immer schäbiger und düsterer werdenden Korridor zu einer schmutzigen, verkratzten, kleinen Tür, auf der in schwarzgoldenen Klebebuchstaben stand: Mr. Derek Snell. Der Sekretär klopfte und huschte davon, noch bevor der Zimmerinsasse die Tür öffnen und seinen Kopf wie ein großer schwarzer Kuckuck herausstrecken konnte.

Derek Snell unterwarf sich nicht dem Diktat der Mode – oder er hatte es 1975 zum letzten Mal getan und sich nie wieder richtig davon erholt. Er trug einen braunen Wollflanellanzug mit breitem Revers und ausgestellten Hosen, eine kurze Strickkrawatte, ein mit kleinen Oldtimern bedrucktes Hemd mit Butterfly-Kragen. Er war Mitte Vierzig, hatte ein spitzes Kinn, ein Pferdegebiß und dichtes rotblondes Haar, das sich wie ein matter Heiligenschein um seinen Kopf kräuselte. Er wirkte nicht sonderlich erfreut, sie zu sehen.

»Willkommen bei Haden Brothers«, sagte er in klagendem und wenig herzlichem Tonfall und führte sie in ein überraschend kleines, schäbiges, unaufgeräumtes Büro. Darin standen drei unterschiedlich hohe Stühle. Snell nahm den höchsten, einen Stahlrohrhocker, der aus einer Frühstücksbar stammen konnte. Vita setzte sich auf den normalsten, einen grauen Stapelstuhl aus Plastik, bei dem ein Bein bedenklich kürzer war als die anderen drei, so daß die kleinste Gewichtsverlagerung sie und den Stuhl in gefährliches Schlingern und Kippeln versetzte. Charlie ließ sich in einen etwas gedrückten, angebrochenen Korbsessel nieder, worin er mehr als einen halben Meter tiefer saß als Snell.

»Mein Name ist Derek Snell«, sagte der verdrossen. »Ich bin verantwortlich für das Personal, aber mein eigentlicher Aufgabenbereich umfaßt sehr viel mehr als nur das.«

Vita und Charlie sahen keinen Grund, darauf zu antworten.

»Nun denn«, fuhr Snell fort, »zuerst muß ich wohl ein paar Fotos von Ihnen machen. Nichts Besonderes, nur für die Personalakten, die Firmenausweise, und damit ich Ihre Gesichter nicht vergesse.«

Er nahm eine alte Polaroid aus der Schreibtischschublade und machte von seinem Hochsitz ein paar Schnappschüsse von Charlie und Vita. Dann reichte er ihnen die Abzüge, so daß sie mit ansehen konnten, wie sich ihre cremefarbenen Umrisse aus der schwarzen Fläche herauskristallisierten. In Charlies Augen war Vita Carlisle selbst auf dem erst halbentwickelten Polaroid-Foto eine strahlende Schönheit, besonders im Vergleich zu dem bleichen, teigigen Fleck, der sein Gesicht darstellen sollte. Als der Entwicklungsprozeß beendet war, betrachtete Snell die Fotos. Er nahm sich dabei deutlich mehr Zeit für Vitas Bild als für Charlies. Das Ergebnis entsprach nicht seinen Vorstellungen, daher machte er noch zwei Aufnahmen von ihr. Dann warf er die Bilder auf den überfüllten, vor Kaffeeflecken und Zigarettenasche schmutzstarrenden Schreibtisch.

»Also«, sagte Snell, »ich habe mir Ihre Bewerbungsformulare angesehen, und die sind bei Ihnen beiden vollkommen in Ordnung. In welcher Abteilung würden Sie gern arbeiten?«

Er sagte es ruhig und ausdruckslos, und Charlie, der eine etwas gnadenlosere Auslese erwartet hatte, hatte den Eindruck, er hätte irgend etwas nicht mitbekommen. Er fragte höflich: »Ist das jetzt wirklich als Jobangebot gemeint? Einfach so?«

»Ja, natürlich. Freut Sie das nicht? Oje, haben Sie etwa nicht damit gerechnet?«

Snell versuchte zu lachen, war aber nicht bei der Sache. Er lachte wie jemand, der sein Leben lang die Kunst des Lachens geübt hat, obwohl er nicht das geringste Talent dafür mitbringt.

»Ich dachte nur, daß es länger dauern würde«, sagte Charlie.

»Aber nein«, sagte Snell. »Zeit ist Geld. Wir erkennen den Haden-Brothers-Typus ohne lange, zeitaufwendige Eignungstests.«

Charlie fragte sich, ob Snell mit dem Fahrstuhlführer in Verbindung stand. Vielleicht war die geruchstechnische Prüfung im Aufzug das einzig wichtige Kriterium?

»Welche Abteilung also?« wiederholte Snell träge.

»Mr. Snell«, sagte Vita Carlisle, »es wäre mir eine Ehre und ein Vergnügen, in Ihrem großartigen Kaufhaus zu arbeiten, wo immer ich gebraucht werde.«

Charlie fand das einfach abscheulich und konnte sich nicht vorstellen, daß ein Personalchef auf so etwas hereinfällt, aber Snell schien mit dieser Antwort sehr zufrieden zu sein. Dann wandte er sich an Charlie. »Und Sie, Mr. Mayhew? Was machen wir mit Ihnen?«

»Also wissen Sie«, sagte Charlie, »die Sache ist die, ich gehe nicht davon aus, daß ich ewig bei Haden Brothers bleiben werde.«

»Wer von uns tut das schon?«

»Aber ich rede von sehr kurzer Zeit. Wissen Sie, ich habe andere Ambitionen. Ich bin kreativ. Ich gedenke meinen Weg in der Welt der Kunst und der Medien zu gehen. Ich denke, Sie sollten das wissen.«

»Vielen Dank, daß Sie uns an Ihren Gedanken teilhaben ließen«, sagte Snell, und Charlie fragte sich, ob er sich über ihn lustig machte. »Welche Abteilung darf's denn jetzt sein?«

»Seien wir doch mal ehrlich«, sagte Charlie. »Ich kann mir kaum vorstellen, Damenkostüme zu verkaufen.«

»Nein?«

»Nein. Und ebensowenig sehe ich mich in der Sportabteilung, weil ich nicht besonders sportlich bin. Und zum Ausmessen von Schrittlängen oder dem Verkauf von Gardinen und Teppichen fehlt mir auch der Bezug.«

»Kennen Sie sich mit Autozubehör aus?« fragte Snell.

»Nein«, sagte Charlie.

»Modeschmuck?«

»Eher nicht.«

»Oder Hi-Fi?«

»Ein wenig«, sagte Charlie, der einsah, daß er ebensogut ein paar zustimmende Laute von sich geben konnte.

»Oder Ferngläser?«

»Schon eher.«

»Lassen Sie mich kurz überlegen«, sagte Snell, rieb sich die Schläfen und starrte die Anschlagtafel an der Wand mit trübem Blick an. Charlie fühlte sich irgendwie mitverantwortlich für seinen Kummer.

»Eine Sonderaufgabe hätte ich parat«, sagte Snell.

Charlie und auch Vita wünschten ihm, daß er ein Körnchen Frohsinn in dieser Aussicht finden könnte.

»Wissen Sie, selbst in einem so effizienten und gut geführten Kaufhaus wie Haden Brothers«, sagte Snell, »kommt es ab und an zu kleinen Krisen. Angestellte machen länger Urlaub oder erleiden Arbeitsunfälle. Neue Abteilungen werden eingerichtet, oder es treten unerwartete Engpässe im Warenbestand auf. Es kann Probleme an den Kassen geben, Angestellten fällt plötzlich auf, daß sie unmöglich weiterhin gemeinsam arbeiten können. Zwischen rivalisierenden Einkaufsassistenten kommt es zu einem Hauen und Stechen. Irgend jemand versucht sich umzubringen. Im Lager passieren anstößige Dinge. Oje, das klingt alles furchtbar öde, nicht wahr? Aber so öde ist das gar nicht, das können Sie mir glauben. Am nächsten Tag haben wir vielleicht einen Sonderverkauf, oder wir brauchen Mitarbeiter, die sich als Stofftiere verkleiden.

Und nicht alle Angestellten sind solch heiklen Situationen gewachsen. Dafür haben wir ein Spezialteam, unser mobiles Einsatzkommando; besonders fähige und ausgebildete Mitarbeiter, die redegewandt, pfiffig und fleißig sind. Ihnen wird großes Vertrauen und viel Respekt entgegengebracht, und sie tragen ein eigenes Abzeichen am Revers. Was halten Sie davon, Miss Carlisle?«

»Das scheint mir eine wunderbare Herausforderung zu sein«, sagte sie, anscheinend in aller Aufrichtigkeit.

»Und darüber hinaus«, sagte Snell, »ist es natürlich eine ausgezeichnete Basis für einen zukünftigen Wechsel ins Management, falls Sie das vorhaben sollten.«

»Das habe ich tatsächlich«, sagte sie.

»Also, Miss Carlisle, in diesem Fall betrachten Sie sich als das neueste Mitglied des mobilen Einsatzkommandos. Sie fangen morgen an. Melden Sie sich um 8.30 Uhr am Personaleingang F.«

»Ja, da würde ich's auch auf einen Versuch ankommen lassen«, ließ Charlie sich vernehmen.

»Oje«, sagte Snell. »Ich will Sie nicht verletzen, aber meinen Sie wirklich, daß Sie für das mobile Einsatzkommando geeignet sind, Mr. Mayhew?«

»Ja, ich denke schon.«

»Tun Sie das? Oje. Ich bin mir da nicht so sicher.«

Charlie hatte verzweifelt versucht, sich eine Abteilung einfallen zu lassen, in der er arbeiten wollte. Wenn er nicht ins mobile Einsatzkommando kam, mußte er jetzt schleunigst mit etwas herausrücken, sonst war es zu spät.

»Okay«, sagte er. »Wenn nicht im mobilen Einsatzkommando, dann gibt's ja vielleicht etwas in der Öffentlichkeitsarbeit oder in Public Relations oder in der Werbeabteilung oder zumindest beim Informationsblatt für Mitarbeiter.«

Derek Snell schüttelte mürrisch den Kopf.

»Oje, das kann ich mir wirklich nicht vorstellen, aber ich glaube, ich habe eine Nische für Sie entdeckt«, sagte er. »Ich kann Sie mir gut als Hilfsmöbelträger vorstellen. Sie fangen morgen an. Melden Sie sich um 8.30 Uhr am Personaleingang F. Den Anzug brauchen Sie nicht.«

Minuten später stand Charlie verwirrt und niedergeschlagen wieder im Aufzug. Er hatte eine dünne Broschüre mit dem Titel *Haden Brothers – Ihr Anteil am beständigen Erfolg* in der Hand. Vita Carlisle fuhr mit ihm hinunter, und der blinde

Fahrstuhlführer zeigte wieder in jeder Etage, was er konnte. Charlie hatte den Eindruck, der Fahrstuhlführer schnuppere auf dem Weg nach unten ganz andere Abteilungen heraus als beim Hinauffahren.

»Na also, war ja gar nicht so schlimm, oder?« sagte Vita Carlisle heiter.

»Für Sie nicht«, erwiderte Charlie.

»Für Sie doch auch nicht, würde ich sagen. Immerhin haben Sie einen Job.«

»Mir hat man einen Job als Hilfsmöbelträger angeboten, und das ist schon ziemlich schlimm. Und daß ich ihn angenommen habe, macht es nur noch schlimmer.«

»Ich bin sicher, daß der Job als Hilfsmöbelträger einem sehr viel geben kann«, sagte sie.

»Oh, klar.«

»Und wenn Sie ihn gut machen, können Sie sich hocharbeiten.«

»Und wohin? Zum Obermöbelträger?«

»Die junge Dame hat ganz recht«, mischte sich der Fahrstuhlführer ein. »Das ist nur die unterste Sprosse der Karriereleiter.«

»Aber was steht am Ende der Leiter?« fragte Charlie.

»Eine erstklassige Karriere bei einem Einzelhandelsgiganten«, sagte Vita.

»Es wäre natürlich auch möglich«, sagte der Fahrstuhlführer, »daß diese Leiter gar kein Ende hat.«

»Verstehe«, sagte Charlie, »das ist eine Zen-Leiter, oder was?«

»Es ist das, was Sie daraus machen«, sagte Vita.

Inzwischen mindestens ebenso mürrisch wie Derek Snell, sagte Charlie: »Das seh ich einfach nicht.«

»Jetzt lassen Sie den Kopf nicht hängen«, sagte Vita. »Wie wäre es mit einer Tasse Kaffee?«

Charlie verabschiedete sich vom Fahrstuhlführer und ging mit Vita auf eine Tasse Kaffee in die Sissinghurst Cafeteria. Unter anderen Umständen wäre Vitas Einladung die Erfüllung eines Traumes gewesen – eine Frau, die das Heft in die Hand nahm –, aber Charlie war viel zu genervt, um an so etwas zu denken. Am Ecktisch in der Cafeteria ließ er dann seinen Gefühlen freien Lauf: daß er den Job brauchte, aber überhaupt keine Lust auf ihn hatte; daß er Geld und einen Platz zum Wohnen brauchte, aber viel dringender noch künstlerisch tätig werden mußte.

»Was für eine Kunst? Malerei?«

»Nein«, sagte er bestimmt, »obwohl die darstellenden Künste auf jeden Fall mit hineinspielen würden. Ich denke, mein Ziel ist eine Synthese aus Musik, Sprache und bildender Kunst. Ich will das alles zusammenfassen und etwas Neues daraus machen, etwas ganz Eigenes.«

»Klingt großartig.«

»Auf jeden Fall besser als Möbelträger, oder?« fragte er. »Wissen Sie, praktisch alles kann zu Kunst werden. Ziegel können Kunst werden, Fett und Filz können Kunst werden, man kann einen Eisblock an einer Straßenecke schmelzen lassen, Blattgold in den Fluß werfen, das alles kann Kunst sein. Es ist alles da, wartet nur darauf, entdeckt zu werden.«

»Na ja«, sagte sie fröhlich, »könnte dann die Arbeit als Möbelträger nicht auch Kunst werden?«

»Nein«, sagte Charlie. »Irgendwie kann ich mir das nicht vorstellen.«

Nachdem sie den Kaffee getrunken hatten, fragte er nach ihrer Telefonnummer. Sie zögerte. Als sie gerade dabei war, sie auf eine Serviette zu schreiben, sagte sie, sie würden sich doch morgen früh sowieso sehen, und außerdem würden sie sich eh ab und zu treffen, da sie ja im gleichen Betrieb arbeiteten. Charlie versuchte nicht, sie zu überreden. Früher hätte er ihre Weigerung als schmerzliche Abfuhr empfunden, aber heute zog er es vor, sie als Zeichen löblicher Vorsicht zu nehmen, als altmodischen Touch, den Wunsch, hofiert und umworben zu werden. An einem Tag wie diesem griff man nach jedem Strohhalm.

In seinem Büro in der achten Etage las Derek Snell Vita Carlisles Bewerbung noch einmal und sah sich in seinem ersten Eindruck bestätigt, daß sie ein Prachtexemplar war. Besonders schön war der Teil, wo sie schrieb, daß sie Schülersprecherin auf ihrem Internat in Sussex gewesen war, und der, in dem sie Kirchenmusik und Reiten als ihre Hobbys angab. Im Fragebogen stand auch, daß ihr Vater Arzt war, daß sie ungewöhnlich jung zur Universität gegangen war und dort Geographie studiert hatte. Sie war, wie sie formulierte, an der Uni ein ›wahres Energiebündel‹ gewesen, was besonders bei der Organisation und Durchführung von Orientierungsläufen aufgefallen sei.

Die Liste ihrer bisherigen Jobs war kurz, aber exklusiv: Research-Assistentin für einen Tory-Abgeordneten und persönliche Referentin eines Antiquitätenhändlers. Snell kannte zwar keinen der beiden Namen, aber es hörte sich gut an. Seine Freude war so groß, daß ihm weder die Frage, warum jemand mit einem solchen Lebenslauf sich als Verkäuferin bewarb, noch eine Überprüfung des Wahrheitsgehalts der Angaben in den Sinn kam, aber schließlich hatte er auch anderes im Kopf.

Er sah sich den Bogen noch einmal näher an. Der sanfte, fließende Strich in Verbindung mit dem gleichmäßigen festen Druck war so vielsagend, verbarg so wenig, daß sie so gut wie nackt vor ihm stand. Vorsichtig faltete er die Papiere zusammen und steckte sie in die Innentasche seines Jackets. Dann sah er sich ihre Polaroid-Fotos noch einmal an und war endgültig davon überzeugt, daß sie ideal war, perfekt. Er steckte auch die Fotos ein. Später würde er sowohl für das Formular als auch für die Fotos eine private Verwendung finden.

Charlies Fragebogen blieb auf dem Tisch liegen, wurde Teil der Ablagerungen, die irgendwann in einen Ausgangskorb wanderten, um später von einer inkompetenten Archivkraft verlegt zu werden.

Als Charlie vom Bewerbungsgespräch nach Hause kam, griff er in die Jackentasche und fand einen Füller. Vita Carlisles Parker. Er hatte nicht die geringste Ahnung, wie der da hingekommen war, nahm aber an, daß er ihn geistesabwesend eingesteckt hatte, wahrscheinlich nachdem sie die Bewerbungsformulare ausgefüllt hatten. In gewisser Weise war das ein glücklicher Zufall. Es gab ihm einen Grund, Vita einen Besuch abzustatten, und in ihm verfestigte sich der Eindruck, daß er das dringend wollte. Es war nicht Liebe auf den ersten Blick oder etwas ähnlich Nettes und Poetisches, sondern er mußte feststellen, daß er ihr einige Bewunderung entgegenbrachte. Sie war mit einer Leichtigkeit durch die Bewerbungsprozedur geschwebt, die er niemals erreichen würde. Sie war charmant, begabt und log mit einer Effizienz, um die er sie nur beneiden konnte. Er hoffte, wenn er sie erst einmal näher kennengelernt hatte, würden einige dieser augenfälligen Fähigkeiten auf ihn abfärben.

ARNOLD HADEN: Vielleicht liegt es in der Natur des Terrorismus, daß Terrorakte irrational, unbegreiflich und vor allem unvorhersehbar sind. Die Bombe im Schulbus versetzt uns einen viel größeren Schock als die in der Kaserne. Aber ein Anschlag auf ein Kaufhaus wäre gewiß nicht in höchstem Maße abwegig.

Man könnte sagen, daß Terrorismus eine verspätete, häßliche und krankhafte Blüte der Enteignung ist. Diese Enteignungen können grausam oder auch subtil gewesen sein, aber sie stehen in unmittelbarem Zusammenhang zu Geschichte und Wirtschaft. Terroristen halten sich niemals für einen Bestandteil, glauben, nichts mit der Gesellschaft gemein zu haben, die sie zum Ziel ihrer terroristischen Anschläge machen, selbst wenn es sich dabei um ihre eigene Gesellschaft handelt. Sie haben keinerlei persönliches Interesse an ihr. Sie haben nichts zu verlieren. Sie gehören nicht zu dieser Welt, sondern sind nur auf der Durchreise.

Die Welt des Austauschs, des Absatzes, des Geschäfts, des Handels, die Welt des (in Ermangelung eines besseren Wortes) Kaufens ist eine der Verbundenheit und der Beteiligung. Käufer *haben* ein persönliches Interesse an dem, was sie kaufen. Sie haben eine Menge zu verlieren.

Das klingt natürlich banal. Dienen Freiheit und Demokratie wirklich nur dem Schutz oberflächlicher Annehmlichkeiten wie dem eigenen Herd, der neuen Schlafzimmereinrichtung, dem Teeservice oder dem gefüllten Picknickkorb? Nun, alles in allem betrachtet, wahrscheinlich schon. Vielleicht ist es das, was der Sieg über den Terrorismus uns bringt: das Recht, in Frieden zu leben, in Frieden einzukaufen, die Gegenstände um uns zu horten, die uns ein sicheres und behagliches Gefühl geben. Das erklärte Ziel des Terroristen ist es, diese Sicherheit und Behaglichkeit zu untergraben; und es gibt Menschen, die dumm genug sind zu behaupten, hierin läge auch die Aufgabe des Künstlers.

3

Glocken und Schellen

Vita Carlisle sitzt jetzt schon eine Weile bewegungslos auf dem Sofa. Anfangs wirkte sie noch gedankenverloren, aber je länger sie so dasitzt, desto ausdrucksloser wird ihr Gesicht. Sie scheint nur vor sich hin zu träumen. Sie sieht nicht aus wie eine Frau, die sich in Fetzen reißt, Arnold Haden erkennt aber, daß Äußerlichkeiten in einer solchen Situation eine völlig untergeordnete Rolle spielen könnten.

Schließlich sagt sie: »Ich glaube, ich weiß, was du denkst, Arnold. Du denkst vermutlich, daß dieses Dynamit überhaupt nicht echt ist.«

Tatsächlich ist ihm dieser Gedanke gar nicht gekommen. Er braucht keine Nachhilfe über die Authentizität seiner Situation.

»Du denkst, wo soll eine junge Frau wie ich echtes Dynamit herkriegen. Schließlich kann man sich das nicht einfach so im Kaufhaus besorgen.«

»Das ist wahr«, sagt Arnold.

»Also, ich kann dir sagen, es ist eigentlich ganz einfach«, sagt Vita. »Das Zeug wird überall geklaut: in Steinbrüchen, bei Abrißfirmen und auf Militärstützpunkten. Passiert andauernd. Man braucht nur die richtigen Kontakte, ein paar Freunde am richtigen Ort, aber es ist wirklich nicht allzu schwierig, an so was ranzukommen.«

»Das dürfte auch wahr sein«, pflichtet Arnold ihr bei.

»Rein logisch betrachtet macht es zwischen uns natürlich keinen Unterschied. Die Tatsache, daß ich an echtes Dynamit rankommen *könnte*, besagt nicht unbedingt, daß ich es auch geschafft habe, nicht wahr?«

Arnold Haden nickt. Ja, er kann ihrer Logik folgen.

»Aber vielleicht ist das ja auch die Natur des Terrors«, sagt Vita. »Ungewißheit ist eine wertvolle Waffe. Die *Angst* davor, in Fetzen gerissen zu werden, kann ebenso entsetzlich sein wie das Wissen darum.«

»Nicht ganz, würde ich sagen«, sagt Haden.

»Nein, vielleicht nicht ganz. Aber du kannst mir glauben; das Dynamit ist echt.«

»Ich glaube dir. Ehrlich.«

»Ich habe überlegt, ob ich eine Pistole nehmen soll«, sagt sie trocken. »Ich habe mir vorgestellt, wie ich hier hochkomme und drohe, dir die Birne wegzupusten. Aber etwas in mir hat mir gesagt, daß ich dazu womöglich nicht in der Lage wäre. Ich dachte, wenn's dann hart auf hart geht, könnte meine Hand zu sehr zittern, und ich würde vorbeischießen. Das wäre ein Fiasko. Mit Dynamit ist es viel einfacher.«

»Wirklich?« fragt er. »Ist es einfacher, uns beide umzubringen, als nur mich allein?«

»Aber klar«, antwortet sie bestimmt.

»Ist das nicht etwas seltsam?«

»Ja, wahrscheinlich schon. Aber ich nehme an, wir haben es hier mit Selbsthaß zu tun«, gesteht Vita.

»Das haben wir dann wohl«, stimmt er zu, blickt zur Seite und verfällt seinerseits in Schweigen. Selbsthaß ist, wie er nur zu gut weiß, eine Kraft von gewaltiger Destruktivität. Vita stimmt in sein Schweigen ein, und eine Zeitlang sitzen sie in stummer Melancholie nebeneinander. Dann sagt Arnold: »Hier geht es nicht einfach bloß um Sex, oder?«

Sie sieht ihn abschätzig und angewidert an, aber er will das durchdiskutieren.

»Wahr ist, daß ich dich verführen wollte«, sagt er, »und auch, daß ich Sex mit dir wollte – ehrlich gesagt, ich glaube, das will ich noch immer. In Ordnung, das ist vielleicht nicht ganz das, was du willst. Ich weiß, daß ich kein attraktiver Mann bin, aber meine Gefühle für dich sind echt. Ich weiß, daß ich nicht der Traum eines jungen Mädchens bin, aber in dieser Welt des Begehrens und des Austauschs dachte ich wirklich, wir könnten eine einvernehmliche Lösung finden, die uns beide zufriedenstellt.«

»Hast du das wirklich geglaubt?« sagt Vita.

»Aber selbst wenn du dich vor mir ekelst und meinst, ich hätte dir zu penetrant nachgestellt, und selbst wenn du denkst, ich hätte meine Stellung als Arbeitgeber mißbraucht, und selbst wenn dich das wütend gemacht hat und du Rachegelüste entwickelt hast, und selbst wenn du mich für eine Art Monster hältst, muß ich dir sagen, selbst dann finde ich deine Reaktion übertrieben.«

Sie betrachtet ihn nachdenklich, denkt gebührend über seine Worte nach, bevor sie sagt: »Du hast recht. Es geht nicht einfach bloß um Sex.«

Arnold Haden ist froh, das geklärt zu haben.

»In diesem Fall«, sagt er, »geht es möglicherweise um etwas, das wir als Kapitalismus bezeichnen könnten?«

Sie wird etwas lebhafter und zeigt eine Spur Interesse. Arnold Haden fühlt sich ermutigt.

Er sagt: »Hängt es vielleicht mit meiner Position als Arbeitgeber zusammen? Mir ist klar, daß Haden Brothers seine Angestellten nicht übermäßig gut behandelt. Wir lassen keine

Gewerkschaften zu. Ich weiß, daß einige unserer Angestellten, besonders die Hilfskräfte, Schwierigkeiten haben, mit dem zurechtzukommen, was wir ihnen zahlen. Mir ist bewußt, daß viele von ihnen nicht sehr glücklich sind.«

»Nein, das ist es nicht«, sagt Vita.

»Und überdies könntest du Haden Brothers' Rolle in der Welt kritisieren«, fährt er fort. »Wir kaufen in Ländern ein, in denen die Arbeiter mißbraucht und ausgebeutet werden. Wir machen Geschäfte mit korrupten und diktatorischen Regimen. Wir kaufen komplette Ernten aus Entwicklungsländern auf. Geht es darum?«

»Jetzt werd nicht albern«, sagt Vita. »Wegen so was bringt man doch niemanden um.«

»Nicht? Manche Leute tun das.«

»Okay, Arnold, davon verstehst du bestimmt mehr als ich.«

Er startet noch einen Versuch. »Ich könnte dir kaum widersprechen, wenn du sagtest, Haden Brothers ist dafür verantwortlich, daß die Leute ihre Häuser und Wohnungen mit geschmacklosem Zeug vollstopfen, das sie weder brauchen noch haben wollen und das sie sich eigentlich auch gar nicht leisten können. Du könntest behaupten, daß wir blindwütigen Konsum fördern. Du könntest sagen, daß wir eine Masse unkritischer, abgestumpfter Konsumenten mit sogenannten Luxusgütern überhäufen. Ich würde nicht widersprechen.«

»Ach komm, Arnold! Wofür hältst du mich?«

»Ich weiß nicht, wofür ich dich halten soll. Warum verrätst du es mir nicht?«

Sie zuckt die Achseln und sieht dabei kurz mädchenhaft, fast kindlich aus. Arnold Haden findet das bei einer Frau sehr attraktiv, seine Liebe wallt wieder auf, und einen Augenblick lang fällt es ihm schwer, sich vorzustellen, daß sie ihn wirklich umbringen will. Aber auch wenn es ihm schwerfällt, er muß es versuchen, und anscheinend will Vita ihre Gründe nicht von sich aus offenbaren. Er muß weitermachen.

»Vielleicht willst du zur Märtyrerin werden, eine Freiheitskämpferin wie Astrid Proll, Patty Hearst oder Ulrike Meinhof. Auch dafür habe ich Verständnis.«

»Wie wer?« sagt sie. »Wer sind diese Leute?«

»Hast du wirklich nie von ihnen gehört?«

»Nein, wer sind sie?«

Arnold Haden verspürt eine gewisse Erleichterung. Vielleicht ist sie eine verrückte Revolutionärin, aber zumindest weiß sie nichts über ihre Wurzeln.

»Also, viele Menschen würden sie als Terroristen bezeichnen«, sagt er. »Aber sie waren ganz gewöhnliche Frauen, ähnlich wie du, die irgendwo einmal falsch abgebogen sind, dem falschen Mann begegnet sind oder schlechte Erfahrungen mit der Gesellschaft gemacht haben, worauf sie sich entschlossen, Rache zu nehmen. Ich persönlich sehe sie eher als Opfer.«

Vita lächelt. Anscheinend findet sie Gefallen an dieser Idee.

»Ist es das, Vita? Ist dir Ungerechtigkeit widerfahren? Bist du Mitglied einer Gruppe von Befreiungskämpfern? Hat man dich einer Gehirnwäsche unterzogen? Dich gezwungen, dies gegen deinen Willen zu tun?«

»Nein«, sagt sie. »Ich vertrete hier niemanden außer mich selbst.«

»Wirklich? Du hast keine Verbündeten, keine Partei und auch sonst keinerlei Organisation hinter dir?«

Ihr ist durchaus bewußt, daß es äußerst hilfreich wäre, wenn sie auf ein paar revolutionäre Genossen und eine schlagkräftige Untergrundbewegung verweisen könnte, aber es gelingt ihr nicht, Arnold Haden zu belügen – jetzt nicht mehr.

»Was geht dich das an?« sagt sie.

»Ja, was eigentlich?« stimmt Arnold zu. »Aber ich glaube, du solltest mir verraten, warum du das alles tust.«

»Nein«, sagt sie. »Noch nicht.«

»Aber irgendwann verrätst du es mir?«

»Ich denke schon. Ich glaub, ich werd's dir sagen, bevor ich dich töte. Bevor ich uns beide töte.«

»Danke. Ich weiß das zu schätzen.«

»Was ist bloß los mit dir, Arnold?« kreischt sie. »Ich hab davon gehört, daß du ein ziemlicher Spinner sein sollst, aber immerhin drohe ich, dich in Fetzen zu reißen, und du sprichst mit mir, als wären wir in einer Diskussionsrunde auf dem Gymnasium. Du bist echt verrückt, Arnold!!«

»Tut mir leid«, sagt er. »Tut mir wirklich leid. Tatsache ist aber, daß ich einfach keine Angst mehr habe.«

»Herrgott«, sagt Vita.

»Würdest du mir trotzdem einen letzten Wunsch erfüllen?«

»Eventuell«, sagt Vita.

»Laß uns auf einen Drink ins Penthouse gehen.«

4

Haden Brothers

IHR ANTEIL AM BESTÄNDIGEN ERFOLG
Einführung und Handbuch für Mitarbeiter

Hallo. Willkommen bei ***Haden Brothers*** der aufregenden und faszinierenden Welt des Verkaufs.

Und herzlichen Glückwunsch! Daß Sie diese Broschüre lesen, heißt wahrscheinlich, daß Ihnen gerade eine Stellung in unserem großartigen Geschäft angeboten wurde. Gut gemacht! Jetzt sind Sie einer von uns. Hier ist jeder willkommen, ganz gleich ob er nur ein paar Monate bleiben will oder dies als Anfangspunkt einer langen, glorreichen Karriere bei ***Haden Brothers*** sieht.

Aber Vorsicht! Viele von denen, die glaubten, dies wäre nur ein kurzes Intermezzo, sind ihr Leben lang geblieben. Und was für ein produktives und ausgefülltes Leben sie geführt haben!!

Was ist Haden Brothers?

Haden Brothers ist ein Kaufhaus der Kontraste, in dem das Ultramoderne Seite an Seite mit dem Ultratraditionellen steht.
Früher kamen unsere Kunden in Pferdekutschen, um Reithosen und Zylinderhüte zu erstehen. Heute kommen Sie im Ferrari, um modernste Fernsehgeräte und CD-Spieler zu kaufen. Aber Reithosen und Zylinderhüte bekommen sie immer noch!!!
Für viele ist Haden Brothers Aladins Schatzkammer, ein Füllhorn

der Kostbarkeiten. Für die Kunden wie auch für die Angestellten ist Haden Brothers ein anderer Planet, eine glücklichere und bessere Welt. Es ist wahrhaftig eine Art Eldorado, ein kleines Stück vom Himmel auf Erden für Käufer und Verkäufer.

*

Eines dürfen Sie nie vergessen: ***Haden Brothers*** ist *groß*! Es hat neun Stockwerke und mehrere Kellergeschosse. Es hat 400 Abteilungen und 200 000 Quadratmeter Verkaufsfläche. Das ist *groß*!! Dagegen sind Harrods, Selfridges, Macy's und Bloomingdales kleine Fische.

Bei ***Haden Brothers*** ist jederzeit genug Teppichboden vorrätig, um mehr als 600 Einfamilienhäuser auszulegen, es gibt genug Glühbirnen, um 6500 große Weihnachtsbäume zu schmücken, genug Personal, um über 700 Fußballmannschaften oder über 500 Rugby Union Teams zu bilden (einschließlich der Ersatzspieler).

Es sind genug Kugelschreiber da, um Shakespeares Werke 20000mal vollständig abzuschreiben, genug Papiertüten, um den Buckingham Palace 150mal einzupacken, genug Schuhe, Socken und Freizeitbekleidung, um sämtliche britischen Staatsdiener komplett neu einzukleiden.

Haden Brothers hat eigene Notstromgeneratoren. Es gibt eine eigene Druckerpresse, eine hauseigene Recyclinganlage und, dank eines artesischen Brunnens tief unter der Garten- und Heimwerkerabteilung, eine eigene Wasserversorgung.

Im eigenen medizinischen Zentrum können sich die Mitarbeiter in ärztliche, zahnärztliche und fußpflegerische Behandlung begeben. Außerdem steht ein Team von Psychologen und Therapeuten sowie ein Pfarrer bereit.

Viele Orte, die sich stolz Stadt nennen, haben ein geringeres Freizeitangebot, weniger Sehenswürdigkeiten und eine niedrigere

Bevölkerungszahl als ***Haden Brothers***. Und es ist eine freie Stadt. Bei uns ist jeder willkommen. Es gibt keine Paßkontrollen, keine Zollschranken, keine Ein- und Ausfuhrbeschränkungen und keine Quarantänevorschriften.

Haden Brothers ist eine echte Community. In diesem Kaufhaus arbeiten Menschen aller Glaubensrichtungen, aller Altersgruppen, Klassen, Rassen und sexuellen Vorlieben. Natürlich kann nicht jeder überall arbeiten. Wer will schon einen Versace-Anzug von einem unkultivierten Proleten aus der Arbeiterklasse kaufen, wer sein Paracetamol von einem Angehörigen der christlichen Wissenschaft, und niemand erwartet von einem Farbigen, sich soweit zu erniedrigen, Polo- oder Krocketartikel zu verkaufen.

Man würde lügen, behauptete man, Sie könnten wirklich alles bei ***Haden Brothers*** kaufen. Bestimmte Artikel können wir einfach nicht am Lager haben, sind aber gerne bereit, Bestellungen entgegenzunehmen.

Für die überwiegende Mehrheit der Menschen und praktisch alle Arbeitsbereiche kann ***Haden Brothers*** jedoch alles und noch mehr bieten.

Wer aber sind die Haden Brothers?

Inzwischen lebt leider nur noch ein Haden Brother, Mr. Arnold Haden. Sein Bruder, Mr. Timothy Haden, verstarb bei einem tragischen Verkehrsunfall gemeinsam mit Mr. Arnolds Frau. Mr. Arnold hat nicht wieder geheiratet, so daß es derzeit keine Erben, keine zukünftigen ***Haden Brothers*** gibt.

Mr. Arnold Haden gehört zur dritten Generation von Haden-Brüdern an der Spitze unseres Hauses. Sein Großvater und sein Großonkel gründeten das Geschäft an einem anderen, bescheideneren Standort im Jahr 1899.

Um die Person Mr. Arnold Hadens ranken sich unzählige Legenden, Sie dürfen aber nicht alles glauben, was Sie über ihn gelesen oder gehört haben. Er ist ein warmherziger und unternehmungslustiger Mensch, ein scharfsinniger Geschäftsmann, dabei aber freundlich und umgänglich. Ein wahrer Gentleman, so englisch wie Roastbeef, Shakespeare und die Queen.

Betriebsstruktur

Eine so große und komplexe Organisation wie ***Haden Brothers*** ist nicht leicht zu erklären oder zu verstehen. Dennoch wollen wir versuchen, Ihnen die Grundzüge der Struktur unseres Hauses in einfachen Worten darzulegen.

An der Spitze steht Mr. Arnold Haden. Ihm untersteht eine Gruppe aus Geschäftsführern, Kreativdirektoren und Fachgebietsdirektoren. Auf der gleichen Ebene gibt es noch eine Anzahl quasi eigenverantwortlich arbeitender Kontrolleure, Verwaltungsleiter, Supervisoren und Werbemanager, die der Finanzabteilung, der Werbeabteilung und der Abteilung für Öffentlichkeitsarbeit zuarbeiten.

Es gibt Manager für bestimmte Sektionen und andere für das Marketing sowie eine Reihe ständiger »Verkaufskomitees«, die fortlaufend Absatzzahlen, Gewinne und das öffentliche Ansehen des Hauses überwachen.

Wenn wir in der Hierarchie weiter hinabsteigen, begegnen wir Lagerverwaltern, Abteilungs-, Abschnitts-, Sektions- und Produktionsleitern. Diese arbeiten Hand in Hand mit den Einkäufern, den stellvertretenden Einkäufern, Einkaufsgehilfen und den Auszubildenden im Bereich Einkauf. Dann kommen die Verkäufer der Stufen eins bis fünf, wobei das mobile Einsatzkommando an höchster Stelle steht.

Zur Aufrechterhaltung dieser Grundstruktur dienen Hunderte von Sekretärinnen, Buchhaltergehilfen, Dekorateurinnen, Kaufhausdetektive, Fahrer, Zimmerleute, Elektriker, Handwerker usw., usw …

Schließlich kommen wir zu den Hilfskräften: Putzkräfte, Abfalleimerentleerer, Tellerwäscher, bis hinunter zu so bescheidenen Lebensformen wie den Hilfsmöbelträgern.

Alle diese Angestellten haben ihren Platz im System, jeder weiß, wo er hingehört, und solange er das nicht vergißt, geht es ihm gut.

Was Haden Brothers Ihnen bietet

1) Sicherheit

   Haden Brothers ist nicht irgendein zwielichtiger Schuppen.

2) Ausbildung

   Haden Brothers hat sich die Aus- und Weiterbildung auf die Fahne geschrieben, und wir haben eine kleine Gruppe von Spezialisten, die sich ganz der innerbetrieblichen Aus- und Weiterbildung widmet.

   Bei ***Haden Brothers*** können Sie an Seminaren für Arbeitstechnik, Warenhandling, Systembedienung und Menschenführung teilnehmen, um nur einige zu nennen. Unser Einführungskurs ist unübertroffen. Wenn Sie einige Zeit bei uns sind, stehen Ihnen Fortbildungs- oder Umschulungsmaßnahmen offen.

   Kurz gesagt, unsere Ausbildung ist die beste! Darum lassen wir unsere Angestellten einen Vertrag unterzeichnen, der besagt, daß Sie frühestens sechs Jahre, nachdem Sie uns verlassen haben, wieder für ein anderes Einzelhandelsunternehmen arbeiten. Aber mal ehrlich, wo soll man schon hingehen, wenn man erst einmal bei ***Haden Brothers*** war?

3) Sozialversicherung

   Wir passen schon auf Sie auf.

4) Geld

   Ja, wir bezahlen Sie auch noch bei ***Haden Brothers,*** obwohl viele unserer Angestellten schwören, daß sie auch umsonst hier arbeiten würden. Einige würden sogar dafür bezahlen, daß wir sie hier arbeiten lassen!! Und das ist gut so; wir wollen nämlich nicht, daß jemand nur wegen des Geldes zu uns kommt.

5) Gewerkschaften
Wir bei ***Haden Brothers*** sind alle eine große Familie und sehen keinen Bedarf für eine organisierte Arbeiternehmerschaft.

Ordnung und Disziplin

Bei ***Haden Brothers*** führen wir notwendigerweise ein strenges Regiment. Wir glauben an Disziplin und Verantwortung, Fair play und Offenheit.

Folgende Verstöße können und werden eine fristlose Entlassung nach sich ziehen: Diebstahl, Unpünktlichkeit, Benutzung der Telefone für Privatgespräche, Entwenden von Büromaterial, unerlaubte Benutzung der Fotokopierer und Faxgeräte, lange, nicht arbeitsbezogene Unterhaltungen mit anderen Angestellten, übermäßiger oder naturwidriger Gebrauch der Toiletten, das Arbeiten unter Alkohol- oder Drogeneinfluß, Aufsässigkeit, politische Aktivitäten, Kontakte mit Zeitungs- und/oder Fernsehjournalisten, Flirten während der Arbeitszeit, körperliche oder verbale Angriffe auf Kunden oder Vorgesetzte.

Leider haben wir in der Vergangenheit immer wieder Mitarbeiter wegen der oben angeführten Vergehen entlassen müssen. Bei ***Haden Brothers*** hat man keine zweite Chance.

Der Kunde und Sie

Praktisch jeder kann als Kunde zu Ihnen kommen. Wir sind Hoflieferanten für Könige und Königinnen. H. G. Wells und Kirk Douglas waren nur zwei der berühmtesten Kunden, die in der Vergangenheit ein Konto bei uns hatten.

Wir bedienen unentschlossene Schuljungen, die ihr Taschengeld wohlbedacht in unserer Spielwarenabteilung anlegen wollen. Einer dieser Jungen könnte zu einem Wirtschaftsboß heranwachsen. Das mittellose Paar, das heute in unserer Schmuckabteilung zwei bescheidene verdrehte Creolen-Ohrringe kauft, wird vielleicht eines Tages ein ganzes Haus in Cheyne Walk einrichten.

Schlußbemerkung
Wenn Sie die Sache richtig angehen, kann ***Haden Brothers*** neuen Arbeitnehmern alles und noch mehr bieten. Ist es da übertrieben, wenn wir von Ihnen dasselbe verlangen?

★

EIN PAAR KURZE AUSFÜHRUNGEN ZU UNSEREM GEBÄUDE

Das Haus, in dem sich ***Haden Brothers*** heute befindet, wurde zwischen 1930 und 1933 errichtet. Ursprünglich sollte Frank Lloyd Wright den Auftrag erhalten, es stellte sich aber heraus, daß er zu teuer war und zu wenig Begeisterung an den Tag legte. Dann wurde Kontakt zu Erich Mendelsohn aufgenommen, der in vieler Hinsicht als Vater der modernen Kaufhausarchitektur bezeichnet werden kann. Er entwarf einige Skizzen eines imposanten, eleganten Baus mit großen Glasflächen, schlanken Metallrahmen und bronzenen Fensterbänken, aber aus dem Projekt wurde nichts. Als die Zeit knapp wurde, vergab man den Auftrag an Edward Zander, einen Architekten, der als »eigenbrötlerischer Visionär« bekannt wurde.

Sein Grundgedanke war, das Kaufhaus in Anlehnung an Bruegels Gemälde vom Turm zu Babel zu bauen, eine Konzeption, bei der man selbst in den Dreißigern davon ausgehen durfte, daß man sich Ärger einhandeln würde. Bruegels Bild basiert auf seinen Betrachtungen der Ruinen des römischen Kolosseums, und jede

Verwandtschaft mit seinem Turm zu Babel mußte unweigerlich Assoziationen über die Vergeblichkeit menschlichen Hoffens und Strebens heraufbeschwören. Eine Konstruktion, die den Zorn Gottes auf sich zieht und seine Erbauer in unfaßbare Verwirrung stürzt, mag nicht unbedingt ein ideales Modell für ein erfolgreiches Kaufhaus sein, dennoch wurde der Plan ausgeführt.

Natürlich ist das Gebäude im eigentlichen Sinne keine exakte Kopie der Ruine auf Bruegels Gemälde. Schon das asymmetrische Inselgrundstück, auf dem es errichtet wurde, hätte dem erforderlichen runden Grundriß im Wege gestanden. Dennoch zeigen sich in Form und Silhouette unverkennbare Parallelen. So ist das Gebäude offensichtlich nur deshalb neun Stockwerke hoch, weil Bruegels Turm es war, und der seltsam unvollendete Eindruck muß eindeutig auf göttliche Einmischung zurückgeführt werden.

Zanders Bauwerk hat jedoch nur wenig vom Rhythmus, den systematischen Mustern oder der klassischen Form seines mutmaßlichen Vorbilds. Vielmehr suggeriert es eine Aneinanderreihung unterschiedlicher Stile. Elemente des russischen Konstruktivismus, der italienischen Renaissance und Barock-Stukkaturen stehen direkt nebeneinander. Zinnenbrüstungen, Ziegeldächer, Eselsrücken und Stahlbalkone wirken wie zufällig zusammengefügt, und dann wurden noch Erkerfenster und Strebebögen draufgesetzt. In die Fassade sind Engel, Putten und mythologische Kreaturen gehauen. Es gibt Wasserspeier, Karyatiden, Mosaike, Flächen aus maurischen Fliesen und ein paar fantastische Buntglasfenster. Zander hatte in der neunten Etage ein Tiergehege geplant und wollte das ganze Gebäude blutrot streichen lassen – von diesem Vorhaben konnte er jedoch abgebracht werden.

Das Gebäude ist gespickt mit irreführenden architektonischen Scherzen: Vexierspiegel, falsche Perspektiven und Trompe-l'œil-Malerei. Gerüchten zufolge ist das ganze Kaufhaus voll von Geheimgängen und -kammern, die aber, falls das stimmen sollte, bis zum heutigen Tage nicht entdeckt worden sind.

Zander behauptete, die Vielfalt architektonischer Stilrichtungen sei ein bewußtes Echo auf die Vielfalt der im Gebäude verkauften Artikel. Das Bauwerk war seiner Zeit voraus, präsentiert sich aber trotzdem in bizarrer, zeitloser Schönheit. Von Charles Jencks wurde es als Ur-postmodernes Meisterwerk gefeiert, wohingegen Pevsner es als »willkürliche Anhäufung« bezeichnet hat. Von prosaischeren Geistern wurde es Kathedrale des Konsums genannt, und kaum jemand könnte dieser Beschreibung ernsthaft widersprechen.

Das Interieur des Kaufhauses wurde seit seiner Einweihung etliche Male umgestaltet und renoviert, und der Architekt würde seine Entwürfe nur selten wiedererkennen. Dennoch sind sein expressiver Einsatz von Licht und Raum, die großen geschwungenen Innenbalkone, das Atrium mit den Springbrunnen, Zentaurenfiguren und Marmorbüsten von Clara Bow bis heute unverändert geblieben.

Zu den wenigen traurigen Fußnoten der ***Haden Brothers***-Saga gehört, daß dieser Bau Edward Zanders letzte Arbeit war. Vielleicht wußte er, daß er dieses Meisterwerk nie würde übertreffen können, und beendete sein Leben in Einsamkeit und Armut. Man hat nie wieder von ihm gehört. ***Haden Brothers*** ist das Monument seines Genies.

5

Möbelplackerei

Auf dem Weg zur Arbeit überflog Charlie die Broschüre noch einmal. Sein erster Arbeitstag jagte ihm weit weniger Angst ein, als er erwartet hatte. Erstens klang der versprochene »Einführungskurs« ganz erträglich. Er nahm an, daß sie in einem Konferenzzimmer sitzen würden, während ein niederer Charge aus der Personalabteilung ihnen die Firmenpolitik, Betriebsordnung, Brandschutzvorschriften und all so was vorkaute. Wenn es danach die Möglichkeit gab, Fragen zu stellen, müßte man die Prozedur bis in den Spätnachmittag ausdehnen können. Das war sehr viel besser als arbeiten. Aber noch wichtiger war die Gelegenheit, Vita wiederzutreffen, und allein dieser Gedanke vertrieb den Rest eventuell doch noch vorhandener Angst vor der Arbeit.

Zu seiner größten Freude und nicht unerheblichen Überraschung sah er sie schon, als er aus dem U-Bahnhof kam. Auf der Straße drängten sich die Berufstätigen, zwischen denen sie ruhig und gelassen hindurchschritt. Er hatte den Eindruck, daß sie aus jeder Menschenmasse hervorstechen würde. Sie sah ihn nicht. Entschlossen und zügig ging sie weiter Richtung Haden Brothers, und er mußte sich energisch seinen Weg zwischen den dahintrottenden Menschen hindurchbahnen, um sie einzuholen. Als er direkt hinter ihr war, tippte er ihr vorsichtig auf die Schulter und stieß ein enthusiastisches »Hallo« hervor. Sofort fürchtete er, etwas zu enthusiastisch und bei weitem nicht vorsichtig genug gewesen zu sein. Wie von der Tarantel gestochen drehte sie sich um und wich zurück, als sei Charlie ein mieser stinkender Säufer.

»Ich bin's«, sagte er strahlend.

Sie starrte ihn an, begutachtete ihn eingehend, aber unverbindlich. »Oh, hallo«, sagte sie, offensichtlich nicht recht in der Lage, ihn einzuordnen, aber entschlossen, immer höflich zu bleiben. »Und wie geht es Ihnen?«

»Mir geht's prima«, sagte er. »Und Ihnen?«

Sie musterte ihn noch immer mit zweifelndem Blick, schien sich dann aber langsam daran zu erinnern, wer er war und woher sie ihn kannte, und ihre Frohnatur kehrte langsam zurück.

»Ach, Sie sind's. Ohne den Anzug sehen Sie ganz anders aus«, sagte sie zur Erklärung.

»Kann ich mir vorstellen.«

»Ich nehme an, daß Sie auch ihrem ersten Tag in der neuen Stellung entgegenfiebern«, sagte sie.

»Oh, klar doch«, erwiderte er.

»Und sicher haben Sie sich inzwischen an den Gedanken gewöhnt, als Möbelträger zu arbeiten«, sagte sie.

»Kann ich leider nicht behaupten.«

»Sie werden schnell merken, ob Sie der Arbeit gewachsen sind oder nicht. Und wenn Sie es nicht sind, bleibt Ihnen als einzige anständige Lösung die Kündigung.«

»Wenn Sie das so sagen, klingt es ganz einfach.«

»Besonders kompliziert ist es nicht«, sagte sie.

Er nahm ihr das nicht ab und war sich bewußt, daß seine Halbherzigkeit ihn seinem Ziel nicht näher brachte. Wenn er sie wirklich beeindrucken wollte, mußte er über den Job ebenso begeistert sein wie sie, aber das war einfach zuviel verlangt.

»Vielleicht können wir heute zusammen Mittag essen«, sagte er.

»Also, lieber nicht«, erwiderte sie. »Nicht heute, nicht am ersten Tag. Ich glaube nicht, daß heute noch Zeit bleibt, um eine Essensverabredung unterzubringen.«

Er hielt es für das Beste zuzustimmen und tröstete sich mit dem Gedanken, daß er sich wenigstens bei der Einführung einen Platz neben ihr sichern konnte. Er hatte ihren Füller in der Tasche und wollte ihn ihr auch wiedergeben, tat es aber noch nicht. Der Füller war seine Versicherungspolice, gewährleistete, daß er sie wiedersah.

Sie erreichten das Kaufhaus und nahmen die Seitenstraße, die zu den Personaleingängen an der Rückseite des Gebäudes führte. Personaleingang F war ein breiter, eckiger Durchgang mit einem Metallrollgitter. Er war zu. Vor dem Eingang wartete eine große Menschenmenge darauf, hineingelassen zu werden.

»Am besten bleiben wir einfach hier stehen«, sagte Charlie.

»O nein, ich nicht«, sagte Vita. »Wissen Sie, Mr. Snell hat mich gestern noch angerufen und mir mitgeteilt, daß die Planung sich geändert hat und ich mich an Personaleingang anmelden soll, statt an F. Das ist der da drüben.«

Charlie richtete seinen Blick auf Eingang A. Eine strahlendweiße Treppe führte hinauf zu einem kleinen, verzierten Glasvorbau mit einem Portier und zwei sorgfältig beschnittenen Lorbeerbäumchen in Terrakottatöpfen. Das einzige, was noch fehlte, war ein roter Teppich.

»Na ja, möglicherweise sehen wir uns ja in den nächsten Tagen«, sagte sie.

»Wäre wirklich schön. Vielleicht sollten wir...«, aber sie

war schon weg und ging ohne einen Blick zurück auf Eingang A zu. Der Portier salutierte, und der gläserne Mund verschluckte sie. Charlie war froh, daß er nichts von dem Füller gesagt hatte.

Charlie stand am Rande der Menschenmenge, die um Personaleingang F herumlungerte. Sie waren, um es so freundlich wie möglich auszudrücken, ein buntgemischter Haufen; mürrisch und schäbig gekleidet strahlten sie eine gewisse Unzulänglichkeit und Unvollständigkeit aus. Ihnen fehlten Zähne und Finger, dafür hinkten viele, oder sie konnten mit Buckeln und unansehnlichen Muttermalen im Gesicht aufwarten. Manche hatten nur ein Bein oder einen Arm und die meisten nervöse Zuckungen. Vollständig schienen nur ein paar hartgesottene Burschen zu sein, die eine lautstarke, derb scherzende Gruppe bildeten und trotz der Februarkälte nur dünne T-Shirts trugen.

Charlie hatte nicht den Eindruck, daß einer dieser Menschen zu einem befreundeten und vertrauten Kollegen werden könnte. Wenn er ihnen überhaupt etwas entgegenbrachte, dann war es Furcht – nicht etwa, weil sie besonders gewalttätig oder bedrohlich wirkten, obwohl das bei einigen durchaus der Fall war, sondern in erster Linie, weil sie absolut heruntergekommen aussahen. Trotz seines gegenwärtigen Geldmangels hatte er keine Erfahrung mit einem derartigen Abstieg, und das sollte auch so bleiben.

Er tat sein möglichstes, um sich von den anderen zu distanzieren, indem er versuchte, selbstbewußt, qualifiziert und nicht wie ein Versager auszusehen, glaubte aber selbst nicht, daß er damit jemanden hätte täuschen können. Ein zufällig vorbeikommender Passant würde ihn für einen von ihnen halten. Da es keinerlei Anzeichen dafür gab, daß das Metallgitter demnächst geöffnet werden würde, entschloß er sich, einmal ums Gebäude herumzugehen, um etwas Zeit totzuschlagen und Abstand vom restlichen Volk zu gewinnen. Er würde die Schaufenster betrachten und sich mit den Dingen vertraut machen, die bei Haden Brothers verkauft wurden.

Das erste Fenster wurde von einem Reinigungstrupp belagert. Es zeigte eine Strandszene: Liegestühle mit Sonnendächern, violette und goldene Badetücher und eine Mannequinfamilie in geblümten Badeanzügen. Köpfe und Arme waren in bizarren und meist unnatürlichen Winkeln verdreht und mit ausgefallenen Sonnenbrillen, Taucheruhren und, bei der Mutter, einem Hämatit-Diadem, geschmückt.

Die Putzkolonne ging das Fenster mit Vehemenz und Entschlossenheit an, und nach einem Moment sah Charlie, daß sie mit aller Macht dabei waren, ein Graffito zu entfernen, das jemand quer über die breite Glasfront gesprayt hatte. Aber die hektische Arbeit hatte nicht viel gefruchtet, die Worte waren noch gut lesbar, wenn auch etwas unverständlich. Charlie hätte den Namen einer Fußballmannschaft erwartet, vielleicht eine Politparole oder auch nur ein paar hingekritzelte Initialen, aber statt dessen stand da HAMNET WAR HIER. Charlie betrachtete es noch einmal genauer, sah nach, ob er sich verlesen oder die Putzkolonne schon einen wichtigen, sinnstiftenden Teil des Slogans getilgt hatte, aber das war offenbar nicht der Fall. Er wußte nicht, was das heißen sollte, hatte aber auch nicht das Gefühl, daß das viel ausmachte. In diesem Punkt täuschte er sich, wie auch in vielen anderen, setzte aber seine Wanderung um die Außenmauer des Kaufhauses fort.

Es dauerte viel länger, als er gedacht hatte, und nach zehn Minuten fiel ihm auf, daß er zu Personaleingang F zurück mußte. Er glaubte jedoch, er hätte schon mehr als die Hälfte des Weges um das Gebäude hinter sich, und es wäre kürzer, weiterzugehen als umzukehren. Aber auch in diesem Punkt täuschte er sich. Obwohl er sich beeilte, schließlich sogar anfing zu rennen, brauchte er weitere fünfzehn Minuten, bis er wieder am Eingang war. Als er erhitzt und atemlos ankam, war das Rollgitter natürlich offen, und die Angestellten waren drinnen.

Er eilte hinein. Obwohl er lieber pünktlich gewesen wäre, machte ihm seine Verspätung nicht allzuviel aus. Er meinte, sie bekundete eine gewisse geistige Unabhängigkeit, und außerdem würde der Einführungskurs sowieso nur langsam in Gang kommen. Er hätte allerhöchstens ein paar einleitende Worte verpaßt. Charlie wurde nicht von einem salutierenden Portier empfangen. Er stand in einem dunklen, nach Desinfektionsmittel riechenden Foyer mit einem wütenden Pförtner, der ihm sofort den Weg verstellte.

»Kann ich da wohl mal durch«, sagte Charlie gereizt, »das ist nämlich mein erster Tag hier, und ich bin sowieso schon zu spät.«

Der Pförtner schrie ihn an. Er brüllte so laut und temperamentvoll, daß Charlie kein Wort verstand. »Wie bitte?« sagte er, und der Pförtner schrie ebenso unverständlich etwas völlig anderes. Charlie hörte aufmerksam zu. Der Mann schien weder Englisch noch eine andere Sprache zu sprechen, die Charlie je gehört hatte. Als er weiterschrie, klang es sogar völlig frei erfunden, wie eine Art Pidgin-Esperanto oder etwas, das er sich beim Brüllen ausdachte. Charlie sah ihn fragend an und zuckte die Achseln, um zu zeigen, daß er nichts verstand. Das beruhigte den Pförtner zwar nicht, zumindest unterstützte er sein Geschrei nun aber durch Gesten. Er zeigte auf einen an der Wand hängenden Kasten mit beschrifteten Pappkarten und die danebenstehende Stempeluhr. Charlie ging hinüber und suchte nach der Karte mit seinem Namen. Er fand sie nicht. Der Pförtner kam hinter ihm her und brüllte auf eine Art, die Charlie als Aufforderung erkannte, ihm seinen Namen zu sagen. Charlie nannte ihn. Der Pförtner sah eine Reihe Karten durch und zog eine heraus, auf der Maynard stand.

Mit höhnisch grinsendem Triumph streckte er sie Charlie entgegen.

»So heiße ich aber nicht«, sagte Charlie.

Das trieb den Pförtner zu neuen Höhepunkten wilden Gebells, worauf Charlie die Karte nahm und in die Stempeluhr steckte. Er hoffte, das später im Lohnbüro klären zu können.

Es schien sinnlos, den Pförtner zu fragen, wo er jetzt hingehen sollte, aber der Mann wedelte energisch mit den Armen und scheuchte Charlie durch das Foyer in einen langen Gang mit glänzenden, malvenfarbenen Wänden, der an einer auf- und zuschlagenden Gummi-Schwingtür endete. Charlie ging vorsichtig hindurch und befand sich in einem düsteren, höhlenartigen Lagerraum. Es war kühl, und unter den Geruch des Desinfektionsmittels mischte sich ein weiterer, kräftigerer Gestank nach etwas Organischem, wie etwa gammelndem Gemüse oder schmutzigen Handtüchern. An beiden Seiten des Raums standen turmhohe Stahlregale. Die zu Charlies Rechten waren völlig leer, während die zu seiner Linken voll großer, unbeschrifteter Kartons standen.

Charlie sah sich um. Außer der Schwingtür sah er keinen Ein- oder Ausgang, und der Raum schien leer zu sein. Er war aber nicht sicher, und so ging er auf der Suche nach einem Lebenszeichen zwischen den Regalreihen entlang. Als er sich gründlich davon überzeugt hatte, daß er alleine war, hörte er plötzlich ein Händeklatschen hinter sich, drehte sich um und sah einen kleinen schwarzen Jugendlichen, der ihn mit echter, wenn auch etwas dick aufgetragener Verachtung anstarrte. Er sah unglaublich jung aus, schien kaum über zehn Jahre alt zu sein, war auffallend schmal und klein, beinah schon schmächtig, hatte dabei aber eine so anmaßende und abstoßende Art an sich, daß sie viel besser zu einem wesentlich älteren, größeren und bedrohlicheren Mann gepaßt hätte. Er trug ein Namensschild, das besagte, daß er Loz hieß.

»Wo warst du, Mann?« wollte er von Charlie wissen.

Charlie versuchte nicht einmal, ihm das zu erklären. Genaugenommen wußte er auch nicht, wieso er sich vor diesem Bengel rechtfertigen sollte.

»Ich glaub, ich bin hier falsch«, sagte Charlie.

»Du bist hier schon richtig.«

Charlie konnte sich das nicht vorstellen.

»Siehste die Kisten?« sagte der Bengel. »Und die leeren Regale?«

»Ja«, räumte Charlie ein.

»Na, dann trag sie rüber.«

»Wissen Sie, ich habe heute erst angefangen. Also eigentlich habe ich noch gar nicht gearbeitet. Bisher hat mir keiner gesagt, was ich hier machen soll.«

»Hab ich doch grad.«

»Aber ich habe überhaupt keine Ausbildung erhalten.«

»Seit wann braucht man 'ne Ausbildung zum Kistenschleppen? Also mach hin.«

»Sie meinen, ich soll die Kisten aus den Regalen nehmen, in denen sie jetzt sind, und in die leeren Regale auf der anderen Seite des Raumes stellen?«

Der Bengel drehte sich um und ging. Charlie hielt das für eine Zustimmung. Er blieb allein im Lagerraum zurück. Er überlegte, ob er abhauen sollte. Das fing ja toll an. Es gefiel ihm nicht, in fremden Sprachen angeschrien zu werden, und es gefiel ihm auch nicht, von einem widerwärtigen Burschen, der aussah, als dürfte er nach dem Jugendschutzgesetz noch gar nicht arbeiten, gesagt zu bekommen, was er zu tun hatte. Er überlegte, ob Anzeichen von Rassismus in seiner Abneigung gegen den schwarzen Jugendlichen mitschwangen, wies aber alle diesbezüglichen Vorwürfe zurück, indem er zu dem Schluß kam, daß er auf jeden, der ihn so herumkommandierte, mit derselben Abneigung reagiert hätte, egal welcher ethnischen Gruppe er angehörte. Das beruhigte ihn. Er glaubte auch nicht, daß seine Ressentiments auf eine negative Haltung Autorität gegenüber zurückzuführen waren. Es war ihm völlig klar, daß es bei jedem Job Leute gab, die das Recht hatten, einem zu sagen, was man tun sollte. Er verlangte nur, daß man es höflich sagte. Er hoffte, daß er damit keine Probleme bekommen würde. Wenn es aber doch dazu kam, gab es eine sehr einfache Lösung. Vita hatte es gesagt, und es stand sogar im Handbuch. Er tat, was von ihm verlangt wurde, oder er machte, daß er wegkam. Aber er war weder mutig noch feige genug, jetzt schon abzuhauen.

Die vollen Kisten und die leeren Regale warteten. Der Gedanke hatte nichts Verlockendes oder gar Verführerisches, drängte sich aber mächtig in den Vordergrund. Er prüfte das Gewicht einer Kiste. Sie war sehr schwer, er konnte sie aber gerade noch heben. Die Strecke von den vollen zu den leeren Regalen betrug etwa fünfzehn Meter. Die Kisten so weit zu tragen war echte Knochenarbeit. Eine Sackkarre hätte das Ganze erheblich erleichtert, aber es war keine zu sehen. Er dachte, daß Haden Brothers jede Menge Sackkarren besitzen müßte, wahrscheinlich auch Gabelstapler, aber er wußte nicht, wo er eine herbekommen sollte, und es war niemand da, den er hätte fragen können.

Er nahm die erste Kiste und schleppte sie quer durch den Lagerraum zum wartenden leeren Regal. Er wiederholte diese Prozedur mit der nächsten Kiste, dann gleich noch einmal mit einer dritten. Von der ungewohnten Anstrengung keuchend blieb er stehen und sah auf die Uhr. Für diese drei Wege hatte er etwas mehr als zehn Minuten gebraucht. Er begann, die Kisten zu zählen. Eine grobe Überschlagsrechnung ergab, daß es mehr als fünfhundert Stück waren. Weitere mathematische Berechnungen ergaben, daß er mit seinem jetzigen Tempo mindestens drei Tage brauchen würde, um alle Kisten hinüberzuschaffen, und er wußte, daß sein Tempo im Laufe des Tages mit der zunehmenden Erschöpfung erheblich nachlassen würde.

Er glaubte, allen Grund zu haben, wütend zu sein, war aber im Augenblick nur genervt. Es war wie an seinem ersten Schultag, nur daß er nicht zu seiner Mami nach Hause laufen konnte. Er wuchtete noch ein paar Kisten durchs Lager und stellte erleichtert fest, daß die körperliche Anstrengung den Kleinmut vertrieb. Nach ein paar weiteren Kisten bekam er langsam Selbstmitleid. Sie hatten ihm, verdammt noch mal, gesagt, daß er als Möbelträger eingestellt war. Was er jetzt machte, hatte nicht viel mit dem Tragen von Möbeln zu tun. Er hatte sich vorgestellt, hier mal eine kleine Truhe und da mal eine Stehlampe zu tragen. Gnadenlose, einsame Schufterei hatte er nicht erwartet. Und obgleich der Job des Möbelträgers auch in seiner verfeinerten Version wahrlich kein absoluter Traumberuf war, so war er doch bedeutend höher einzustufen als das, was er jetzt tat. Schließlich war es ihre Pflicht, ihm den Job zu geben, den sie ihm versprochen hatten. Sie hatten nicht das Recht, ihn so zu behandeln. Er war sich dabei durchaus bewußt, daß er nicht so recht wußte, wer ›sie‹ eigentlich waren.

Er arbeitete weiter und dachte dabei an Vita. Zweifellos hatte sie jetzt einen ruhigen und gemütlichen Job; saß an einer Kasse, prüfte den Warenbestand, war nett zu Kunden. Vielleicht gab es für Leute wie sie sogar wirklich einen Einführungskurs, obwohl Charlie da seine Zweifel hatte. Schon jetzt erschien ihm Haden Brothers als großer Schwindel, als ein Ort, an dem die Realität nicht dem äußeren Anschein entsprach; ein Ort gebrochener Versprechen. Außerdem fand er es ziemlich skandalös, daß Derek Snell Vita zu Hause angerufen hatte.

Er stürzte sich wieder in seine Arbeit. Wütend wuchtete er die Kisten hin und her und knallte sie in die Regale. Und wenn irgend etwas Zerbrechliches darin war und dieses Etwas kaputtging, interessierte ihn das nicht. Erst da fing er an, sich zu fragen, was in den Kisten war. Sie waren gut verklebt und verklammert, aber Charlie war entschlossen, eine von ihnen zu öffnen. Als er sich seinen Weg hineingekämpft und sich durch das Papier und die Styroporchips darin gewühlt hatte, entdeckte er, daß die Kiste diverse erheblich kleinere, würfelförmige Kartons von ungefähr zehn Zentimeter Seitenlänge enthielt, die mit dem Haden-Brothers-Logo bedruckt waren. Er hebelte einen heraus und öffnete ihn. Drinnen befand sich eine in Seidenpapier eingewickelte Haden-Brothers-Schneekugel. In der kleinen, wassergefüllten Plastikkuppel befand sich ein Modell des Haden-Brothers-Kaufhauses, und als Charlie das Souvenir schüttelte, tanzten und wirbelten weiße Schmutzflocken um den winzigen, eingeschlossenen Turm zu Babel.

Aus irgendeinem Grund fand er das komisch. Lächerlich und dumm und sinnlos fand er es außerdem, erlaubte sich zwischendurch aber ein schiefes Grinsen. Riesige Kisten mit winzigen Haden-Brothers-Spielzeugmodellen von einem Regal ins andere zu schleppen, kam der perfekten Definition sinnloser Schufterei schon verdammt nah. Trotzdem hätte es seiner Ansicht nach schlimmer kommen können. Hätte er Kisten mit Besteck, Gartengeräten oder handgeschnitzten Schachfiguren umgeräumt, wäre das in gewisser Weise noch erniedrigender gewesen. Die schlichte, elementare Tatsache, an etwas so Abstraktem und Trivialem beteiligt zu sein, beeindruckte ihn zutiefst. Natürlich wurde die Arbeit dadurch nicht leichter, aber immerhin achtete er eine Weile nicht auf die Zeit.

Irgendwie überstand er den Vormittag. Am Ende war er schweißnaß und klebrig, Arme und Rücken schmerzten von der Anstrengung. Er hatte noch nie so schwer gearbeitet. Er hatte zwar zwischendurch mal gedacht, daß ihm wohl eine Teepause zustände, hatte dann aber doch weitergearbeitet, sich alles abverlangt, um seine Zähigkeit unter Beweis zu stellen. Erst am frühen Nachmittag sehnte er sich nach dem Mittagessen. Wie auf Stichwort erschien der schwarze Bengel.

»Du hast eine halbe Stunde Mittagspause«, sagte er und inspizierte Charlies Arbeit. Charlie legte keinen Wert darauf, Loz eine Freude zu machen, meinte aber, es wäre kaum zu übersehen, daß er ordentlich etwas getan hatte.

»Mit einer Sackkarre hätte ich noch mehr geschafft«, sagte er.

Der Jugendliche antwortete nicht. Er stand nur überheblich und kopfschüttelnd da.

»Hey«, sagte er. »Du hast ja wohl nix als Scheiße im Kopf, oder was?«

Charlie schwieg.

»Ich hab gesagt, du sollst die Kisten rübertragen, oder?« fragte der Jugendliche.

»Ja«, sagte Charlie.

»Ich hab nix davon gesagt, daß du rübertragen sollst, was drinnen ist.«

Charlie erstarrte. »Wollen Sie wirklich sagen, daß ich die Kisten ohne das, was drin ist, rüberbringen sollte? Meinten Sie das?«

Der Jugendliche antwortete nicht.

»Ich sollte die Kisten öffnen, den Inhalt herausnehmen und dann die leeren Kisten da drüben stapeln? Haben Sie das gemeint? Ja? Und warum haben Sie das dann nicht gesagt? Hä?«

»Ich muß dir gar nix erklären«, sagte der Bengel.

Er war zu cool für eine Unterhaltung, zu cool für eine Erklärung und zu cool, um zu sagen, was er meinte.

»Nach dem Mittagessen kannst du's dann richtig machen«, sagte er beim Weggehen.

Während der Mittagspause schäumte Charlie vor ohnmächtiger Wut. Er trottete aus dem Lagerraum durch den Gang zu Personaleingang F, der jetzt zum Ausgang geworden war. Er verließ das Kaufhaus und entdeckte eine naheliegende Cafeteria, wo er mißmutig in stiller Einsamkeit ein trockenes Sandwich aß. Selbst wenn er gewußt hätte, wo die Personalkantine war, wäre er nicht hingegangen; nicht einmal, wenn er gewußt hätte, daß Vita auch da war. Er kaute auf seinem Sandwich herum. Er hatte keine Lust, wieder zur Arbeit zu gehen, weder sofort noch sonst irgendwann, aber es gab eine Kleinigkeit, die er noch erledigen wollte.

Die halbe Stunde war viel zu schnell vorbei, und Charlie schleppte sich wieder zu Haden Brothers. Er stand mitten im trüben Licht des Lagerraums und betrachtete die düsteren Kisten und Regale. Er schnupperte die dubiosen Gerüche. Wenn dieser verdammte Strolch ihm nicht sagen konnte, was er tun sollte, was sollte er dann machen? Oder wollte er ihn reizen? Vielleicht wäre Charlies Arbeit in jedem Fall verkehrt gewesen, egal was er gemacht hätte? Aber das interessierte ihn nun nicht mehr. Er hatte beschlossen, den Rest des Tages nichts zu tun. Er lungerte den ganzen langen Nachmittag zwischen den Regalen herum, dachte ein bißchen nach, döste ein wenig und wartete auf den Feierabend oder, genauer gesagt, auf die Rückkehr seines Peinigers.

Um sechs wollte Charlie schon fast aufgeben, als der Bursche in den Lagerraum kam. Charlie stand auf und versuchte auszusehen, als hätte er den ganzen Nachmittag gearbeitet. Der Jugendliche inspizierte die Lage und hielt anscheinend nicht viel von seiner Arbeit. Aber seine Reaktion wirkte einstudiert. Er spottete auf jeden Fall, ganz gleich, wieviel Arbeit Charlie auch erledigte. Und offenbar fiel ihm nicht auf, daß Charlie den ganzen Nachmittag nichts getan hatte.

»Du kannst dich jetzt verpissen«, sagte er zu Charlie.

»Oh, kann ich das?«

»Yeah, und morgen kommst du wieder und stellst alles wieder dahin zurück, wo du es hergeholt hast.«

»Und warum sollte ich das tun?« fragte Charlie.

»Das kann dir doch scheißegal sein, Blödmann.«

»Ach, sag an.«

Charlie sah dem Bengel starr ins Gesicht, packte ihn mit einer schnellen Bewegung an der Kehle, hob ihn hoch und drückte ihn an die Lagerwand.

»Paß mal auf, Loz, so redet man nicht mit mir«, sagte Charlie. »Ich will nicht noch einmal erleben, daß du so mit mir redest. Auch mit jemand anders nicht. Kein einziges Mal. Verstanden, Loz? War das deutlich genug?«

Er drückte die Luftröhre des Burschen gerade so lange und so fest zusammen, daß der den Eindruck bekam, er wolle ihn wirklich ermorden, dann ließ er ihn los. Der Bengel schien zu lachen, als er auf den Boden stürzte. Dann sah er ein halbes Dutzend junger Männer in den Lagerraum kommen. Er dachte, es wäre eine Art Sicherheitsdienst, die ihn festnehmen und rauswerfen würden, weil er am ersten Arbeitstag einen Streit vom Zaun gebrochen hatte. Die fristlose Kündigung stand direkt bevor. Das paßte ihm gut. Dann merkte er, daß es die gleichen, aufdringlichen jungen Männer in T-Shirts waren, die morgens vor Personaleingang F gewartet hatten. Seltsamerweise sahen sie jetzt nicht besonders bösartig aus, und in ihm keimte die Hoffnung, daß er mit heiler Haut davonkommen könnte. Bei genauerem Hinsehen schienen sie sogar zu lächeln.

»Nicht schlecht, Kumpel.«

»Gut gemacht, alter Junge.«

Der Kleine war wieder aufgestanden, sah jetzt unterwürfiger, aber immer noch recht zufrieden mit sich aus. Er ging auf Charlie zu und streckte ihm die Hand entgegen.

»Nicht übel«, sagte er zu Charlie. »Das war gar nicht übel. Du hast dir die Scheiße nur einen Tag gefallen lassen. Das ist ziemlich gut. Einige von denen, die hier eingestellt wurden, haben mehrere Wochen gebraucht, bis sie auf mich losgegangen sind.«

»Was?« sagte Charlie.

»Das war nur ein Test«, sagte Loz. »Wenn du nicht auf mich losgegangen wärst, hätten wir nichts mit dir anfangen können. Wir wollten sehen, aus welchem Holz du geschnitzt bist.«

»Du bist in Ordnung«, sagte ein anderer. »Du gehörst zu uns. Wir sind Möbelträger. Wir lassen uns *nichts* gefallen.«

Charlie fühlte sich schon deshalb nicht so recht als einer von ihnen, weil er nicht wußte, wer oder was sie waren.

»Wir gehen jetzt nach Hause. Wir sehen uns morgen«, sagte der Bengel. »Dann erzählen wir dir, wie der Hase läuft.«

Sie machten sich zum Gehen bereit. Charlie sah, daß jeder eine große Haden-Brothers-Tragetüte bei sich trug. Er wußte genau, daß sie die am Morgen noch nicht gehabt hatten. Sie griffen hinein und zogen Seidenhemden, Kaschmirpullover und Designerjacketts heraus und zogen sie an. Zuerst dachte Charlie, es wäre Zahltag und sie hätten als ungewöhnlichen und teuren Treuebeweis gegenüber der Firma einen großen Teil ihres Lohns im Kaufhaus ausgegeben. Es dauerte volle zehn Sekunden, bis ihm aufging, wie absurd dieser Gedanke war und daß er in Wahrheit Zeuge eines großangelegten Bandendiebstahls wurde. Sie ließen Tüten und Verpackungen verschwinden und trugen die Kleidungsstücke, als wären es ihre, was sie in jeder Beziehung jetzt auch waren.

In gebührendem Abstand folgte er ihnen aus dem Lagerraum durch den Gang zur Stempeluhr. Er sah die Kartenreihe durch, entdeckte seine Karte zwischen ihren und stellte fest, daß jemand großzügigerweise am Morgen für ihn gestempelt hatte.

Die anderen verschwanden eilig, und er ging langsam um das Kaufhaus herum. Er hoffte, er hätte das Glück, Vita noch einmal zu erwischen, aber das war dann doch zu viel verlangt. Wieder arbeitete ein Reinigungstrupp fleißig an einem Fenster. Er dachte erst, sie hätten den ganzen Tag dafür gebraucht, aber dann sah er, daß es jetzt ein anderes Graffito mit einem leicht veränderten Wortlaut war. Es lautete: HAMNET IST IMMER NOCH HIER.

Immer noch in seliger Unwissenheit über den Sinn dieser Worte ging Charlie zur U-Bahn und fuhr zu Keiths und Sarahs Wohnung zurück, um eine weitere Nacht auf dem Sofa an einem Ort zu verbringen, an dem er nicht erwünscht war.

TRACEY FORD, Auszubildende für Schauwerbegestaltung: Wenn Sie mich fragen, ist jeder ein Künstler. Ich glaube, bei der Geburt sind alle Menschen wie Leonardo, aber Eltern, Schule und Gesellschaft treiben ihnen das aus, bis sie am Ende absolut nicht mehr in der Lage sind, irgendwas Kreatives zu tun.

Ich hab echt Glück. Ich arbeite im Kaufhaus, und ich find's prima. Ich bin Auszubildende für Schauwerbegestaltung, das ist so was Ähnliches wie eine Schaufensterdekorateurin, aber viel kreativer. Nicht daß da alles eine gemähte Wiese wäre. Ich hab immer wieder haufenweise fantastische Ideen, aber es ist wahnsinnig schwer, bei so was ernstgenommen zu werden. Aber das überrascht mich nicht. Bei Künstlern war das schon immer so.

Zum Beispiel, als wir ein Schmuckfenster gemacht haben, und Juwelen auszustellen ist nicht so einfach, weil sie so klein und die Fenster bei Haden Brothers so groß sind. Ich hatte dann die Idee, eins dieser großen Fenster zur Hälfte mit zerbrochenen Mannequins und Resten von kaputten Autos zu füllen. Danach wollte ich alles mattschwarz ansprühen, damit es aussieht wie bei einem Autounfall, wo es hinterher noch gebrannt hat. Da wäre dann also dieses völlig schwarze Fenster, nur hier und da würden wir ein paar Treueringe oder ein Diamanthalsband hinlegen und die dann mit Spotlights anstrahlen, damit sie richtig ins Auge stechen. Als ich das meinem Boß erzähl, sagt der doch: ›Das ist eine großartige Idee, Tracey, nur ein wenig morbide.‹ Also ehrlich.

Dann hatte ich diese Idee mit dem Besteck, und damit ein Schaufenster einzurichten ist auch nicht leicht. Ich dachte, wir könnten das Fenster in eine Art Aquarium verwandeln und mit roter Götterspeise füllen. Und wenn die dann steif geworden ist, würden wir Messer und Gabeln oben reinstecken. Einfach, aber sehr effektvoll, dachte ich. Mein Boß hielt das für ›naiv‹.

Ich hab vorgeschlagen, einen lebenden Wolf ins Fenster zu

stecken und um ihn herum hochwertige moderne Hi-Fi-Anlagen aufzubauen. Dann wollte ich noch, daß sich ein halbes Dutzend nackte Menschen mit Marmelade und Konfitüre aus der Lebensmittelabteilung beschmieren. Und ich wollte ein Fenster mit Hunderten frischen Zitronen füllen und die dann liegenlassen, bis sie vergammeln. Sagt mein Boß: ›Und was sollten wir damit verkaufen?‹ Und ich sag, Kunst muß nichts verkaufen, aber eigentlich dachte ich, damit würde man eine ganze Menge frische Zitronen in Umlauf bringen.

Ich bin nicht blöd. Natürlich ist mir klar, daß wir die Ware ins beste Licht rücken müssen, um sie zu verkaufen. Aber das heißt doch nicht, daß man nicht kreativ sein kann oder daß man seine Ideale aufgeben muß. Ich weiß alles über gutes Design und die Bedeutung von Form, Farbe und Komposition. Aber manchmal könnte man einfach alles hinschmeißen und noch mal ganz von vorne anfangen.

Ich meine, das ist doch alles schon kompliziert genug, ohne daß jemand Graffiti über die ganzen Schaufenster schmiert. Nicht daß ›Hamnet war hier‹ irgendwas bedeutet. Das war einfach nur bescheuert und häßlich und asozial und hat die ganze viele Arbeit versaut, die ich in die Gestaltung des Strandschaufensters gesteckt hatte.

Aber eins muß ich Ihnen sagen: Die Leute haben das Fenster genauer angeguckt als irgendein Fenster, das ich bisher gemacht hatte. Denen ist das Graffito aufgefallen, und dann haben sie sich die Waren hinter der Scheibe angeschaut. Und da bin ich sehr nachdenklich geworden. Ich hab überlegt, ob derjenige, der die Parole aufs Fenster geschrieben hat, das nicht sogar für Haden Brothers gemacht hat. Ich hab mir fast gewünscht, daß ich's selbst gemacht hätte.

ARNOLD HADEN: Früher haben mich viele Menschen gefragt, wie Haden Brothers denn so ist. Ich war nie um eine Antwort verlegen. Ich sagte, Haden Brothers funktioniere wie ein Bündnis unabhängiger Staaten, mit selbständigen, stolzen Abteilungen, die sich zum Wohle der Allgemeinheit zusammengeschlossen haben. Oder, es sei wie ein Staat, mit seinen Plebejern, seinen Aristokraten und seinen Außenseitern.

Oder ich sagte, es sei wie ein Bienenstock, in dem viele Arbeiter gedankenlose Drohnen wären, denen es trotzdem gelänge, den Honig des Profits zu schöpfen.

Ich sagte, daß Haden Brothers wie eine Enzyklopädie sei, in der jede Abteilung eine andere Art des Wissens, der Weisheit und der Einsicht böte, wobei es aber überall Querverweise gäbe, die die Kunden so auf andere, verwandte ›Einträge‹ aufmerksam machten.

Ich sagte, es wäre wie ein Orchester, eine harmonische Gruppe begabter Individuen, die gemeinsam musizierten, deren Persönlichkeiten in einer Komposition verschmolzen, alle in der gleichen Tonart und im gleichen Tempo spielten und so sehr schöne Musik machten.

Ich sagte, es wäre wie ein gut ausgewogenes Menü, eine *Melange* verschiedener Konsistenzen und Geschmacksrichtungen, kräftiger Würzen und subtiler Aromen, süß und pikant, roh und gegart. Dann sagte ich, es wäre wie ein Kaleidoskop, ein sich immer wieder veränderndes Muster aus Licht und Schatten, Formen und Farben, die das Auge und die Phantasie anregten.

Und natürlich könnte man sagen, daß Haden Brothers wie eine Armee ist, eine Pyramide, ein Zirkus, ein Ballett, ein Ferienlager, ein Balanceakt. Persönlich kam es mir oft wie ein Modell für die Entropie vor, aber das habe ich immer für mich behalten.

Es wäre schön gewesen, zu sagen, daß Haden Brothers allen Menschen alles bedeutete, aber am Ende kam ich zu dem Schluß, daß alle Similes, alle Metaphern, alle Vergleiche im Grunde falsch waren. Haden Brothers ist einzigartig. Es steht im Grunde und im Wesentlichen nur für sich selbst. Es ist alles und noch mehr, aber nicht mit etwas anderem vergleichbar.

6

Bettzeug

Ein winziger runder Fahrstuhl, gerade groß genug für zwei Personen, brachte Vita von Personaleingang A langsam und säuselnd direkt hinauf in Arnold Hadens Penthouse oben auf dem Haden-Brothers-Gebäude. Da er ansonsten nirgends anhielt, brauchte er auch nur einen einzigen Bedienknopf. Nachdem er oben zum Stillstand gekommen war, glitten die Türen zur Seite, und Vita trat in ein leeres, bewußt geschmackvoll und neutral eingerichtetes Vorzimmer, bei dem nicht recht auszumachen war, wozu es benutzt wurde. Es war weder Büro noch Wartezimmer. Und es war menschenleer. Sie wurde nicht von einer Sekretärin erwartet, kein Portier salutierte, es gab keinen Schreibtisch, kein Sofa und auch kein Telefon. Das Zimmer hatte aber große Panoramafenster, von denen man eine schöne Aussicht über Londons Dächer hatte. Die Luft war schwül und warm.

Eine weiße Metalltür, massiv, solide und völlig fehl am Platz, war außer dem Fahrstuhl der einzige Ausgang. Der Fahrstuhl fuhr wieder nach unten, und Vita war absolut nicht klar, wie sie sich verhalten sollte. Sie wartete ein paar Minuten und klopfte dann an die Metalltür. Sie lauschte auf ein Lebenszeichen. Auf der anderen Seite der Tür war nichts zu hören, bis nach einer Weile, als sie noch überlegte, ob es wohl angemessen wäre, ein zweites Mal zu klopfen, die Tür aufschwang und den Blick auf einen großen, vornehmen, wenn auch etwas zerzausten Mann in einem weißen Anzug freigab. Er eilte ins leere Zimmer und schloß die Tür hinter sich.

»Ich bin Arnold Haden«, sagte er unverzüglich und schüttelte Vitas Hand. Sein Händedruck war warm und trocken, die Hand groß und außergewöhnlich weich. Vita brauchte man nicht zu sagen, wer er war. Arnold Haden war zwar entschieden kamerascheu, aber sie hatte im Zuge ihrer Bewerbung für diesen Job ein paar Recherchen gemacht und war dabei auf ein paar Pressefotos von ihm gestoßen. Trotzdem war es eigenartig, ihm in Fleisch und Blut gegenüberzustehen, und es wurde noch eigenartiger, als er sagte: »Und Sie sind natürlich Miss Carlisle«, wodurch er zu ihrer größten Überraschung bewies, daß auch er wußte, wer sie war.

Arnold Haden trug ein weißes Hemd mit weißer Krawatte und weißen Schuhen zu einem weißen Anzug. Das hinterließ einen seltsamen Eindruck, als gehöre er einem religiösen Kult oder einer Showtanzgruppe an. Der Anzug war teuer, ja elegant, weigerte sich aber zu passen. Er hing wie ein nasser Bademantel auf seinen Schultern, und Arnold Haden bewegte sich unbeholfen darin, schien die ganze Zeit mit ihm zu kämpfen. Vita nahm an, daß er einmal jungenhaft gut ausgesehen hatte. Er trug immer noch Reste von weichem, rotblondem Haar auf dem Kopf. Es ergraute und wurde dünner, ließ sich aber nicht ganz zähmen, und hier und da ragten aufsässige Büschel heraus. Sein Gesicht war rund und formlos. Man konnte sich vorstellen, daß es einmal grazil gewesen war und klare Linien gehabt hatte, aber über die Jahre war es aufgedunsen, die Züge waren verschwommen, Mund und Wangen waren teigig geworden, unter den Augen befanden sich Tränensäcke, und dort, wo einst ein energischer Kiefer seinem Kopf Profil verliehen hatte, hing jetzt ein Doppelkinn.

»Es ist mir eine Ehre«, sagte Vita herzlich.

»Ich könnte mir vorstellen, daß es Sie auch ein wenig überrascht.«

»Ein wenig, ja.«

»Sie haben bestimmt einen Lakaien aus der Personalabteilung erwartet, nicht den Boss.«

»Ich habe einen Einführungskurs erwartet.«

»Ja, natürlich haben Sie das. Aber statt dessen hat der Fahrstuhl Sie hierher gebracht, und genauso hatte ich mir das auch vorgestellt.«

Er lächelte ihr zu und blickte dann scheu aus dem Fenster. Was er dort sah, bereitete ihm offenbar keine Freude.

»Sie sind jung, Miss Carlisle. Wenn Sie aus dem Fenster schauen, sehen sie wahrscheinlich eine imposante Skyline: lauter ›Sehenswürdigkeiten‹, Denkmäler und Touristenattraktionen. Vielleicht sehen Sie Anzeichen pulsierenden Lebens, vielleicht eine großartige Stadt mit einer glänzenden Patina aus Historie und Kultur.«

Er verstummte, und sie wollte gerade erzählen, was sie wirklich sah, bemerkte aber gerade noch rechtzeitig, daß er kein Wort von ihr hören wollte.

»Ich sehe das jedoch nicht so«, fuhr er fort. »Ich sehe Stämme, die sich bekämpfen. Ich sehe Barbaren, Vandalen und Banausen. Ich sehe den Feind. Ich sehe ein Bild der Hölle. Deshalb lasse ich die Zugbrücke oben. Und ich halte mein Pulver trocken. Immer.«

»Das ist sehr interessant«, sagte Vita.

»Natürlich ist mir bewußt, daß Sie das nicht so sehen. Sie sind jung. Das braucht Zeit. Aber am Ende werden Sie mit mir übereinstimmen. Das machen alle. Es ist schrecklich dort draußen, glauben Sie mir. Und ich bin überzeugt, daß es immer schlimmer wird. Gott schütze mich vor diesem Pöbel.«

»Aber dort ist doch bestimmt nicht nur Pöbel«, sagte Vita gewinnend.

»Nicht?«

»Einige von ihnen sind doch gewiß auch, na ja, Kunden bei Haden Brothers.«

Davon ließ sich Arnold Haden nicht erweichen.

»Und wie mir scheint«, fuhr sie fort, »haben die Werte, für die Haden Brothers steht, eine echte erzieherische Wirkung auf die Öffentlichkeit.«

»Sie meinen, jemand, der bei Haden Brothers eine Wedgwood-Schale kauft, zettelt zu Hause keine Rassenunruhen an?«

»Also, das wäre immerhin möglich, nicht wahr?« sagte Vita.

Er lachte, aber nicht über sie. »Sie sind eine faszinierende junge Frau, Miss Carlisle«, sagte er, »aber das war mir natürlich schon aus Ihrem Lebenslauf bekannt.«

Wieder schauten sie gemeinsam aus dem Fenster und betrachteten das Panorama mit ihren unterschiedlichen Sichtweisen. Die tief unter ihnen liegende Stadt sah wie ein Modell aus, bei dem alle Details penibel registriert, sorgfältig verkleinert und kunstvoll nachgebaut worden waren. Vita fiel auf, wie ruhig und still es in diesem Zimmer war. Es erhob sich über den Dreck und den Lärm, erhob sich über vieles.

»Nun«, sagte Arnold Haden, »mit einem solchen Gespräch hatten Sie am Morgen Ihres ersten Arbeitstags sicher nicht gerechnet. Kommen wir zum Geschäftlichen.«

Die weiße Metalltür öffnete sich, und Derek Snell kam ins Zimmer.

»Ich bin sehr erfreut, Sie wiederzusehen, Miss Carlisle«, sagte er, wobei er natürlich ganz und gar nicht erfreut aussah.

»Ich habe mich mit Miss Carlisle über den Zustand unserer Gesellschaft unterhalten«, sagte Haden.

»Ich konnte nicht umhin, Ihnen zuzuhören, Sir. Das war so überaus scharfsichtig und treffend.«

Arnold Haden sah Vita an und sagte: »Sehen Sie, Miss Carlisle, ich bin von Schmeichlern umlagert. Aber vielleicht suchen wir uns ja auch das, was wir brauchen. Was meinen Sie, Vita?«

»Ich glaube nicht, daß ein Mann mit Ihren Fähigkeiten auf Schmeicheleien angewiesen ist, Mr. Haden«, sagte Vita.

»Keine schlechte Antwort«, sagte Haden. »Nein, ich brauche keine Schmeichler, aber ich brauche Menschen wie Sie.«

»Wie mich?« sagte sie bescheiden.

»Aber ja.«

»Für das mobile Einsatzkommando?« fragte Vita.

»Möglicherweise.«

»Heißt das, möglicherweise nicht?« fragte sie. »Mr. Snell hat mir nichts davon gesagt, daß dieses Angebot noch nicht definitiv ist.«

»Und das ist auch nicht der Fall«, sagte Arnold Haden. »Bitte hören Sie mir zu. Die Arbeit im mobilen Einsatzkommando ist eine vollkommen akzeptable Möglichkeit, sich seinen Lebensunterhalt zu verdienen. Sie hat einen gesellschaftlichen Nutzen, ist einigermaßen abwechslungsreich und nicht allzu banal. Der Lohn liegt etwas über dem Durchschnitt, und man hat vernünftige Aufstiegschancen. Trotzdem läuft es im Endeffekt darauf hinaus, daß Sie nichts weiter als eine Verkäuferin sind.«

Vita merkte, daß Derek Snell sie aufmerksam beobachtete. Eine nervöse Erwartung mischte sich in sein verdrießliches Benehmen. Er hatte ein Polaroidfoto von ihr in der Hand; eins von denen, die er beim Vorstellungsgespräch gemacht hatte. Es war erstaunlich schmuddlig und zerfleddert.

»Was Mr. Haden damit sagen will«, unterbrach Snell, »ist, daß es noch andere Möglichkeiten gibt.«

»Ja«, fuhr Arnold Haden fort, »im Prinzip will ich damit sagen, daß ich gerne mit Ihnen schlafen würde.«

Snell wandte den Blick in einer Art koketter, aber offensichtlich nur gespielter Schamhaftigkeit ab, als wollte er Vita nicht in Verlegenheit bringen oder sich von Arnold Hadens mangelnder Subtilität distanzieren. Die Mühe war allerdings vergebens, da sein Mund sich gleichzeitig zu einem idiotisch lüsternen Grinsen verzog. Es dauerte einen Moment, bis er Vita wieder ansah, um ihre Reaktion zu beobachten, aber sie verzog keine Miene. Sie nickte bloß nachdenklich. Arnold Haden nahm das als Zeichen dranzubleiben, und Snells Grinsen wurde breiter.

»Wissen Sie, ich komme nicht viel in der Welt herum«, sagte Arnold Haden. »Man könnte sagen, ich hätte Platzangst, aber das ist nur ein Wort. Man erklärt die Dinge nicht unbedingt, indem man ihnen einfach nur einen Namen gibt. Aber wie man es auch nennen mag, Tatsache ist, daß ich diesen Ort seit zehn Jahren nicht verlassen habe. Ich bestelle mir alles, was ich brauche, im Kaufhaus. Es wird geliefert; der Weg ist beileibe nicht weit. Ich konsumiere es. Perfekt.

Ich muß nicht ausgehen. Ich brauche es nicht, und Gott weiß, daß ich es nicht will. Ich mache mir nichts aus Partys oder Clubs oder sonstigen gesellschaftlichen Ereignissen. Demzufolge treffe ich nur selten Frauen, und selbst wenn ich welche treffen würde, wüßte ich nicht mit ihnen umzugehen. Ich nehme an, daß ich mir Prostituierte bestellen könnte, aber das ist eigentlich nicht meine Art. Ich habe keine Art. Das macht das Leben manchmal recht kompliziert.«

Vita nickte mitleidsvoll.

»Glücklicherweise ist Mr. Snell mir in dieser Beziehung

eine große Hilfe. Er weiß, was mir gefällt. Er hat einen Blick für interessante Frauen. Er hat Sie entdeckt. Sie sind mein Typ. Ich glaube, Sie würden mich sehr glücklich machen. Was sagen Sie, Miss Carlisle? Kommen wir ins Geschäft?«

Vita war absolut still, und sowohl Haden als auch Snell befürchteten immer noch, daß sie es ihnen übelnehmen und vor Wut und Entrüstung platzen könnte. Das war, trotz Snells eingehender Prüfung, schon bei anderen Frauen passiert, und allen Regeln der Wahrscheinlichkeit zufolge würde es auch immer mal wieder geschehen. Aber beide hofften inständig, daß es bei Vita nicht passierte. Sie sahen in ihr ein großes und besonderes Talent. Selbst wenn sie nicht auf ihre Pläne einging, wollten sie sie nicht verlieren und verspürten das dringende Bedürfnis, sie zu beschwichtigen.

»Sie wären in jeder Beziehung eine ganz normale Angestellte«, sagte Snell. »Und des weiteren wären Sie in jeder Beziehung ein ganz normales Mitglied des mobilen Einsatzkommandos. Arbeitsplatzsicherheit, Rentenversicherung und Personalrabatt bekämen Sie genauso wie alle anderen Angestellten. Sie würden ganz normal arbeiten und nur gelegentlich einen Anruf erhalten. Da könnte Mr. Haden, ich oder auch jemand aus seinem Stab dran sein. Wir würden Sie dann fragen, ob Sie ein paar Überstunden machen wollen. Das ist so eine Art Code. Nach Arbeitsschluß würden Sie sich dann am Personaleingang A melden, so wie Sie es heute morgen getan haben. Der Fahrstuhl brächte Sie dann hier hoch, wo Sie Mr. Arnolds Bedürfnisse befriedigen würden.«

»Meine Bedürfnisse sind immer als sehr moderat bezeichnet worden«, sagte Arnold Haden.

»Und sie sind vollkommen konventionell«, fügte Snell besänftigend hinzu, aber Vita schien keine Besänftigung nötig zu haben. Sie schien vollkommen entspannt zu sein, wirkte angesichts dieses Vorschlags absolut nicht verlegen oder beklommen.

»Bitte, Mr. Haden«, sagte sie, »sind Sie verheiratet?«

»Aber nein«, sagte Snell im Namen seines Chefs. »Es würde sich nicht um Ehebruch handeln.«

»Und würden Sie Schutzmaßnahmen ergreifen?« fragte sie.

»›Vorsicht ist die Mutter der Porzellankiste‹ ist Mr. Hadens Motto«, sagte Snell.

»Und dürfte ich andere Beziehungen haben?«

»Solange es im Rahmen bleibt.«

»Und das alles liefe äußerst diskret ab?«

»Selbstverständlich.«

»Und die Bezahlung?« fragte Vita.

»Der Lohn wäre derselbe wie im mobilen Einsatzkommando«, sagte Snell. »Aber wir würden Ihnen eine großzügige Anzahl unserer Haden-Brothers-Geschenkgutscheine zukommen lassen.«

Vita blickte nachdenklich. »Also«, sagte sie, »das ist natürlich aus einer ganzen Reihe von Gründen ein sehr verlockendes Angebot. Ich finde, Sie sind ein sehr attraktiver Mann, Mr. Haden, und das hat absolut nichts mit Geld oder Macht zu tun, obwohl ich mir durchaus im klaren bin, daß Sie beides in reichlichem Maße zur Verfügung haben. Und der Gedanke, die Gespielin eines Haden Brothers zu sein, ist wirklich sehr reizvoll.«

In Arnold Hadens Gesicht machte sich schon Enttäuschung breit. Trotz all ihrer ermutigenden Worte wußte er, daß noch ein ›aber‹ kommen mußte, daß sie Bedenken vorbringen würde, die zu einer Ablehnung führten.

»Es gibt nur einen einzigen Grund für mein Zögern. Können Sie sich den denken?«

Haden schüttelte den Kopf, und Snell folgte seinem Beispiel.

»Bezahlung und Bedingungen Ihres Stellenangebots klingen ansprechend, aber es stellt sich die Frage nach den Aufstiegschancen.«

Die beiden Männer wirkten verunsichert.

»Wissen Sie, ich bin ein ehrgeiziger Mensch«, sagte sie. »Ich will vorankommen im Leben. Verkäuferin ist zugegebenermaßen ein bescheidener Job, aber eine Verkäuferin kann versuchen, Abteilungsleiterin zu werden oder im Lauf der Jahre sogar ins Management aufzusteigen. Aber was kann aus der Konkubine des Chefs werden? Die Frau des Chefs? Klingt ziemlich unwahrscheinlich, finden Sie nicht?«

»Ah, also … vielleicht«, stammelte Haden, während Snell klug genug war, den Mund zu halten.

»Es mag altmodisch klingen, aber ich will bei Haden Brothers wirklich bis ganz nach oben kommen«, fuhr Vita fort. »Im Endeffekt könnten Sie sogar sagen, Mr. Haden, daß ich hinter Ihrem Job her bin. Und mir ist natürlich klar, daß ein Gönner an der Spitze des Hauses dabei sehr hilfreich sein könnte. Aber ich lege viel mehr Wert darauf, daß Sie mich respektieren. Und ich glaube kaum, daß Sie das tun würden, wenn ich beim ersten Mal, wo Sie mich fragen, mit Ihnen ins Bett gehe.«

Durch diese Antwort wurde sie in Arnold Hadens Augen nur noch begehrenswerter. Er war beeindruckt von ihrem Feingefühl, dem Geschick ihrer Argumentation, dem Klang ihrer Stimme. Ihm gefielen ihre Zielstrebigkeit und ihre Direktheit. Und ganz besonders gefiel ihm der Hinweis, daß spätere Anfragen auf weniger bestimmte Ablehnung stoßen könnten.

»Ich fürchte also, ich muß leider sagen, danke, lieber nicht«, sagte Vita feierlich.

Enttäuschung machte sich in den Gesichtern beider Männer breit. Sie wollte ihnen Mut zusprechen, ihnen sagen, sie sollten das Positive im Leben sehen, aber es gelang ihr, ihrem natürlichen Bedürfnis zu widerstehen.

Zwei Stunden später hatte Derek Snell sie persönlich in die Firmenpolitik und Betriebsordnung eingewiesen und über die Sicherheitssysteme informiert, ihr die Benutzung der Kassen beigebracht und das Abzeichen des mobilen Einsatzkommandos gegeben. Dann hatte er sie in die Spielwarenabteilung eingeführt, wo dringend jemand gebraucht wurde, da eine Verkäuferin einen Nervenzusammenbruch erlitten hatte.

Als er sich verabschiedete, sagte Snell plötzlich: »Falls Sie es sich anders überlegen ...«

»Dann erfahren Sie es als erster oder zweiter«, sagte sie.

»Wer weiß schon, was morgen ist«, sagte Snell.

»Ja, wer weiß das schon«, sagte Vita.

»Ich hoffe, Mr. Hadens Offenheit hat Sie nicht schockiert.«

»Ich fühlte mich geschmeichelt.«

»Sie sind eine bemerkenswerte junge Frau«, sagte Snell. »Und ich glaube, Sie wissen das.«

Als Vita die Spielwarenabteilung betrat, zerstörte eine Horde ungebärdiger Kinder, die auf den ersten Blick nicht als Haden-Brothers-Kunden zu erkennen waren, gerade ferngesteuerte Spielzeugautos, indem sie komplexe Hochgeschwindigkeitskollisionen inszenierten. Vita sprach ein paar bestimmte, aber verständnisvolle Worte, und kurz darauf waren sie weit weniger destruktiv und nutzten die Modellautos zur Demonstration von Höflichkeit und richtigem Verhalten im Straßenverkehr. Vita schenkte ihnen ein engelsgleiches Lächeln und erntete ihrerseits mißgünstige und feindselige Blicke von den anderen Angestellten der Spielwarenabteilung.

7

Sonderposten

Arnold Haden wußte nicht genau, wovor er sich eigentlich fürchtete. Aber vielleicht war es gar nichts Konkretes. Vielleicht fürchtete er sich wegen einer angeborenen unbestimmten Furchtsamkeit. Er fürchtete sich vor seinem eigenen wie auch vor allen anderen Schatten. Er fürchtete sich vor Konflikten, Aggression und Gewalt. Er fürchtete Rüpeleien und Barbarei. Er haßte Lärm, Vulgarität und schlechten Geschmack. Er fürchtete sich vor verwinkelten Ecken und großen freien Flächen. Er fürchtete sich vor Männern und mehr noch vor Frauen. Aber das waren alles nur Symptome. Er war wie ein Mann mit einer Allergie, der nicht herausbekommt, wogegen er allergisch ist, weil er die ganze Zeit niesen muß.

Wenn er vielleicht gewöhnlicher gewesen wäre – oder zumindest ärmer –, hätte er sich seinen Ängsten stellen müssen. Er hätte in die Welt hinausziehen, seinen Weg gehen, sich wenigstens seinen Lebensunterhalt verdienen müssen. Aber die Furcht zu verarbeiten, indem man ein Einsiedlerleben führte, war sehr viel einfacher, wenn man reich war und im familieneigenen Betrieb angestellt war, im Prinzip der familieneigene Betrieb war, und noch einfacher wurde es, wenn man ein Penthouse auf dem Kaufhaus besaß, in dem man sich verkriechen konnte.

Früher hatte er einen gewissen Teil seiner Zeit im Kaufhaus verbracht. Das gehörte zu seiner Arbeit, wenn auch sein genauer Tätigkeitsbereich oder seine Funktion nie definiert worden waren. Diejenigen, die ihm gewogen waren, sagten, er wäre ein guter Krisenmanager, ein Mann mit einem scharfen Blick fürs Detail, der die richtigen Fragen stellte, nichts als gegeben hinnahm; sie sahen in ihm vielleicht gar eine Art Bilderstürmer in der Welt des Einzelhandels. Er hatte nie direkt mit niederen Angestellten gesprochen, aber er hatte zwei leitende Angestellte – seinen Vater und seinen Bruder, als sie noch am Leben waren –, mit denen er offen reden konnte und die auf ihn hörten, und so sickerten seine ›Vorschläge‹ in den meisten Fällen durch die Rangordnung hindurch und erwiesen sich als nützlich. Aber schon damals machte er seine Runden lieber, wenn niemand im Kaufhaus und alles ruhig und leer war. Er wußte nicht einmal, ob er eher den Angestellten oder den Kunden aus dem Weg ging.

Er war damals verheiratet und führte das, was die meisten Menschen als normales Leben bezeichnen würden. Er wohnte in einer großen, von einem Innenarchitekten eingerichteten Wohnung in Kensington, von der man das Kaufhaus gut zu Fuß erreichen konnte. Er war umgeben von schönen Dingen. Gemeinsam mit seiner Frau sammelte er moderne Gemälde und afrikanische Stammesmasken, sie kauften frühe Pop-art und mittelalterliche Eichenmöbel. Sie reisten, verpaßten kaum eine Opern- oder Theaterpremiere in London, wurden häufig in Ascot gesehen, und Arnold spielte Kricket bei den Lord's Taverners.

Aber nachdem sein Vater eines natürlichen Todes gestorben war und seine Frau und sein Bruder in jungen Jahren und unter tragischen Umständen umgekommen waren, kam er zu dem Entschluß, daß das alles verschwinden mußte. Sein

Leben sollte karg und hart sein. In der neunten Etage von Haden Brothers war ein ungewöhnlich geschnittenes Lager, das Edward Zander als Teil des von ihm geplanten Tiergeheges entworfen hatte. Es hatte seit Jahrzehnten leergestanden. Arnold Haden beanspruchte es für sich und machte es zu seinem Zuhause.

Jetzt wollte er nichts mit dem ganzen Krempel aus seinem früheren Leben zu tun haben: keine Kunstwerke, keine Sammlerstücke, nichts Schönes. Arnold Hadens Penthouse sollte so asketisch und karg eingerichtet sein wie eine Mönchszelle, wenn auch erheblich größer. Wände, Böden und Decken waren weiß, und seine paar Möbel waren auch weiß: ein weißer Ledersessel, ein weißes Bett. Küche und Badezimmer waren durchgängig weiß gekachelt mit weißen Emaillewaschbecken und weißem Porzellangeschirr. Seine Wohnung hatte nichts Anheimelndes, es gab keine Waren, keine Markenartikel. Er suchte Anonymität und Eintönigkeit, die Abwesenheit von Objekten, mied alles, wozu man eine Bindung hätte aufbauen können.

Er zog sich völlig aus den Verkaufsetagen zurück, verbrachte immer mehr Zeit im Penthouse, und das Kaufhaus gedieh auch ohne ihn wunderbar. Seine Funktion wurde immer abstrakter. Er saß da über allem und beschäftigte sich mit Fragen des Images, der Öffentlichkeitsarbeit, der Firmenpolitik und der Zukunft des Einzelhandels. Er schrieb Berichte und Memos über diese Angelegenheiten, die große Verbreitung fanden, jedoch nur selten gelesen wurden. Den Leuten, *die* sie lasen, fiel auf, daß sie im Lauf der Jahre immer weniger mit der Realität der Leitung eines Kaufhauses zu tun hatten. Sie lasen sich eher wie Berichte eines Mannes, der nie einen Fuß in die Verkaufsräume setzte, nie aus seinem weißen Penthouse herauskam.

Seine Isolation machte ihn nicht unangreifbar. Sie, wer immer das auch sein mochte, erwischten ihn immer noch. Sie sprühten Graffiti auf die Schaufenster. Sie hinterließen Nachrichten auf seinem Anrufbeantworter: eine verstellte, gedämpfte Stimme sagte ein ums andere Mal ›Hamnet war hier‹. Es gab sogar einen Hamnet-Computervirus, der gelegentlich auftauchte und Dateien löschte, wichtige Bestellungen schluckte und Memos und Berichte in Kauderwelsch verwandelte.

Vor Arnolds Penthouse war ein Balkon. Er war schmal, geschwungen und hatte eine beängstigend niedrige Brüstung. Er war wie dafür geschaffen, sich hinunterzustürzen. Das war einer von Edward Zanders fragwürdigeren architektonischen Scherzen. Früher war er für die Öffentlichkeit zugänglich gewesen, aber zu viele waren seinem tödlichen Potential erlegen. Er wurde unter dem Namen Selbstmordschanze bekannt. Jetzt war er abgesperrt, zu einem Teil von Arnolds Territorium geworden. Er war der einzige, der sich dort hinunterstürzen konnte, und an so manchem Abend schien ihm das ein sehr vernünftiger Gedanke zu sein.

Dann war da die Sache mit dem Sex. Wie er Vita Carlisle erklärt hatte, waren seine sozialen Fähigkeiten weit beschränkter als seine Libido. Er brauchte Sex und hatte nichts dagegen, dafür zu bezahlen. Er wollte sein Geld aber hausintern ausgeben. Straßenhuren oder Callgirls waren nicht sein Fall. Er wollte hübsche, gesunde Arbeiterinnen, solche Frauen, wie sie bei Haden Brothers beschäftigt waren. Derek Snell hielt ihn über passende Neuzugänge auf dem laufenden. Im großen und ganzen funktionierte das System recht anständig, wobei Arnold allerdings wußte, daß es an Verschiedenem krankte.

Arnold war bekannt, daß Gerüchte über ihn in Umlauf

waren. Manche besagten, daß er verrückt wäre, daß er in seinem Penthouse von Alkohol und Drogen benommen herumtorkele oder daß er Sex mit Knaben, Greisen oder Amputierten bevorzuge. Nach seiner Auffassung verriet das mehr über Armut und Verdorbenheit der landläufigen Phantasien als über ihn. Es verletzte ihn aber dennoch und war, nebenbei gesagt, absolut nicht wahr. Und jetzt hatte er sich entschlossen, etwas dagegen zu tun. Er hatte eingewilligt, einer Pressevertreterin ein Interview zu geben, einer sympathischen Journalistin, einer Frau, die laut ihrer eigenen Auskunft für die Land-und-Leute-Redaktion eines der weniger anspruchsvollen Sonntagsblätter arbeitete, einer Frau namens Lesley Crane. Er hatte nie von ihr gehört, aber das spielte keine Rolle. Er wollte nur keiner Klatschreporterin gegenübersitzen. Er wollte ruhig, herzlich, offen und vor allem normal wirken. Er wußte, daß er einen schweren Auftritt vor sich hatte.

Das Interview sollte im selben unpersönlichen Vorzimmer stattfinden, in dem er Vita Carlisle zum ersten Mal gesehen hatte. Er hatte nicht die Absicht, irgendeinen Pressevertreter einen Blick auf die kahle Pracht werfen zu lassen, mit der er sich in seinem Penthouse umgab. Derek Snell hatte angeboten, dem Interview beizuwohnen, aber Arnold Haden war stolz darauf, daß er die Kraft aufbrachte, sich der Journalistin alleine zu stellen.

Er wartete am Fahrstuhl, der Lesley Crane zu ihm heraufbringen sollte. Er posierte leger vor dem Panoramafenster und hoffte, daß es weder zu sehr wie eine Pose noch zu leger wirkte. Er wollte zeigen, daß das Interview ihm wichtig war, aber zu wichtig sollte es auch nicht aussehen.

Dann kam der Fahrstuhl an, er geriet völlig außer Fassung, stürzte auf die Kabinentür zu und sagte, noch bevor sich die

Türen ganz geöffnet hatten: »Hallo, Miss Crane. Ich bin Arnold Haden. Freut mich außerordentlich, Sie zu sehen.« Sie schüttelten sich schon die Hände, als sie noch gar nicht aus dem Fahrstuhl heraus war. Genaugenommen konnte sie auch gar nicht heraus, da er ihr den Weg versperrte, und während beide noch mit ausgestreckten Händen dastanden, schlossen sich die Fahrstuhltüren, drückten von beiden Seiten gegen seinen Arm, und obwohl sie sofort wieder auseinanderglitten, hinterließen sie zwei schwarzgraue Streifen auf dem Ärmel seines weißen Anzugs. Er lachte etwas gezwungen, tat, als wäre nichts gewesen, und führte die Journalistin ins Zimmer.

Jetzt konnte er sie richtig betrachten, und sie entsprach ganz und gar nicht seinen Erwartungen. Sie war knochiger und weniger mütterlich, sah viel nüchterner, bedrohlicher und ernsthafter aus, als er gehofft hatte. Sie hatte dunkles Haar, war braungebrannt und stark geschminkt. Ihre Lippen hatten die Farbe roher Leber. Er verging fast vor Angst, und ihr unübersehbares Bemühen, nicht beängstigend zu wirken, ängstigte ihn nur noch mehr.

Sie setzten sich an die gegenüberliegenden Enden eines langen flachen Tisches, der mit den zugehörigen Stühlen extra für diesen Anlaß ins Zimmer gestellt worden war. In der Tischmitte stand eine volle Kaffeekanne, aber Arnold Haden war zu nervös, um seiner Interviewerin Kaffee anzubieten. Lesley Crane holte ein Diktiergerät aus der Tasche und stellte es zwischen sie. Arnold Haden tat dasselbe mit einem eigenen Gerät, als führe er einen wohlüberlegten Gegenzug in einem komplexen Brettspiel aus.

»Man kann nicht vorsichtig genug sein«, sagte er.

»Verstehe«, antwortete sie.

Er wartete darauf, ein paar beiläufige Bemerkungen zu

wechseln, mit denen sie der Situation die Spannung nehmen würden, aber da war er bei ihr an der falschen Adresse.

»Also, Mr. Haden«, fing sie an, »ich stelle erfreut fest, daß die Gerüchte über Sie nicht der Wahrheit entsprechen.«

»Gerüchte?« sagte er heuchlerisch.

»Ja. Sie wären ein verrückter Eremit oder fürchterlich entstellt oder drogensüchtig ...«

Sie führte ein paar weitere schillernde Möglichkeiten auf, die er größtenteils schon kannte. Da er jedoch nicht wollte, daß sie das wußte, machte er einfach ein nichtssagendes Gesicht.

»Wissen Sie gar nichts von diesen Gerüchten?« fragte sie.

»Ich komme nicht viel herum«, sagte er.

»Aber wie ich sehe«, fuhr sie fort, »sind Sie ein völlig normaler Mensch.«

»Ja«, sagte Haden. »Genau diesen Eindruck will ich vermitteln. Ich meine, ich will das nicht nur vermitteln. Ich bin wirklich völlig normal.«

»Das merke ich«, sagte sie. »Also, reden wir über Ihr Liebesleben.«

Ihm schwirrte der Kopf. Er war bereit gewesen, den einen oder anderen kleinen Hinweis auf sein Privatleben durchklingen zu lassen, aber auf eine so direkte Frage war er nicht vorbereitet. Er war sprachlos.

»Meine Leser wollen alles über Ihr Liebesleben wissen«, fügte sie hinzu.

»Im Ernst?«

»Ja. Besonders interessiert sie, warum Sie nicht verheiratet sind. Warum Sie keine feste Freundin haben. Warum Sie keine Kinder haben. Sie wollen wissen, ob Sie homosexuell sind oder pädophil oder im Zölibat leben oder was sonst.«

»Sind Sie sicher?«

»Ja, das wollen sie. Ich habe durchaus Verständnis dafür, daß Sie nicht darüber reden wollen, und es tut mir auch leid, aber ich will es mal so sagen, wenn Sie nichts über Ihr Liebesleben sagen, dann malen sie sich das Schlimmste aus.«

»Wirklich?«

»Ich kenne meine Leser.«

Er glaubte ihr. Sie ließ ihm genug Zeit, ihr ein paar schlüpfrige Leckerbissen aus seinem Leben zu präsentieren, aber offensichtlich mußte sie etwas soufflieren.

»Allem Anschein nach sind Sie heterosexuell«, sagte sie.

»O ja.«

»Und Sie waren verheiratet, aber das ist lange her. Seitdem sind Sie offenbar vielen Frauen hinterhergelaufen und haben zweifelsohne einige davon zu fassen gekriegt. Aber ihre Traumfrau war nicht dabei, und deshalb haben Sie nicht wieder geheiratet.«

»Ja«, sagte er. Das entsprach mehr oder weniger der Wahrheit.

»Gibt es jetzt eine Frau in Ihrem Leben?«

»Nun ja, in gewisser Weise.«

»Ihren Namen werden Sie mir wahrscheinlich nicht sagen.«

»Ganz bestimmt nicht.«

»Das verstehe ich. Könnte ich vielleicht etwas über eine heimliche Liebe schreiben?«

»Ich glaube, das ginge dann doch etwas zu weit«, sagte er.

»Oder wie wäre es, wenn ich auf eine geheimnisvolle Geliebte hindeuten würde?«

»O nein, also wirklich.«

»Eine *Femme fatale*?«

»Nein. Bitte nicht.«

»Ist sie eher etwas hausbacken?«

»Also, hausbacken hat doch einen recht negativen Unterton, oder?«

»Sehen Sie sie als Mutter Ihrer Kinder?«

»Ich glaube, die Frage kann ich nicht beantworten.«

»Ihre Ehe war kinderlos, nicht wahr, Mr. Haden? Warum haben Sie keine Kinder?«

»Meine Frau und ich, wir haben einfach … nicht, und seitdem habe ich natürlich keine Kinder, weil ich nicht wieder geheiratet habe.«

»Tut mir leid, Mr. Maden, aber das ist heutzutage keine ausreichende Begründung. Wenn Sie vielleicht sagen würden, die moderne Welt ist ein so furchtbarer Ort, daß es unverantwortlich wäre, Kinder in sie zu setzen.«

»Ja«, sagte er, »dem könnte ich wohl beipflichten.«

»Sie finden sich in dieser modernen Welt nicht besonders gut zurecht, nicht wahr, Mr. Haden?«

Endlich hatte sie ein Thema angesprochen, bei dem er sich sicher fühlte. Die Schrecken der modernen Welt waren ein sehr viel weniger schwieriges Problem als sein Privatleben.

»Ist das so offensichtlich?« fragte er.

»Nicht für jede«, sagte sie, »aber für mich schon. Ist das der Grund dafür, daß Sie Ihr Penthouse nie verlassen?«

»Manchmal verlasse ich es schon.«

»Gut. Wann haben Sie Ihr Penthouse das letzte Mal verlassen, Mr. Haden?«

»Erst kürzlich. Ich glaube, das war in den frühen Achtzigern.«

Sie sagte bedeutungsvoll, »Mmh«, und fragte dann: »Wie groß ist Ihr Vermögen, Mr. Haden?«

Wieder wurde er nervös. Noch eine Sache, auf die er überhaupt nicht vorbereitet war. Er öffnete den Mund, brachte aber keinen Ton heraus.

Sie sagte: »Ich dachte, ich könnte den Artikel aus der Perspektive ›Begehrenswerter Junggeselle‹ aufziehen. Und seien wir ehrlich, begehrenswert heißt heutzutage reich, nicht wahr? Also, wieviel?«

»Mein Buchhalter könnte Ihnen da eine viel genauere Auskunft geben. Wirklich.«

»Kommen Sie, Mr. Haden, zieren Sie sich nicht. Mit einem Geschäftssinn wie dem Ihren können Sie mir doch bestimmt auf den Pfennig genau sagen, wieviel Sie besitzen.«

»Aber, wissen Sie, das würde wohl etwas großspurig wirken.«

»Okay, machen wir das anders. Offenbar kann man Sie mit Fug und Recht als Millionär bezeichnen.«

Er stimmte zu.

»Wäre es korrekt, Sie als Multimillionär zu bezeichnen?«

»Also, ich denke schon.«

»Würde es den Tatsachen entsprechen, wenn man Sie superreich nennen würde?«

»Also, mir persönlich käme dieser Ausdruck nicht in den Sinn.«

»Nein, aber wenn ich Sie als begehrenswerten, unverheirateten, superreichen Multimillionär bezeichnen würde, kämen wir der Sache dann nahe?«

Er mußte kurz darüber nachdenken, antwortete dann aber: »Ja, ich muß sagen, das klingt nicht schlecht.«

»Und was halten Sie von Einkaufszentren?« fragte Lesley Crane.

»Ich glaube, ich verstehe nicht ganz.«

»Aber sicher, Mr. Haden. Heute gehen immer weniger Menschen ins Kaufhaus. Sie gehen statt dessen in ein Einkaufszentrum, nehmen die Familie mit und nutzen den ganzen Tag für ein entspanntes Einkaufserlebnis. Die Tage der großen, unabhängigen Kaufhäuser sind doch ganz offensichtlich gezählt.«

»Also, ich weiß nicht, ich bin nie...«

Sie starrte ihm in die Augen, als würde sie dort eine Antwort finden, als versuche sie, seine Gedanken zu lesen. Dann sagte sie triumphierend: »Aber natürlich, Sie können ja gar nichts über Einkaufszentren wissen, wenn Sie das Kaufhaus seit den frühen Achtzigern nicht verlassen haben.«

Sie freute sich über ihre Schlußfolgerung, sonnte sich aber nicht darin. Haden merkte, daß Leugnen keinen Zweck hatte. Er sah sie flehend an.

»Es gibt Dinge, da braucht man keine persönlichen Erfahrungen, um zu wissen, wie schrecklich sie sind«, sagte er.

»Und Einkaufszentren fallen in diese Rubrik?«

»Ja, ich denke schon.«

Sie sagte: »Und wie wäre es, wenn ich schreiben würde, Einkaufszentren sind vulgär, modern und seelenlos, aber Haden Brothers hält die alten Werte wie guten Geschmack, Schicklichkeit und solide Qualitätsstandards hoch?«

»Ja«, sagte er, »das klingt vernünftig.«

»Und dann könnte ich Sie zitieren, etwas in der Art von Haden Brothers – eine Oase inmitten von Sittenverfall und Barbarei auf den Straßen. Würde es Ihnen etwas ausmachen, wenn ich etwas in dieser Richtung für Sie formuliere?«

»Nein«, sagte er, »ich glaube nicht.«

»Und darf ich schreiben, daß Sie Haden Brothers aus diesem Grund nie verlassen? Daß Sie die Welt für einen dreckigen, lauten und gewalttätigen Ort halten, mit dem Sie nichts zu tun haben wollen? Daß Sie die Menschen als gefährlich, unkultiviert und störend empfinden und am liebsten einen eisernen Vorhang zwischen Ihnen und denen sähen? Daß Sie glauben, es ginge bergab mit der Welt und Sie keine Zukunft und keine Hoffnung mehr für sie sehen?«

»Ja«, sagte Haden, »das alles trifft zu, aber achten Sie bitte darauf, daß ich nicht wie ein verschrobener alter Kauz klinge.«

»Das würde ich Ihnen nicht antun«, sagte sie, und er vertraute ihr.

Plötzlich fiel ihm der Kaffee ins Auge. Inzwischen war er entspannt genug und hatte ausreichend Gefallen an seiner Interviewerin gefunden, um zwei Tassen Kaffee einzugießen. Er freute sich auf ihre nächste Frage.

»Gut, das war's dann«, sagte sie unvermittelt. »War doch gar nicht so schlimm, oder?«

»Nein«, sagte Haden. »Aber war das wirklich schon alles?«

»Ja. Schließlich wollen wir ja nicht zu persönlich werden, nicht wahr?«

»Oh, da haben Sie natürlich recht.«

Plötzlich war sie aufgestanden und zum Lift gegangen, die Türen öffneten sich, sie trat hinein und drückte auf den Knopf. Haden mußte sich beeilen, um ihr hinterherzukommen.

»Nur eins noch«, sagte sie, wobei sie die Fahrstuhltür aufhielt.

»Ja?«

»Gestern nacht habe ich einen anonymen Anruf bekommen.«

»Oh?« sagte Arnold.

»Ja. Der Anrufer sagte, ich solle darauf achten, was in Ihrem Gesicht vorgeht, wenn ich ›Hamnet war hier‹ sage.«

Arnolds Gesicht versuchte, so gut es konnte, sich nichts anmerken zu lassen, doch Merkwürdiges nahm unter der Oberfläche Gestalt an, Gefühle wie Wut, Angst und Panik, Gespenster und Skelette aus der Vergangenheit, Schatten von Betrug, Haß und Tod.

»Vielen Dank«, sagte sie. »Ich glaube, Sie haben mir alles gesagt, was ich wissen muß.«

Die Fahrstuhltür schloß sich zischend. Es dauerte lange, bis Arnold Hadens Gesicht wieder ansatzweise normal aussah.

8

Garne

Als Charlie zu seinem zweiten Arbeitstag zeitig bei Haden Brothers ankam, war Personaleingang F genau wie am Vortag noch geschlossen. Aber diesmal machte er keinen Spaziergang ums Gebäude. Statt dessen hielt er nach der Gruppe von Möbelträgern Ausschau und gesellte sich dazu.

Sie wirkten nicht sehr erfreut, ihn zu sehen. Der Anflug von *Bonhomie*, der sie gestern umgeben hatte, als sie zu Loz' Rettung in den Lagerraum gestürmt waren, war verschwunden. Selbst Loz nahm Charlies Anwesenheit kaum zur Kenntnis. Sie diskutierten über Dinge und Leute, von denen Charlie nichts wußte, und gaben ihm keine Gelegenheit, sich am Gespräch zu beteiligen. Er versuchte, sich nicht darum zu kümmern. Immer wieder blickte er zu Personaleingang A hinüber in der Hoffnung, Vita zu sehen, aber sie kam nicht.

Als das Metallgitter schließlich oben war, hielt Charlie sich an die anderen Möbelträger. Er stempelte und folgte ihnen durch mehrere Gänge, ein paar Treppen hinauf zu einem Lastenaufzug und schließlich zur Möbelabteilung. Daß aus ihrem Angebot, ›ihm zu zeigen, wie der Hase läuft‹, nichts wurde, überraschte ihn nicht sonderlich. Sie spielten in einem Hinterzimmer der Möbelabteilung Karten oder lasen Boulevardzeitungen; sie warteten wohl darauf, daß etwas passierte, vermieden dabei aber sorgsam, mit dem Neuen zu reden. Gelegentlich wurde gerülpst, gefurzt oder eine Obszönität hervorgestoßen. Es gab eine Art Vorarbeiter, einen jungen Mann namens Anton Heath mit hübschem, gepflegtem Gesicht, langen, fransigen blonden Haaren und einem unverkennbar vornehmen Akzent. Er sah sich gezwungen, lauter zu furzen, rülpsen und fluchen als jeder andere. Charlie fühlte sich schmerzlich fehl am Platz.

Nachdem der halbe Vormittag sich träge dahingeschleppt hatte, sprach ihn jemand an. Und zwar mit den Worten: »Was hältst du von ›Die Hirnlappen‹?«

»Tschuldigung?« sagte Charlie.

»Oder wie wär's mit ›Aorta‹? Oder ›Gebrochene Knöchel‹?«

Charlies Gesprächspartner war ein schlaksiger Bursche mit hängenden Schultern, viel zotteligem schwarzem Haar und einer dicken Hornbrille. Er hieß Douglas.

»Wovon redest du?« fragte Charlie.

»Ich such 'nen Namen für 'ne Rockband, okay? Und ich hab gedacht, man könnt 'n Teil vom menschlichen Körper nehm, okay?«

»Okay«, sagte Charlie.

»Scheint dir nicht zu gefallen. Und wenn ich sie nach 'nem Film nenn? Wie ist's mit ›Gentlemen Prefer Blondes‹ oder ›Strange Cargo‹? Oder ›Carry an Cowboy‹?«

Charlie war gerne bereit, sich ins Gespräch hineinziehen zu lassen. Er sagte: »Na ja, schwer zu sagen, ob die Namen gut sind oder nicht. Ich finde, das hängt davon ab, was ihr für Musik spielt.«

Douglas blickte ihn verächtlich an.

»Nein, es spielt *absolut* keine Rolle, was für Musik wir spielen«, fauchte er.

»Oh, okay«, sagte Charlie, der so früh am Morgen keinen Streit anfangen wollte.

»Wie wär's, wenn ich meine Band ›IRA‹ nennen würde?« fragte Douglas.

»Nein, also, ich glaube nicht, daß man eine Band ›IRA‹ nennen sollte«, sagte Charlie.

»Warum nicht?«

»Na ja, ich würd sagen, weil es zumindest von schlechtem Geschmack zeugt.«

»Aber bei Rockmusik geht's doch um schlechten Geschmack.«

»Aber nicht in diesem Sinne, glaube ich«, sagte Charlie.

»Und wie steht's dann mit ›Schwarzer September‹? Oder ›Leuchtender Pfad‹?«

Das war schon fast ein Gespräch über Kunst, Charlies erstes seit langem, und er würde sich keine Zurückhaltung auferlegen.

»Ich glaube«, sagte er behutsam und noch immer bestrebt, einen Streit zu vermeiden, »das Problem liegt darin, daß diese Leute, die IRA und so, rumlaufen und Leute in die Luft jagen, Menschen ermorden. Ich glaube wirklich nicht, daß man mit einer Band, die den Namen einer dieser Organisationen trägt, öffentlich auftreten und ein Publikum unterhalten kann. Ich glaube nicht, daß die Leute das akzeptieren.«

»Und wie ist es mit ›Tamil Tigers‹? Oder ›Prima Linea‹? Oder ›Die Roten Brigaden‹? Die Namen von diesen Terrorgruppen klingen einfach geil.«

»Das kann schon sein«, sagte Charlie, »aber diese Namen bedeuten etwas.«

»Hey«, sagte Douglas, »wär doch lustig, wenn mir 'n Name für 'ne Rockband einfällt, bei dem alle glauben, daß das 'ne Terrorgruppe ist. Zum Beispiel ›Hamnet war hier‹.«

Charlie war plötzlich hellwach.

»Was bedeutet der Name?« fragte er.

»Keine Ahnung«, sagte Douglas. »Ich hab nur gesehen, daß jemand das gestern auf ein Fenster gesprüht hatte.«

»Ich auch. Ist das denn der Name einer Rockband? Dann war das bloß ein Werbegag?«

»Tja, könnte sein, oder? Ich finde, das ist ein ziemlich beschissener Name für 'ne Band. Aber dafür kann der ja nix, der das gemacht hat. Jede Werbung ist gute Werbung.«

»Klar, aber ist das wirklich bloß ein Name von einer Band?«

»Woher zum Teufel soll ich das wissen?« sagte Douglas und schlurfte schmollend davon.

Sich mit den Möbelträgern zu unterhalten stellte sich als schwierig heraus. Charlie hoffte, daß die kurze, wenn auch mühsame erste Kontaktaufnahme mit einem von ihnen die anderen dazu bewegen würde, mit ihm zu sprechen. Im großen und ganzen war das allerdings nicht der Fall. Als am späten Vormittag die Nachricht zu ihnen durchdrang, daß ein halbes Dutzend Eßtische von einer Seite der Abteilung auf die andere getragen werden mußte, wurde Charlie gesagt, was er zu tun hatte, die Unterhaltung beschränkte sich aber auf das Notwendigste. Er versuchte, seinen Mißmut beiseite zu schieben. Schließlich war er hier, um sich seinen Lebensunterhalt zu verdienen, und nicht, um sich Freunde zu machen.

Als er gerade zum Mittagessen gehen wollte, sagte Douglas zu ihm: »Und was wäre, wenn ich die Schlagzeile aus 'ner Zeitung als Bandnamen nehme? Zum Beispiel ›Hohe Kosten der deutschen Einheit‹? Oder ›Kürzungen bei Aus- und Weiterbildung‹? Oder wie wär's mit ›Atomalarm ausgelöst‹?«

Charlie sagte: »Hört sich klasse an«, und machte Douglas damit sehr glücklich.

Die Mittagspause kam und ging, und am Nachmittag trug

Charlie ein paar Möbel. Um fünf hatte es den Anschein, als sollte der zwischenmenschliche Kontakt des ganzen Tages sich auf zwei Gespräche über Namen von Rockbands beschränken. Kurz vor Feierabend winkte Anton Heath, der blonde Vorarbeiter, Charlie jedoch zu einem Plausch herüber.

Anton lehnte sich auf den Packtisch neben riesigen Klebebandstapeln, einer Reihe Teppichmesser und endlosen Rollen mit Klarsichtfolie und sagte: »Bei Douglas mußt du ein Auge zudrücken. Er ist ein Versager. Er hat nie eine Rockband gehabt. Er hat auch nie irgendwelche Songs geprobt oder gelernt, ein Instrument zu spielen. Er kann nicht singen. Er denkt sich nur gern Namen aus. Deprimierend, findest du nicht?«

»Na ja, irgendwie traurig«, stimmte Charlie zu.

»Paß auf, daß dir so was nicht passiert«, sagte Anton.

»Hatte ich nicht vor.«

»Gut. Meine Menschenkenntnis sagt mir nämlich, daß dir der gescheiterte Künstler ins Gesicht geschrieben steht.«

»Nee, mir doch nicht«, sagte Charlie.

»Gut. Aber du interessierst dich doch für Kunst, oder? Ich seh so was.«

»Ja, das tu ich tatsächlich.«

»Weißt du«, sagte Anton, »fast alles kann Kunst sein«, und Charlie konnte ihm zustimmen, aber dann sagte Anton: »Fenster einschlagen kann Kunst sein. Akten zerstören kann Kunst sein. Einen Politiker ermorden kann Kunst sein. Ein Bombenanschlag im Kinderkrankenhaus kann Kunst sein. Findest du nicht auch?«

»Also, nein, ich denke, eher nicht.«

»Kunst hat nichts mit Rationalität zu tun«, fuhr Anton fort, und wieder konnte Charlie ihm nur beipflichten. Aber dann sagte Anton: »Und sie hat nichts mit Moral zu tun. Sie hat nichts mit Ordnung zu tun. Ein Arbeiterstreik kann ein Kunstwerk sein. Haden Brothers in die Knie zu zwingen wäre ein großartiges Kunstwerk. Und dafür sind wir Möbelträger da.«

Die Möbelabteilung erstreckte sich über das gesamte siebte Stockwerk. Sie bestand aus einer großen Anzahl untereinander verbundener, überladener Zimmer, von denen jedes eine große Anzahl an Möbelstücken enthielt, die nur vage zueinander paßten. Es gab alle möglichen Einrichtungsarten, von Antik bis Avantgarde, von Rustikal bis Stilmöbel, für die verschiedensten Umgebungen vom Landhäuschen bis zum viktorianischen Boudoir. Einige zeigten elegantes Understatement, andere stellten aufdringlich Geld und wahr gewordene Träume zur Schau. Charlie sollte einen großen Teil seiner Zeit mit dem Durchqueren dieser Zimmer verbringen, wobei er sie in zunehmendem Maße erbärmlich und gespenstisch finden würde. Eßtische waren für Mahlzeiten gedeckt, die nie gegessen wurden. Sessel waren um falsche Kamine gruppiert, vor denen sich nie Menschen versammelten. Die Bettenabteilung war eine Art riesiger künstlicher Schlafsaal, in dem nie jemand schlief.

Besonders die Sofas und Polstergarnituren stachen Charlie ins Auge. Polstermöbel mit Hartholzgestellen und Federkern, mit verschnörkelten Armlehnen und gewundenen Rückenkissen. Traditionelle Ledersofas in Kastanienbraun, Bordeaux, Sand oder Tannengrün mit tiefgehefteten Lehnen- und Seitenpolstern. Klassische Formen, die ebensogut in ein modernes Apartment wie in ein englisches Landhaus paßten, mit Federn, Daunen oder feuerbeständigem Schaumstoff gefüllt, bezogen mit Damast, Leinen, einfarbigem oder gemustertem Dralon, mit Blumendesigns oder mit schlichten Webstoffen.

Mit abgesetzten Kordeln, Fransenkanten, Kellerfalten, eingesetzten Volants und Kugelfüßen. Er sah völlig asymmetrische futuristische Couches in Neonfarben, aus Velours, Stahl und Fell.

Danach kamen die Tische: Eßtische aus Eiche und Kiefer, Esche und Mahagoni, aus Marquinya-Marmor und schwarzem Travertin. Einige waren rund, andere ausziehbar, manche klappbar. Es gab Kaffeetische, Tafeln für Säle und Lampentischchen, und manchmal gab es sogar ineinanderstellbare Sortimente. Zu den Tischen gab es die passenden Stühle: Eßtischstühle und Stühle mit geschnitzten Lehnen, Schaukelstühle und Freischwinger, Kaffeehausstühle, Leiterstühle, Gleitstühle, Dreh- und Armeestühle. Dann gab es noch die Hocker: Barhocker, Schemel, Stehhilfen, Sattelsitze.

Betten gab es in allen Größen: Kingsize, Queensize, dreiviertel, Einzel. Runde Betten und Wasserbetten, Liegen, Etagenbetten, Gesundheitsbetten, Futons und Himmelbetten. Klappbetten, Messingbettgestelle und Kopfteile mit Polstervelours oder aus Schmiedeeisen.

Es gab Chaiselongues und Zweisitzer und Liegesofas. Und Kleiderschränke und Frisierkommoden und freistehende Bücherschränke und Anrichten und Servierwägelchen und Sideboards und Sekretäre und Kommoden. Manche waren aus hochwertigen Materialien und mit exquisiten Oberflächenfinishes: Wurzelholz, Rosenholz und Roßkastanie, Rattan und Korb, mit Stahlrohr, Glas und Lack, verchromt, mit Patina, Intarsien, Furnier und Ornamenten. Und dann gab es diese kleinen Extras, die ein Haus erst zum Zuhause machen: Nachttische, Zeitungsständer, Hutständer, Sofakissen, Spiegel, Puffs.

Charlie hätte viel mehr Gefallen an diesen Dingen gefunden, wenn er sie nicht hätte herumtragen müssen.

Die Möbeletage wurde von Verkäufern durchstreift. Sie waren freie, unabhängige Geister, die vorwiegend einzeln auf die Pirsch gingen und sich rücksichtslos auf vielversprechend aussehende Schaulustige stürzten. Sie waren im allgemeinen recht höflich und hilfsbereit, dabei aber mit allen Wassern gewaschen und alles andere als servil. Wenn ein Kunde eine besondere Oberflächenbehandlung, ein ungewöhnliches Material oder eine Sonderanfertigung wünschte, sagte der Verkäufer nachdrücklich und nicht ohne eine gewisse Freude, daß es nicht da wäre und auch sonst nicht zu bekommen sei. Die Freude entsprang nicht einfach der Genugtuung, einen Wunsch des Kunden ablehnen zu können – das wäre kleinkariert und trivial –, vielmehr entsprang sie dem Wissen, daß Sonderanfertigungen zusätzliche Arbeit bedeuteten, ihnen aber keine zusätzliche Provision einbrachten, so daß sie sich durch ihre Verweigerung unnötige unbezahlte Mühe ersparten.

Die Verkäufer wurden durch Angestellte der verschiedenen Herstellerfirmen unterstützt. Diese – ausnahmslos weiblichen – ›Beraterinnen‹ waren immer solariengebräunt und immer auf Diät. Sie waren nicht mehr so jung und hübsch wie früher. Sie wußten das, und es machte sie nicht glücklich. Sie waren launisch und reizbar, sprachen mit schlecht imitierten vornehmen Akzenten, und Charlie fand sie entsetzlich. In seiner ersten Woche bei Haden Brothers wurde er von einer gebeten, eine pflaumenblaue Lederbank an einen anderen Platz zu stellen, wo sie nach Auffassung der Beraterin höhere Verkaufszahlen erzielen könnte. Als Charlie ihrem Wunsch nachkam, beobachtete sie ihn mit einem so kritischen Blick, zeigte so unverhohlen ihre Erwartung, er würde das Leder zerkratzen, eine Lampe umstoßen oder den Teppich einreißen, daß ihm schließlich gleich alles auf einmal gelang.

Charlie merkte mit der Zeit, daß die Bestrebungen Antons und der anderen Möbelträger, Haden Brothers in die Knie zu zwingen, zwar aus tiefstem Herzen kamen, aber Stückwerk blieben. Sie beschränkten sich auf den exzessiven Kleiderdiebstahl, dessen Zeuge er schon geworden war, extrem langes Ausdehnen von Mittags- und Teepausen, das Klauen von mehr Kugelschreibern, Bleistiften, Notizblöcken und Umschlägen, als man in einem Leben verbrauchen konnte, und lange, teure Telefongespräche auf Firmenkosten.

Nach ein paar Tagen begannen die Möbelträger mit Charlie zu sprechen, meist um ihn zu überreden, sich an ihren subversiven Handlungen zu beteiligen. Er hatte absolut kein Problem mit der Verlängerung seiner Mittags- und Teepausen und führte auch das eine oder andere Telefonat, diese waren aber weder lang genug, noch waren seine Gesprächspartner weit genug entfernt, um seine Kollegen zu befriedigen. »Hast du keine Freunde in Australien?« fragte Anton, aber Charlie kannte dort niemand. Er hatte keine Lust, Schreibwaren zu klauen, weil er sie nicht brauchte, und vom Kleidungsdiebstahl ließ er auch die Finger. Warum, konnte er gar nicht so genau sagen. Er hielt sich für mäßig ehrlich, und hätte er dringend etwas gebraucht oder hätte etwas eine große Versuchung dargestellt, wäre er ihr sicher erlegen. Aber er hatte keinen Bedarf an Seidenhemden und Kaschmirpullovern, und obwohl sein Geldbedarf erheblich war, wollte er nicht einfach klauen, um die Sachen weiterzuverkaufen, wie es einige Möbelträger machten. Im Grunde wollte er einfach kein Dieb sein.

Er versuchte gar nicht erst, das seinen Arbeitskollegen zu erklären, und sie setzten ihn auch nicht allzusehr unter Druck. Sie waren überzeugt, daß er ihre Sichtweise binnen kurzem annehmen und sich dann entsprechend verhalten würde. Sie hätten gesagt, daß es weder um Bedürfnisse noch um Versuchung, sondern einzig und allein um Rache ginge. Ihre Stehlerei begründete sich durch eine Art Groll auf Haden Brothers für die fürchterliche Behandlung, die ihnen ihrer Ansicht nach zuteil wurde.

Sie beteiligten sich auch an ziemlich unbedeutenden, aber gemeinen Sabotageakten im ganzen Kaufhaus. Wenn ein Kunde in einer Verkaufsetage nach einer bestimmten Abteilung fragte, so gaben sie ihm eine detaillierte Wegbeschreibung, die ihn in die völlig falsche Richtung führte. In den Toiletten ließen sie die Warmwasserhähne offen, um Wasser und Energie zu verschwenden. Sie machten sich einen Spaß daraus, die Rolltreppen durch Drücken der Notstoppknöpfe anzuhalten, weil sie wußten, daß das bei Kunden und Personal zu beachtlicher Erschwernis und Verärgerung führte. Charlie beteiligte sich nicht an diesen Aktionen, und obwohl er nie etwas sagte, hoffte er beinahe, daß die anderen seine Mißbilligung spürten.

Er arbeitete sich schnell ein. Normalerweise wurde er mit ein paar seiner Kollegen gerufen, um eine Polstergarnitur, einen Eßtisch oder einen Raumteiler aus der Verkaufsabteilung in den Versandraum zu bringen, wo sie die Teile in Plastikschutzfolie einwickelten, zur Laderampe brachten und in einen Lieferwagen luden, mit dem sie zum wartenden Kunden gefahren wurden. Wenn neue Ware von einer Zuliefererfirma hereinkam, lief mehr oder weniger der gleiche Vorgang rückwärts ab. Die Nachteile einer Möbelabteilung im siebten Stock erfaßte Charlie praktisch sofort. Aber den dunklen Lagerraum, in dem er seinen ersten trostlosen Tag verbracht hatte, sah er nie wieder. Er ging davon aus, daß der auf den nächsten unglückseligen Neuankömmling lauerte.

Abgesehen davon, daß Charlie am liebsten gar nicht, und

wenn es dann schon unvermeidbar war, zumindest an seiner Kunst gearbeitet hätte, verstand er nicht, was so furchtbar an seinem Job als Möbelträger bei Haden Brothers sein sollte. Der kurze, scheußliche Einblick in sinnlose Schufterei, der ihm am ersten Tag vermittelt worden war, hatte mit der eigentlichen Arbeit nichts gemein. Sie mußten zwar manchmal schwere oder unhandliche Dinge tragen, oder es mußte schnell gehen und wurde hektisch, manchmal behandelte sie auch ein Möbelverkäufer etwas rotzig, aber im allgemeinen war die Arbeit nicht zu anstrengend, nicht zu hektisch und schon gar nicht zu kompliziert. Als Möbelträger stand einem keine große Zukunft offen, aber nach seiner Auffassung bot der Job eine vollkommen akzeptable Gegenwart.

Obwohl die Möbelträger einen zynischen, aggressiven und arroganten Haufen bildeten, waren sie seltsamerweise in der Abteilung recht beliebt. Sie waren natürlich nicht so dumm, die verschiedenen Diebereien und Sabotageakte einzugestehen, machten aber ansonsten kein Geheimnis aus ihrer Verachtung für Haden Brothers und alles, was damit zusammenhing. Sie waren Einzelgänger und wurden dafür bewundert. Die Mitarbeiter hatten immer Spott oder einen schmutzigen Witz für einen Möbelträger auf Lager. Die Verkäufer brachten derbe Scherze. Die Damen aus dem Abteilungsbüro flirteten mit ihnen. Sogar die weniger abweisenden Beraterinnen hatten etwas Zeit für sie. Da er in ihrer Gesellschaft war, wurde Charlie als ihresgleichen behandelt, wobei ihm allerdings immer deutlicher bewußt wurde, daß er es nicht war.

Sie luden ihn auf einen Drink nach der Arbeit ein, aber er lehnte jedesmal ab. Er behauptete, zu Hause würde gemeinsam gekocht und da müsse er sich beteiligen. Das war natürlich gelogen, und er merkte, schon während er es sagte, daß es absolut nicht glaubhaft klang. In Wirklichkeit holte er sich auf dem Nachhauseweg immer etwas aus einem billigen Take-away-Restaurant, das er dann alleine in der Küche aß, während Keith und Sarah das Wohnzimmer besetzten.

Es wurde Freitag. Seine erste Woche bei Haden Brothers war vorüber, und er bekam seine erste Lohntüte. Sie enthielt exakt die Summe, die sie enthalten sollte, aber Anton Heath bestand darauf, daß Charlie mit allen anderen Möbelträgern zum Lohnbüro gehen sollte, um die Abrechnungen zu beanstanden. Deren Abrechnungen waren ebenso korrekt wie Charlies, aber das Schlangestehen, um sich von einem Lohnbuchhalter einen abstrusen Punkt wie angefallenes Urlaubsgeld oder die Funktionsweise der Krankenversicherung erklären und dann die Korrektheit der Abrechnung bestätigen zu lassen, kostete, wie Anton ihm versicherte, auf jeden Fall ein paar Stunden, und eine solche Gelegenheit dürfte man sich auf keinen Fall entgehen lassen. Charlie lief hinterher, obwohl ihm das nutzlos und dumm vorkam. Er hatte nichts dagegen, der Arbeit aus dem Weg zu gehen, aber manchmal schien es ihm, daß der Eifer, den sie für deren Vermeidung aufbrachten, viel mehr Energie kostete als das Tragen von Möbeln.

So wurden ordnungsgemäß ein paar Stunden vertrödelt. Nachdem ein unglückseliger Hilfsbuchhalter schließlich jedem Möbelträger einzeln etwas erklärt hatte, was der schon wußte, verließen alle gemeinsam zufrieden das Lohnbüro. Wieder in der Möbeletage, kam Anton zu dem Schluß, es wäre zu spät, um noch etwas zu tun, und sie sollten jetzt nach Hause gehen. Da es aber erst drei war, mußte, wie Charlie erläutert wurde, noch jemand bleiben, um gegen sechs alle Karten zu stempeln. Charlie wurde auserwählt. Obwohl er sicher war, daß er für dieses Vergehen seinen Job verlieren konnte, tat er, wie ihm geheißen. In den folgenden drei Stunden, die er gelangweilt herumhing, ging ihm auf, daß dies eine großartige Gelegenheit wäre, sich während der Arbeitszeit mit seiner Kunst zu beschäftigen, da er sich aber immer noch keine Kunstform zu eigen gemacht hatte, las er statt dessen Zeitung, löste ein kleines Kreuzworträtsel und kochte ein paar Tassen Kaffee. Zwischendurch mußte er sogar noch ein kleines Cocktailtischchen umstellen.

Schließlich konnte auch er gehen. Zur Feier seiner ersten Lohntüte kaufte er auf dem Heimweg ein paar Liter bulgarischen Wein und eine Familienpackung Kartoffelchips. Er sah es als ein Friedensangebot für Sarah und Keith – nicht daß sie sich den Krieg erklärt oder auch nur gestritten hätten, aber er hielt es für klüger, seine Reparationszahlungen vorab zu leisten. Außerdem hatte er zugestimmt, ihnen für das permanente Vergnügen, auf ihrem Sofa schlafen zu dürfen, einen fairen Anteil von seinem Lohn zu überlassen.

»Sieh mal«, hatte Sarah gesagt, »natürlich könnten wir dich hier weiter umsonst schlafen lassen, aber dann hättest du überhaupt keinen Anreiz, dir etwas Eigenes zu suchen, nicht wahr? Aber wenn es genauso teuer ist, egal ob du hierbleibst oder nicht, bist du hoch motiviert auszuziehen, und am Ende fühlst du dich dann viel besser, stimmt's?«

Charlie wußte, daß es nicht so einfach war. Selbst für ein winziges Zimmer in einem abgelegenen Vorort hatte man gewaltige Auslagen. Man mußte eine Monatsmiete im voraus zahlen, und die Vermieter verlangten immer noch einmal dieselbe Summe als Kaution. Die ursprüngliche Idee war gewesen, etwas von seinem Lohn für diese Kaution zurückzulegen, und das wurde eindeutig schwieriger, wenn er Sarah und Keith Miete zahlen mußte.

Gegen sieben kam er zu Hause an. Er hörte Stimmen im

Wohnzimmer. Der Fernseher lief nicht; eine ungewöhnliche Situation in Sarahs und Keiths Haushalt. Er ging in die Küche, öffnete eine Weinflasche, stellte sie mit den Chips und drei Gläsern auf ein Tablett und tänzelte damit zum Wohnzimmer. Er rief »Partytime!« und stieß die Tür auf. Sarah veranstaltete jedoch gerade ihre eigene Party, und zwar eine, zu der Charlie nicht eingeladen war – und Keith eigentlich auch nicht.

Sarah wälzte sich auf dem Sofa mit einem Mann, den Charlie noch nie gesehen hatte. Beide waren nackt und glänzten vom Schweiß. Sarahs Knöchel waren oben im Halsbereich des Mannes, und er stieß mit einem Ernst immer wieder in sie hinein, als exerziere er für eine hochspezialisierte Ausdauersportart. Sarah war weitaus üppiger gebaut, als Charlie erwartet hätte, ohne daß er je ernsthaft versucht hatte, sie sich nackt vorzustellen. Ihr unerwartet großer Busen wogte im Rhythmus der Bewegungen des Mannes auf ihrem Brustkorb hin und her. Er war ein robuster Kerl mit haarigem Rücken, einer, mit dem man keinen Streit anfangen wollte. Charlie ertappte sich dabei, daß er mit einer gewissen Faszination auf die Szene starrte, nicht etwa weil er überdurchschnittlich voyeuristisch veranlagt wäre, sondern weil sie das Sofa als Podium für ihr Vereinigung benutzten, sein Sofa, sein Bett.

Sie waren über seinen Anblick mindestens ebenso überrascht wie er über ihren. Vielleicht dachten sie, Keith wäre unerwartet nach Hause gekommen. Der Mann löste sich sofort von Sarah, aber die Situation hatte schon ein gewisses Stadium erreicht, so daß er beim Rückzug versehentlich seinen Samen auf das Kissen spritzte, auf das Charlie jede Nacht seinen Kopf bettete.

»Du verdammter Idiot!« sagte Sarah, und zuerst dachte

Charlie, sie spräche mit ihrem Liebhaber, der sich immerhin eine gewisse Ungeschicklichkeit hatte zuschulden kommen lassen, aber dann wurde klar, daß er gemeint war. Es war nicht der geeignete Moment für längere Diskussionen und kaum genug Zeit für ein paar hastige Entschuldigungen, bevor Charlie peinlich berührt aus der Wohnung floh.

Es war eine kalte Februarnacht. Er saß alleine auf einer Parkbank und trank den mitgebrachten Rotwein gegen die Kälte. Er empfand aufrichtiges Selbstmitleid, fühlte sich wie einer von Londons Ausgestoßenen. In London gab es viele arbeitslose, obdachlose und mittellose Menschen. Im engeren Sinne war er zwar nichts von alledem, aber im Augenblick verspürte er eine tiefe innere Verwandtschaft mit den anderen armen hilflosen Teufeln.

Er hatte nicht den Eindruck, daß er übermäßig hochgesteckte Erwartungen an das Leben stellte. Er wollte ein Dach über dem Kopf, ein paar Freunde, eine Freundin (Vita Carlisle, wenn es nach ihm ginge) und die Möglichkeit, Künstler zu werden. Das war alles. In seiner gegenwärtigen Lage wirkte jeder einzelne dieser Wünsche ausgesprochen anmaßend. Er war allein, unglücklich und gekränkt, und er hatte das Gefühl, die Möbelträger bei Haden Brothers, so fremd und isoliert er dort auch war, wären die besten Freunde, die er hatte. Diese Erkenntnis trieb ihn nur noch weiter in die Verzweiflung.

Er wußte nicht, wie er je wieder in Sarahs und Keiths Wohnung zurückkehren sollte, aber dann fing es an zu regnen, und damit hatte sich das Problem erledigt. Als er ankam, saß Sarah allein vorm Fernseher. Der Fremde war gegangen, und Keith war noch nicht zurück. Als er ins Wohnzimmer kam, drehte Sarah sich beiläufig zu ihm um, ohne jedoch den Fernseher dabei ganz aus dem Auge zu lassen.

»Was du heut abend gesehen hast«, sagte sie, »ist nie passiert, klar?«

»Oh, okay«, sagte Charlie.

»Wenn Keith auch nur ein Wort davon erfährt, bist du ein toter Mann.«

Charlie sagte wieder okay.

»Ich nenne dich einen Lügner«, fuhr Sarah fort. »Ich nenne dich alles mögliche. Und ich werf dich aus der Wohnung, bevor du weißt, wie dir geschieht. Alles klar?«

»Alles klar«, sagte Charlie.

Er ging in die Küche und trank etwas von seinem bulgarischen Wein aus einem Wasserglas. Er war Keith eigentlich keinerlei Loyalität schuldig, hatte aber trotzdem Gewissensbisse. Andererseits wollte er kein toter Mann sein, weder im wörtlichen noch im übertragenen Sinne, und sein Bett, so bescheiden es auch war, wollte er auch nicht verlieren. Zumindest für eine Weile konnten die Dinge bleiben, wie sie waren – abgesehen davon, daß er ab jetzt mit dem Kopf auf der anderen Seite des Sofas schlafen würde.

9

Verkaufsveranstaltung

Vita Carlisle sitzt in einem weißen Ledersessel in Arnold Hadens weißem Penthouse. Ihre nackten Füße ruhen auf dem weißem Flokati, und das Dynamit drückt beruhigend auf ihren Bauch. Arnold scheint das Glas Blanc de Blancs zu schmecken, das er sich eingeschenkt hat. Vita glaubt, er wolle den starken Mann markieren. Oder sollte er wirklich so kaltblütig sein, in einer solchen Situation seinen Wein zu genießen? Auf sein Drängen hin hat sie auch ein Glas Wein getrunken und fragt sich, ob er sie betrunken machen will.

»Ihre Wohnung ist sehr weiß«, sagt sie.

Arnold Hadens Rendezvous mit Vita dauert inzwischen etwa eine Stunde, und er hat noch immer nur eine äußerst vage Vorstellung davon, was das Ganze eigentlich soll. Vita hat zwar gesagt, daß sie keine Terroristin sei, aber das will nicht viel heißen. Er hegt keinerlei Zweifel, daß sie eine sehr verstörte junge Frau ist, aber das besagt noch weniger.

»Vita«, sagt er sanft. »Nicht, daß ich dir Vorschriften machen will, wie du weiter vorgehen solltest...«

»Gut«, sagt sie.

»Aber ich kann mich des Eindrucks nicht erwehren, daß wir hier nicht vorankommen. Also, aufgrund meiner Position und weil ich mich für solche Dinge interessiere, habe ich mich ein wenig damit beschäftigt, wie terroristische Handlungen wie Geiselnahmen, Entführungen, die daraus resultierende Belagerungen durch die Polizei und so weiter ablaufen sollten.«

»Tatsächlich?«

»Ja, das habe ich. Und mir scheint, daß du in ein oder zwei Punkten ein wenig den Faden verloren hast.«

»Meinst du?«

»Weißt du, meines Wissens nach müßte es so laufen, daß man erst einmal eine oder mehrere Geiseln nimmt, sie einsperrt, bedroht und ihnen Angst macht, damit sie wissen, daß man es ernst meint. Und so weit hat das ja auch gut geklappt. Ich bin hier, ich habe Angst, und ich weiß, daß es du es ernst meinst. Aber was nun?«

Vita reagiert nicht auf seine Frage.

»Als nächstes«, sagt er, »müßtest du eine Dienststelle anrufen, die Polizei, den Sicherheitsdienst, die Antiterroreinheit oder das Bombenkommando, damit die uns hier umstellen, und ein paar namhafte Verhandlungsführer verlangen; das muß bis ganz nach oben gehen. Dann, und das ist wahrscheinlich sogar das Wichtigste, bringst du die Medien ins Spiel. Einige könnten dir und deinen Zielen vielleicht sogar Verständnis entgegenbringen, aber wenn nicht, spielt das auch keine Rolle, weil sie deine Beweggründe auf jeden Fall verbreiten werden. Du wirst so etwas wie eine Persönlichkeit, bekommst vielleicht sogar ein paar Anhänger und Mitstreiter.«

»Ich weiß nicht recht, ob ich Anhänger haben will«, sagt Vita.

»Nun, das ist auch alles nicht so wichtig, aber ganz wichtig ist, daß du Forderungen stellst. Die können sehr nebulös oder auch ganz präzise sein. Sie können vernünftig oder völlig absurd sein. Dabei kann es um Geld gehen, Besitz, Fluchtwagen, Hubschrauber, Flugzeuge, neue Papiere, die Freilassung von Gefangenen oder eine Amnestie. Irgend so etwas.«

»Ich habe keine Forderungen«, sagt Vita. »Ich will nur deinen Tod.«

»Das ist schade«, sagt Arnold Haden. »Kennst du eigentlich das Gesetz vom abnehmenden Grenznutzen?«

»Was?«

»Das ist ein Begriff aus der Wirtschaftstheorie. Ich kann dir das gern näher erklären. Willst du noch einen Drink?«

Sie gießt ihr Weinglas voll und läßt Arnold reden.

»Wie ich das verstanden habe«, sagt er, »ist der Nutzen in der Sprache der Wirtschaftswissenschaftler die Befriedigung, die durch den Konsum beziehungsweise die Inanspruchnahme von Waren oder Dienstleistungen hervorgerufen wird. Man kauft einen Apfel, konsumiert ihn und zieht daraus eine gewisse Befriedigung: das ist der Nutzen des Apfels. Problematisch wird es, wenn man viele Äpfel hat, weil im allgemeinen davon ausgegangen wird, daß drei Äpfel nicht dreimal soviel Nutzen enthalten wie ein Apfel. Wenn der erste Apfel deine Bedürfnisse befriedigt hat, kann der zweite Apfel sie per definitionem nicht ebenso vollständig befriedigen. Und je mehr Äpfel man hat, desto weniger Nutzen enthält jeder einzelne Apfel. Aber ich weiß, was du jetzt denkst: Was geschieht, wenn man einen Apfel und eine Birne hat?«

Vita starrt ihn an. Nein, das war nicht das, was sie gedacht hatte.

»Das ändert alles«, fährt er fort. »Wenn man einen Apfel und eine Birne hat, so mögen beide eine vergleichbare Menge Grenznutzen enthalten, da sie aber unterschiedliche Bedürfnisse befriedigen, ist die Gesamtsumme des Nutzens höher. Ich glaube, das nennt man den Substitutionseffekt.

Mir scheint also, daß dieses Gesetz vom abnehmenden

Grenznutzen für unsere gegenwärtige Situation bedeutsam sein könnte.«

»Was du nicht sagst.«

»Ja, Vita, weil du eine gewisse, quantifizierbare Menge an Befriedigung daraus ziehen wirst, mich zu töten. Was dich betrifft, so hat dieses Vorgehen einen enormen Nutzen. Aber ich frage mich, ob nicht der Substitutionseffekt hier eventuell mit hineinspielt, und es nicht Mittel gäbe, mit denen ich den Gesamtnutzen, den du daraus ziehen würdest, noch erhöhen könnte.«

»Dazu fällt mir nichts ein, Arnold«, sagt sie. »Ich wüßte wirklich nicht, was mich glücklicher machen sollte, als dich umzubringen.«

»Versteh mich nicht falsch, Vita. Ich bettle hier nicht um mein Leben. Ich gehe davon aus, daß du mich tötest, und das ist in Ordnung. Ich akzeptiere das. Aber wenn du uns beide in Fetzen reißt, dann bist du auch tot, und ich bin mir wirklich nicht ganz darüber im klaren, ob du als Tote überhaupt irgendwelchen Nutzen daraus ziehen könntest.«

Vita sieht ihn mißtrauisch an. Für sie klingt das nach einem Trick.

»Ich könnte es nicht ertragen, wenn du Selbstmord begehst, Vita.«

»Echt? Und wieso?«

»Weil ich dich liebe, Vita. Du scheinst das immer wieder zu vergessen.«

10

Erste Hilfe

Der Einkäufer für die Spielwarenabteilung war ein ehrgeiziger, schlanker, etwas hitzköpfiger junger Mann namens Carl Laughton. Er hatte diese Stellung trotz seines geringen Alters bekommen und sein persönliches Erscheinungsbild so seriös und ernsthaft wie möglich gestylt. Der Verkauf von Spielwaren war eine ernste Angelegenheit und mußte auch als solche gesehen werden.

Als Vita am Morgen ihres ersten Tages in der Abteilung erschien, nahm er sie beiseite und sagte: »Wir verkaufen hier viele Waren mit dem Argument, daß sie zur Erziehung der kleinen Arschlöcher beitragen, ihre Fantasie anregen, die motorische Koordination fördern und lauter solchen Scheiß. In Wahrheit kämpfen wir darum, eine Generation von Möchtegern-Adolf-Hitlern ruhigzustellen und zu nützlichen Mitgliedern der Gesellschaft zu machen.«

Vita sah ihn verlegen an, konnte sich dabei aber doch noch ein Lächeln abringen.

»Man darf dabei nie außer acht lassen«, fuhr Laughton fort, »daß alle Kinder Halsabschneider, Faschisten und Größenwahnsinnige sind. Früher haben sie sich eine verkleinerte Version der Welt gewünscht: Spielzeugtiere, Spielzeugsoldaten, Puppen und Bausteine, um kleine Städte zu bauen. Dann haben sie den Tieren die Augen ausgestochen und den Puppen die Gliedmaßen ausgerissen, die Soldaten massakriert und die Städte dem Erdboden gleichgemacht.

Heutzutage spielen sie Computerspiele, und da können sie ganze Lebensformen ausrotten oder Planeten und Galaxien zerstören. Sie sind sofort in ihrem Element. Das ist ihnen einfach angeboren. Und sie glauben wirklich, daß sie so was als Erwachsene machen können. Aber wenn sie älter werden, entdecken sie, von ein bis zwei bedeutsamen Ausnahmen mal abgesehen, daß sie *nicht* alles in die Luft sprengen können, und das verletzt sie zutiefst. Niemand erholt sich je ganz von diesem Schlag. *Ich* ganz bestimmt nicht, soviel ist mal sicher.

Deshalb hat Spielzeug auch einen so großen Reiz für Erwachsene. Da steckt soviel Nostalgie drin, weil es uns an eine Zeit erinnert, als wir gewissenlose und machtgeile Tyrannen waren.«

Vita lächelte ihm noch mal zu und sagte: »Ach, das meinen Sie doch gar nicht so. Sie sind doch nur deshalb so zynisch, weil Sie das Kind in sich nicht akzeptieren können oder wollen.«

Für diese Worte haßte er sie, und innerhalb kürzester Zeit haßten sie alle in der Spielwarenabteilung. Für dieses Gefühl gab es die verschiedensten Gründe, und jeder Mitarbeiter in der Spielwarenabteilung suchte sich denjenigen aus, der der jeweiligen Persönlichkeit am besten entsprach. Für einige war die schlichte Tatsache, daß sie so pünktlich kam und ging, schon Grund genug, während andere sich an der Genauigkeit rieben, mit der sie die Kasse führte, oder an ihrer hilfsbereiten Art, ihrem unermüdlichen Enthusiasmus, ihrem Hang, in jeder freien Minute etwas zurechtzurücken oder abzustauben oder sonst etwas zu tun, was man unter dem Begriff Aufräumen zusammenfassen könnte.

Noch unangenehmer war jedoch, daß sie so gut mit Kunden umgehen konnte. Sie verkaufte ihnen haufenweise Waren – Dinge, an die sie nicht einmal im Traum gedacht hatten, als sie in die Abteilung gekommen waren. Sie machte das auf eine leichte, arglose Weise. Sie wirkte nicht bemüht und verwendete nie aggressive Verkaufsmethoden. Ihre Begeisterung für Haden Brothers und sämtliche dort verkauften Produkte war so grenzenlos, daß sie die unglücklichen Käufer ansteckte.

Aber was selbst die großzügigsten Seelen dazu trieb, Vita Carlisle zu hassen, war ihr Umgang mit Kindern. Sie konnte jedes Kind zur Ruhe bringen und ihm ein Lächeln entlocken, egal wie wild und dickköpfig es auch gewesen sein mochte. Sie redete mit ihnen oder las ihnen etwas vor. Den Kindern gefiel das, und die anderen Angestellten mußten Vitas Fähigkeiten widerstrebend Respekt zollen. Aber als sie sie an ihrem zweiten Tag in der Abteilung dabei erwischten, wie sie einem kleinen, brüllenden, rotznäsigen Balg wahrhaftig »Mit neun Teelöffel Zucker« vorsang, lautete die einvernehmliche Meinung, daß sie zu weit gegangen war. Dieser Vorgang trug ihr den Spitznamen Julie Andrews ein.

Dabei war es extrem heikel und problematisch, Vita zu hassen, weil sie so verdammt nett war. Nicht daß es leicht gewesen wäre, sie zu mögen, aber hassen war dann doch noch eine andere Sache. Carl Laughton fiel es besonders schwer, weil sie so gut fürs Geschäft war.

Sie kam gut mit Vorgesetzten zurecht, ohne zu kriechen, und war gegenüber den anderen Verkäufern und Verkäuferinnen wirklich freundlich. Sie war weder hochnäsig noch selbstgefällig oder hielt sich für etwas Besseres wie einige andere Mitglieder des mobilen Einsatzkommandos. Sie war aufrichtig, ehrlich, enthusiastisch, heiter und auf feinfühlige Weise eine ausgesprochen angenehme Person, und alle in der

Abteilung spürten, daß ihnen nichts anderes übrigblieb, als sie dafür aus tiefstem Herzen zu verachten.

»Sollten wir der Frau, die den Nervenzusammenbruch gehabt hat, nicht ein paar Blumen ins Krankenhaus schicken?« fragte sie Carl Laughton. »Sie wissen schon, der Frau, für die ich hier die Vertretung mache.«

»Eine Venusfliegenfalle vielleicht«, sagte er.

»Sind Sie nicht mit ihr klargekommen?« fragte Vita.

»Könnte man so sagen.«

»Also, dann wäre jetzt doch ein guter Zeitpunkt, das in Ordnung zu bringen, nicht wahr?« schlug sie vor.

»Wieso das? Schließlich habe ich sie in den Nervenzusammenbruch getrieben. War gar nicht leicht.«

»Das ist doch bestimmt nicht wahr.«

»Doch, ist es. Und wenn sie je wieder zurückkommt, werde ich mein Bestes geben, damit das wieder passiert.«

»Ich bin mir ganz sicher, daß Sie das nicht so meinen«, sagte Vita.

Laughton beharrte darauf, daß es stimmte, und erklärte, die besagte Verkäuferin hätte ihren Job so schlecht gemacht, daß sie ihm regelmäßig die Monatsprämie vermasselte; aber Vita sah auch weiterhin nur das Gute in ihm. Das brachte ihn zur Raserei, und er dachte über eine Möglichkeit nach, auch Vita in den Nervenzusammenbruch zu treiben, wobei er sich durchaus darüber im klaren war, daß Vita viel zäher als sein vorheriges Opfer war.

Am Mittwoch, Vitas drittem Tag in der Abteilung, schaute Derek Snell in der Spielwarenabteilung vorbei, um zu sehen, wie sein Schützling sich machte. Er fragte, wie es ihr gefiele, und sie antwortete, daß sie überglücklich sei, obwohl er natürlich wüßte, woran sie ihn allerdings auch noch einmal erinnerte, daß sie ebenso glücklich gewesen wäre, hätte sie der

Firma an irgendeiner anderen Stelle dienen dürfen. Er versäumte absichtlich und für alle erkennbar, sich auch bei anderen Angestellten nach ihrer Eignung für die Arbeit in der Spielwarenabteilung zu erkundigen, und sorgte so für zusätzliche Verbitterung.

Dennoch war sie in der Spielwarenabteilung gut aufgehoben. Nicht daß sie selbst übermäßig kindlich war, vielmehr hatte sie etwas von einem Spielzeug an sich. Bei all ihrer Gradlinigkeit wirkte sie doch seltsam unecht. Etwa so wie ein Teddybär eine ungefährliche, weiche, reine, geruchsfreie Version eines wilden Tieres ist, schien Vita eine zahme, sterile Version eines Menschen zu sein. Sie war zu sauber, zu geschniegelt, zu perfekt. In der Abteilung fand der Gedanke immer mehr Anhänger, daß etwas geschehen mußte, und zwar bald.

Vita war nicht dumm. Sie wußte, was die anderen von ihr hielten. An diesem Abend rief sie aus dem Wohnheim, in dem sie lebte, bei ihrer Mutter an.

»Ich glaube, die hassen mich alle«, sagte sie.

»Na ja, klar hassen sie dich, Liebling«, antwortete ihre Mutter ruhig. »Du bist besser als sie.«

»Ja, schon, aber ich bemühe mich, das nicht zu zeigen.«

»Warum willst du es denn nicht zeigen?«

»Weil ich glaube, daß sie mich dann noch mehr hassen.«

»Aber ich denke, sie hassen dich sowieso? Was macht das dann noch für einen Unterschied?«

»Oh, ich weiß nicht…«

»Und wie äußert sich ihr Haß?«

»Ach, du weißt schon, sie machen nach, wie ich rede, werden ganz still, wenn ich mich an einem Gespräch beteiligen will, und niemand fragt mich, ob ich in der Pause mit Kaffee trinken gehe.«

»Wenn das gehaßt werden bedeutet, wo liegt dann das Problem?«

»Das macht mich ziemlich unglücklich, Mami.«

»Wirklich? Das kann ich nicht ganz nachvollziehen.«

Vita fand ihre Mutter oft wunderbar, wenn sie so etwas sagte. Mit ihrer Cleverness rückte sie ein Problem in ein ganz neues Licht, so daß einem klar wurde, wie belanglos und absurd es doch eigentlich war. Aber in anderen Situationen wirkte es, als hätte ihre Mutter jeden Kontakt zum Rest der Menschheit verloren, so wie jetzt, als sie nicht einmal verstand, warum man unglücklich war, wenn man gehaßt wurde. Vita fiel keine Antwort ein.

»Na ja, aber wenigstens machst du dann bald wieder etwas anderes«, sagte ihre Mutter.

»Ja. Ich denke, auch das ist ein Vorteil vom mobilen Einsatzkommando.«

»Ich meinte nicht das mobile Einsatzkommando.«

»Ach, Mami, fang doch nicht schon wieder damit an.«

»Du willst doch nicht ewig diese Arbeit machen, oder? Ich bin sicher, daß es dir bald wie Schuppen von den Augen fällt und du dir einen vernünftigen Job beim Fernsehen oder in der Werbung suchst.«

»Das ist ein absolut vernünftiger Job, Mutter, und außerdem haben wir dieses Thema schon oft genug besprochen. Ich will bei Haden Brothers arbeiten, und das werde ich auch tun.«

»Mach, was du willst, Liebling, solange es dich glücklich macht.«

Durch solchen Sarkasmus fühlte sich Vita nur noch elender. »Ich verstehe nicht, warum du das so schlechtmachen mußt«, sagte sie. »Haden Brothers ist schließlich dein Lieblingsgeschäft.«

»Und *diamonds are a girl's best friends*, aber trotzdem wäre es mir nicht recht, daß meine Tochter in einer Diamantenmine arbeitet.«

»Mutter, du bist keine große Hilfe.«

»Na ja, kann ich konkret etwas für dich tun? Brauchst du Geld? Viel werden die dir ja nicht zahlen.«

»Geld ist nicht das Problem.«

»Soll ich dir ein paar Blumen oder Champagner schicken?«

»Das ist nett gemeint, Mami, hilft mir aber auch nicht weiter.«

»Das klingt, als könne man dir kaum weiterhelfen.«

Vita zögerte einen Augenblick, um den Mut für ihren nächsten Satz zu sammeln. »Darf ich nach Hause kommen?« fragte sie.

»Natürlich, du bist jederzeit herzlich willkommen. Wie wär's, wenn du demnächst mal am Sonntag zum Brunch vorbeischaust?«

»Ich meine zum Wohnen.«

Magisch zog eine eisige Kaltfront durch die Telefonleitung von Mutter zu Tochter.

»Ist etwas mit dem Wohnheim nicht in Ordnung? Es hat einen sehr guten Ruf.«

»Es ist okay«, sagte Vita, die sich nicht in ein Randproblem abdrängen lassen wollte.

»Sind die anderen Mädchen nett?«

»Wahrscheinlich. Sie reden nicht viel mit mir. Aber weißt du, die meisten sind im Wohnheim, weil sie in London arbeiten und ihre Familien in Nordschottland oder irgendwo da oben wohnen. Ich komme mir schon komisch vor, hier zu sein, obwohl meine Mutter eine Wohnung um die Ecke von Haden Brothers hat.«

»Ach, Vita, Wohnung kann man das doch wohl kaum nennen. Es ist nicht mehr als eine bessere Abstellkammer.«

Vita konnte sich kaum vorstellen, daß irgend jemand die Wohnung ihrer Mutter nicht für einen kleinen Palast hielt.

»Ach, Mami«, seufzte sie.

»Und ich weiß, wieviel Wert du auf deine Unabhängigkeit legst«, fuhr ihre Mutter fort.

Vita konnte sich nicht überwinden zu sagen, daß sie absolut keinen Wert auf ihre Unabhängigkeit legte, aber sie wußte, was jetzt kam.

»Dann kannst du dir doch einen netten Freund suchen, mit dem du zusammenziehst? Oder einen reichen Gönner, der dich aushält?«

»Ich kann mir kaum vorstellen, daß es mir dann weniger schlecht gehen würde«, sagte Vita.

»Oder tu dich mit ein paar Mädchen aus dem Kaufhaus zusammen, und sucht euch zusammen eine Wohnung.«

»Aber die hassen mich alle«, jammerte Vita.

»Arme alte Vita Carlisle«, sagte ihre Mutter. »Keiner will mit ihr spielen.«

Es war nicht unfreundlich gemeint, aber wie oft im Umgang mit ihrer Tochter hatte sie die Wirkung völlig falsch eingeschätzt. Vita war so überwältigt von ihrem Elend, daß sie kein Wort mehr herausbekam. Sie legte auf. Sie hatte vom Münzfernsprecher im Wohnheimflur angerufen. Als sie sich umdrehte, sah sie eine Schlange von Mädchen, die auf das Telefon warteten. Sie gaben sich viel Mühe, so zu tun, als hätten sie nicht bemerkt, daß Vita weinte.

Vita wachte am Samstagmorgen auf, duschte, zog sich an, schminkte und wappnete sich für einen weiteren haßerfüllten Tag. Trotzdem kam sie früh bei Haden Brothers an. Und sie lächelte allen zu, denen sie begegnete: den Wachmännern, die am Eingang ihren Ausweis prüften, den Kellnerinnen in der Personalkantine, wo sie vor Arbeitsbeginn eine einsame Tasse Kaffee trank, und den Leuten, mit denen sie im Fahrstuhl zu ihrer Abteilung hinauffuhr.

Sie stand eine gute halbe Stunde, bevor das Kaufhaus öffnete, zwischen dem Spielzeug und fing sofort an sauberzumachen. Sie nahm ihren Staubwedel, ihr Vileda-Tuch und ihr Reinigungsspray und fing an, alle Glas- und Chromflächen zu polieren, die sie finden konnte, bis auch die letzten Spuren von Fett und Fingerabdrücken verschwunden waren. Das hatte eine sehr beruhigende Wirkung.

Nach einer Weile sah sie auf ihre Uhr. In fünf Minuten würde das Kaufhaus öffnen, und sie war immer noch die einzige in der Spielwarenabteilung. Das war sehr ungewöhnlich, aber sie ging davon aus, daß sie es schon alleine schaffen würde, bis jemand kam; und falls alle anderen durch einen mysteriösen Bazillus zu krank zum Arbeiten waren, wurden zweifellos Mitglieder des mobilen Einsatzkommandos herangezogen, und schlechter als vorher würde das auf keinen Fall sein.

Ein paar Minuten später kam Carl Laughton an. Seltsamerweise schien ihn die Abwesenheit der anderen Mitarbeiter nicht zu stören. »Vita, könnten Sie mir wohl helfen, diese Vitrine umzustellen?« sagte er in dem Augenblick, als er sie zu Gesicht bekam. Er zeigte auf eine lange Vitrine, in der extrem teure Roboter und Puppen, eher Sammlerstücke als Spielzeug, ausgestellt waren. Es war ein schweres, unhandliches Ding, und Vita bezweifelte, daß sie es zu zweit tragen konnten, aber sie ging bereitwillig mit. Sie schlug vor, die Vitrine auszuräumen, damit sie leichter wurde, aber Laughton wollte nichts davon wissen. Jeder nahm eine Seite, und sie versuchten sie anzuheben. Es war mühselig. Beide verzogen vor Anstrengung das Gesicht und konnten die Vitrine trotzdem kaum mehr als ein paar Zentimeter bewegen. Sie probierten es noch einmal. Diesmal stürzte Laughton sich förmlich in seine Aufgabe, grunzte und schnaufte, als wolle er zeigen, wieviel Mühe er sich dabei gab.

Plötzlich ließ er wortlos seine Seite fallen. Er war blaß und blickte gequält. Er schnappte nach Luft und griff sich an die Brust. Zuerst dachte Vita, er übertreibe den Grad seiner Erschöpfung ganz gewaltig, aber sein Gesicht blieb schmerzverzerrt, er bekam keine Luft und ging in die Knie. Vita sah ihn entsetzt an. Handelte es sich wirklich um einen Herzanfall? Die Symptome stimmten. Er war so jung, schlank und aktiv, aber schließlich stand er unter erheblichem Stress. Laughton war inzwischen völlig zusammengesackt und lag seitlich auf dem Fußboden, den Kopf auf der grauen Auslegeware in Industriequalität. Er sah Vita flehentlich an, und wäre er in der Lage gewesen zu sprechen, hätte er sie sicher um Hilfe gebeten. Sie stand machtlos neben ihm. Die wenigen Erste-Hilfe-Kenntnisse, die sie hatte, waren fast ausschließlich theoretischer Natur. Sie hatte sie nie anwenden müssen. Sie sah sich suchend um, als plötzlich alle anderen Mitarbeiter der Spielwarenabteilung auf einmal erschienen.

»Was hast du mit ihm gemacht?« fragte eine.

»Ich hab nichts gemacht«, protestierte Vita. »Ich glaube, er hat einen Herzanfall. Was meint ihr?«

»Könnte sein. Hast du einen Krankenwagen gerufen?«

»Dafür ist keine Zeit«, sagte ein anderer. »Jetzt hilft nur noch künstliche Beatmung. Weiß jemand, wie man Mund-zu-Mund-Beatmung gibt?«

Schnell stellte sich heraus, daß Vita die einzige war, die überhaupt eine Ahnung davon hatte, wie man jemanden von Mund zu Mund beatmete. Inzwischen lag Laughton unbeweglich und mit geschlossenen Augen auf dem Boden, und Vita war nicht einmal sicher, ob er überhaupt noch atmete.

Für Bedenken war keine Zeit mehr. Sie kniete sich neben ihn, drehte ihn auf den Rücken und versuchte ihn, so gut sie konnte, von Mund zu Mund zu beatmen. Die ersten beiden Atemzüge passierte nichts, aber beim dritten zuckte Laughtons Körper, und der Mund bewegte sich etwas. Sie pustete ein weiteres Mal in ihn hinein, und plötzlich hob er die Arme, griff sie fest um Hüfte und Schultern und zog sie zu sich herab. Sein Becken stieß auf und ab, während er seinen Mund auf ihren drückte und Vita einen langen, schmutzigen, schlabbrigen Zungenkuß gab.

Die anderen Mitarbeiter blieben im Halbkreis stehen, lachten und johlten aber jetzt, und als Laughton Vita schließlich losließ, spendeten sie gemeinen und verächtlichen Applaus. Vita kämpfte sich zerzaust und rot vor Verlegenheit und Wut auf die Beine. Sie wandte sich an ihre Peiniger, die sofort die Reihen auflösten und unbekümmert auf ihre Plätze in der Abteilung gingen.

»Das merk ich mir«, rief Vita ihnen nach. »Damit kommt ihr nicht einfach so davon.«

Aber das glaubte niemand so recht, nicht einmal Vita.

Es wurde ein langer, anstrengender Samstag mit überdurchschnittlich vielen Beschwerden, Umtäuschen, schwierigen Kunden und Mängelrügen. Vita sprach den ganzen Tag kein Wort mit ihren Kollegen, nicht einmal mit Laughton, der nahe dran war, sich bei ihr zu entschuldigen. Der genaue Wortlaut war: »Na gut, vielleicht hab ich etwas über die Stränge geschlagen.« Vita blieb ruhig und schwieg, drehte sich um und ging, um einen Kunden zu bedienen. Soweit es die Kunden betraf, blieb sie die perfekte Verkäuferin. Sie war zu stolz und zu professionell, als daß sie sich von Gefühlen in ihrer Arbeit beeinflussen ließ.

Kurz vor Feierabend kam ein alter Herr in einem Astrachan-Mantel mit einer kleinen lebhaften Enkelin an der Hand in die Abteilung. Er bat Carl Laughton um Hilfe, die dieser nur widerstrebend gewährte. Gemeinsam suchten sie einige ziemlich altmodische, traditionelle Spielsachen und ein paar Spiele für seine Enkelin aus: einen Kreisel, ein einfaches Puzzle mit einer Weltkarte als Motiv und eine Spielesammlung. Der alte Mann stellte die Waren neben die Kasse, sagte: »Vielen Dank für Ihre freundliche Unterstützung, Sir«, und wühlte in seinem Mantel nach dem Portemonnaie.

Als er die Manteltaschen durchging, griff er sich plötzlich an die Brust. Er stieß ein tiefes, schwaches Schnaufen hervor, sackte zusammen und schlug mit einem dumpfen Schlag auf den Boden auf, wie eine Teppichrolle, die man vom Lieferwagen wirft. Inzwischen waren seine Enkelin und er die einzigen Kunden in der Abteilung, und die Verkäuferinnen, mit Ausnahme von Vita, die sich auf Distanz hielt, versammelten sich um ihn herum. Carl Laughton roch den Braten sofort.

»Ach, kommen Sie, Vita«, rief Laughton ihr quer durch die Abteilung zu. »Da müssen Sie sich schon was Originelleres einfallen lassen, um sich zu rächen!«

Vita sagte nichts. Einer der jüngeren Verkäufer stieß dem alten Mann mit der Schuhspitze in die Seite. »Steh auf, alter Knacker«, sagte er. Der alte Mann krümmte sich, und seine Enkelin fing an zu heulen. Die Verkäufer machten ätzende Bemerkungen darüber, was sie doch für eine Rotzgöre und der alte Mann für ein mieser Schauspieler sei. Ein paar junge Verkäuferinnen bekamen hysterische Kicheranfälle. Nur Vita tat nichts.

In diesem Moment kam Derek Snell in die Abteilung. Er sah die Personalansammlung und hörte das Kichern. Er mochte es nicht, wenn sein Personal sich versammelte oder kicherte. Dann sah er den offensichtlich hilfsbedürftigen Mann auf dem Boden liegen und hörte das Kind schreien.

»Was um alles in der Welt geht hier vor?« fragte er.

»Das ist nur einer von Vitas kleinen Scherzen«, sagte Laughton. »Ich weiß nicht, wer der Opa ist. Wahrscheinlich ihr Liebhaber.«

Die Verkäufer stießen ein gezwungenes, freudloses Johlen hervor. In diesem Augenblick erfaßte Vita die Situation. Sie rannte durch die Abteilung und warf sich neben dem alten Mann auf die Knie. Zum zweiten Mal an diesem Tag gab sie eine Mund-zu-Mund-Beatmung, aber diesmal war sie wirklich erforderlich. Derek Snell griff zum Telefon, sprach ein paar kurze und klare Anweisungen in den Hörer, und anderthalb Minuten später kamen Wachmänner, Sanitäter und eine Krankenschwester. Sie ließen Vita die Mund-zu-Mund-Beatmung fortführen, da sie es so ausgezeichnet machte. Der alte Mann atmete bald wieder und wurde auf einer Trage abtransportiert. Die Schwester meinte, höchstwahrscheinlich hätte Vita dem Mann das Leben gerettet. Vita nahm die kleine Enkelin, die das alles mit großen Augen angesehen hatte, auf den Arm und drückte sie kräftig.

Carl Laughton und die anderen Mitarbeiter versuchten sich von Vita und Snell davonzustehlen, und obwohl längst Feierabend war, fanden sie in der ganzen Abteilung plötzlich wichtige Routinearbeiten, die unbedingt noch erledigt werden mußten.

»Ist alles in Ordnung, Miss Carlisle?« fragte Derek Snell.

»Selbstverständlich«, sagte sie.

Nachdem er sich davon überzeugt hatte, daß sie die Wahrheit sagte, wandte er sich an die anderen Mitarbeiter und sagte: »O je. Keiner von Ihnen wird jemals wieder für Haden Brothers arbeiten. Leider sind Sie bloß erbärmlicher, jämmerlicher Abschaum. Gehen Sie jetzt. Kommen Sie nicht wieder. Ihr Lohn wird überwiesen. Ein Arbeitszeugnis bekommen Sie nicht.«

Er sagte es bestimmt, aber nicht verärgert. Es war eine Aufgabe, die er erledigen mußte. Es gehörte zu seinem Job, und er empfand keine Freude dabei. Vita übrigens auch nicht. Sie konnte keine Rachsucht in sich entdecken. Als sie am Abend wieder im Wohnheim ankam, war sie trotzdem froh und ein wenig erstaunt darüber, wieviel von ihrem notorischen Mißmut verflogen war.

11

Kosmetik

REBECCA O'HARE, Schönheitsberaterin: Die erste Frage, die ich meinen potentiellen Kunden immer stelle, ist: »Benutzen Sie Seife?« Wenn sie das nämlich bejahen, sage ich ihnen als zweites: »Lassen Sie das. Hören Sie auf der Stelle damit auf.«

Ich habe an die Produkte meiner Firma geglaubt, natürlich habe ich das, und ich kann nicht sagen, daß ich unglücklich war in meinem Beruf. Ich war keine von diesen extrem ehrgeizigen Frauen, die sich alles unter die Nägel reißen, um ganz nach oben zu kommen, aber natürlich wollte ich vorankommen im Leben. Wer will das nicht?

Verschiedene Leute aus verschiedenen Lebensabschnitten haben behauptet, daß ich leicht zu haben wäre, aber da muß ich vehement widersprechen. Ich bin nicht verklemmt und schäme mich meines Körpers nicht. Ich finde, daß er eine schöne Sache und zum Genuß geschaffen ist, aber das heißt nicht, daß ich mit jedem ins Bett gehe. Ich weiß, was ich wert bin. Ich bin attraktiv, und durch die sorgsame Nutzung von Pflegeprodukten habe ich das Beste aus mir gemacht.

Ja, ich wollte mit Arnold Haden schlafen, das bestreite ich nicht. Das ist ja schließlich kein Verbrechen. Ich dachte, das würde mich auf der Karriereleiter nach oben bringen. Es gibt nur weniges, was ich für den richtigen Mann nicht tun würde. Aber als ich gehört habe, was Arnold Haden von mir wollte, konnte ich seinem Wunsch unmöglich nachkommen. Unmöglich.

Die Uniformen waren das, was Rebecca O'Hare mehr als alles andere haßte; und die Tatsache, daß ihre Firma sie so oft wechselte. Eine Saison mußte sie wie eine Labortechnikerin in einem hochgeschlossenen weißen Arbeitskittel herumlaufen, in der nächsten sollte sie mit einem eng taillierten grauen Kostüm wie eine Stewardeß aussehen. Dann verlangte man von ihr, pastellfarbene Shorts, T-Shirt und eine Baseballmütze zu tragen, als wollte sie eine etwas seltsame, nicht näher bestimmte sportliche Aktivität ausüben. Warum konnte sich die Firma nicht endlich mal auf ein Image festlegen?

Auch war sie nicht scharf darauf, den Leuten unvorbereitet gegenüberzutreten, völlig fremde Kunden anzusprechen, die auf dem Weg in eine andere Abteilung an ihr vorbei mußten, und sie zu fragen, ob sie nicht diesen faszinierenden neuen Duft probieren wollten, oder ihnen mitzuteilen, daß sie, sollten sie für fünfzig Pfund Make-up oder Pflegeprodukte kaufen, ein topmodisches Geschenk dazu bekämen: eine Sporttasche oder einen kurzen Frotteebademantel. Manchmal kam sie sich vor wie eine Bettlerin, manchmal wie eine Hure.

Natürlich wollte sie so gut wie möglich aussehen und Werbeträgerin und Botschafterin ihrer Firma sein. Sie konnte sich und andere ausgezeichnet schminken. Als sie mit dem Job anfing, hatte sie noch versucht, dezent damit umzugehen, das Make-up sparsam und ökonomisch zu verwenden. Aber da die Produkte immer zur Hand waren, nichts kosteten und immer lockten, war sie dauernd der Versuchung ausgesetzt, etwas mehr Rouge aufzulegen, den Lidschatten ein wenig mehr zu betonen und den Lippen durch etwas zusätzliches Lipgloss mehr Glanz zu geben. Sie erlag dieser Versuchung. Ihr Gesicht wurde zu einer lebendigen, grellen Maske, die zwar gekonnt, aber unverkennbar künstlich war. Unter der Maske konnte man die unterschiedlichsten Makel verbergen: Falten, Pickel, Tränensäcke, Müdigkeit und die Unzufriedenheit mit der Arbeit.

Derek Snell kam mindestens einmal am Tag durch ihre Abteilung. Er sah aus wie ein Mann, der eine ganz neue Einstellung zur Pflege von Haut und Haaren brauchte. Sie wußte, daß sie ihm einfach ein Männerparfum zur Steigerung und Verbesserung seines individuellen Stils hätte empfehlen können, wollte sich aber nicht aufdrängen. Sie lächelte freundlich, wechselte ein paar Worte mit ihm und achtete genau darauf, immer wenn er in der Nähe war, guten Teamgeist zu zeigen. Aber eigentlich hatte sie kein Interesse an Derek Snell. Er war nur eine Zwischenstation, ein Mittel zum Zweck, jemand, der ihr Zugang zu Arnold Haden verschaffen konnte.

Sie hatte die Geschichten über Arnold Hadens Ausschweifungen gehört, war aber davon überzeugt, daß sie übertrieben waren. Und selbst wenn sie der Wahrheit entsprachen, selbst wenn er ein stinkender, schmieriger Verrückter mit langen Haaren und schmutzigen Fingernägeln war, und sogar wenn er ein paar ausgesprochen zweifelhafte sexuelle Vorlieben hatte, war sie bereit, ihm ihrer Karriere zuliebe zu Willen zu sein. Sie wollte vom Boß flachgelegt werden, ein simples Ziel, aber erst einmal mußte sie an ihn herankommen.

Kaufhausintern wurde stillschweigend zur Kenntnis genommen, daß solche Dinge passierten: Arnold Haden suche sich regelmäßig ein Mädchen aus. Und obwohl Rebecca noch keine gefunden hatte, die zugab, den schamlosen Akt vollzogen zu haben, entmutigte sie das keineswegs. Eher im Gegenteil: nach ihrer Einschätzung verdankten viele Bürovorsteherinnen, Einkäuferinnen und Abteilungsleiterinnen ihre Stellungen einer oder mehrerer Nächte mit Arnold Haden – und wahrscheinlich sprachen sie gerade deshalb nicht darüber.

Schließlich nahm sie die Sache in die Hand. Derek Snell machte einen seiner häufigen Züge durch die Kosmetikabteilung. Rebecca stand mit einem Flakon *Eau de Juissance* am Rand des Tresens, und es gelang ihr, als Snell auf ihrer Höhe war, in ihn hineinzulaufen und den Inhalt der Flasche auf sein Hemd zu kippen.

»O nein!« kreischte sie. »Ach, bin ich ungeschickt. So was Blödes. Können Sie mir jemals vergeben?«

Genaugenommen machte es Derek Snell nicht viel aus. So etwas passierte halt mal. Er würde sich in der Herrenabteilung ein Ersatzhemd holen. Aber Rebecca O'Hare tupfte eifrig mit ihrem Taschentuch auf seinem Hemd herum und stieß immer hektischere Entschuldigungen hervor. Dann sah sie Derek Snell ins Gesicht und brach urplötzlich mit intensiv geprobtem Entsetzen im Gesicht ab.

»Ach, du meine Güte«, sagte sie. »Offene Poren.« Und sie betrachtete Derek Snells Wangen sorgfältig, wobei sie die Haut leicht mit den Fingerspitzen berührte. »Sagen Sie, benutzen Sie Seife?«

»Ja«, sagte Derek Snell.

»Dann lassen Sie das. Hören Sie auf der Stelle damit auf.«

»O ja, in Ordnung«, sagte er wenig überzeugend und versuchte weiterzugehen. Aber sie hielt ihn mit eisernem Griff am Arm fest.

»Ich bin Profi, Mr. Snell«, sagte Rebecca bestimmt. Ich kann einen Hauttyp wie den Ihren nicht ertragen, besonders wo doch Techniken und Produkte verfügbar sind, mit denen man da Abhilfe schaffen kann.«

»Nein, lieber nicht«, sagte Snell.

»Ach, kommen Sie, nehmen Sie einen Augenblick auf dem Stuhl Platz. Ein schnelles Kräuterpeeling hat noch keinem geschadet.«

Derek Snell versuchte mit allen Mitteln die Tatsache zu verbergen, daß er ein Spielverderber und Miesepeter war. Daß eine stärkere Verinnerlichung des Korpsgeists im Kaufhaus gewisse wirtschaftliche Vorteile mit sich brächte, war ihm durchaus bewußt. Außerdem hatte er gemerkt, daß Rebecca ihm täglich zulächelte, und ihre Reize waren ihm auch nicht ganz verborgen geblieben. Mit gespieltem Widerwillen kletterte er auf den hohen Stuhl, den Rebecca für ihre Vorführungen benutzte. Neben ihr stand ein kleiner Bildschirm, auf dem trockene Haut in sehr starker Vergrößerung gezeigt wurde. Sie warf einen prüfenden Blick in Derek Snells Gesicht und sagte in besorgtem Ton: »Ich fürchte, hier haben wir es mit stark schuppender Haut zu tun. Und die hohe Talgproduktion gefällt mir auch nicht.«

Sie schmierte ihm Lotionen ins Gesicht, rieb es mit Watte ab, massierte es, strich Öle und Cremes drauf und klopfte ihm schnell ein paarmal auf die Wangen. Eine kleine Menschengruppe blieb stehen, um sich die Show anzusehen, und Rebecca fing an, ihre Sprüche zu klopfen.

»Natürlich ist mir völlig klar, daß viele Männer meinen, es ist etwas tuntig, wenn man sich verwöhnen läßt. Aber ich kann Ihnen sagen, daß ein Mann, der weiß, wie man sich selbst verwöhnt, wahrscheinlich auch weiß, wie man eine Frau verwöhnt.«

Als sie mit Derek Snells Gesicht fertig war, sagte sie zu ihm: »Ich erwarte heute noch die Lieferung eines speziellen Fenchel-Wacholder-Hautbalsams. Ich bringe Ihnen dann etwas davon hoch, okay?«

»Oh, machen Sie sich nur keine Umstände.«

»Umstände? Es ist mir ein Vergnügen«, flötete sie.

Am späten Nachmittag ging Rebecca O'Hare in Derek Snells kleines, unordentliches Büro. Sie hatte sich eine zusätzlich Portion Lipgloss, etwas mehr mattglänzenden Lidschatten und eine extra Schicht Nagellack gegönnt. Derek Snell war überrascht, sie zu sehen. Sein Terminkalender war proppenvoll, und es schien lange her zu sein, daß er in der Kosmetikabteilung gesessen hatte; aber dann fiel ihm wieder ein, daß sie versprochen hatte, ihm den Hautbalsam vorbeizubringen. Er empfing sie höflich, aber kühl. Sie stellte das Glas vor ihm auf den Schreibtisch, und er bedankte sich. »Er enthält Liposome«, sagte sie. Sie saß breit lächelnd auf der Kante seines Schreibtischs und machte keine Anstalten, wieder zu gehen.

»Kann ich noch etwas für Sie tun?« fragte Derek Snell.

»Ich denke schon. Und ich kann auch eine Menge für Sie tun.«

»Entschuldigung?«

»Sagen Sie, Mr. Snell, was ist Arnold Haden für ein Mensch?«

Diese Frage wurde ihm häufig gestellt. Die Antwort kam routiniert und war nicht übermäßig ehrlich.

»Eigentlich ist er ganz normal. Ich sage keineswegs, daß er nicht etwas exzentrisch wäre, und natürlich ist er ausgesprochen schüchtern, aber er hat absolut nichts Unheimliches an sich. Ehrlich gesagt, ist er einer der intelligentesten und charmantesten Männer, die man überhaupt nur kennenlernen kann.«

»Genau darum geht es«, sagte Rebecca. »Ich möchte ihn kennenlernen.«

»Mr. Haden empfängt fast niemanden.«

»Fast, aber nicht ganz, wenn ich recht verstehe.«

»Also ...«

»Sie könnten mich ihm doch sicher vorstellen, nicht wahr, Derek?«

»Also, vermutlich könnte ich das ...«

»Dieser Hautbalsam«, sagte sie, während sie sich auf dem Schreibtisch näher an ihre Beute schob, »ist nicht nur fürs Gesicht. Man kann sich damit den ganzen Körper einreiben oder eine Freundin fragen, ob sie es nicht tut. Bei ein paar schwer zugänglichen Stellen ist es schon besser, wenn einem dabei jemand hilft.«

»Verstehe«, sagte Snell.

»Das freut mich.«

Sie warf sich über Derek Snells Schreibtisch, knöpfte eiligst sein Hemd auf, ein sauberes, das nicht mit *Eau de Juissance* getränkt war, und fuhr mit den Händen über seine Brust. Sie neigte den Kopf und küßte seine Brustwarzen. Ihr Lippenstift rühmte sich zwar, kußecht zu sein, trotzdem hinterließ sie auf der ganzen Brust Spuren.

»Ich verlange nicht viel, Derek, und bin bereit, sehr viel zu geben.«

In der folgenden guten Stunde gab sie ihr Bestes, verbrauchte das ganze Glas Hautbalsam. Am Ende dieser Stunde saß ein erhitzter, parfümierter und durchtränkter Derek Snell erschöpft vor seinem Schreibtisch, während Rebecca O'Hare gewissenhaft ihr Make-up wiederherstellte und die Uniform anzog.

»Wann werde ich also Arnold Haden treffen?« fragte sie.

Derek Snell war ein Mann, der seine Versprechen hielt.

»Ich arrangier etwas für nächste Woche«, sagte er. »Aber ich muß dir einen Rat geben. Mr. Haden steht auf natürliches

Aussehen. Kein Schmuck, keine Ringe, keine Ketten. Vergiß das Make-up, das Parfum, die langen, lackierten Fingernägel. Trag dein Haar offen, ohne Schaumfestiger, ohne Gel und ohne Haarspray. Im Prinzip mußt du versuchen, so auszusehen, als würdest du nicht in der Kosmetikabteilung arbeiten.«

Rebecca O'Hare starrte Derek Snell an, als hätte er ihr gerade das widerlichste und perverseste Angebot gemacht, das man sich vorstellen konnte, und schlug ihn kräftig und mitten ins porentief reine Gesicht.

»Ich soll mich ohne Make-up einem Mann zeigen!« keifte sie. »Lieber bring ich mich um.«

»In diesem Punkt kann ich Ihnen allerdings nicht behilflich sein«, sagte Derek Snell betrübt.

12

Spiele für Erwachsene

Wir schreiben das Jahr 1929 und befinden uns in der Direktorensuite des alten Haden-Brothers-Gebäudes, einem praktischen, aber im Grunde gesichtslosen Bauwerk am Rande von Kensington. Die beiden gegenwärtigen Haden Brothers, Matthew und Frederick, Arnold Hadens Vater und Onkel, führen ein Gespräch mit Edward Zander, dem Mann, von dem sie hoffen, daß er ein neues, prestigeträchtigeres Domizil für ihr Kaufhaus erschaffen kann. Sein Ruf eilt ihm voraus. Er hat vor ein paar Jahren im Garten eines Landhauses in der Nähe von Matlock Bath ein Labyrinth aus Eibensträuchern angelegt. Am offiziellen »Eröffnungstag« betrat eine zwölfköpfige Gruppe gutgelaunter Hausgäste das Labyrinth. Zwei Stunden später hatte sich ihre Laune deutlich verschlechtert, und sie waren nicht einmal in die Nähe eines Ausgangs gekommen. Nach vier weiteren Stunden, inzwischen waren alle Frauen und viele Männer in Tränen aufgelöst, wurde ein Teil der äußeren Hecke von eiligst herbeibestellten Gartenarbeitern weggeschnitten, da die Gruppe sonst vielleicht nie wieder herausgekommen wäre.

Zander hatte versäumt, ihnen zu sagen, daß ein mit Sprungfedern versehenes Stück Eibenhecke aus der Erde schoß, sobald die Besucher im Labyrinth die erste Ecke hinter sich gelassen hatten. Einmal geschlossen, war dieses Stück vom Rest der Hecke nicht zu unterscheiden. So entstand ein Labyrinth mit umlaufender Eibenhecke und ohne Ausgang. Dies war ein Beispiel für die verspielten konzeptionellen, fast philosophischen Aspekte in Zanders Arbeit, die alle begeisterten außer denen, die im Labyrinth gefangen waren.

Edward Zander bringt einen Schrankkoffer mit in die Direktorensuite von Haden Brothers. Das ist sein ›Portfolio‹. Nach ein paar Begrüßungsfloskeln und einem Glas Sherry beginnt er, Gegenstände aus dem Koffer zu nehmen und den anfangs reservierten Hadens zur Begutachtung vorzulegen. Zuerst holt er einen Stapel Papiere hervor, wobei es sich aber nicht um etwas so Schlichtes wie einen Grundriß oder den Entwurf für ein Gebäude handelt, sondern um optische Täuschungen, Vexierbilder, Fotos von indischen Bungalows, von polynesischen Ganzkörpertätowierungen, Schnittmodellen von Dampfmaschinen und Automobilen. Er hat Monographien über Arcimboldi, Escher und Bruegel, über Boullée und Ledoux. Er hat Fossilien, eine Messingpyramide, ein Glasauge und einen Satz russischer Matrioschka-Puppen.

Die Hadens lassen sich erst langsam, mit der Zeit aber immer bereitwilliger in die Stimmung hineinziehen. Als Zander anfängt, mit einer Streichholzschachtel, einem Seidentaschentuch und einem Füllfederhalter Zauberkunststücke aufzuführen, erstaunt sie die Schnelligkeit seiner Hände. Als er Bauklötze und einen Klumpen Modellierton aus dem Koffer holt und sie auffordert, die Ärmel aufzukrempeln und ihm genau zu zeigen, was für ein Gebäude sie im Sinn haben, zieren sie sich und sagen respektvoll: »Nein, nein, *Sie* sind der Architekt.« Zander lächelt, als wäre ihm sein bestes Kunststück gelungen.

Bald ist der Fußboden übersät mit aufziehbarem Spielzeug, kleinen Garagen, Korkengewehren, Papierfliegern und einer

Arche Noah. Zander führt ein von ihm entwickeltes architektonisches Brettspiel vor. Die Brüder beteiligen sich ohne Jackets, mit zerzausten Haaren, verrutschten Krawatten und auf dem Fußboden kniend daran. Wäre jetzt jemand hereingeplatzt, hätte man die Behauptung, es handele sich um eine Geschäftssitzung, nur schwer aufrechterhalten können. Ihnen kam es ganz und gar nicht wie harte Arbeit vor. Hätten sie mit Frank Lloyd Wright auch so viel Spaß gehabt?

Zander spricht über Freud, über Clara Bow, über das alte Ägypten. Dann kramt er eine Holzschachtel heraus, einen kleinen Würfel mit zehn Zentimetern Seitenlänge, einem Klappdeckel und einem winzigen Messingverschluß. Noch immer im Stile eines Zauberers öffnet er den Deckel, hält die Schachtel aber so, daß die Haden Brothers nicht sehen können, was drin ist. Er stellt sie in einer Ecke des Zimmers auf den Tisch, und beide Haden Brothers springen auf und rennen zum Tisch, um sich dieses neue Objekt des Vergnügens anzusehen.

Zander greift in die Schachtel und zieht etwas Leichtes heraus, aus Balsaholz gefertigt, aber so kunstvoll bemalt, poliert und furniert, daß es massiv wie Stein wirkt. Es ist ein außerordentlich detailgetreues Modell von Bruegels Turm zu Babel. Zander stellt ihn auf seine Handfläche, dreht ihn in alle Richtungen, wirft ihn in die Luft und fängt ihn wieder auf. Er ist ein Mann, der mit Gebäuden jonglieren kann.

»Das ist es, meine Herren«, sagt er. »Dies ist das Gebäude, das ich für Sie bauen werde.«

Sie sehen das Modell prüfend an, betrachten die Exzentrizität und die Einzigartigkeit. Es ist ein wunderbarer Beweis für die Kunst des Modellbauers, aber entspricht es wirklich den Vorstellungen, die sie von ihrem Kaufhaus haben? Nein, das tut es nicht, aber sie sind von Zander so bezaubert, stehen so in seinem Bann, daß es plötzlich genau das Gebäude zu sein scheint, das sie schon immer haben wollten, oder zumindest hätten haben wollen, wäre ihnen nur die nötige Phantasie vergönnt gewesen. Und bald darauf ist es das einzige Gebäude, das sie sich überhaupt nur vorstellen können.

Matthew Haden blickt durch die winzigen Fenster ins Innere des Modells und stellt begeistert fest, daß sich darin ein perfekt ausgestattetes Miniaturkaufhaus befindet. Er erkennt die Möbelausstellung, die Schmuck- und die Lebensmittelabteilung.

»Das ist wirklich ganz großartig«, sagt er, etwas verlegen ob des Ausmaßes seiner Begeisterung.

»Es ist genial«, sagt sein Bruder. »Es ist modern und dabei klassisch. Es ist einzigartig und dabei seltsam vertraut.«

»Es sind anderthalb Gebäude auf einmal«, sagt Matthew Haden.

»Ja, ich glaube, es vereint alles in sich, was wir uns je vorgestellt haben.«

»Ja«, sagt der andere.

Zander lächelt ihnen nachsichtig zu. »Es ist alles und noch mehr«, verbessert er.

13

Toilettenartikel

Charlie Mayhew war jetzt seit etwas mehr als einem Monat Möbelträger. Er saß alleine in der Personalkantine, einem höhlenartigen Gewölbe, das an einen mittelalterlichen Bankettsaal erinnern sollte. Eichenbalken liefen kreuz und quer durch den Raum, Schilde und Streitäxte hingen an den natursteinverkleideten Wänden, und die Feuerstelle war groß genug, um einen ganzen Ochsen zu grillen. Und als Charlie sich an eine lange Refektoriumstafel setzte, um seinen Toast zu essen, blickte eine ganze Reihe ausgestopfter Tierköpfe auf ihn hinab; Rehe und Hirsche, aber auch exotischere Kreaturen: ein Tiger, ein Orang-Utan und eine Giraffe. Charlie hätte diese toten Lebewesen als bedrohlich oder abstoßend empfinden können, aber sie wirkten so künstlich, so um einen Effekt bemüht, den sie nicht erzielten, daß man sie unmöglich ernst oder gar Anstoß an ihnen nehmen konnte. Die Tatsache, daß sie echt waren, änderte auch nichts daran.

Charlie las eine Zeitung, damit er mit niemandem reden mußte. Das war nicht weiter schwierig, da die Mehrheit des Personals neuen Gesichtern mit eisiger Kühle gegenübertrat, aber er wollte kein Risiko eingehen. Als sich ein großer Mann in der Uniform des Sicherheitsdienstes knapp zwei Meter neben ihm auf die Bank setzte, vergrub Charlie sich noch tiefer in seine Zeitung, als hätte er gerade einen packenden Artikel entdeckt. Aber es war nicht leicht, den Mann zu ignorieren. Er hatte einen massigen, imposanten, vielleicht sogar bedrohlichen Körperbau, und seine Uniform war nicht die eines einfachen Wachmanns, sondern schien eher zu einem Fünf-Sterne-General zu passen. Einfaches Wegschauen half auch nicht, da von dem Mann eine kräftige Aftershave-Wolke herüberwehte. Charlie blickte kurz auf, sah dann sofort wieder aufs Papier, aber es war zu spät. Der Mann sah ihm in die Augen und war entschlossen, ihn in ein Gespräch zu verwickeln.

»Wie läuft's denn so, mein Sohn?« fragte er.

Charlie betrachtete den Mann ausgiebig. Er war kräftig und kompakt gebaut, aber etwas schwammig in der Mitte. Stimme und Auftreten hätten zu einem begeisterten, aber letzten Endes doch erfolglosen Pfadfinderführer gepaßt.

»Gut, danke«, sagte Charlie und wandte sich wieder ab.

»Heiße Chalmers, Ray Chalmers, bin Chef des Sicherheitsdienstes hier im Haus«, und er beugte sich zu Charlie herüber, um ihm die Hand zu schütteln.

»Hallo«, sagte Charlie.

Chalmers blickte den Aufschlag von Charlies Overall an und las den Namen auf dem Personalabzeichen.

»Freue mich, Ihre Bekanntschaft zu machen, Mr. Mayhew. Sie müssen neu bei uns sein, ich kenne Ihr Gesicht nämlich nicht. Ich lege großen Wert darauf, mir Gesichter zu merken.«

»Ach, na ja«, sagte Charlie mit gespielter Unbeschwertheit, »um meins brauchen Sie sich nicht groß zu kümmern. Ich werd wohl nicht lange bleiben.«

Chalmers wirkte schockiert angesichts dieses beiläufigen Eingeständnisses von Illoyalität.

»Das habe ich schon von vielen Leuten gehört«, sagte er. »Ist nur ein Grund mehr, mir diese Leute ganz genau einzuprägen. Sie sind in der Möbelabteilung?«

»Genau.«

»Dann kennen Sie also unseren Freund Anton Heath?«

»Na ja, er ist mein Boß. Ich arbeite für ihn.«

»Tja. Und für wen arbeitet *er*?«

Charlie beschlich das Gefühl, er hätte irgend etwas nicht mitbekommen, und schwieg, aber anscheinend faßte Chalmers das Schweigen als Zeichen diskreten Einvernehmens auf.

»Ich habe vollstes Verständnis dafür, daß Sie Anton Heath nicht als Freund bezeichnen wollen«, sagte Chalmers. »Er ist niemandes Freund. Er sieht nur sich selbst.«

»Eigentlich kenne ich ihn gar nicht richtig«, sagte Charlie. »Ich bin erst einen Monat hier.«

»Ein Monat ist in diesem Geschäft ja schon fast eine Ewigkeit«, sagte Chalmers. »Mehr als genug Zeit, sich über Anton Heath und seinesgleichen klarzuwerden. Genug Zeit, um zu wissen, daß er ein Unruhestifter ist. Wenn es auf der Welt gerecht zuginge, könnte ich Leuten wie ihm zeigen, wo's langgeht. Ich könnte ihn mir schnappen, sechs Wochen ins Militärlager stecken, damit er lernt, Befehle zu befolgen, ihn ein paar Extradienste beim Latrinenputzen schieben lassen und einen ordentlichen Burschen aus ihm machen. Mein gegenwärtiger Auftrag läßt das nicht zu, leider.«

Charlie wußte absolut nicht, wie er mit dieser Mitteilung umgehen sollte. Schließlich lächelte er einfach, einerseits aus Verlegenheit und andererseits, weil er hoffte, daß es nur ein Witz war.

»Ich kann mir vorstellen, daß es für einen Jungen wie Sie schwer sein muß, Anweisungen von Typen wie Anton Heath entgegenzunehmen«, sagte Chalmers.

Charlie wollte schon nicken, sah aber dann doch lieber davon ab, da er nicht sicher war, wozu er damit noch alles sein Einverständnis erklärte.

»Ich sehe schon, daß Sie ein anständiger Bursche sind, Charlie«, fuhr Chalmers fort. »Hab ich auf den ersten Blick gesehen. Sie sind geradeheraus, rechtschaffen und pflichtbewußt. Und außerdem haben Sie ein ehrliches Gesicht. Das mag ich bei jungen Burschen. Ich kann mir ums Verrecken nicht vorstellen, warum die aus Ihnen einen Möbelträger gemacht haben.«

Dem konnte Charlie zustimmen, und einen Augenblick lang fragte er sich, ob Ray Chalmers die Möglichkeit hatte, ihn da rauszuholen, ihm eine Stellung anzubieten, in der seine kreativen Fähigkeiten besser zur Geltung kamen.

»Diese Möbelabteilung ist eine Brutstätte für Anarchisten und Querulanten«, sagte Chalmers. »Die sammeln sich da wie Asseln unter einem Stein oder Maden in einem toten Hund. Anwesende natürlich ausgenommen. Die glauben, ich weiß nicht, was sie vorhaben, und, so traurig das auch sein mag, ich weiß es wirklich nicht genau – ich kann's mir zwar denken, aber ich hab keine Beweise. Können Sie mir folgen?«

Charlie war sich nicht ganz sicher.

»Ich bin schon lange der Meinung«, sagte Chalmers, »daß wir die Abteilung wie eine überreife Wassermelone zerschlagen sollten. Wir müßten ein paar Leute rauswerfen, ein kleiner Aderlaß, einige Schauprozesse, so daß die anderen ein bißchen Mut schöpfen. Aber erstmal brauch ich ein paar handfeste Beweise.«

Er sah Charlie an, und sein Gesicht hellte sich auf, als wäre ihm gerade in diesem Moment eine großartige, nagelneue Idee gekommen. »Sind Ihnen in der Möbelabteilung vielleicht Unregelmäßigkeiten aufgefallen?«

Die Unregelmäßigkeiten in der Möbelabteilung waren, zumindest was die Möbelträger betraf, so unübersehbar, daß Charlie, wenn er sagte, ihm wäre nichts aufgefallen, als vollkommener Trottel dastehen mußte. Aber eigentlich war es auch nicht weiter schlimm, wenn Ray Chalmers ihn für einen Trottel hielt. Er schüttelte den Kopf.

»Nein? Na ja, das ist vielleicht auch ganz normal. Ein unverdorbener Bursche wie Sie bemerkt vieles von dem wahrscheinlich gar nicht, was da so abläuft.«

Charlie pflichtete durch sanftes, wenn auch etwas zögerliches Kopfnicken bei.

»Haben Sie zum Beispiel etwas davon mitgekriegt, daß sie über einen gewissen Hamnet sprachen?«

»Nein, aber an meinem ersten Arbeitstag hab ich gesehen, daß jemand den Namen an ein Schaufenster gesprüht hatte.«

Chalmers Körper straffte sich wie von einer Sprungfeder gespannt. »Pssst!« rief er laut und rückte so nah an Charlie heran, daß sie verschwörerisch die Köpfe zusammenstecken konnten.

»Ich glaube, Sie sind ein wirklich kluger Bursche«, sagte Chalmers und legte eine Hand auf Charlies Knie. »Klüger, als ich dachte. Und raffiniert wohl auch noch. In Ordnung, Charlie, ich mach Ihnen ein Angebot. Ich möchte, daß Sie wieder in diese Abteilung zurückgehen und niemandem etwas von unserem Gespräch erzählen. Wenn Sie mir im Kaufhaus begegnen, tun Sie so, als wüßten Sie nicht, wer ich bin. Sie arbeiten weiter wie immer, der einzige Unterschied ist, daß Sie für mich Augen und Ohren offenhalten, okay? Ich sorge dafür, daß es sich für Sie lohnt. Und? Abgemacht?«

Sein Griff auf Charlies Knie wurde fester und schmerzhaft. Charlie fragte sich, ob es ein Härtetest war und er so tun sollte, als würde es nicht weh tun. Aber das interessierte ihn nicht. »Das tut weh«, sagte er, worauf Ray Chalmers glücklich Charlies Knie losließ.

»Worauf würden diese offenen Augen und Ohren denn achten?« fragte Charlie.

»Oh, auf Kleinkram. Winzige, aber wertvolle Informationshäppchen. Ob unser Anton irgendwelche Schwächen hat, Neurosen, interessante Gewohnheiten, eine Achillesferse. Ich denke, Sie können sich ungefähr vorstellen, wonach ich suche.«

Charlie glaubte, das zu können. »Als Sie sagten, es würde sich für mich lohnen, was haben Sie da gemeint?«

Nicht daß er Anton verraten wollte. Er hatte nicht die Absicht, Spitzeldienste für Ray Chalmers oder sonstwen zu übernehmen, wollte aber wissen, wie hoch der Einsatz war, um den sie spielten. Chalmers grinste und legte einen Arm um Charlies Schultern.

»Bei der richtigen Auskunft steht Ihnen die Welt offen.«

»Geld?«

»Wenn es das ist, was Sie wollen.«

»Genug Geld, daß ich aufhören kann, bei Haden Brothers zu arbeiten?«

Chalmers sah ihn verstimmt an. Einen Augenblick lang fragte er sich, ob dieser kleine Scheißer ihn verarschen wollte. Vielleicht hatte er ihn zu spät erwischt und die Möbelträger hatten den Burschen schon verdorben, so daß der genauso niederträchtig und korrupt war wie sie, aber Charlies Gesichtsausdruck war immer noch offen und unschuldig. Zum ersten Mal wurde Chalmers etwas unsicher.

»Das müßte wirklich ein ziemlich bedeutsamer Hinweis sein«, sagte er überheblich. »Aber ich mag Burschen, die große Träume haben.«

Er klopfte Charlie kurz auf die Schulter, stand auf und ging. Charlie vertiefte sich wieder in seine Zeitung und überlegte, ob er Anton von diesem Gespräch erzählen sollte, behielt es dann aber für sich.

RAY CHALMERS: Ich will nicht behaupten, daß es da draußen wie in Vietnam ist, aber in gewisser Weise ist es so. Es ist ein Dschungel. Der Feind ist schwer auszumachen. Wir bewegen uns in schwierigem Gelände und bekommen nicht immer genügend Rückendeckung. Da sind die Rebellen. Es gibt Verräter und Doppelagenten. Manche von unseren Männern sind von der Disziplin abgefallen und haben die Lebensweise der Eingeborenen angenommen. Bei den Schlitzaugen durften sie wenigstens Entlaubungmittel, Napalm und Splitterbomben einsetzen. Ich wünschte, das könnten wir auch bei Haden Brothers. Das würde die Schweine aufscheuchen, sie ans Tageslicht bringen, so daß wir sie mit aller Macht bestrafen könnten.

Natürlich habe ich bei meiner Arbeit viel mit Ladendieben zu tun, wobei ich persönlich dieses Wort nicht benutze. Ich halte es für einen kläglichen Versuch der Beschönigung. Ich nenne sie Gangster. Ich nenne sie Geschmeiß. Manchmal vergeht mir alles, und ich nenne sie Abschaum. Laßt mich eine halbe Stunde mit einem dieser sogenannten Ladendiebe und einem Duncan Fearnley-Kricketschläger allein, und wir haben bald nicht mehr so viele Wiederholungstäter.

Für mich ist Ladendiebstahl etwa dasselbe wie männliche Homosexualität in öffentlichen Toiletten. Manche Leute sagen, indem wir verlockend aussehende Waren zur Schau stellen, ermuntern wir sie zum Stehlen. Ich finde aber, das ist wie bei einem Typen, der ins Pissoir geht und da einen anderen Typen trifft, der mit einem riesigen Ständer rumwedelt. Wenn jetzt der erste Typ Hand an den Steifen vom zweiten legt und sich dann rausstellt, daß der zweite Typ ein Polyp ist, und der den ersten jetzt festnimmt, wird der erste behaupten, daß man ihn etwas hart rangenommen und angeschmiert hat. Aber da kann ich nur sagen: Pech gehabt. Da gibt's kein Vertun. Man klaut nichts aus Läden, und man grabscht Männern in öffentlichen Bedürfnisanstalten nicht ans Gerät, so verlockend und appetitlich das auch aussehen mag. So einfach ist das.

Und dann Kreditkartenbetrug. Vielleicht bin ich sowas wie ein Maschinenstürmer, aber wenn's nach mir ginge, würd ich die Dinger abschaffen. Die machen nur Ärger. Ich kann mich noch an die Siebziger erinnern. Damals kamen die Araber in ihren Kaftans hier rüber. Sie saßen im Schneidersitz auf dem Fußboden in der Möbelabteilung, haben sich mit den Verkäufern unterhalten, ein bißchen gefeilscht, sich Zeit genommen und gewartet, bis die Vertragskonditionen genau ihren Vorstellungen entsprachen. Dann haben sie in ihren Kaftan gegriffen und ein kopfgroßes Bündel Fünfzig-Pfund-Scheine rausgeholt. *Das* sind die Kunden, um die wir uns bemühen sollten, dann müßten wir uns keine Sorgen um Ratenzahlungen, niedrige Anzahlungen und zinslose Kredite machen. Wer braucht denn sowas schon?

Aber was ist mit dem Feind in den eigenen Reihen? Was ist mit den gemeinen, stinkenden, heimtückischen Angestellten, die den Lohn von Haden Brothers mit Kußhand nehmen und dann versuchen, die Firma zu schädigen, indem sie sie bestehlen? Was ist mit den Inventurdifferenzen? Das ist wieder so eine hübsche, kleine Beschönigung, nicht wahr? Was ist mit falschen Kassenbons, was mit Kassierern, die ihre Finger nicht vom Geld anderer Leute lassen können? Wenn ich solchen Abschaum erwischen würde, wäre meine Lösung, ihnen erst eine Hand abzuschlagen und dann Fragen zu stellen. Würd gern mal sehn, wie sie dann mit ihren schmuddeligen, kleinen Fingern in die Kasse kommen wollen.

Was ist mit Computerkriminalität? Was ist mit Vandalismus? Was ist mit diesem ganzen Dreck und den Schmierereien? Was ist mit doppelten Lohnzahlungen und gefälschten Rechnungen? Ja. Da draußen ist Krieg, und ich sehe mich nicht als Angehöriger der Friedenstruppen.

Ich will gar nicht sagen, daß ich nicht manchmal etwas Verständnis für ein paar von den Leuten habe, die ich erwische. So ein Bursche kann schon mal vom rechten Weg abkommen, das passiert. Normalerweise liegt das daran, daß er nie Disziplin gelernt hat. Wenn er mit harter Hand erzogen worden wäre, würde das alles ganz anders aussehen, aber, hey, da draußen ist Krieg. Wir haben nicht die Zeit, bei jedem kleinen Arschloch Gnade walten zu lassen.

Aber eins muß ich sagen, mir wär's schon ganz recht, wenn ich es nur mit den *kleinen* Arschlöchern zu tun hätte. Aber da sind ja noch die *großen* Arschlöcher. Da geht's um historische Mächte und große Bewegungen. Wir müssen unsere Feinde nicht beim Namen nennen, aber wir können: Sozialismus, Liberalismus, Anarchie, die großen Lügen. Terrorismus.

Eine Menge Leute wollen Haden Brothers in die Luft sprengen, weil es für etwas steht. Es steht für Ordnung, Geschäft, Stabilität, Zivilisation, Familienwerte, Tradition, den Status quo, die Autorität des Gesetzes. Ich könnte noch weitermachen. Ein terroristischer Anschlag bei Haden Brothers wäre ein wahres Ruhmesblatt für irgend so einen feigen, ethnischen Satansanbeter. Von mir aus sollen sie sich Freiheitskämpfer nennen. Von mir aus können sie sich auch Befreiungsarmee nennen. Für mich ist das alles das gleiche. Ich nenne sie alle Charlie.

Also gut, die Bekämpfung des internationalen Terrorismus ist nicht Teil der Tätigkeitsbeschreibung meines Jobs bei Haden Brothers, aber das heißt nicht, daß ich dazu nicht in der

Lage wäre, wenn es sein müßte. Gebt mir die Munition, und ich erledige das. Oder laßt mich mal mit einem dieser sogenannten Gewalttäter vor die Tür. Gehen wir in den Ring. Wir ziehen uns aus, behalten nur die Ringerhosen an, damit wir mal richtig ins Schwitzen kommen, toben uns mal so richtig aus, damit die Sache ein für allemal erledigt ist. Da würden wir schnell merken, aus welchem Holz die geschnitzt sind. Aber das wollen die natürlich nicht.

Wachsamkeit ist das Wichtigste in meinem Job; Wachsamkeit, Aufmerksamkeit, Vorsicht. Ich sage immer, daß meine Jungs – und das ist 'ne prima Truppe –, ich sage immer, daß viele von denen den ganzen Tag nichts anderes machen als Fernsehen gucken. Das ist so ein kleiner Scherz von mir. In Wirklichkeit schauen sie sich den ganzen Tag Überwachungsmonitore an, behalten jeden Quadratzentimeter von Haden Brothers im Auge. Denen entgeht nicht viel, das kann ich Ihnen sagen.

Wir haben auch einen Nachrichtendienst. Das ist ein Netzwerk von, also, ich würde sie eigentlich nicht als Spione bezeichnen, eher als Informanten, Menschen, die das Ohr am Puls des Volkes haben, die wissen, was im Kaufhaus los ist. Manchmal sind die Informationen nicht hundertprozentig verläßlich, aber das ist schon in Ordnung. Wissen ist Macht in diesem Spiel.

Ich versuche hier bei Haden Brothers ein festes Regiment zu führen, aber, hey, ich bin kein Träumer. Ich weiß Bescheid über die Natur des Menschen. Die Leute klauen Schreibwaren, führen auf Geschäftskosten private Telefongespräche, benutzen ohne Erlaubnis Faxgeräte und Fotokopierer. Sie führen lange und nicht arbeitsbezogene Gespräche mit anderen Angestellten. Manchmal arbeiten sie unter Einfluß von Alkohol und Drogen, lassen sich mit üblen politischen Organisationen ein, lesen subversive Literatur oder gehen in Galerien und sehen sich degenerierte Kunst an. Sie haben Affären. Gelegentlich werden sie aufsässig. Dann komme ich ins Spiel, und glauben Sie mir, ich kann da sehr subtil sein. Ich verstehe, wie leicht man einen Fehler machen kann. Nur weil einer mal vom Pfad der Tugend abweicht, mache ich ihn doch nicht völlig fertig. Nein, das auszunutzen hebe ich mir doch lieber für einen schlechten Tag auf.

Selbstverständlich hatte ich ein ziemlich umfangreiches Dossier über Mr. Arnold Haden. Natürlich hatten wir in seinem Penthouse geheime Kameras. Logischerweise wußte er nichts davon. Sonst wären sie ja nicht geheim gewesen. Ich persönlich stimme ja schon seit langem insofern mit Derek Snell überein, als Arnold zu einer gewissen Belastung für den Betrieb geworden ist. Er war ja ein ganz netter Kerl, aber ich meine, ein Mann seines Alters, der dauernd ganz in Weiß rumläuft, unverheiratet, keine Kinder; also, da macht man sich doch seine Gedanken. Ich weiß, daß er viele von den jungen hübschen Verkäuferinnen flachgelegt hat, ein paarmal hab ich das sogar auf Film, aber ich dachte immer, daß das vielleicht doch nur Tarnung ist.

Mir war schnell klar, daß er auf diese Vita Carlisle ziemlich abgefahren ist, und das hat mir überhaupt nicht gefallen. Ich mochte sie nicht, hab ihr einfach nicht getraut. Sie war freundlich, kultiviert, sehr attraktiv, machte ihre Arbeit gut. Sowas ist mir immer suspekt.

Als ich auf dem Überwachungsmonitor gesehen hab, daß sie mit hochgeschobenem Kleid und drei Dynamitstangen, die sie sich um die Taille geschnallt hatte, in Arnold Hadens Penthouse steht, also, da habe ich mich zu einem meiner Kollegen umgedreht, gelacht und gesagt: »Hab ich dir doch gleich gesagt.«

14

Souvenirs

Die meisten von Erica Carlisles Psychotherapeuten sagten, ihr Zustand wäre nicht ungewöhnlich. Sie hatte gleichzeitig Angst, sterben zu müssen und nie gelebt zu haben. Ihre Therapeuten verlangten immer, daß sie über ihre Vergangenheit redete, von ihrer Kindheit erzählte, und ja, sie konnte sich an eine Zeit erinnern, als sie jung war und ihr die Welt offenstand, als sie große Träume und Ziele hatte und glaubte, vor ihr läge ein erfülltes, interessantes und extravagantes Leben voller Leidenschaft. Jetzt, mit kaum mehr als vierzig Jahren und der Aussicht, womöglich noch weitere drei oder vier Jahrzehnte überstehen zu müssen, kam es ihr vor, als hätte sie nie gelebt.

Sie hatte Vita allein großgezogen. Unterstützung durch den Vater hatte sie nicht bekommen, es gab auch kein Haus im Vorort und kein glückliches Familienleben. Aber damals genügte ihr das. Sie war beschäftigt; zu beschäftigt, um sich Gedanken über ihre Situation zu machen oder sich zu beklagen. Aber jetzt, wo Vita erwachsen war, hatte sie mehr als genug Zeit, in sich hinein zu horchen, und sie hatte den Eindruck gewonnen, ihre ganze Vergangenheit sei eine einzige Umleitung gewesen, eine Warteschleife für das wahre Leben. Aber das wahre Leben war Illusion geblieben. Es trat nicht auf den Plan. Wenn ihr jetziges Leben eine Umleitung war, wußte sie weder, wie sie auf die Hauptstraße kam, noch wohin die führte.

Ihre Eltern hatten sich großzügig gezeigt. Sie hatte, soweit möglich, gearbeitet und zwischendurch Zuschüsse von der Sozialhilfe in Anspruch genommen. Das Geld war zwar fast immer knapp gewesen, aber in echte Armut waren sie nicht abgerutscht. Ihre derzeitige Wohnung war schon recht schön, aber kaum mehr als eine Abstellkammer, wie sie immer wieder betonte. Immerhin mußte sie sich inzwischen wegen des Geldes und anscheinend auch sonst keine Sorgen mehr machen. Vielleicht war ihr Leben etwas leer, aber sie war intelligent genug, etwas dagegen zu unternehmen. Sie hatte Freunde. Sie fuhr in Urlaub. Sie konnte sich Liebhaber suchen und tat das, wenn auch meist aus Pflichtgefühl, weil man es von ihr erwartete, und ohne mit dem Herzen dabei zu sein. Vita gefiel das zwar nicht, aber andererseits gefiel Vita vieles nicht.

Erica Carlisle hielt sich nicht für in größerem Maße suchtgefährdet. Alkohol hatte sie nie interessiert, Drogen spielten in ihren Kreisen keine Rolle, nicht einmal Beruhigungsmittel oder Schlaftabletten. Und süchtig nach Sex war sie nun ganz gewiß nicht. Trotzdem waren ihr die Verlockungen einer Gewohnheit, einer Sucht, nicht ganz unbegreiflich, übte der Gedanke, Sklave von etwas zu sein, das den Schmerz der Einsamkeit und der Untätigkeit abtötete, einen gewissen Reiz aus.

Sie hatte es kurz mit Sport probiert. Sie joggte, sie schwamm und sie spielte Squash, als wäre die Entwicklung eines ›Körperbewußtseins‹ die Lösung. Sie fing mit Yoga an, merkte aber bald, daß sie etwas weitaus Handfesteres und Bodenständigeres suchte, als jedes Kundalini ihr bieten konnte.

Dann fing sie mit Therapien an. Es begann als Experiment

und wurde zum Hobby. Die meisten Therapeuten, denen sie begegnete, meinten es zweifellos gut, und wäre sie nicht die Frau gewesen, die sie war, hätten sie ihr vielleicht sogar helfen können. Sie brachten eine ganze Reihe von Theorien und Methodiken in ihr Leben, die, soweit sie das beurteilen konnte, nie so richtig auf ihre Situation paßten. Sie sprachen von Jung, Adler und Janov, von Gestalt, Projektion und Verdrängung, und ein oder zwei erwähnten sogar Freud, wenn auch nur abschätzig. Einige hatten versucht, sie zu verführen, aber sie hatte sich widersetzt, obwohl es sie keineswegs verletzt hatte. Sie konnte nichts Falsches daran finden, wenn Therapeuten mit ihren Patienten schliefen. Die Aussichten auf Erfolg schienen auch nicht geringer zu sein als bei den anderen Strategien. Sie hatte einfach nur keine Lust, es auszuprobieren.

Aber am Ende brachte sie das alles nicht weiter, und sie fragte sich, ob sie nicht süchtig nach ihrem eigenen Leid war. Allerdings ging es ihr am Abend nach einer Behandlung meist besser, obwohl die Sitzung selbst nichts geändert hatte. Sie überlegte, ob sie sich vielleicht genau aus dem Grunde besser fühlte, weil sich nichts verändert hatte und ihre Probleme ungelöst blieben – womöglich brauchte sie dieses Suhlen in der eigenen Angst? Sie glaubte zwar nicht, daß es daran lag, trotzdem dauerte es noch lange, bis sie merkte, was wirklich half.

Ihre Sitzungen hatte sie immer auf den Nachmittag gelegt. Sie verbrachte eine Stunde im Sprechzimmer des Therapeuten und machte sich dann auf den Heimweg. Aber ihr war nicht danach, sofort wieder in ihre Wohnung zurückzukehren. Sie brauchte immer noch ein oder zwei Stunden für sich, bevor sie ihren Alltagstrott wieder aufnahm, und in diesen Stunden kaufte sie ein. Sie ging in eine Boutique, in ein

Schuhgeschäft oder einen Porzellanladen und kaufte sich dort einen Hut, neue Stiefeletten oder eine neue Punschschale. Es waren Geschenke für sie, Belohnungen, die sie sich für die gewissenhafte Erforschung ihrer Psyche verdient hatte.

Der beste Therapeut, den sie je hatte, war ein strenger, bärtiger, kanadischer Psychiater, dessen Praxis gleich um die Ecke von ihrer Wohnung lag. Am Abend nach einer Sitzung bei ihm war sie manchmal richtig in Hochstimmung. In jedem Falle hatte sie, bevor sie nach der Sitzung nach Hause ging, einige Zeit bei Haden Brothers verbracht, und eines Tages fiel ihr auf (und das war ein Augenblick tiefgreifender und einschneidender Erkenntnis), daß die Hochstimmung nicht auf die Therapie, sondern auf den Aufenthalt bei Haden Brothers zurückzuführen war.

Erica Carlisle hatte ein gespaltenes Verhältnis zu Haden Brothers. Vor Vitas Geburt hatte sie kurz dort gearbeitet. Das war nichts Besonderes, Tausende junger Frauen hatten das getan. Sie hatte die Arbeit dort gehaßt und wollte nicht, daß ihre Tochter in ihre Fußstapfen trat. Aber als Kundin wiederzukommen war etwas anderes. Bald darauf hatte sie ihren Doktoren, Psychologen und Spinnern abgeschworen und ging statt dessen einfach zu Haden Brothers, sobald die dunklen Wolken von Leid und Depression aufzogen.

Trotz hoher Preise und großer Handelsspannen bei Haden Brothers war dies eine wirtschaftlich sinnvolle Entscheidung. Vom Geld, das sie an den Therapien sparte, konnte sie sich unzählige kleine Geschenke machen. Und das Einkaufen war angenehm unpersönlich. Dazu bedurfte es keiner Offenlegung ihres Innersten. Es heilte Wunden, statt sie aufzureißen. Es war eine Tätigkeit voller Gewißheiten, wohingegen die Therapie sich nur mit Unsicherheit und Zweifel beschäftigte.

Es wurde ihr zur Gewohnheit, ein- bis zweimal pro Woche ins Kaufhaus zu gehen, sich so lange, wie sie brauchte, umzusehen, wobei sie die ganze Zeit bester Stimmung war, und dann, anscheinend zufällig, einen netten, kleinen Gegenstand auszusuchen – eine Perlenbrosche, ein Seidentuch, ein platzsparendes Weinregal – und ihn mitzunehmen. Jedes neue Objekt hatte diesen besonderen Glanz, die angenehme Aura einer Novität. Das genügte, um sie für eine Weile glücklich zu machen. Schließlich schwand die Aura, an ihrem Horizont sammelten sich dunkle Wolken, und sie wußte, daß es Zeit für eine weitere Einkaufsexpedition zu Haden Brothers war.

Haden Brothers war unkompliziert. Man wußte, daß alles von bester Qualität und der Kundendienst hervorragend war. Fehlerhafte Waren wurden anstandslos ersetzt, Beschwerden schnell und höflich bearbeitet und im Sinne des Kunden geklärt. Es war ein Refugium, in dem alles gut ausgepreist und beschriftet war. Hier gab es Markennamen, denen man trauen konnte, internationales Renommee für erlesene Qualität. Und alles davon konnte ihr gehören, sofern es ihr Budget nicht überschritt.

Aber ihr Budget war zwangsläufig limitiert. Ihre Wünsche waren unausweichlich größer als ihre Mittel. Sie wollte mehr kaufen, als sie sich leisten konnte, und die so entstehenden Frustrationen drohten den Nutzen ihrer Besuche bei Haden Brothers aufzuzehren. Aber dann sah sie den Ausweg. Es war eine schlichte und uralte Lösung. Sie entschloß sich, Sachen zu stehlen. Sie wurde zu einer hingebungsvollen, effizienten, wenn auch etwas unsystematischen Ladendiebin. Die Dinge, die sie stahl, waren Symbole, Objekte zur Befriedigung komplexer, verborgener Sehnsüchte.

Wenn man sie gefragt hätte, so hätte sie wahrscheinlich zugegeben, daß dieses Verhalten eine sexuelle Komponente hatte. Auf das Begehren folgte der Besitz. Danach kam eine kurze Phase der Befriedigung, bis der Appetit sich wieder bemerkbar machte. Als sie bemerkte, daß sie innerhalb einer Woche, wenn auch bei mehreren Kaufhausbesuchen, zwei Kerzenhalter, einen Füllfederhalter und ein Austernmesser eingesteckt hatte, mußte sie sich eingestehen, daß es wohl eine Freudsche Komponente gab. Aber das machte ja nun nichts mehr. Da ihre Aktivitäten nicht mehr von Doktoren und Therapeuten kontrolliert wurden, fühlte sie sich zum ersten Mal im Leben frei. Und das war ein Grund dafür, daß sie nicht wollte, daß ihre Tochter bei Haden Brothers arbeitete. Aber es war bei weitem nicht der wichtigste.

15

Mißkreditabteilung

Ein großer Farbiger kam in die Haushaltswarenabteilung. Er sah sich hilfesuchend nach einer Verkäuferin um. Er wirkte nervös und verlegen, entdeckte dann aber Vita Carlisle, die gerade einen Besen- und Schrubberstand umgestaltete. Es war eine ihrer weniger glanzvollen Aufgaben für das mobile Einsatzkommando.

Der Mann war kräftig gebaut. Seine Haut glänzte wie poliertes Holz. Er hatte ein breites Gesicht und trug einen gelbbraunen, etwas ungepflegt und zottelig wirkenden Schaffellmantel, unter dem jedoch ein sauberer, tadellos geschnittener dunkelgrauer Anzug zu erkennen war. Er ging würdevoll auf Vita zu und sagte mit leiser, rauchiger Stimme: »Könnten Sie mir eventuell helfen?«

Sie konnte seine Herkunft absolut nicht einordnen. In seiner Aussprache gab es Ansätze eines afrikanischen Akzents, aber auch den Anflug eines amerikanischen Näselns und absichtlich gedehnte Vokale mit britisch-aristokratischem Timbre.

»Ich denke schon«, sagte Vita.

»Ja, ich bin sicher, daß Sie das können«, sagte er. »Ich suche ein paar Dinge für meine Küche.«

»Ja?«

»Ich brauche ein paar Töpfe und feuerfeste Schüsseln,

einen Durchschlag, einen Besteckkorb, einen Schwingdeckel-Abfalleimer, eine Trittleiter, eine Abwaschschüssel, ein oder zwei Plastikbehälter, eine Seifenschale, eine Scheuerbürste und einen Einsatz für die Spüle.«

»Ich glaube, das haben wir alles für Sie da«, sagte Vita freundlich, führte ihn zu den besagten Gegenständen, wo er die Produkte in der passenden Farbe aussuchte. Er zeigte sich mit seiner Auswahl zufrieden, aber irgend etwas machte ihm zu schaffen.

»Ich brauche auch noch einen Kühlschrank, einen Herd, eine Geschirrspülmaschine, einen Küchentisch mit Stühlen und eventuell ein paar Teppichfliesen.«

»Dafür müßten Sie in eine andere Abteilung gehen, Sir.«

»Verstehe«, sagte er und seine Schultern sackten etwas ab.

»Gibt es sonst noch etwas, womit ich Ihnen weiterhelfen könnte?« fragte Vita.

»Ja, das gibt es«, sagte er. »Alles.«

»Wie bitte?«

»Ich brauche alles«, sagte er. »Ich brauche nicht nur die Kücheneinrichtung, ich brauche alles für mein ganzes Haus.«

»Verstehe.«

»Das glaube ich kaum. Ich möchte einen so jungen Menschen wie Sie nicht mit meinen Problemen belästigen, aber, um es kurz zu machen, ich mußte mein Land ziemlich überstürzt verlassen. Es gab eine Art Coup, eine Änderung der Regierungspolitik. Ich konnte nicht dableiben. Ich mußte alles zurücklassen. Alles. Als ich in Ihrem Land ankam, hatte ich nichts bei mir außer den Kleidern, die ich am Leibe trug. Nur durch einen glücklichen Zufall verfügte ich über ein oder zwei Auslandskonten, die mich in die Lage versetzen, mir hier in England ein neues Leben aufzubauen. Ich muß noch einmal ganz von vorn anfangen.«

»Das klingt ja furchtbar«, sagte Vita.

Er setzte einen tapferen Gesichtsausdruck auf. »Ich konnte es mir nicht aussuchen«, sagte er. »Dennoch eröffnet es mir die Chance auf einen Neuanfang. Ich habe mir ein neues Haus gekauft, und jetzt muß ich es mit Gegenständen füllen. Und wissen Sie, was das Beste daran ist? Ich will alles für mein neues Haus bei Haden Brothers kaufen. Ein ziemlicher Luxus, wie ich finde.

Am liebsten wäre es mir, durchs ganze Kaufhaus zu gehen, auf Dinge zu zeigen, die mir ins Auge fallen, und zu wissen, daß ich sie bekomme. Ich möchte nicht in jede Abteilung gehen und diese traurige Geschichte immer wieder von neuem erzählen müssen. Ich brauche also eine Person, einen Angestellten von Haden Brothers, der oder die mich auf meiner Tour durch das Kaufhaus begleitet, notiert, was ich auswähle, und mir so die Arbeit erleichtert. Hinterher, wenn das erledigt ist, müßte diese Person dafür sorgen, daß die Anschaffungen zu meinem Wohnsitz geliefert werden.«

Er machte eine kurze Kunstpause. »Ich möchte, daß Sie diese Person sind«, sagte er.

»Ich weiß nicht, ob das so ohne weiteres geht«, sagte Vita. »Ich weiß nicht, ob ich meine Abteilung verlassen darf.«

»Meine Liebe«, sagte der Mann, »ich richte ein komplettes Haus ein, kaufe das gesamte Zubehör für ein ganz neues Leben. Selbst für Haden Brothers' Verhältnisse werde ich hier ein kleines Vermögen ausgeben. Wenn ich den Wunsch hege, daß Sie mich eine Weile begleiten, wäre es nach meiner Auffassung sehr kurzsichtig von ihren Chefs, das zu unterbinden.«

Das überzeugte Vita. Trotzdem erkundigte sie sich noch kurz bei Mrs. Chesterton, der Leiterin der Haushaltswarenabteilung.

»Wie will er bezahlen?« fragte Mrs. Chesterton.

Er wollte bar bezahlen. Vita fand das etwas eigenartig, nahm aber an, daß es mit den Auslandskonten zusammenhing. Mrs. Chesterton kicherte in sich hinein. Sie schien über das Arrangement sehr erfreut zu sein.

»Sehen Sie«, sagte Mrs. Chesterton, »so ist das bei Haden Brothers. Man trifft schillernde Persönlichkeiten mit viel Geld, hat einen interessanten Job und immer etwas Exzentrizität und Luxus um sich. In den meisten anderen Kaufhäusern würden Sie das nicht finden. Nun aber fort mit Ihnen, Miss Carlisle.«

Vita und der Kunde machten eine Kaufhaustour. Jedesmal, wenn ihm etwas gefiel, schrieb sie Artikelnummer und Abteilung auf den Auftragsblock, den sie mitgenommen hatte. Wenn er gegangen war, würde sie noch einen Riesenhaufen Arbeit mit der Koordination des Auftrags und der Ablage haben.

Sie gingen durch die Möbelabteilung, durch die Stoffabteilung, durch die Teppich- und Teppichbodenabteilung, durch die Abteilung ›Schöner Wohnen‹ und durch die Badezimmerabteilung. Er fand vieles, was ihm gefiel. Seine Entscheidungen traf er schnell und zielsicher. Sie zeigten eine klare Linie: Er mochte schlichte Designs und kräftige Farben. Vita war der Auffassung, daß es zu einem hinreißenden Resultat führen konnte, wenn man es richtig arrangierte. Sie gingen durch die Geschirr- und die Besteckabteilung, durch die Abteilung für Unterhaltungselektronik, zur Abteilung für Hausbar-Ausstattungen, wo er Servierwagen und Barzubehör kaufte, durch die Tabakwaren, wo er einen Mehrjahresvorrat Fehlfarben und Havannas bestellte. Am Reitershop zögerte er und überlegte, ein paar Sättel zu besorgen, aber Vita wies ihn freundlich darauf hin, daß andere Sachen dringlicher wären und man das Pferdegeschirr auch später noch kaufen könne.

Er erzählte: »Wissen Sie, viele Menschen in meiner Heimat sind richtig arm. Ich gehöre nicht zu denen, die die Schuld dafür ganz allein beim weißen Mann sehen, aber ich glaube, daß die Menschen sehr unglücklich werden, wenn ihr Land ihnen nichts bieten kann. Der Mangel an Besitztümern schafft Entfremdung, und das führt dazu, daß politischer Extremismus zu blühen anfängt wie eine seltene Orchideenart. Meine Leute sind ein einfaches Volk. Aus Mangel an langlebigen Konsumgütern klammern sie sich an starre Doktrinen: Kommunismus, Fundamentalismus. Ich persönlich bemühe mich, die erlösende Macht des Geldes zu demonstrieren. Ich will beweisen, daß ein Mann wohlhabend sein kann, daß er sich zu Reichtum und Besitz bekennen kann, ohne seine Seele zu verkaufen. Ich habe immer versucht, den Menschen in meiner Heimat ein Vorbild zu sein.«

»Wo ist eigentlich Ihre Heimat?« fragte Vita.

»Meine Heimat ist die ganze Welt«, sagte er und lachte voll und honigsüß.

Er bestellte einen Stutzflügel für sein Musikzimmer, ein Dutzend englische Aquarelle aus der Kunstgalerie, ein paar Allwetter-Gartenmöbel, einen Grill, eine Hängematte, einen Rasentrimmer. Er wählte eine vierarmige Wäschespinne, eine Pendelstichsäge, zwei Bügelbretter und eine zweihundert Liter fassende Wassertonne. Er suchte sich nicht immer das teuerste Angebot aus, nahm aber nie das billigste; die Gesamtrechnung würde astronomische Dimensionen erreichen. Er sagte, er habe vor, ein paar gute Weine einzukellern, moderne Plastiken zu sammeln, ein paar bedeutende Stücke Meißner Porzellan zu erstehen. Vita sagte, sie hätte nicht die entsprechende Qualifikation, um ihn in diesen Bereichen zu beraten, aber dafür gäbe es bestimmt Spezialisten bei Haden Brothers.

»Wissen Sie«, sagte er sehnsüchtig, »je länger ich in Ihrem großartigen Kaufhaus bin und je mehr hochwertige Waren ich hier sehe, desto mehr möchte ich davon kaufen. Ich wäre sehr glücklich, wenn ich das Ganze besäße. Ich will alles.«

»Alles und noch mehr«, zitierte Vita.

»Ja, das ist es.«

Es ging auf sechs zu, und Vita hatte fast den ganzen Tag mit ihrem Kunden verbracht. Sie hatte keine Pause gemacht, kein Mittagessen, ja nicht einmal eine Tasse Kaffee bekommen. Seine Kapazität für Anschaffungen war unerschöpflich, und er hatte Vita ausgelaugt. Jetzt standen sie vor der Blumenabteilung.

»Ja«, sagte er, »ich glaube, ich will mein Haus jeden Tag in ein Blumenmeer verwandeln. Und in meinem neuen Heim sollte ich lauter neue Kleidung tragen. Und möglicherweise werde ich die Innenausstattung meines Hauses vom Haden-Brothers-Einrichtungsservice arrangieren lassen. Natürlich brauche ich auch neue Koffer, und vielleicht sollte ich auch schon einmal Kindermöbel kaufen, für den Fall, daß ich demnächst die richtige Frau finden sollte, um eine Familie zu gründen. Aber wie ich sehe, sind Sie müde. Hier, Miss Carlisle, bitte nehmen Sie dies als kleine Aufmerksamkeit …«

Er wedelte mit einer großen, vielfarbigen Banknote vor ihrem Gesicht herum. Sie konnte nicht erkennen, aus welchem Land sie war oder um welche Währung es sich handelte, sah aber, daß eine große Zahl draufstand. Sie wollte darauf hinweisen, daß sie auf keinen Fall Trinkgeld annehmen konnte, aber bevor sie ein Wort herausbrachte, hatte er den Schein wieder eingesteckt.

»Sie haben recht«, sagte er. »Ich wollte Sie nicht beleidigen.

In diesem Fall möchte ich unsere Operation für heute beenden und werde morgen pünktlich um neun zur Fortsetzung unseres Einkaufsabenteuers wieder hier erscheinen.«

»Gut«, sagte Vita, und er kam auf sie zu, als wolle er sie küssen, ging aber dann ohne ein Wort des Abschieds an ihr vorbei und verließ das Kaufhaus. Vita kehrte in die Haushaltswarenabteilung zurück, wo Mrs. Chesterton auf sie wartete. Zu Vitas Überraschung war auch Derek Snell da. Er empfing sie mit einem Lächeln.

»Wie ist es gelaufen?« fragte Mrs. Chesterton.

»Ziemlich gut«, sagte Vita. »Er will alles kaufen. Das kostet ihn ein absolutes Vermögen.«

»Kann ich mir vorstellen«, sagte Mrs. Chesterton. »Kann ich mir gut vorstellen.«

Derek Snell nahm die Bestellformulare von Vita entgegen, warf einen kurzen Blick darauf und reichte sie Mrs. Chesterton. Die unterzog sie einer ähnlich laxen Prüfung und schmiß sie in den Papierkorb. Vita sah sie ungläubig an.

»Hat er Ihnen einen Heiratsantrag gemacht?« fragte Mrs. Chesterton.

»Was?« sagte Vita.

»Häufig bittet er die Verkäuferinnen, ihn zu heiraten, nachdem sie die Bestellungen aufgenommen haben.«

»Na ja, ich bin noch nicht ganz fertig. Er kommt morgen wieder«, sagte Vita verwirrt.

»Nein, ich fürchte, das tut er nicht«, sagte Derek Snell.

Vita sah erst ihn, dann Mrs. Chesterton an, die mit einem schmierigen, überlegenen Lächeln auf die Bestellformulare im Papierkorb hinunterschaute, die auszufüllen Vita einen ganzen Tag gekostet hatte.

»Ich komme anscheinend nicht ganz mit«, sagte sie.

»Er *wird* wiederkommen«, sagte Derek Snell. »Aber nicht

morgen. Er kommt in etwa drei Monaten, sucht sich eine neue Verkäuferin, und dann geht das Ganze von vorn los.«

»Ich versteh immer noch nichts.«

»Was gibt's da zu verstehen?« sagte Mrs. Chesterton gehässig. »Die Welt ist voller Menschen, die nicht sind, was sie zu sein behaupten. Dieser Mann gibt halt gern vor, reich zu sein. Es macht ihn glücklich, wenn er zu Haden Brothers gehen und so tun kann, als wäre er Millionär. Er ist kein Millionär. Ich nehme an, daß er etwas verrückt ist, aber vermutlich ist seine Verrücktheit recht harmlos.«

»Aber wenn Sie das wußten, warum haben Sie das nicht gesagt, bevor ich den ganzen Tag mit ihm verschwende?«

Mrs. Chesterton zuckte wenig hilfsbereit die Achseln.

»Ist der Tag wirklich verschwendet?« fragte Derek Snell. »Sie haben zwar nichts verkauft, aber war es nicht eine lehrreiche Erfahrung? Sie haben zig Abteilungen gesehen, haben einen Eindruck davon bekommen, wie sie arbeiten und was sie verkaufen. Ich denke, es war ein guter Lehrgang. Und noch dazu ziemlich kostengünstig.«

»Außerdem haben Sie gelernt, absolut gar nichts zu glauben, was Kunden Ihnen erzählen«, sagte Mrs. Chesterton.

Vita sah bitter enttäuscht aus.

»Wenn Ihnen die Arbeit nicht zusagt«, fügte Mrs. Chesterton hinzu, »gibt es einfachere Methoden, sich seinen Lebensunterhalt zu verdienen.«

Vita fragte sich, ob die Frau mit Snell unter einer Decke steckte und versuchte, sie mit harter und sinnloser Arbeit in Arnold Hadens Bett zu treiben. In diesem Fall gingen beide allerdings recht unbekümmert mit ihrer Intrige um. In Snells Gesicht war keine Arglist zu entdecken, und Mrs. Chestertons Gemeinheit wirkte ungezwungen und spontan. Vita lächelte matt, wünschte ihnen einen schönen Abend, holte ihre

Handtasche und verließ die Abteilung. Sie war müde, kraftlos und hatte den Eindruck, daß alle sie ausnutzten. Dennoch fühlte sie sich bei weitem nicht so hilflos, wie sie es früher gewesen wäre.

Sie ging in die Damentoilette, ließ zehn Minuten verstreichen und kehrte dann in die Abteilung zurück. Snell und Mrs. Chesterton waren gegangen. Sie griff in den Papierkorb und holte den ausgemusterten Bestellblock heraus. Dann ging sie zu Mrs. Chestertons Schreibtisch und nahm den Stempel, mit dem die Einkäufer die Bestellungen autorisierten. Sie stempelte sorgfältig jede Seite, die der Kunde sie hatte ausfüllen lassen, wobei sie sich über ihre Motive nicht völlig im klaren war. Wenn sie den Block jetzt zur zentralen Bestellannahme bringen und dort in den Eingangskorb legen würde, zöge das eine ganze Serie von Transaktionen und geschäftlichen Aktivitäten nach sich, wodurch Hunderte von Arbeitsstunden für den Versuch verschwendet werden würden, diese nicht erfolgten Bestellungen auszuliefern.

Die Versuchung war groß, Gott, war sie groß, aber als es ernst wurde, warf sie den Bestellblock wieder weg. Sie konnte sich einfach nicht dazu überwinden, eine solch schäbige, destruktive und subversive Handlung zu begehen. Die Erkenntnis jedoch, daß solche Handlungen möglich, ja sogar recht leicht zu verüben waren, fand sie seltsam ermutigend und heilsam. Ursprünglich hatte sie am Abend ihre Mutter anrufen wollen, um sich ordentlich auszuheulen, aber plötzlich merkte sie, daß ihr eigentlich gar nicht nach Heulen zumute war.

6

Rechner

Anton Heath stand in der Telefonzelle an der Lebensmittelabteilung im Erdgeschoß von Haden Brothers und versuchte verstohlen, einen Anruf zu machen. Er war umgeben vom Duft der Bäckerei und von frisch gemahlenem Kaffee, und ein Mann im Torerokostüm bot ihm ein Tablett mit Crackern und Käse an und lud ihn ein, ›den Geschmack Españas‹ zu probieren. In der Hoffnung, seine Stimme wäre mit vollem Mund noch schwerer zu erkennen, nahm Anton einen. Endlich kam er zur Hauptvermittlung durch.

»Ist dort Haden Brothers?«

»Ja, Sir«, zwitscherte eine Frauenstimme.

»Ich will jemand von der Sicherheit sprechen.«

»Eine Sicherheitsabteilung im eigentlichen Sinne haben wir nicht, Sir.«

»Doch, haben Sie. Das weiß ich genau. Ich will Mr. Ray Chalmers sprechen, den Leiter vom Sicherheitsdienst.«

»Verstehe, Sir. Sie sind sehr gut informiert. Worüber möchten Sie mit Mr. Chalmers sprechen?«

»Das geht nur ihn etwas an.«

»Und es betrifft die Sicherheit?«

»Sieht wohl so aus«, knurrte Anton.

»Es handelt sich nicht zufällig um eine Bombendrohung?«

»Es geht um etwas dieser Art, jawohl.«

»Oder sollte ich lieber sagen, einen falschen Bombenalarm?«

»Dies ist kein falscher Alarm.«

»Davon bekommen wir nämlich jede Menge, wissen Sie. Sie sind nicht einmal der erste heute.«

»Glauben Sie mir, er ist absolut echt.«

»Um was für eine Bombe handelt es sich denn?«

»Ich glaube, darüber möchte ich nicht mit Ihnen sprechen.«

»Ich meine, wieviel Gramm Sprengstoff haben Sie? Ist es Semtex oder Gelatinedynamit? Handelt es sich um eine Splitterbombe oder um einen Brandsatz.? Wie ist die Zündvorrichtung aufgebaut? Mit wieviel Opfern müssen wir rechnen?«

»Was ich zu sagen habe, ist nur für Ray Chalmers' Ohren bestimmt.«

»Und wo genau ist die Bombe?« fuhr sie fort.

»Hören Sie, es steht mir nicht frei, Ihnen das mitzuteilen.«

»Also, wissen Sie, da machen Sie es mir jetzt aber wirklich nicht leicht. Sie rufen an, um uns zu sagen, daß eine Bombe im Kaufhaus versteckt ist, aber Sie erzählen uns nicht, wo sie ist oder was für eine Bombe es ist. Und sagen Sie, warum sollte sich jemand die Mühe machen, eine Bombe zu legen, wenn er dann anruft und uns sagt, daß sie da ist? Das nimmt dem Ganzen doch das Überraschungsmoment, nicht wahr? Also ich würde erwarten, daß jeder Terrorist, der etwas auf sich hält…«

»Ich habe meine Gründe«, stieß Anton hervor.

»Der Grund ist, daß Sie ein kleiner Wichser sind, nicht wahr? Diese Bombe gibt es nicht, stimmt's?«

»Hören Sie, es könnten viele Menschen verletzt werden, wenn Sie mich nicht zu Ray Chalmers durchstellen.«

»Aber klar doch.«

»Ich lehne jegliche Verantwortung für die Konsequenzen ab, wenn Sie mich nicht durchstellen.«

»Wenn Sie ein echter Terrorist wären, würden Sie sich keine Sorgen über die Konsequenzen machen, stimmt's?«

Für einen Moment war Anton sprachlos.

»Hören Sie«, sagte die Telefonistin, »wenn Sie zu denen gehören, die bei uns regelmäßig falsche Bombendrohungen machen, wissen Sie auch, daß echte Bombenleger immer ein Codewort zum Beweis ihrer Authentizität verwenden. Ich sage Ihnen, wie wir jetzt weiter vorgehen. Ich weiß, daß Sie kein echter Terrorist sind, aber wenn Sie das Codewort erraten, verbinde ich Sie trotzdem mit unserem Mr. Chalmers. Das ist doch ein ausgesprochen faires Angebot, finden Sie nicht?«

Bis zu diesem Punkt war Anton schon mehrmals gekommen. Im Endeffekt lief es immer darauf hinaus, dieses verdammte Codewort zu erraten. Er versuchte, auf ein passendes Wort zu kommen, obwohl er natürlich wußte, daß es vermutlich so gewählt war, daß es möglichst unpassend erschien. In der Vergangenheit hatte er sein Glück mit Worten wie Bombe, Kunde, Notfall, 007, Mayday, SOS, Aufruhr, Opfer, Verdächtiger und Mona Lisa versucht; alles ohne Erfolg. Schließlich sagte er: »Kalter Krieg«.

»Blödsinn«, sagte die Telefonistin. »Nicht mal warm. Und tschüs.« Und damit legte sie einfach auf.

Wieder hatte er es nicht erraten, aber ihm war der Gedanke gekommen, daß sie sagte, er hätte es nicht erraten, obwohl er ganz nah dran war, ja vielleicht sogar, wenn er das richtige Codewort genannt hatte. Möglicherweise war es auch nicht das Codewort selbst, sondern die besondere Betonung, ein bestimmter Akzent oder irgendein anderer Faktor, der auf den ersten Blick überhaupt nichts damit zu tun hatte. Und außerdem war ihm natürlich klar, daß es von Zeit zu Zeit geändert werden mußte. Manchmal wußte er nicht einmal mehr, warum er es immer wieder versuchte, außer daß es inzwischen zu einer Herausforderung und Gewohnheit geworden war.

Ihm war auch klar, daß es eine nicht allzu komplizierte Möglichkeit geben mußte, das Codewort herauszubekommen. Offenbar kannten es bestimmte Leute im Kaufhaus, unter anderem die Telefonistinnen. Es müßte machbar sein, eine von ihnen zu bezirzen oder zu verführen, so daß sie ihm das Wort verriet, aber bisher hatten weder sein Charme noch seine Verführungskünste zum Erfolg geführt. Außerdem mußte es Computerdateien und diverse geheime Notizen geben, in denen sich die von ihm benötigten Daten befanden. Wenn er nur dieses Codewort rauskriegen würde, dann könnte er den falschen Bombenalarm durchziehen, dann könnte er… na ja, zumindest könnte er einer Menge Leute ganz schön einheizen.

Anton Heath schien es, als wäre es die erste Pflicht eines aufstrebenden Terroristen, Gott aus dem Spiel zu lassen. Wenn Gott außen vor war, gab es keinen Tag des jüngsten Gerichts mehr, keine höchste Autorität. Demzufolge war jedwede Handlung pragmatisch, nur für den Moment wichtig, nur im Hier und Jetzt von Bedeutung, Wenn eine gut plazierte Bombe auf einem Spielplatz das gesetzte Ziel erreichte, war das positiv zu werten. Wenn keine höchste Autorität existierte, gab es auch keine letztgültige Moral. Die Menschen mochten den Bombenleger ächten, sich sogar an ihm rächen, aber in Abwesenheit ewiger Verdammung, was konnten sie mehr tun, als ihn töten? Und ohne Gott hatte der Tod keinerlei Bedeutung.

Ohne Gott war es leicht, vielleicht zu leicht, aber Anton hatte sich noch nicht von Gott gelöst. Er hatte sich noch nicht ganz vom Glauben an den Tag des Jüngsten Gerichts befreit. Er dachte, möglicherweise stünde ihm der Tag wohl noch bevor, an dem Gott ihm dieselbe Frage stellte, die auch sein Vater immer wieder gestellt hatte: »Was glaubst du eigentlich, was du da tust?« Das bot viel Raum für Tapferkeit, wenn er auch im Umgang mit seinem Vater nicht viel davon an den Tag gelegt hatte. Manch arme Seele hätte sich wohl an Gott gewandt und gesagt: »Hau ab. Ich bin dir keine Erklärung schuldig. Was ich getan hab, hab ich getan. Ich bin, wie ich bin.« Wenn Gott ihn dann zu ewiger Verdammnis verurteilte, würde er die Achseln zucken und sagen, »Okay, gib Dein Schlechtestes.«

Anton hegte die Befürchtung, daß er keine dieser mutigen Seelen in sich trug. Zumindest noch nicht. Und derzeit hatte er auch noch einen weiten Weg bis zur Verdammnis vor sich. Die Sache mit den falschen Bombenmeldungen war schon der Gipfel seiner Boshaftigkeit. Außerdem hatte er noch ein paarmal Feueralarm ausgelöst, Derek Snell mit mehreren beleidigenden und obszönen Anrufen behelligt, und dann war da noch das allgemeine zwanglose Chaos, das er gemeinsam mit den anderen Möbelträgern verursachte. Das war nicht viel, aber er glaubte und hoffte, daß sein Tag kommen würde. Er hatte große Ziele. Er wollte es zu etwas bringen.

Als er von der Lebensmittelabteilung zur Möbelabteilung ging, versuchte er, nicht auf die Muzak zu achten, die aus den winzigen, irgendwo über seinem Kopf direkt in der Bausubstanz verborgenen Lautsprechern in den Raum drang. Er wußte, wozu das gut war. Angeblich verbreitete sie Wärme und Flair, ihr Rhythmus würde sogar die Verkehrsströme im Kaufhaus und die Schritte von Kunden und Verkäufern beschleunigen, aber er wußte, daß sie weitaus hinterhältigere Botschaften enthielt: Zum einen forderte sie zum Kaufen auf, bat die Kunden aber nicht nett und freundlich, sondern lockte, bestürmte und drangsalierte sie. Deshalb kamen Menschen nach Hause, und ihre Frauen oder Männer fragten sie, wie um Himmels willen sie denn plötzlich auf die Idee gekommen wären, ein farblich abgestimmtes Sortiment Kleiderbügel, Schuhspanner und Hosenspanner zu kaufen. Und sie wußten nicht warum!! Man hatte sie einer Gehirnwäsche unterzogen, ihre Begierde geweckt und zum Konsumieren verleitet. Dieser Gedanke machte Anton krank vor Wut.

Dann gab es noch andere Botschaften, die die Kunden hungrig und durstig machten, damit sie mehr Geld in den Restaurants und Snack Bars ausgaben. Und es gab Botschaften, die sie vom Ladendiebstahl abhalten sollten. Diese Botschaften wirkten auch auf das Personal. Die Angestellten sollten gelassen und gefügig gemacht werden, damit sie leichter beeinflußbar waren. Er fragte sich, wie er an die Muzak herankommen und sie mit seinen eigenen Botschaften versetzen könnte; Botschaften, die das Personal zur Rebellion, zum Stehlen und zur Zerstörung auffordern würden, es dazu bringen würden, in diesen verseuchten Hainen des Konsums zu randalieren.

Natürlich arbeiteten er und die anderen Möbelträger fleißig daran, die dauernde Gehirnwäsche zu mißachten, und wie es aussah, gelang ihnen das auch ganz gut. Aber das war schwer zu beurteilen. Gut, sie hatten ein paar kleine anarchistische Sammelbecken gebildet, aber wenn die Muzak nicht wäre, hätten sie vielleicht schon ein totales Chaos erzeugt. Die anderen Möbelträger waren tadellos solidarisch, aber da war noch das Problem mit diesem neuen Burschen, diesem Charlie Mayhew. Er war jetzt schon eine ganze Weile bei ihnen und machte längst nicht so gute Fortschritte, wie Anton sich das vorgestellt hatte, und er dachte, dagegen müsse er etwas unternehmen.

»Hey, Charlie«, sagte Anton, »wenn du eine Bombe legen müßtest, mit der du dieses Land in die Knie zwingen wolltest, wo würdest du das machen?«

»Ich würde keine Bombe legen, Anton, echt nicht.«

»Ach komm, Charlie, nimm das nicht so ernst. Wir diskutieren das doch nur rein theoretisch. Das ist politisches Rollenspiel. Mach schon. Du willst doch Künstler sein. Laß deiner Phantasie freien Lauf.«

Charlie versuchte sich etwas zu überlegen, war sich aber nicht sicher, wie seine Aufgabe genau lautete. Er wußte einfach nicht, was Anton von ihm wollte, und kam zu keinem Ergebnis.

»Tut mir leid«, sagte er.

»Na gut«, sagte Anton, als hätte er einen begriffsstutzigen Vierjährigen vor sich, »versuchen wir's anders. Ich nenne dir ein oder zwei potentielle Ziele für Terroranschläge, und du sagst mir, was du von ihnen hältst.«

»Okay«, sagte Charlie mit erheblichem Mißbehagen.

»Wie wäre es mit den Houses of Parliament?« fragte Anton.

»Ich glaube, das gab's schon«, sagte Charlie. »Guy Fawkes.«

»Gut«, sagte Anton. »Du kennst dich aus in Geschichte. Und was ist mit dem Buckingham Palace?«

»Also, ja, ich denke, der ist das Hauptangriffsziel für Terroristen«, sagte Charlie. »Aber ich nehme an, daß er ziemlich gut bewacht ist.«

»Aber meinst du nicht, daß es, wenn du ein oder zwei Mitglieder der Royal Family in die Luft jagst, zu einem gewaltigen Ausbruch promonarchistischer Stimmungen in der Bevölkerung kommen könnte, die das ganze Anliegen um Jahrzehnte zurückwerfen würden?«

»Ich kenne das Anliegen nicht«, sagte Charlie.

Anton ignorierte dies und fuhr fort: »Was ist mit dem Old Bailey? Oder mit Scotland Yard?«

Charlie stimmte zu, daß es sich dabei um Einrichtungen handelte, die Terroristen wohl gerne sprengen würden, obwohl, wie Anton selbst ja schon angedeutet hatte, man dabei nicht abschließend beurteilen könnte, ob die Zerstörung dieser Institutionen das Land unbedingt in die Knie zwingen würde. Antons weitere Vorschläge lauteten: ein Wimpy-Hamburger-Restaurant, die baltische Börse, Rekrutierungsbüros der Army, Harrods und schließlich Haden Brothers.

»Nein, nicht Haden Brothers«, protestierte Charlie, obwohl ihm ziemlich unklar war, wogegen er eigentlich protestierte und was ihn das überhaupt anging. »Nicht Haden Brothers. So langsam gefällt's mir hier.«

»Natürlich gefällt's dir hier«, höhnte Anton. »Dich hat's erwischt, hineingesogen, nicht wahr? Du gehörst zum Establishment.«

Charlie gelang es nicht, sich als Teil irgendeines Establishments zu sehen. Mitglieder des Establishments arbeiteten gewiß nicht als Möbelträger in Kaufhäusern oder schliefen bei Freunden auf dem Sofa.

»Okay«, sagte Anton. »Du bist dran. Dein Versuch.«

»Oh, okay«, sagte Charlie. »Eton College.«

»Eton sprengen?« sagte Anton ungläubig. »Du willst die altehrwürdige Schule in die Luft sprengen? Ach komm, Charlie, jetzt gehst du aber wirklich zu weit.«

17

Herrenausstatter

»Du starrst mich an, Arnold«, sagt Vita.

Sie sitzt immer noch im weißen Ledersessel. Die Weinflasche ist leer, aber der Alkohol hat ihnen weder genützt noch geschadet.

»Tut mir leid«, sagt er, eifrig bemüht, sie auf keinen Fall zu kränken.

»Ist schon in Ordnung. Stört mich nicht«, sagt sie. »Ich habe mich nur gefragt, warum du das machst. Ist das Schwärmerei? Oder damit du mich bei der Polizei besser beschreiben kannst?«

»Wenn du uns beide in Fetzen reißt, gibt es nichts mehr zu beschreiben.«

»Das ist wahr«, sagt sie zynisch, ihre Gedanken sind aber plötzlich mit etwas ganz anderem beschäftigt. »Weißt du, ich konnte meinen Job bei Haden Brothers nicht ausstehen. Ich habe ihn richtig gehaßt.«

»Tut mir leid«, sagt Arnold Haden noch einmal. »Das hat man dir aber nicht angemerkt.«

»Ich bin eine hübsche kleine Heuchlerin, nicht wahr?«

»Ja, das bist du.«

»Und die Angestellten habe ich auch gehaßt«, sagt sie. »Das ist ein Haufen arbeitsscheuer, habgieriger Schmarotzer.«

Arnold Haden hat sein Personal immer für eine lästige und

unerquickliche Bagage gehalten, möchte aber nicht alle in Bausch und Bogen verdammen. Er sagt nichts.

Vita sagt: »Manche Leute leben, um zu arbeiten, andere arbeiten, um zu leben. Bei Haden Brothers gibt es fast nur Menschen, die leben, um nicht zu arbeiten. Du glaubst gar nicht, wieviel kreative Energie bei Haden Brothers darauf verschwendet wird, sich vor der Arbeit zu drücken. Du kannst dir nicht vorstellen, welche Befriedigung deine Angestellten aus jedem Beschiß und jeder kleinen Betrügerei ziehen.«

»O doch, ich denke, das kann ich«, sagt Arnold Haden.

Ja, vielleicht kann er das. Vita erkennt, daß Arnold Haden die menschliche Natur trotz seiner Isolation nicht ganz fremd ist.

»Jede ausgedehnte Kaffeepause«, sagt sie, »jeder Besuch im Lohnbüro, jeder krankgefeierte Tag, jeder Zahnarzttermin bereitet ihnen geradezu grenzenlose Freude.«

»Ich wollte meinen Angestellten nie die Freude verwehren.«

»Und die Kunden habe ich auch gehaßt«, fährt Vita fort. »Ich habe die gehaßt, die reingekommen sind und gesagt haben, sie wüßten nicht, wonach sie suchen, aber wenn sie es sähen, würde es ihnen schon klarwerden. Also, das finde ich absolut blöde. Und am schlimmsten ist es in den Konfektionsabteilungen. Da kommt eine Frau rein, probiert ein Kleid an, und dann sagt sie, ›Es gefällt mir, aber das bin nicht ich.‹ Ich wollte sie immer anschreien: ›Natürlich sind das nicht *Sie*. Das ist ein verdammtes Kleid.‹ Aber zu deiner Beruhigung kann ich dir mitteilen, daß ich deine Kunden nicht angeschrien habe, Arnold.«

»Das freut mich«, sagt er.

»Und ich habe das Gebäude gehaßt. Ich fand es bedrückend und pompös und gleichzeitig albern und trivial. Ich habe den Mann gehaßt, der es gebaut hat; wie hieß der noch, Zander?«

»Es klingt, als hättest du fast alles gehaßt.«

»Alles und noch mehr«, sagt Vita. »Aber du solltest nicht denken, das wäre der Grund dafür, daß ich dich umbringe.«

»Uns beide umbringst«, korrigiert er.

Sie räumt lächelnd ein, einen Fehler gemacht zu haben.

»Sag mal, Arnold, was würde deiner Meinung nach passieren, wenn Terroristen mit einer Bombe ein Loch in die Außenwand von Haden Brothers sprengen würden?«

»Nun ja, die Sicherheitskräfte würden alarmiert werden und …«

»Nein, das meine ich nicht. Mich interessiert die Reaktion der Öffentlichkeit. Natürlich herrscht erst einmal helle Aufregung, vielleicht bricht sogar Panik aus, aber dann ist ein großes Loch in der Außenwand des Kaufhauses. Laufen die Kunden schreiend weg? Oder laufen sie ins Kaufhaus und fangen an zu plündern?«

»Wahrscheinlich würden sie nicht hineinlaufen«, sagt Arnold. »Sie hätten Angst, daß im Haus noch eine Bombe sein könnte.«

»Richtig, Arnold. Für ein paar Konsumartikel würden sie nicht ihre Haut riskieren. Aber ist das der einzige Grund? Meinst du nicht, daß sie einfach der Ansicht wären, daß Plündern nicht rechtens ist?«

»Einige schon, aber die Angst, von einer zweiten Bombe in Stücke gerissen zu werden, hätte einen weit größeren Abschreckungseffekt. Und natürlich hängt viel davon ab, ob sie davon ausgehen, daß man sie dabei erwischen würde.«

»Okay, Arnold. Und was würde deiner Ansicht nach passieren, wenn die Türen von Haden Brothers zufällig eine Nacht lang nicht abgeschlossen wären?«

»Wie meinst du das?«

»Die Angestellten gehen abends nach Hause, und der Sicherheitsdienst vergißt einfach abzuschließen, so daß die Türen offenbleiben würden und jeder einfach reinmarschieren, sich etwas aussuchen und es mitnehmen könnte.«

»Wer sollte wissen, daß die Türen offen sind?«

»Jeder, der vorbeikommt. Wenn du willst, kannst du ein Schild ins Fenster hängen, auf dem steht: ›Kommen Sie herein und nehmen Sie, was Sie brauchen.‹«

»Das ist lächerlich«, sagt er.

»Na mach schon, Arnold, komm mir ein wenig entgegen. Würden die Menschen mit derselben Begeisterung bei Haden Brothers einkaufen, wenn sie nicht für die Waren bezahlen müßten?«

»Weiß ich nicht«, sagt Arnold. »Weiß ich wirklich nicht.«

»Und ich dachte, du wüßtest alles.«

»Das habe ich nie behauptet.«

»Als ich klein war«, sagt Vita, »habe ich an den Weihnachtsmann geglaubt, und er ist jedes Jahr gekommen und hat mir einen Haufen Geschenke gebracht. Aber ich habe mich nie darum gekümmert. Ich habe sie einfach herumgeschmissen, zerbrochen, eins mit dem anderen kaputtgehauen. Und als meine Mutter mich gefragt hat, warum ich das mache, hatte ich eine gute Antwort parat. Ich habe gesagt, daß diese Spielsachen egal sind; sie waren einfach nur Kram, den ich vom Weihnachtsmann umsonst gekriegt hatte.

Später habe ich natürlich gemerkt, daß es den Weihnachtsmann nicht gibt, sondern meine Mutter das alles gekauft hatte. Ich habe mich furchtbar geschämt. Sie hatte schwer gearbeitet, um mir das zu kaufen, was ich mir gewünscht habe. Das meiste war übrigens von Haden Brothers.«

Arnold Haden bereitet die Vorstellung von Vita Carlisle als

Kind eine gewisse Freude. Er hätte sie gerne getröstet, ihr Dinge erklärt.

»Und was wäre *nach* der Bombe?« fragt sie. »Was würde dann passieren? Würden die heute aufhören, zu Haden Brothers zu kommen?«

»Einige natürlich schon«, sagt Arnold Haden. »Aber ich glaube, die meisten würden weiterhin hier einkaufen. Sie würden wiederkommen, um zu zeigen, daß sie keine Angst haben. Diesen Triumph würden sie den Bombenlegern nicht gönnen.«

»Und was ist, wenn der letzte lebende Haden Brother von einer unzufriedenen Angestellten in Fetzen gerissen wird?«

Arnold Haden überlegt nur einen winzigen Augenblick und sagt dann: »Ich glaube, das wäre der beste Werbecoup, den ein Kaufhaus je gelandet hat.«

18

Künstlerbedarf

ANTON HEATH: Dies ist eine wahre Geschichte. Wir haben den ersten Schlußverkaufstag bei Haden Brothers, okay? Es wurden jede Menge Aushilfskräfte angefordert, also tauchen überall im Laden neue Gesichter auf, und in allen Abteilungen werden Extrakassen aufgestellt, damit die Schlangen nicht zu lang werden.

Der Laden öffnet also, und in der Porzellanabteilung kommt ein Lieferant mit einer Kasse an und fragt, wo er sie hinstellen soll. Der Einkäufer sagt, er weiß nichts von einer zusätzlichen Kasse, und der Lieferant meint, das wäre ja mal wieder typisch, aber die oben hätten ihm gesagt, er soll die Kasse herbringen, und jetzt hätte er sie schon drei Stockwerke hochgeschleppt, und es käme überhaupt nicht in Frage, daß er sie wieder runterträgt.

Sie behalten die Kasse also, und weil sie schon mal da ist, benutzen sie sie auch und bongen den ganzen Tag lang Verkäufe ein, nehmen das Geld und legen es in die Kasse. Und dann, gegen vier Uhr nachmittags, kommt der Lieferant wieder und sagt, die von oben hätten ihm falsche Anweisungen gegeben. Die Kasse sollte in die Küchengeräteabteilung. Er nimmt also die Kasse mit dem ganzen Geld drin, geht damit aus dem Kaufhaus, stellt sie in seinen Lieferwagen und fährt nach Hause.

Er hat natürlich nicht bei Haden Brothers gearbeitet. Das war seine eigene Kasse. Er hat sich nie wieder blicken lassen. Brillant. Der Mann war ein Genie. Heutzutage geht so was nicht mehr. Dieser Lieferant war einer der letzten Vertreter einer sterbenden Kunst.

Die Zeit verging. Charlie hatte sich eingearbeitet. Er wußte, welche Abteilungsleiter, Verkäufer und Büroangestellten angenehme Zeitgenossen waren und welche einem völlig auf den Sack gingen. Es gab nur sehr wenige dazwischen. Charlie hatte zwar keine Freundschaften geschlossen, aber ein paar Leute gefunden, mit denen er sich ein wenig unterhalten und so ein paar freie Minuten vertreiben konnte. Er hatte auch Gefallen an der einen oder anderen Frau gefunden, ohne daß dies jedoch praktische Folgen nach sich gezogen hätte. Er hatte auch nicht ernsthaft daran gedacht, sich mit einer der Frauen zu verabreden. Erstens waren das alles Büroangestellte oder Beraterinnen von Möbelfirmen. Er wußte, daß sie niemals mit einem Hilfsmöbelträger ausgehen würden, und war geschockt, in welchem Maße er sich schon über seine berufliche Stellung definierte. Aber keine Frau gefiel ihm so gut wie Vita, die er allerdings seit seinem ersten Arbeitstag nicht mehr gesehen hatte. Das war enttäuschend, aber kaum überraschend. Bei den Dimensionen von Haden Brothers konnte es ewig dauern, bis sie sich wieder begegneten. Aber er war auf diesen Moment vorbereitet. Er trug ihren Füller – den Parker Presidential International – immer bei sich, war also jederzeit in der Lage, ihn zurückzugeben. Zweifelsohne würde sie ihm danken. Vielleicht würde sie ihre Dankbarkeit sogar zeigen wollen. Das änderte jedoch nichts an der Tatsache, daß Charlie Möbelträger war und sie kein Interesse an ihm haben würde.

Charlie hatte inzwischen begriffen, wie wenig Arbeit eigentlich von ihm verlangt wurde. Die Geschäftsführung schien keine Ahnung zu haben, daß die ganze Möbelträger-Gang nur zeitweilig arbeitete. Eine halb so große Gruppe wäre den ganzen Tag beschäftigt und, zumindest was Charlie betraf, erheblich weniger der Langeweile ausgesetzt gewesen. Aber die Arbeit wurde erledigt, niemand beschwerte sich, Haden Brothers prosperierte, und warum sollte er da Unruhe stiften?

Es machte ihm Freude, mit einem Stück Papier in der Hand durchs Kaufhaus zu laufen. Er wußte, daß es ein alter Trick war, aber er funktionierte noch immer. Von Anfang an hatte er immer wieder mit unleserlichen Lieferscheinen oder Bestellformularen zu kämpfen gehabt, und oft genug mußte er das fragliche Dokument zu der Verkäuferin zurückbringen, die es geschrieben hatte, um zu fragen, was darauf stand. Manchmal war die Verkäuferin mit einem Kunden beschäftigt oder machte gerade Pause, so daß Charlie lange warten mußte. Wenn ihn jemand fragte, was er wolle, wedelte er mit dem unleserlichen Lieferschein oder dem Bestellformular hin und her, und schon war alles klar. Aber er wurde fast nie gefragt. Meist sahen sie den offiziell aussehenden Zettel in seiner Hand und gingen davon aus, daß er ordnungsgemäß seiner Arbeit nachging.

Es dauerte nicht lange, bis er erkannte, daß so ein offiziell aussehender Zettel ein Paß zur Erkundung des gesamten Kaufhauses war. Er nahm sich einfach ein Bestellformular und ging damit durch die Stockwerke, schlug Zeit tot, indem er sich Waren ansah und wie ein Kunde durchs ganze Kaufhaus bummelte.

Auf diesen Wanderungen versuchte er über Kunst nachzudenken. Er stellte fest, daß er von Sprache umgeben war;

Schilder zeigten den Kunden Richtungen an, gaben Hinweise und Informationen. Manche zeugten schlicht von Analphabetismus. Es wimmelte nur so vor Apostrophen, und die Begriffe wurden entweder gnadenlos zusammengeschustert oder durch unzählige Bindestriche zerstückelt. So gab es Herrenfreizeitoberbekleidung, Lauras-Welt-der-Mode und Kinder-und-Jugend-Sportmoden. Man fand merkwürdige, kaufhauseigene Begriffe, schamhafte Umschreibungen wie ›Damenwäsche‹; offenbar durfte nicht schriftlich kundgetan werden, daß es sich um Unterwäsche und Dessous handelte, was den Schluß nahelegte, Frauen würden hier ähnlich wie in einer Waschanlage vom Schmutz befreit.

Große, surrealistisch anmutende Tafeln proklamierten in grellen Farben eine HOSEN-AKTION oder QUALITÄTS-HEMDEN, als könnte ein Objekt eine Aktion sein oder überhaupt keine Qualitäten haben.

Aber sein liebster Sprachfund war ein Schild neben der Garderobe in der Arche-Noah-Weinstube, auf dem nur stand: DIE GESCHÄFTSLEITUNG ÜBERNIMMT KEINE HAFTUNG.

Ihm kam der Gedanke, daß man Haden Brothers als eine Serie von Ready-mades im Stil von Duchamps ansehen konnte. Auch eine Auswahl zu treffen, konnte Kunst sein. Er brauchte sich nur ein Objekt auszusuchen, seine Unterschrift draufzusetzen, und schon hätte er einen künstlerischen Schöpfungsakt vollbracht. Er überlegte, ob er Vitas Füller nehmen und einen Toilettenartikel oder eine Packung Haushaltsgüter, zum Beispiel ein paar Ako-pads, unterschreiben sollte. Er wurde allerdings den Verdacht nicht los, daß das schon einmal gemacht worden war.

Aber nicht nur eine Auswahl, auch die Kombination unterschiedlicher Elemente konnte Kunst sein. Er fragte sich, ob er nicht als Aktionskünstler reüssieren könnte. Wenn er eine

Makrele aus der Fischabteilung holte und in eine vorn offene Damensandale legte, sagte das dann etwas über Fußfetischismus aus? Wenn er einen sorgfältig aufgestapelten Haufen Kopftücher mit ›Indianer-Muster‹ umstieß, war das dann ein Kommentar über den katastrophalen Einfluß des Imperialismus? Er wußte es nicht so recht.

Er wußte jedoch genau, daß Haden Brothers eine fantastische Umgebung für eine großangelegte Performance abgeben würde. Er konnte sich ohne weiteres vorstellen, daß sechzehn Putzfrauen in der Musikalienabteilung Flohwalzer in die Klaviere hämmerten. Zwischen den Brautkleidern könnte man Fruchtbarkeitstänze aufführen, Dutzende Diskjockeys könnten in der Hi-Fi-Abteilung Musik auflegen, jeder mit seiner eigenen Anlage, um so eine kakophonische Geräuschkulisse zu erzeugen. Die Taschenbuchabteilung wäre ein geeigneter Ort für Bücherverbrennungen, das Eiscafé für Feuerschlucker, die Metzgerei für Schlachtrituale mit Blut und Gedärmen, und praktisch überall könnte man Orgien feiern, bei denen nackte Frauen und Männer Edward Zanders wundervoll geschwungene Freitreppen herunterkämen.

Die Extravaganz und Skurrilität des Gebäudes steigerten den Genuß, den Charlie bei seinen Wanderungen empfand. Anfangs interessierte er sich nur für die großen Strukturen wie die Reihen aus verschiedenen Säulen, die Marmorfußböden, den Lichteinfall durch abstrakte Buntglasfenster oder die Anordnung von Spiegelwänden zur Erzeugung vermeintlicher Nischen und Erker. Aber in zunehmendem Maße faszinierten ihn auch die Details: in Holztäfelungen geschnitzte Fratzen und afrikanische Masken, schmiedeeiserne Torbögen mit Swastiken und Pentagrammen, Kreuzblumen in Treppenhäusern, die auf den ersten Blick wie schlichte Kugeln aussahen, sich bei näherem Hinsehen aber als herrlich gearbeitete Globen entpuppten. Es war ein fantastischer Abenteuerspielplatz und schrie förmlich danach, Kulisse für großes, überladenes Theater zu werden.

Charlie stellte sich vor, wie ein Stamm Buschmänner aus einer ganz andersartigen Kultur im Kaufhaus Amok lief. Vielleicht fänden sie die Verkaufsobjekte interessant und begehrenswert, ohne jedoch ihre Bedeutung zu kennen. Sie würden nicht verstehen, wozu sie gut wären. Eine Handtasche könnte als Hut, eine Spode-Suppenterrine als Nachttopf benutzt werden. Silberne Messer und Gabeln würden zu Trommelschlegeln. Sie würden die Kultur mißverstehen und umdeuten.

Dann sah er sich die tatsächlichen Kunden von Haden Brothers an und fragte sich, ob sie nicht möglicherweise alle nur verkleidete Buschmänner und -frauen waren. Er fragte sich, ob die Fassade aus Höflichkeit und guten Manieren nicht urplötzlich verschwinden könnte und wie schnell ihre Wünsche und Bedürfnisse die darunterliegende ungezähmte Wildheit wieder hervorbrechen lassen würden. Wenn es soweit war, wollte er dabei sein.

19

Reklamationen

Ein einsamer Kunde ging zum Haupt-Informationsschalter im Erdgeschoß von Haden Brothers und sagte stockend und ohne jedes Zeichen von Unmut: »Ich habe eine Beschwerde.« Er wirkte etwas in sich gekehrt, hatte ein paar graue Strähnen im Haar und war anständig, wenn auch nicht vornehm, in Brauntöne gekleidet. Unterm Arm trug er eine Haden-Brothers-Tüte mit einem kürzlich gekauften Fotoapparat und der zugehörigen Verpackung.

»Eine Beschwerde?« sagte die Angestellte am Schalter mit bestürzter Stimme. »Das ist außerordentlich bedauerlich, mein Herr. Wenn Sie mir bitte folgen wollen.«

»Es ist bloß …«

Pflichtgetreu und ehrerbietig führte die Angestellte den Kunden vom Schalter aus den Verkaufsräumen in einen Korridor, dessen Wände und Boden mit lachsfarbenem Plüsch ausgekleidet waren. Er war in dezentes Licht getaucht, von dem man nicht genau sagen konnte, woher es kam. Der Gesamteindruck war etwa derselbe, als schlösse man bei starkem Sonnenlicht die Augenlider. Obwohl man den Korridor also als mutterleibartig und beruhigend beschreiben könnte, hatte er auf den Kunden offenbar nicht diese Wirkung. Der schien verwirrt und verunsichert zu sein, und das verstärkte sich noch, als er bemerkte, daß die Angestellte vom Informationsschalter verschwunden und durch eine andere ersetzt worden war.

»Herzlich willkommen. Mein Name ist Vita Carlisle. Könnten Sie mir bitte den Grund Ihrer Beschwerde nennen«, sagte sie sanft. »Darf ich Ihnen Ihre Tasche abnehmen? Und die Jacke?«

Sie war höflich und sprach in freundlichem, aber bestimmtem Ton, der keinen Widerspruch zuließ. Willenlos ließ er sich Tasche und Jacke abnehmen, und als sie diese in der Hand hatte, ging sie schnellen Schrittes voraus.

»Das Wort Beschwerde hören wir gar nicht gern«, sagte sie temperamentvoll und ging voraus, ohne auf eine Antwort zu warten.

Er mußte sich beeilen, um nicht den Anschluß zu verlieren, als er ihr ein paar Treppen hinauf folgte, und war ziemlich außer Atem, als sie endlich vor einem großen, im maurischen Stil verzierten Tor stehenblieb. Es war mit einem schweren, blutroten Brokatvorhang verschlossen. Vita Carlisle forderte den Kunden durch Gesten auf, ihr zu folgen, und verschwand hinter dem Vorhang. Er verfing sich in den schweren Stoffbahnen, kämpfte sich aber schließlich hindurch.

»Nehmen Sie Platz, und machen Sie es sich bequem«, sagte Vita. »Lockern Sie die Krawatte, und ziehen Sie Ihre Schuhe aus.«

Er wollte sich zwar kooperativ zeigen, war aber viel zu verzaubert von dem Raum, in dem er sich befand. Der Karpfenteich war zweifellos das beeindruckendste und hervorstechendste Merkmal, aber er hatte auch nicht mit Perserteppichen gerechnet, mit Zierspringbrunnen, mit Nymphensittichen auf ihren Sitzstangen, mit juwelenbesetzten Spiegeln, Tischen und einem Kamin, und nicht mit kunstvoll verzierten goldenen Couches. Zu einer von diesen wurde er jetzt geführt. Eine angemessen förmliche Haltung konnte man darauf nicht einnehmen, also blieb ihm keine Wahl, als sich wie ein römischer Held zurückzulehnen.

Es war warm im Raum, und die Krawatte zu lockern klang nach einem vernünftigen Vorschlag. Die Schuhe hätte er lieber anbehalten, aber da Vita schon einmal dabei war, zog sie ihm die auch noch aus. Im gleichen Moment berührte etwas Weiches und Kühles seine Schläfen. Als er sich umdrehte, sah er am Kopfende eine Frau in einer Art weißer Tunika oder vielleicht sogar einer Toga. Sie lächelte ihn liebenswürdig an und begann ihm mit zarten Händen Kopf und Nacken zu massieren. Das war ohne Zweifel angenehm, lenkte aber seiner Auffassung nach doch etwas vom Grund seines Hierseins ab und hatte wenig mit seiner Beschwerde zu tun.

Im Hintergrund lief leise Musik: »Solitaire« – eines seiner Lieblingslieder – auf einer Harfe gespielt. Dann reichte Vita ihm ein Getränk in einem Steingutpokal, und er konnte sich nicht erinnern, jemals so etwas getrunken zu haben: Es war eine Art Kräutertee, gleichzeitig lieblich und würzig, pikant und honigsüß. Als die Flüssigkeit durch seine Kehle rann, verfloß gleichermaßen sein Mißbehagen. Die Musik schwoll etwas an, das Licht im Raum wurde etwas schummriger. Das Plätschern des Springbrunnens war angenehm, und die Couch war bequemer als jedes Bett, in dem er je gelegen hatte. Er wußte, daß Haden Brothers sich sehr um seine Kunden bemühte, aber das war wirklich außergewöhnlich. An seinen Füßen rieb sich plötzlich liebevoll eine Katze, die jemand ins Zimmer gelassen haben mußte.

Er schloß für einen Moment die Augen und mußte wohl gerade eingenickt sein, als ihn plötzlich eine Stimme aufschreckte.

»Was haben wir denn für Sorgen?« fragte der Mann.

»Oh, gar keine. Alles in bester Ordnung«, sagte der Kunde.

»Hatten Sie nicht Probleme mit einem Gerät, das Sie bei Haden Brothers gekauft haben?«

Der Fragesteller war Derek Snell. Sein Anzug war längst nicht so edel und elegant wie seine Umgebung, aber er tat sein Bestes, um herzlich und zuvorkommend zu klingen.

»Ach, das«, sagte der Kunde. »Also, ja, das ist jetzt etwas dumm.«

»Das lassen Sie uns doch bitte beurteilen«, sagte Snell verbindlich. »Ist einer unserer Mitarbeiter Ihnen vielleicht nicht mit dem gebührenden Respekt begegnet? Nennen Sie uns den Namen des Übeltäters, und die Abteilung wird die entsprechenden Schritte einleiten.«

»Der Service war einwandfrei.«

»Dann die Waren? Gab es Qualitätsmängel? Unsere Kontrollen sind extrem streng, aber in Ausnahmefällen rutscht doch mal ein minderwertiger Artikel durch. Ich kann Ihnen versichern, daß wir dem Hersteller in solchen Fällen eine scharfe Rüge erteilen.«

Während dieses Gesprächs stand Vita neben Snell und schien an seinen Lippen zu hängen. Das lag nicht etwa daran, daß sie ihn bewunderte, vielmehr wurde sie in der Reklamationsabteilung angelernt oder zumindest getestet. Derek Snell meinte, mit ihrer Veranlagung könnte sie es hier weit bringen.

»Wir möchten, daß Sie sich bei uns wohl fühlen«, sagte Derek Snell. »Nur so können auch wir uns wohl fühlen.«

»Fühlen Sie sich wohl?« fragte Vita.

»Also, ich fühle mich zumindest schon sehr viel besser.«

»Natürlich fühlen Sie sich besser«, sagte Snell. »Jetzt erzählen Sie uns, was schiefgegangen ist. Keine falsche Bescheidenheit. Wir kriegen das schon hin.«

»Es geht um den Fotoapparat, den ich bei Ihnen gekauft habe«, sagte der Kunde.

Er schaute nach seiner Tüte. Vita, die sie für ihn getragen hatte, merkte, wie nervös er war, und streckte sie ihm entgegen. Da er keine Anstalten machte, sie an sich zu nehmen, schnappte Snell sich die Tüte und packte den Inhalt aus. Er warf die Verpackung auf den Fußboden und hielt sich den Fotoapparat vors Gesicht. Versehentlich ging der Blitz los, der Elektromotor spulte hörbar vor und zeigte so an, daß gerade ein Foto vom jetzt geblendeten Kunden gemacht worden war.

»Scheint zu funktionieren«, sagte Snell. »Was stimmt nicht damit?«

»Oh, der Fotoapparat ist absolut in Ordnung«, sagte der Kunde. »Das Problem ist, daß ich neuerdings dieses eigenartige Hautleiden an den Händen habe und den Apparat nicht mehr richtig halten kann.«

»Aber Sie sagten doch, Sie hätten eine Beschwerde.«

»Ja, habe ich doch auch. Dieses eigenartige Hautleiden an den Händen.«

Snell stand stocksteif da. Die Hintergrundmusik erstarb, und der Springbrunnen hörte auf zu plätschern. Die Nymphensittiche krächzten, die Masseurin grunzte mißbilligend, und bevor er sich's versah, hatte man ihm Schuhe, Jackett und den Fotoapparat wieder in die Hand gedrückt.

»Ich wollte also bloß wissen, ob ich das Geld vielleicht zurückhaben könnte ...«, sagte er mit matter Stimme.

Sekunden später fand er sich in einem großen, überfüllten, übelriechenden Büro ohne Sitzgelegenheiten, in dem die orange Farbe von den Wänden blätterte. Um ihn herum standen zig niedergeschlagene Menschen mit leeren Gesichtern, die aussahen, als stünden sie schon seit Tagen so da. Sie hatten numerierte Marken und mehrseitige Formulare in den Händen und starrten einen Bildschirm an, auf dem offenbar in zufälliger Folge Zahlen erschienen, worauf jeweils ein oder zwei Personen zu einem kleinen Schalter schlurften und ein langes und eingehendes Kreuzverhör über sich ergehen ließen. Das war die Umtauschabteilung. Irgendwann bekamen die Kunden ihr Geld zurück, aber das Personal war geschult, dies zu einer langen und mühseligen Prozedur zu machen.

Schließlich stolperte der einsame Kunde müde, erschöpft, verstimmt und aufgebracht aus dem Büro. Er war drauf und dran, zum Informationsschalter zu gehen und zu sagen, »ich habe eine Beschwerde«, besann sich aber dann doch eines Besseren.

Derek Snell und Vita blieben allein im Raum mit den Sittichen und dem Springbrunnen zurück. Snell schien ungewöhnlich bedrückt zu sein.

»Ich fürchte, das war eine weitere bittere Episode«, sagte er. »Aber das Leben ist voller Enttäuschungen, nicht wahr?«

»Sieht wohl so aus«, stimmte Vita zu.

»Wir müssen uns unterhalten«, sagte er. »Über das, was wir schon mit Mr. Haden besprochen haben.«

»Ich dachte, dieses Thema wäre vom Tisch«, sagte sie.

»Die eine oder andere Variante mag vom Tisch sein. Das ändert aber nichts daran, daß Mr. Haden äußerst enttäuscht ist.«

»Das ist jammerschade.«

»Es ist schon in Ordnung. Mr. Haden ist das gewohnt. Er mußte im Laufe seines Lebens mehr Enttäuschungen hinnehmen als die meisten anderen Menschen. Aber ich spüre, daß Sie anders sind, Vita. Genau wie ich. Ich fürchte allerdings, ein Teil meines Jobs besteht darin, Sie noch einmal zu fragen, ob Sie Mr. Hadens Angebot nicht doch annehmen wollen. Und dabei weiß ich schon, was Sie mir antworten werden.«

»Dann brauche ich es ja nicht zu wiederholen.«

»Gut. Ich möchte Sie nur wissen lassen, daß ich Ihre Gefühle absolut respektiere. Sie sind keine von diesen Frauen, die sich von Geld, Macht und Besitz blenden lassen. Sie stehen über diesen Dingen. Ich weiß, daß Sie niemals nur deshalb mit einem Mann schlafen würden, um etwas aus ihm herauszuquetschen.«

»Nein, das würde ich nicht.«

»Aber gleichzeitig spüre ich, daß Sie keinesfalls verklemmt sind, Vita. Sie sind gesund und normal. Sie sind eine sinnliche Frau, nicht wahr?«

Vita zog eine Augenbraue hoch, sagte aber nichts.

»Sie fühlen sich gewissermaßen wohl in Ihrem Körper. Ich habe nur gerade gedacht, daß auch ich mich in Ihrem Körper wohl fühlen würde.«

Vita runzelte die Stirn.

»Das war nur ein Scherz«, sagte Snell. »Nur ein kleiner Scherz. Wahrscheinlich erwarten Sie mehr Raffinesse. Ich glaube, Sie wollen umworben werden. Lassen Sie es mich so sagen, Vita. Ich bin bereit, Sie zu umwerben.«

Vita sah ihn verstimmt an.

»Nein«, sagte sie.

Derek Snell ließ nicht locker.

»Ich halte Sie für eine sehr intelligente junge Frau, Vita«, sagte er. »Aber ich glaube, eine Frau kann auch zu intelligent sein.«

Vita ließ das einige Zeit im Raum stehen, bevor sie antwortete: »Ich bin nicht sicher, ob ich intelligent genug bin, zu verstehen, was Sie damit sagen wollen, Mr. Snell.«

Sie warf ihm ein klebrigsüßes Lächeln zu. Snell sah keinen Sinn darin, das Thema weiter zu vertiefen, und um zu zeigen, daß er nicht nachtragend war, lud er sie in die Personalkantine ein. Vita nahm die Einladung an. Die Kantine war voll, und sie quetschten sich an einen kleinen Tisch neben eine Gruppe älterer Frauen, die für die Übergrößen in der Miederwarenabteilung zuständig waren. Vita wartete auf eine Gesprächspause und sagte dann so laut, daß es die halbe Kantine hören konnte: »Sie müssen das so sehen, Mr. Snell. Wenn ich nicht bereit bin, mit Mr. Arnold Haden ins Bett zu gehen, obwohl ich Geld dafür bekommen kann, dann werde ich wohl kaum freiwillig und noch dazu gratis mit Ihnen ins Bett gehen, nicht wahr?«

20

Schnäppchenmarkt

Charlie Mayhew lungerte an einem Packtisch herum und versuchte vergeblich, hellwach auszusehen, als Anton zu ihm sagte: »Komm mit.« Charlie hatte keine Ahnung, wohin sie wollten, folgte ihm aber wortlos. Er nahm an, daß sie irgendwelchen Trödel umstellen oder, was wahrscheinlicher war, ein bißchen Zeit vertrödeln mußten.

Sie gingen in eine wenig genutzte Ecke der Möbeletage, wo Anton einen William-Morris-Wandteppich zur Seite schob, hinter dem ein alter Lastenaufzug zum Vorschein kam, den Charlie noch nie gesehen hatte. Sie stiegen ein. Anton schloß das Scherengitter und zog an einem altertümlichen Messinghebel, der die Kabine abwärts schickte. Über dem Gitter bewegte sich ein verschnörkelter goldener Zeiger auf einem Zifferblatt und zeigte an, wie weit sie schon hinuntergefahren waren. Charlie war etwas verwirrt, weil auf der Skala weit mehr Punkte waren, als Maden Brothers Etagen hatte. Anton sagte, es wäre wichtig, bis ans Ende zu fahren, aber Charlie verstand nicht, was er damit meinte.

»Also, Charlie«, sagte Anton dann, »du bist jetzt schon eine ganze Weile hier. Wie findest du es bei uns?«

Charlie hielt das zwar für eine etwas seltsame Frage, antwortete aber, daß es ihm gefiele.

»Was gefällt dir?« wollte Anton wissen. »Die Arbeit?«

»Ja, die ist gar nicht übel, stimmt's?« sagte Charlie.

»Oder die Leute?«

»Na ja, also die Leute sind auch nicht übel.«

»Wir geben uns Mühe, Charlie«, sagte Anton lakonisch. »Wir geben uns echt Mühe.«

»Das seh ich.«

»Das Problem ist, Charlie, wir waren sehr gut zu dir. Wir haben dir gezeigt, wie der Hase läuft. Wir haben dir unsere Freundschaft angeboten. Wir haben dich in unserer Mitte willkommen geheißen. Aber wir haben nicht das Gefühl, daß du einer von uns bist. Wir verspüren eine gewisse Zurückhaltung. Täuschen wir uns da?«

Charlie war klar, daß es keine Antwort gab, die Anton zufriedenstellen würde. Matt sagte er: »Ich war halt schon immer eher ein Einzelgänger.«

Der Aufzug kam ratternd und bebend zum Stehen. Anton öffnete die Tür, und vor Charlie tat sich ein großes Nichts auf, eine ägyptische Finsternis.

»Es dauert ein bißchen, bis sich die Augen an die Dunkelheit gewöhnt haben«, sagte Anton.

Charlie blinzelte ins Leere, und langsam schälte sich ein Lagerraum aus dem Dunkel, ein unterirdisches Magazin, das mindestens ebensogroß war wie die oberirdischen Stockwerke, und die im Hintergrund erkennbaren Eingänge zu Tunneln und Korridoren deuteten darauf hin, daß es sich sogar weit unter die umliegenden Straßen erstreckte. Der Raum war hoch, die Luft kühl, in der Ferne rauschte eine arg strapazierte Klimaanlage. Um sie herum standen lange Regalreihen voll verpackter Waren. Wie ein Labyrinth oder ein Spiegelkabinett erstreckten sie sich in alle Richtungen, wobei der Fluchtpunkt unglaublich weit weg war. Charlie sah nichts, was darauf hindeutete, daß hier jemand arbeitete.

»Es gibt nicht viele, die von diesem Ort wissen«, sagte Anton verschwörerisch. »Du gehörst zu den wenigen Privilegierten.«

Charlie fühlte sich nicht privilegiert.

»Was ist das hier eigentlich?« fragte er.

»Gute Frage. Es ist weder in den Grundrissen noch auf irgendwelchen anderen Plänen verzeichnet. Und in den Dokumentationen über Haden Brothers wird es auch nicht erwähnt. Die Welt weiß nicht, daß es das hier überhaupt gibt.«

»Das kapier ich nicht«, sagte Charlie.

»Na ja, ich auch nicht so ganz. Hier unten sind Lebensmittelkonserven, Getränke, Wasser und Kleidung. Hier ließe es sich verdammt lange aushalten. Wär kein übles Plätzchen für die atomare Katastrophe. Oder interessiert sich heutzutage niemand mehr dafür?«

Charlie wußte nicht, ob Anton das ernst meinte. Da er nicht wußte, was er sonst tun sollte, lächelte er. Sicher hatte dieser Ort etwas von einem Bunker oder gar einem Atombunker, aber das galt doch wohl für alle Kellergewölbe.

»Laß uns einen trinken«, sagte Anton und trat an ein Regal. Er öffnete eine Kiste, nahm eine Flasche alten französischen Wein mit teuer aussehendem Etikett heraus und öffnete sie mit dem Korkenzieher, der an einer Schnur am Regal hing. Dann ging er zu einem anderen Regal, packte ein paar neue kristallene Weingläser aus und füllte sie bis zum Rand mit Rotwein. Charlie nahm sein Glas nur zögernd.

»Findest du, daß das eine gute Idee ist?« fragte er.

»Was stört dich daran?« wollte Anton wissen. »Daß es unrecht ist oder daß man uns erwischen könnte?«

»Na ja, beides, glaube ich.«

»Siehst du, das meine ich damit, daß du keiner von uns bist,

Charlie. Zumindest noch nicht. Rauchst du Zigarre, Charlie? Nein? Hätte mich auch überrascht.«

Anton schlenderte die paar Meter zu einem Regal mit Zigarrenkisten hinüber. Sehr bedächtig suchte er eine aus und zündete sie an. Er blies eine Rauchwolke in die Luft und warf das Streichholz auf den Boden. Er leerte das Glas in einem Zug und warf es über die Schulter, so daß es an der nackten Betonwand hinter ihm zerbrach. »Davon ist noch reichlich da«, sagte er. Charlie fühlte sich noch immer unwohl und klammerte sich bedrückt an seinem Weinglas fest. Er hatte noch keinen Schluck getrunken.

»Wenn du das für Unrecht hältst«, sagte Anton, »warum tust du dann nichts dagegen?«

»Was könnte ich denn schon tun?« sagte Charlie.

»Warum versuchst du nicht, mit mir zu diskutieren? Vielleicht kannst du mich überzeugen?«

»Glaub ich nicht.«

»Oder du könntest mich melden. Warum läufst du nicht zu Derek Snell oder Ray Chalmers und erzählst ihnen von mir, oder von den ganzen anderen furchtbaren Sachen, die die Möbelträger so anstellen?«

»So was würde ich nie tun«, sagte Charlie schnell.

»Warum nicht? Recht und Moral wären ganz auf deiner Seite, oder? Und Ray Chalmers würde dir wahrscheinlich einen Orden verleihen.«

Charlie antwortete nicht. Mit seiner Moral war es nicht so weit her, und er wollte niemanden verpfeifen. Ray Chalmers hatte nicht gerade einen positiven Eindruck hinterlassen, und außerdem wollte er seine Ruhe haben. Aber irgendwie war das zu kompliziert, um es Anton zu erklären.

»Na, denn komm«, sagte Anton, »laß uns ’ne Spritztour machen.«

Charlie folgte ihm zwischen den Regalreihen hindurch, bis sie schließlich an eine Schmalspureisenbahn kamen. Die Schienen waren verrostet und nur einen knappen halben Meter auseinander, und die kleine, motorisierte »Lokomotive« kaum größer als ein Autoskooter. Anton übernahm das Steuer, während Charlie sich neben ihn auf den Beifahrersitz zwängte. Anton legte einen Schalter um, und der Wagen rumpelte vorwärts. Einmal in Bewegung, fuhr der Wagen von alleine, was auch besser war, da Anton in einer Hand die Zigarre und in der anderen die halbvolle Weinflasche hielt. Sein langes Haar wehte eindrucksvoll im Fahrtwind. Charlie hatte das Gefühl, sie wären auf einer rasenden, unterirdischen Achterbahnfahrt.

Sie schossen durch Tunnel und Korridore, zwischen Regalen hindurch, wobei sie die ganze Zeit noch beschleunigten und Anton den Reiseführer spielte. Er zeigte vage auf ein paar Kisten und sagte: »Hier sind Lebensmittelkonserven. Da drüben ist Schutzkleidung. Dort sehen Sie Waffen und Munition.« Da die Kisten verschlossen und nicht beschriftet waren, konnte Charlie nicht überprüfen, ob Anton die Wahrheit sagte. Schon vor der Expedition hatte er vermutet, daß Anton in einer paranoiden Phantasiewelt lebte. Nach Charlies Wissensstand konnten in den Kisten ebensogut Kassenrollen, Rechnungen und Formulare zur Mehrwertsteuer-Rückerstattung sein.

»Was wir jetzt brauchen«, sagte Anton unheilvoll, »ist etwas, womit wir dich dazu bringen, dich klar und eindeutig auf unsere Seite zu stellen.«

»Ich bin aber schon immer eher neutral gewesen«, protestierte Charlie.

Anton ging mit der Weinflasche wie mit einem Messer auf ihn los. »Nimm! Trink, um Himmels willen«, sagte er. Charlie trank einen kleinen Schluck. Er hoffte, das reichte, um Anton zu überzeugen, daß er auf seiner Seite war, glaubte aber nicht so recht daran.

»Wir müssen auf Nummer Sicher gehen, Charlie, und eine kleine, aber bedeutsame und eindeutige Geste von dir verlangen. Was meinst du, Charlie?«

»Ich weiß nicht.«

»Ich schon.«

Der Wagen knallte gegen einen bunt bemalten Prellbock und blieb stehen. Charlie wurde nach vorne geschleudert, war aber froh, daß die Fahrt zu Ende war. Leicht seekrank taumelte er aus dem Wagen.

Sie standen in einem großen, hohen, sechseckigen Gewölbe. Am Scheitelpunkt der Decke hing ein seltsames kugelförmiges Ding. Auf den ersten Blick sah es aus wie ein riesiger Ballon mit einem Durchmesser von fast zwei Metern oder wie ein eigenartiger, überdimensionaler Lampenschirm. Es war aber nicht transparent, sondern aus Metall, und als er es genauer betrachtete, sah Charlie, daß sich darauf eine Skizze der Erde befand. Aber es war nicht die Welt, wie wir sie kennen, sondern eine altertümliche und mythische Darstellung. Grenzen und Küsten waren viel gezackter und verschlungener als auf einem normalen Globus. Charlie sah Anton fragend an, aber offenbar hatte der auch keine Erklärung für dieses bizarre Objekt. Er zuckte nur die Achseln. Dann legte er seinen Arm um Charlie.

»Ich möchte, daß du etwas für mich tust, Charlie«, sagte Anton. »Es ist ganz einfach.«

Einen Augenblick lang dachte Charlie, daß Anton eine sexuelle Gefälligkeit von ihm verlangen würde, aber so einfach war es dann doch nicht.

»Alles, was ich von dir will, ist, daß du einen kurzen Anruf für mich machst«, erläuterte Anton. »Du rufst einfach die Telefonzentrale von Haden Brothers an und behauptest, daß im Kaufhaus eine Bombe versteckt ist.«

»Das kann ich nicht«, sagte Charlie.

»Natürlich kannst du das. Ist doch 'ne Kleinigkeit. Die kriegen dauernd solche Anrufe. Meistens ignorieren sie sie einfach.«

»Und was soll das dann?«

»Ich will das aufnehmen.«

»Was?«

»Ich habe einen kleinen Kassettenrecorder dabei und mache eine Aufnahme von deiner Bombendrohung in der Telefonzentrale von Haden Brothers. Und wenn du jemals zu dem Schluß kommen solltest, daß du nicht auf unserer Seite bist, dann spiel ich Derek Snell das Band vor und wir warten ab, was er dazu sagt.«

»Das ist völlig überflüssig«, beharrte Charlie. »Ich verpfeif euch nicht.«

»Ich behaupte ja nicht, daß du lügst, Charlie. Eigentlich neige ich sogar dazu, dir zu glauben, aber so kann ich jede eventuell doch noch vorhandene Unsicherheit beseitigen, nicht wahr?«

»Ich will das wirklich nicht.«

»Das verstehe ich, aber du *wirst* es tun, denn ich kann dir versichern, daß ich dir sonst den Teil deines Lebens, den du bei Haden Brothers verbringst, zur Hölle mache.«

Charlie wollte sich nicht herumschubsen lassen, und schon gar nicht wollte er sich erpressen lassen. Er konnte sich nicht vorstellen, daß er die Möbelträger je verpfeifen würde. Und er wollte ganz gewiß weder falsche noch echte Bombendrohungen machen. Nichtsdestoweniger hegte er keinen Zweifel, daß Anton ihm die Zeit bei Haden Brothers zur Hölle machen konnte, und was hatte er denn schon außer seiner Arbeit.

»Dabei wird doch wohl niemand verletzt, oder?« fragte er.

»Wie sollte jemand verletzt werden?« antwortete Anton. »Schließlich ist da ja keine Bombe. Sie fragen nach einem Codewort. Du sagst, was dir gerade durch den Kopf geht. Das ist natürlich nicht das richtige Codewort. Sie legen auf, und das war's dann.«

Anton führte Charlie in eine Nische, in der ein uraltes, aber funktionierendes Telefon hing. Er schaltete den Kassettenrecorder ein, wählte und reichte Charlie den Hörer.

»Haden Brothers, was kann ich für Sie tun?« sagte die Stimme in der Leitung.

»Ah, hallo. Ich rufe an, um Sie über eine Bombe bei Haden Brothers in Kenntnis zu setzen.«

Die Telefonistin war längst nicht so gesprächig wie die, die Anton sonst gewohnt war. Sie fragte einfach: »Wie lautet das Codewort?«

Im ersten Augenblick verschlug es Charlie die Sprache. Sein Kopf war völlig leer, als er versuchte, sich etwas einfallen zu lassen, irgendein Wort, das er sagen konnte, um diesem bösen Treiben ein Ende zu bereiten. Plötzlich und ohne jeden Grund sagte er: »Hamnet war hier.« Im selben Moment schrillte der Alarm, und im ganzen Kaufhaus brach die Hölle los.

Sirenen ertönten, die Lichter verdunkelten sich und flackerten unregelmäßig, nachdem die Notstromaggregate sich eingeschaltet hatten. Rolltreppen kamen stockend zum Stehen, Fahrstühle hielten im nächstliegenden Stockwerk, und verwirrte Passagiere strömten hinaus. Eine Maschinenstimme, die irgendwann einmal jemand für beruhigend gehalten haben mußte, forderte die Kunden auf, das Kaufhaus auf dem schnellstmöglichen Wege zu verlassen. Das war der Anfang der Evakuierungsmaßnahmen.

Alle Werbeaktionen brachen abrupt ab. In den Cafés und Restaurants packten die Gäste die Reste ihrer Mahlzeiten ein, bevor sie sich hinausgeleiten ließen. Die Kassen schlossen sich automatisch. Telefonleitungen verstummten. In den Umkleidekabinen zogen die Kunden im schwachen Licht schnell wieder ihre eigene Kleidung an. In den Schönheitssalons blieben Haare halb geschnitten, Gesichter halb gecremt und Hände halb manikürt.

Die Leute bewegten sich auf jene rasche, klaglose Art und Weise, die durch echte Angst hervorgerufen wird. Sie spürten, daß etwas Bedeutendes, Bedrohliches und Ungeheuerliches vorging. Es wurde von Bomben, Feuer und einem Überfall gemurmelt, aber die meisten zogen es vor, ihre Ängste nicht zu artikulieren. Stets wachsame Kaufhausdetektive hatten sich unter die Menschenmassen gemischt und achteten darauf, daß die Evakuierung nicht als Gelegenheit zum Stehlen genutzt wurde.

Gut geschulte Angestellte lenkten die Kunden zu Notausgängen und Korridoren, die normalerweise nur von Angestellten betreten werden durften. Scharen von Menschen drängten nach unten und nach draußen, hin zu den vielen Türen und auf die Straßen, wo sie sich in relativer Sicherheit wähnten.

Selbst in Arnold Hadens luftigem und uneinnehmbarem Penthouse spürte man einen eisigen Hauch. Arnold blieb wie angewurzelt stehen. Es war ein schwarzer Alarm, die höchste Kategorie in einer Skala verschiedenfarbiger Alarmstufen, aber er wußte, daß er nicht in der Lage war, etwas zu tun. Unbekannte Gefahren paralysierten ihn, und so schien er fast zu versteinern.

Als alles geräumt war, begannen die Verkäufer und Verkäuferinnen die Abteilungen umzukrempeln, ohne allerdings zu wissen, wonach sie eigentlich suchten. Die hauseigenen Spürhunde trafen ein und schnupperten in dunklen, muffigen, verlockenden Ecken. Wachmänner hielten es für erforderlich, über ihre Walkie-talkies laute und bedeutungsschwangere Gespräche zu führen. Ray Chalmers fühlte sich wie ein Koloß, als er durch die Räume schritt.

Die kleinen Angestellten kamen aus ihren Hinterzimmern und Lagerräumen und folgten den Menschenmassen. Die Möbelträger gingen das Ganze ruhig und gelassen an, bewegten sich aber schneller als die meisten anderen, da sie absolut nicht bereit waren, sich bei Ausübung ihres Dienstes für Haden Brothers der Gefahr auszusetzen, zu verbrennen oder gar in die Luft gesprengt zu werden. Die Frage nach Antons und Charlies Verbleiben stellte sich ihnen nicht.

Die beiden versuchten gerade fieberhaft, aus dem Kellergeschoß wieder ins Kaufhaus zu kommen. Hier unten schrillten die Sirenen in ohrenbetäubender Lautstärke. Eine beruhigende Stimme gab es nicht. Außer ein paar schäbigen, orangefarbenen Notlichtern waren alle Lampen ausgegangen. Charlie wußte zwar nicht, wodurch dieses ganze Chaos entstanden war, aber als Anton in Panik geriet, tat er es ihm nach.

»Das ist eine ernste Sache«, sagte Anton ihm eindringlich. »Wenn die rauskriegen, daß wir von diesem Kellergeschoß wissen, dann stecken wir ganz schön in der Tinte.«

Charlie bezweifelte das nicht. Er sah ein, daß sie schnell wieder nach oben mußten. Dennoch mischte sich eine gewisse Begeisterung in ihre Panik. Charlie konnte kaum glauben, daß er ganz allein für dieses Durcheinander verantwortlich war. Daß drei so einfache Worte wie ›Hamnet war hier‹

einen so dramatischen Effekt nach sich ziehen sollten, kam ihm äußerst unwahrscheinlich vor. Er hatte keinen solchen Tumult verursachen wollen, wurde aber trotzdem von einer seltsamen Zufriedenheit erfüllt. Anton war noch zufriedener mit ihm.

Die kleine Eisenbahn funktionierte nicht mehr, und in blinder Hast rannten sie zum Lastenaufzug. Glücklicherweise war der noch in Betrieb. Mit quälender Langsamkeit fuhren sie hinauf, bis sie schließlich in der Möbelabteilung ankamen. Ihr plötzliches Erscheinen hätte den für diesen Bereich zuständigen Wachmann aufschrecken können, aber Anton blieb so sachlich und cool, daß ihre Ankunft nicht weiter auffiel.

»Ihr müßt euch beeilen, Jungs«, sagte der Wachmann.

Charlie wollte schon losstürzen, aber Anton sagte ruhig: »Keine Panik, das ist doch bloß wieder so 'n Fehlalarm.«

»Nee«, erwiderte der Wachmann. »Diesmal ist es ernst.«

Aber da lag er falsch. Als Polizei und Antiterrorkommando das menschenleere Gebäude durchsuchten, entdeckten sie mehrere verdächtige Pakete. Diese wurden vorsichtig geprüft und auseinandergenommen, worauf ein Teddybär, ein Avocado-Schinken-Sandwich, ein ›Street Sweeper‹-Computerspiel und eine Familienflasche Sonnenöl zum Vorschein kamen.

Charlie und Anton standen vor Haden Brothers auf dem Gehweg. Aber Antons Zufriedenheit mit Charlie war verflogen. Er war mißtrauisch geworden. Irgendwie kam ihm die ganze Sache jetzt komisch vor.

»Was war das denn jetzt?« fragte er Charlie. »Was zum Teufel war das?«

Sie waren am Sammelpunkt eingetroffen, wo sie sich laut Katastrophenschutzplan beim Abteilungsleiter melden sollten. Um sie herum stand eine dichtgedrängte Masse unglücklicher Evakuierter, nur der Abteilungsleiter war nirgends zu sehen.

»Ich weiß nicht«, flüsterte Charlie, damit ihn keiner der Umstehenden hören konnte. »Ich hab nur getan, was du mir gesagt hast.«

»Aber woher wußtest du das Codewort?«

»Wußte ich gar nicht. Ich hab einfach das gesagt, was mir durch den Kopf ging.«

»Aber wie kamst du auf ›Hamnet war hier‹?«

»Ich weiß nicht. Das hatte jemand an ein Schaufenster gesprüht. Da hab ich's gesehen.«

»Was bedeutet es?«

»Nichts. Ich weiß nicht. Ich dachte, das wäre einfach so ein Slogan wie ›Kilroy was here‹.«

»Aber wer ist Hamnet?«

»Der einzige Hamnet, von dem ich je gehört habe, war Shakespeares Sohn.«

»Was redest du denn für 'n Scheiß?« fragte Anton. »Willst du mich veräppeln?«

Charlie zuckte mit den Schultern, um anzudeuten, daß er weder wußte, was er redete, noch Anton irgendwie veräppeln wollte.

»Ich soll dir also glauben, daß das 'n reiner Glückstreffer war?«

Charlie betrachtete das leere Kaufhaus, den Tumult um sich herum, die Horden von Polizisten und Feuerwehrleuten und sagte: »Ich weiß nicht recht, ob man da von Glück sprechen sollte.«

»Erstaunlich, Charlie, ganz erstaunlich«, sagte Anton entrüstet. »Du bist ein unerschöpflicher Quell von Verwunderung und Überraschung.«

Charlie wußte, daß das nichts Gutes war. Anton war einfach kein Freund von Überraschungen.

»Nur gut, daß ich das auf Band habe«, sagte Anton. »Nur gut, daß ich beweisen kann, daß du das warst.«

Stockend sagte Charlie: »Da gäbe es natürlich noch eine andere Möglichkeit.«

»Echt? Sag an«, höhnte Anton.

»Vielleicht hatte die Evakuierung ja überhaupt nichts mit dem Anruf zu tun.«

»Mach dich nicht lächerlich. Ich war dabei. Ich hab gehört, was du gesagt hast.«

»Vielleicht ist genau gleichzeitig noch was anderes passiert, und dadurch wurde der Alarm ausgelöst.«

»Was zum Beispiel?«

»Zum Beispiel könnte der Qualm deiner Zigarre im Kellergeschoß in einen Rauchmelder geraten sein, und das war der Grund für den Alarm.«

Einen Moment lang sah Anton aus, als wollte er Charlie eine runterhauen, weil der so dämlich und begriffsstutzig war, aber dann fand er offensichtlich Gefallen an dem Gedanken.

»Du meinst, ich könnte für das ganze Chaos verantwortlich sein?«

Charlie nickte, und ein Ausdruck äußerster Selbstzufriedenheit breitete sich auf Antons Gesicht aus.

Die Räumung des Kaufhauses hatte achteinhalb Minuten gedauert, etwa eine Minute länger als Ray Chalmers sich gewünscht hätte, aber das lag noch im Rahmen. Einige zeigten sich glücklich, daß alles so glimpflich abgelaufen war, denn schließlich hatte es keine Bombe gegeben und die Evakuierung war reibungslos abgelaufen. Andere hielten den Vorfall für eine potentielle Katastrophe, da er darauf hinwies, daß jemand den Sicherheitscode geknackt hatte. Arnold Haden überlegte, ob er sich bombensichere Türen und einen Stahlboden ins Penthouse einbauen lassen sollte. Insgesamt war das Kaufhaus drei Stunden geschlossen, was einen geschätzten Umsatzverlust von ungefähr einer halben Million Pfund verursachte. In den Abendnachrichten wurde der Vorfall nicht erwähnt.

21

Herren-Accessoires

Am nächsten Tag saß Charlie in der Kantine unter dem ausgestopften Kopf eines traurigen, gehörnten Rindviechs. Wie üblich kaute er seinen Toast und kümmerte sich um seinen eigenen Kram. Als Ray Chalmers in den Raum kam, senkte Charlie den Kopf so tief, daß er nicht mehr über seinen eigenen Tellerrand blicken konnte. Trotzdem merkte er, daß Chalmers mit schnellen Schritten auf ihn zukam, und als er sich direkt neben ihn setzte, und sogar die Außenseiten ihrer Oberschenkel aneinanderstießen, konnte Charlie nur noch betreten lächeln und ihn mit einem »Ach, hallo« begrüßen.

»Ich bin sehr enttäuscht von dir, Charlie«, sagte Chalmers.

»Entschuldigung?«

»Ich hab gedacht, der ist nicht wie die anderen Burschen. Ich dachte, der ist mein Freund.«

Charlie kam zu dem Schluß, daß der Mann verrückt sein mußte. Ihm fiel keine passende Antwort ein.

Chalmers fuhr fort: »Ich hab gedacht, das ist ein Bursche, der das bringt, was ich von ihm erwarte. Ich hab gedacht, der hilft mir, unseren Freund Anton Heath festzunageln. Aber das hast du nicht, wenn mich nicht alles täuscht. Du hast mich hängenlassen. Keiner läßt mich mehr als einmal hängen.«

»Ich habe Sie nicht hängenlassen«, sagte Charlie sanft.

»Und was ist mit dieser Blamage? Dem falschen Bombenalarm?«

Vielleicht war er doch nicht so verrückt. Vielleicht wußte er von Charlies Anruf.

»Ich wüßte nicht, wie ich Sie da hätte hängenlassen«, sagte er.

»Stell dich nicht dümmer, als du bist, Soldat, das bringt uns beide nicht weiter. Erzähl mir, was du weißt.«

»Ich weiß nicht mehr als sonst irgend jemand«, sagte Charlie nervös. »Ich hab die Sirene gehört und das Gebäude verlassen. Ganz nach Vorschrift.«

»Erzähl mir von Heath.«

»Er hat auch das Gebäude verlassen.«

»Das weiß ich. Wir haben gesehen, wie ihr euch nach der Evakuierung auf der Straße unterhalten habt.«

»Ja klar. Er ist mein Boß. Wir arbeiten in derselben Abteilung.«

»Versuch nicht, mich an der Nase herumzuführen, Charlie. Du erzählst nicht, was ich hören will.«

»Ich weiß nicht, was Sie hören wollen.«

»Ich will hören, daß Heath derjenige war, der den falschen Alarm ausgelöst hat.«

Offensichtlich wußte er doch nicht allzu viel.

»Ich will hören, daß du ihn dabei gesehen hast«, fügte Chalmers hinzu.

»Hab ich aber nicht.«

»Hast du nicht?«

Da er immer noch nicht genau wußte, was eigentlich den Alarm ausgelöst hatte, war Charlie nicht sicher, ob er log, als er antwortete, »Nein, habe ich nicht«. Und da Chalmers absolut nicht überzeugt aussah, fügte er hinzu: »Das können Sie mir glauben.«

»Ich würde dir ja gern glauben, Charlie, würd ich wirklich gern. Wenn du mir erzählst, daß du gesehen hast, wie Heath den sogenannten falschen Alarm ausgelöst hat, würd ich dir sofort glauben.«

»Ich hab nicht gesehen, wie Anton Heath irgendeinen Alarm ausgelöst hat«, sagte Charlie. »Ich glaube nicht, daß er so was tun würde. Okay, er ist ein bißchen aufmüpfig und etwas schwierig, aber ...«

»Ach, halt's Maul, du kleine Kröte«, sagte Chalmers.

Er kam so nah an Charlie heran, daß sein Gesicht nur wenige Millimeter von Charlies entfernt war. »Ich habe mir Gedanken über dich gemacht«, sagte er. »Und ich habe mir Gedanken über Kunst gemacht.«

Das war so ziemlich das Letzte, was Charlie von ihm erwartet hätte.

»Nach meiner Auffassung geht es in der Kunst nur um Eitelkeit und Ego. Außerdem neige ich dazu, Kunst für eine Art Neurose zu halten, für eine Manifestation krankhafter Verirrungen.«

»So, dazu neigen Sie?« sagte Charlie, jetzt mit echter Verachtung. Endlich befand er sich auf heimischem Boden, in diesem Bereich konnte er sich zur Wehr setzen; doch Chalmers ließ ihn überhaupt nicht zu Wort kommen.

Chalmers sagte: »Ich kapier nicht, wie ein normaler, gesunder Bursche auf die Idee kommen kann, Künstler werden zu wollen. Künstler, Charlie, was ist schon ein Künstler? Das sind doch alles Säufer, Jammerlappen und Junkies. Oder die schlagen ihre Frauen und sind irgendwie auf die eine oder andere Weise sexuell andersrum. Bist du so einer, Charlie?«

»Nein.«

»Dann bist du vielleicht ja auch gar kein echter Künstler, was, Charlie?«

Da es offenbar keinen Sinn hatte, mit ihm zu streiten, unterdrückte Charlie diesen Impuls, als er plötzlich merkte, daß Chalmers ihn angrinste. Das machte ihn jetzt wirklich nervös.

»Derek Snell hat mir erzählt, daß du deine Kunstform noch nicht gefunden hast«, sagte Chalmers.

»Ja, das habe ich wohl so gesagt.«

»Aber vielleicht liegt das Problem ja auch woanders. Vielleicht hast du ja bloß noch keinen Mäzen gefunden. Ein junger Bursche braucht ein bißchen Unterstützung, einen Sponsor, besonders am Anfang.«

Er sah Charlie mit fragendem Blick an, aber der antwortete nicht.

»Oder hast du dir das schon mal überlegt? Vielleicht geht es dir einfach zu gut. Vielleicht bist du zu bequem geworden, haben dein Job und dein Zuhause es dir zu leicht gemacht. Vielleicht würde ein gewisses Maß an wirtschaftlicher Notwendigkeit, die eine oder andere Entbehrung, dich inspirieren – sagen wir, wenn du arbeitslos wärst und auf der Straße leben müßtest. Vielleicht bist du einfach nicht hungrig genug?«

»Ich glaub nicht, daß es daran liegt«, sagte Charlie.

»Na ja, eventuell brauchst du es ja gar nicht ausprobieren.«

»Was wollen Sie von mir?« fragte Charlie resigniert.

»Ich will Anton Heath. Du sollst ihn mir auf einem Silbertablett servieren, damit ich ihn mir kaufen kann. Und zwar schnell, sonst könnte es sein, daß du schon bald ziemlich hungrig bist.«

22

Mutter und Kind

ARNOLD HADEN: Kleptomanie ist ein faszinierendes Thema. Da überschneiden sich Fragen der Klassen- und Geschlechtszugehörigkeit. Männer, die stehlen, sind ebensowenig Kleptomanen wie stehlende Frauen aus der Arbeiterklasse: Das sind Diebe. Aber Kleptomanie ist angeblich etwas anderes. Wie bei allen Manien – zum Beispiel Pyromanie oder Nymphomanie – verliert man die Beherrschung über sich selbst und reagiert vollkommen unwillkürlich.

Der Begriff wurde in der vierziger Jahren des vorigen Jahrhunderts von dem französischen Arzt C. C. Marc kreiert. (Übrigens halte ich es nicht für Zufall, daß die Franzosen auch das Kaufhaus erfanden.) Aber das Phänomen breitete sich schnell über ganz Europa und die Vereinigten Staaten aus. Kaufhäuser boten Frauen ein ganz neues Freiheitsgefühl. Das Kaufhaus war der Ort, an dem sich Frauen zum ersten Mal frei bewegen durften, also ohne Begleitung durch einen Verkäufer und ohne jemandem Rechenschaft schuldig zu sein.

Marc und viele nach ihm sahen in der Kleptomanie eine Art moralische Verwirrung, eine geistige Fehlfunktion, die möglicherweise mit dem Menstruationszyklus in Verbindung stand. Auch wenn es uns heutzutage naiv und beleidigend vorkommen mag, so versuchten diese Ärzte doch mit aller Macht ein ihnen absolut unerklärliches Phänomen zu beleuchten: Warum begingen Frauen der Mittelschicht, die ansonsten ein untadeliges Leben führten, urplötzlich völlig sinnlose Diebstähle? Den Grund dafür wollten die Ärzte in einer Krankheit sehen, weil das die einzige Entschuldigung für diese Handlungen war. Aber diese Herangehensweise führte zu neuen Problemen. Sie sprach die Frauen der Mittelschicht zwar von dem Vorwurf frei, kriminell zu sein, unterstellte aber indes, sie wären schwach, töricht und neurotisch. Ich persönlich sehe Frauen in einem etwas anderen Licht.

Eine kurze Störung am Rande der Abteilung für Damenhandschuhe wurde so unauffällig wie möglich bereinigt. Ein Hausdetektiv in Zivil, ein uniformierter Wachmann und eine nervöse Aushilfsverkäuferin umzingelten geschickt eine Ladendiebin mittleren Alters. Sie entrissen ihr die Handtasche und führten sie energisch, doch ohne dabei grob zu werden, aus den Verkaufsräumen ein paar schmale Treppen hinab in einen großen, fensterlosen Raum, wo man sie, wenn alles nach Plan gelaufen wäre, Ray Chalmers und möglicherweise der Polizei gegenübergestellt hätte. Aber es lief nicht nach Plan.

Es dauerte eine ganze Weile, bis Ray Chalmers endlich kam, und während dieser Zeit blieb die Frau alleine zurück. Der in eine unergründliche Dunkelheit getauchte Raum kam ihr unwahrscheinlich groß vor. Es gab nur ein Möbelstück, und das war eine Art hoher Schreibtisch, der stark an einen Altar erinnerte. Die Frau stand mitten in einem grauen Lichtkegel, der von einem in die Decke eingelassenen Scheinwerfer erzeugt wurde. Man konnte kaum bis ans andere Ende des Raumes sehen, aber sie glaubte eine Vorrichtung mit Ketten und elektrischen Apparaturen zu erkennen.

Schließlich quitschte eine Tür hinter ihr, und Ray Chalmers stapfte herein. Er trug eine Pilotensonnenbrille, und in seinem Mundwinkel tanzte ein Zahnstocher. Er riß sich die Sonnenbrille von der Nase und warf der Frau einen jener finsteren Blicke zu, die er für Ganoven, Parasiten und andere Lumpen parat hatte, die beim Klauen bei Haden Brothers erwischt worden waren.

»Hast du was zu deiner Verteidigung zu sagen, Herzchen?«

»Ich will Arnold Haden sprechen.«

»Aber klar willst du das.«

»Ich will Arnold Haden sprechen.«

»Also, wie ich das sehe, hast du hier nicht viel zu wollen.«

»Ich will Arnold Haden sprechen.«

Selbst Ray Chalmers mußte zugeben, daß es sich dabei um einen ungewöhnlichen Wunsch für eine Ladendiebin handelte. Tränen, Drohungen, rührselige Geschichten und ab und an ein echter Gewaltausbruch waren an der Tagesordnung, aber das war etwas anderes. Die Frau war ruhig, brachte keine Unschuldsbeteuerungen vor, und ihre Forderung, mit Arnold Haden zu sprechen, wirkte nicht wie der hektische Versuch, mit dem Boss reden zu wollen, um von einer höheren Instanz Absolution zu erbitten. So wie sie es sagte, schien es ein vernünftiges Ansinnen zu sein, etwas, auf das sie Anspruch hatte. Sie behauptete nicht, sie wäre mit Haden befreundet oder irgend so einen Unsinn. Etwas an ihr zwang Ray Chalmers dazu, sie ernst zu nehmen. Er stellte ihr noch ein paar Fragen, konnte ihr aber keine andere Antwort entlocken, als daß sie Arnold Haden sprechen wollte.

»Ich werd mir das überlegen«, sagte Chalmers, verließ den Raum und machte ein paar Anrufe, die ihn unter genauer Einhaltung des Dienstweges über diverse Abteilungsleiter und Derek Snell schließlich zu Arnold Haden führten.

»Warum sollte mich eine Ladendiebin sprechen wollen?« lautete Arnold Hadens nachvollziehbare Frage.

»Weiß ich nicht, Sir.«

»Was hat sie gestohlen?«

»Sie wollte ein Paar Handschuhe entwenden, Sir.«

»Was kosten die?«

»Nicht besonders viel, Sir.«

»Wie heißt sie?«

»Das sagt sie uns nicht, Sir.«

»Glauben Sie, daß sie es mir sagen würde?«

»Ich halte es für möglich, Sir.«

»Haben Sie keine Vorschriften für Situationen dieser Art?«

»O doch, natürlich habe ich die, Sir. Aber manchmal kann man nicht nur nach Vorschrift vorgehen. Wenn ich ehrlich sein soll, Sir, ich hab da so ein Gefühl im Bauch.«

Arnold Haden glaubte an Gefühle im Bauch und hatte gute Gründe, Ray Chalmers zu vertrauen. Trotz seiner Eigenheiten beherrschte der Mann seinen Job. Seit dem falschen Bombenalarm wußte Arnold Haden, daß in seinem Kaufhaus seltsame Dinge vorgingen, und es war besser, solche Sachen im Auge zu behalten. Obwohl es ihm schwerfiel, willigte er ein, ins Vernehmungszimmer hinunterzukommen und mit der Frau zu reden. Glücklicherweise konnte er es über ein privates Treppenhaus erreichen, in dem ihm niemand begegnen würde. Leise schlich er ins Zimmer, trat von hinten an die Diebin heran und wollte sie erschrecken, indem er laut sagte: »Ich bin Arnold Haden.« Aber sie erschrak nicht. Sie sagte nur: »Ich weiß.«

»Wie ich höre, wollen Sie mich sprechen«, fuhr Arnold Haden fort. »Und außerdem habe ich gehört, daß Sie mir etwas stehlen wollten.«

»Nicht Ihnen persönlich, Mr. Haden.«

»Ich fürchte, ich nehme das ziemlich persönlich.«

»Das tut mir leid«, sagte sie, klang aber nicht sehr reumütig.

»Warum wollen Sie mich sprechen?«

»Weil Sie ein Haden Brother sind.«

»Ja. Und?«

»Und ich bin der Ansicht, daß es das beste ist, bis ganz nach oben zu gehen. Und ich dachte, Sie würden mich verstehen.«

»Wie heißen Sie?«

»Das kann ich Ihnen leider nicht sagen.«

»Vielleicht sagen Sie es ja der Polizei.«

»Ich glaube kaum, daß es dazu kommen wird. Wissen Sie, ich bin keine gewöhnliche Kriminelle. Ich bin keine Ladendiebin.«

»Und warum stehlen Sie dann Handschuhe?«

Sie zuckte etwas überheblich die Achseln. »Wahrscheinlich bin ich einfach Kleptomanin.«

»Nein, was mich betrifft, so ist das keine befriedigende Antwort. Sie sind doch nicht schrecklich arm, oder?«

»Nun ja, schrecklich reich bin ich auch nicht.«

»Aber sie hätten genügend Geld für die Handschuhe gehabt.«

»Ja, ich denke schon.«

»Wissen Sie, wenn Sie arm und hungrig wären und bei uns einen Laib Brot gestohlen hätten, könnte ich Ihnen schwerlich ernsthaft böse sein. Und wenn Sie ein Paar Kinderschuhe oder etwa eine Decke zum Schutz gegen die Kälte gestohlen hätten, wäre es wohl ähnlich. Aber ich habe nicht den Eindruck, daß es um so etwas geht, oder?«

»Nein«, gab sie zu.

»Und Sie werden auch zugeben, daß zwischen dem Stehlen von Damenhandschuhen und dem Stehlen von Brot oder

Kinderschuhen ein nicht unerheblicher Unterschied besteht.«

»Ich behaupte nicht, daß ich aus purer Not gestohlen habe«, antwortete sie gelassen. »Aber das heißt keineswegs, daß ich nicht einen leidenschaftlichen Drang verspürt hätte, die Gegenstände, die ich gestohlen habe, zu besitzen.«

»Erzählen Sie mir mehr darüber«, sagte Haden, der vor sich einen intellektuellen Pfad sah, den er durchaus nutzbringend beschreiten zu können glaubte.

»Wir leben in einer komplexen Gesellschaft«, sagte sie. »Und wir haben komplexe Ziele. Wenn unsere elementaren Bedürfnisse erfüllt sind, wir also Nahrung, Kleidung und ein Dach über dem Kopf haben, entwickeln wir vielfältigere, kompliziertere Ansprüche. Ein Transportmittel reicht uns nicht, wir brauchen ein gutes Auto. Wir nehmen nicht einfach ein paar Tage frei, wir machen einen Traumurlaub.«

»Wenn Sie darauf hinauswollen«, sagte Arnold Haden, »daß keiner von uns so reich ist, wie er es gerne wäre, und wir uns nicht alles leisten können, was wir gerne hätten …«

»Nein, das meine ich nicht. Es ist keine Frage des Geldes. Es geht um das Begehren. Ich komme in Ihr Kaufhaus, Mr. Haden, und in mir tun sich Wünsche auf, die ich nie zuvor gehabt habe. Ich sehe Dinge, von denen wußte ich nicht einmal, daß es sie gibt – einen krakenförmigen Schwamm oder eine Aufschäumdüse für eine Espressomaschine –, und urplötzlich will ich sie haben. Sie können jetzt sagen, daß ich ja genug Geld habe, um mir dieses Paar Handschuhe zu kaufen, aber all die Dinge, die ich bei Haden Brothers sehe und die mir gefallen, könnte sich kein Mensch leisten. Die schlichte Antwort lautet, was ich gesehen habe, hat mir gefallen, ich wollte es haben, ich geriet in Versuchung, und ich erlag ihr.«

»Aber sehen Sie es einmal so«, sagte Arnold Haden. »Nehmen Sie die Waren bei Haden Brothers als Preise, mit denen man sich für seinen wirtschaftlichen Erfolg im Leben belohnen kann. Je größer der Erfolg, desto mehr und größere Preise kann man sich leisten. Wenn man die Waren aber nun umsonst oder auch nur sehr billig bekäme, würden sie ihren Belohnungscharakter verlieren. Verstehen Sie, was ich meine?

Also, ich bestreite nicht, daß Sie in Versuchung geraten sind. Ich bestreite nicht einmal, daß wir Sie in Versuchung führen wollten. Aber wir wollten Sie dazu verleiten, etwas zu kaufen, nicht etwas zu stehlen. Sie wollten den Preis, ohne das Spiel gewonnen zu haben. Außerdem, so groß die Versuchung auch gewesen sein mag, wobei ich jetzt nicht näher auf die theologischen Aspekte eingehen möchte, gibt es so etwas wie den freien Willen. Oder sind Sie da anderer Auffassung?«

Sie antwortete nicht. Sie wirkte völlig niedergeschlagen, schien den auf sie niederprasselnden Worten völlig schutzlos ausgesetzt zu sein und seinen Argumenten kaum folgen zu können. Das war Arnold Haden auch ganz recht so.

»Und«, sagte er, »mir fällt ums Verrecken immer noch nicht ein, warum Sie mich sprechen wollten.«

»Ich wollte Sie bitten, mich laufenzulassen.«

»Zweifelsohne. Aber warum sollte ich das tun?«

Man sah, daß es ihr schwerfiel, aber sie fügte sich in ihr Schicksal. Was sie zu sagen hatte, war nicht leicht, aber sie würde tun, was sie tun mußte.

Sie sagte: »Wissen Sie, vor vielen Jahren, als ich aus der Schule kam, habe ich hier bei Haden Brothers gearbeitet. Ich war damals sehr jung, schlanker, viel attraktiver, viel mehr ihr Typ.«

Arnold Haden hob die Hand, um sie zu unterbrechen und ihr zu sagen, daß das alles nichts zur Sache tat, aber sie redete einfach weiter. »Ich war naiv, hohlköpfig, leichtgläubig. Als mein Boß Interesse an mir zeigte, fühlte ich mich geschmeichelt. Wie hätte es auch anders sein können? Aber das Interesse war begrenzt, nicht wahr, Mr. Haden? Oder vielleicht erinnern Sie sich gar nicht an mich. Vielleicht wissen Sie nicht mehr, daß Sie es ein paarmal mit mir getrieben haben; roh, kurz, unbeholfen, abends auf ein paar Läufern in der Teppichabteilung, nachdem das Kaufhaus geschlossen hatte.«

»Was reden Sie da?«

»Sie haben mich gefickt, Mr. Haden. Es war kein großartiger Fick. Auf Sie hat er offenbar keinen bleibenden Eindruck hinterlassen, aber wie's aussieht, kann ich ihn nicht vergessen.«

»Ich weiß nicht, was das alles soll.«

»Wissen Sie nicht? Nein, also ich nehme Ihnen das rein persönlich auch gar nicht übel. Solche Dinge passieren halt. Sie waren damals viel jünger. Warum sollten Sie ein schlechtes Gewissen haben? Ich will Sie gewiß nicht unter Druck setzen, weder emotional, noch sonst irgendwie, aber ich denke, Sie sind mir einen Gefallen schuldig.«

Er starrte ihr ins Gesicht und durchstöberte sein Gehirn nach einer Erinnerung. Bis zu diesem Augenblick hätte er schwören können, daß ihm diese Frau noch nie unter die Augen gekommen war, aber das bewies gar nichts. Er konnte wirklich nicht behaupten, daß er sich an alle Verkäuferinnen erinnerte, mit denen er sich vergnügt hatte. Dafür hätte es eines Superhirns bedurft. Es war keineswegs ausgeschlossen, daß er einmal Sex mit dieser Frau gehabt hatte, aber ebensowenig konnte man ausschließen, daß sie ihn reinlegen wollte. Vielleicht war sie als Kriminelle viel cleverer und erfahrener, als man ihr ansah. Vielleicht hatte sie von seiner Vorliebe für junge Blondinen gehört und sich daraufhin diese Geschichte als raffiniertes Gnadengesuch ausgedacht. Er ließ sich nicht gern reinlegen. Es gab eine relativ einfache Möglichkeit, das herauszufinden, ein winziges Detail, daß sie nur kennen konnte, wenn sie es wirklich miteinander getrieben hatten. Aber er brauchte sie nicht auf die Probe zu stellen. Ungefragt sagte sie: »Wenn wir nicht gefickt hätten, woher sollte ich dann wissen, daß Sie im Augenblick des Orgasmus immer schreien: *Hamnet kommt*!«

Er ließ sie gehen, ohne ein weiteres Wort mit ihr zu wechseln. Ray Chalmers hatte mal wieder das richtige Gespür bewiesen. Erst als sie weg war, fiel Arnold Haden auf, daß er ihren Namen noch immer nicht wußte. Er fragte sich, ob er ihn je gekannt hatte.

23

Bonbons

Die Signierstunde sollte in der Bücherabteilung am Mittwochmittag um 13 Uhr beginnen. Julian Temperley, Autor immens beliebter und gelegentlich wohlwollend rezensierter Romane, kam, um sein neuestes Buch *Der kälteste Krieg* zu signieren. Es war ein Ereignis, das kaum fehlschlagen konnte. Neben seiner Popularität hatte Temperley einen etwas geheimnisvollen künstlerischen Nimbus. Er trat nur selten in der Öffentlichkeit auf, ließ sich nicht im Fernsehen und Radio herumreichen und signierte auch nicht in jeder x-beliebigen Buchhandlung. Um ihn aus seiner selbstgewählten Isolation zu locken, mußte man ihm schon einen ganz besonderen Rahmen bieten, wie zum Beispiel Haden Brothers.

Annette Morell, die Chefeinkäuferin der Buchabteilung, hatte dafür gesorgt, daß reichlich Werbung für die Veranstaltung gemacht worden war. Sie hatte Zeitungsanzeigen geschaltet und Handzettel drucken lassen. Einige Kunden, die an diesem Tag nicht kommen konnten, hatten angerufen und sich ein signiertes Exemplar zurücklegen lassen. Aber die meisten würden kommen, um Temperley persönlich zu begegnen – oder ihn wenigstens einmal aus der Nähe zu sehen.

Temperley hatte nicht den Ruf einer Primadonna, aber er war ein ernster, pragmatischer, nüchterner Mann. Sein Auftreten strahlte ein Format und eine Erhabenheit aus, die seine Bücher nie erreichten. Er war stolz darauf, Dummheit nicht ausstehen zu können.

Annette Morrell freute sich auf die Signierstunde und hatte dafür gesorgt, daß alles perfekt vorbereitet war: Stuhl, Füllfederhalter und die Weinflasche hatte sie sorgfältig ausgewählt und bereitgestellt. Sie wollte nicht allzu unbekümmert oder gar leichtfertig erscheinen. Sie wollte nicht, daß er sie für dumm hielt. Sie fühlte sich ihrer Aufgabe absolut gewachsen. Sie hätte es nie soweit gebracht, wenn sie nicht mit schwierigen Kunden umgehen könnte. Außerdem stand ihr noch jemand aus dem mobilen Einsatzkommando zur Seite: eine Vita Carlisle.

Am Dienstag um zwölf Uhr mittags klingelte ihr Telefon, und am anderen Ende meldete sich Jean Temperley, die Frau des Schriftstellers.

»Er ist jetzt unterwegs«, sagte sie.

»Oh, gut«, sagte Annette Morrell, ohne zu überlegen, aber selbst wenn sie darüber nachgedacht hätte, wäre sie davon ausgegangen, daß Julian Temperley außerhalb wohnte und einen Tag früher anreiste, um die Nacht in London zu verbringen.

Aber Jean Temperley fuhr fort: »Er müßte dann also in etwa einer Dreiviertelstunde bei Ihnen sein.«

Julian Temperley kam einen Tag zu früh. Annette Morrell erklärte das seiner Frau, aber die ließ das kalt.

»Tja«, sagte Jean Temperley, »er war nicht gerade in Sonntagslaune, als er gegangen ist, Wenn er mitkriegt, daß ihm so ein dummer Fehler unterlaufen ist, gibt es einen Riesenaufstand. Ich fürchte, das wird er dann an Ihnen auslassen.«

Annette Morrell war klar, daß sie Julian Temperley nicht einfach sagen konnte, er solle nach Hause gehen und morgen wiederkommen. Schließlich hatte er einen Ruf zu verlieren. Sie rief die Abteilung für Öffentlichkeitsarbeit in seinem Verlag an, und dort erkannte man das Ausmaß ihres Problems sofort. Man hielt es nicht für ratsam, ihm zu sagen, daß er am falschen Tag gekommen sei. Wenn zur heute durchgeführten Signierstunde aber niemand käme, würde es noch höher hergehen. Man wünschte ihr viel Glück.

Julian Temperley traf um zehn vor eins ein. Er war ein streng wirkender Mann mit ein paar grauen Strähnen im ansonsten schwarzen Haar. Mit seinem Trenchcoat und der dick gerahmten Brille hielt er seine Umgebung in Schach. Annette Morrell, die vorgab, alles wäre in bester Ordnung, hieß ihn willkommen, schenkte ihm ein Glas Wein ein und zeigte ihm, wo er signieren würde. Sie hätte ihn gerne sich selbst überlassen, während sie sich mit der Lösung des von ihm erzeugten Problems befaßte, aber das wäre unprofessionell gewesen. Statt dessen trat Vita in Aktion.

Sie rannte die Rolltreppen hinauf zum überfüllten Personalaufenthaltsraum, wo viele Angestellte in ihrer Mittagspause lasen, Karten spielten oder miteinander plauderten. Sie erklärte die Situation und forderte die Anwesenden auf, ihr möglichst zahlreich zu folgen, um als Teile der Öffentlichkeit und Fans von Julian Temperley aufzutreten. In Abwesenheit der echten Öffentlichkeit würden sie ihn bitten, Bücher zu signieren. Er würde den Unterschied nie bemerken.

Vita folgten viele Freiwillige. Manche hielten es für ihre Pflicht, Haden Brothers in einer Krisensituation zu unterstützen, andere machten einfach nur aus Spaß mit. Vita war etwas überrascht, als auch Anton Heath und ein halbes Dutzend weiterer Möbelträger sich freiwillig meldeten, aber sie brauchte jeden, den sie kriegen konnte. Charlie Mayhew war nicht dabei, weil er seine Mittagspause nicht mit den anderen Möbelträgern verbrachte. Die so rekrutierten Mitarbeiter marschierten hinunter zur Buchabteilung, wo Vita sie in Gruppen einteilte, damit nicht alle auf einmal ankamen. Sie ließ immer so viele Leute durch, daß die Schlange nicht zu lang wurde, aber auch keine Lücken entstanden. Loz trat als erster Möbelträger zu Temperley an den Tisch.

»Sehr erfreut, Sie kennenzulernen, Mr. Temperley«, sagte er.

»Vielen Dank«, sagte Temperley und machte sich daran, das Buch zu signieren.

»Sagen Sie, Mr. Temperley, woher nehmen Sie eigentlich Ihre Ideen?«

Temperley unterbrach seine Tätigkeit, sah auf und runzelte die Stirn, als dächte er zum ersten Mal über diese heikle Frage nach.

»Das ist eine wirklich gute Frage«, sagte er. »Natürlich hält man ständig Augen und Ohren offen, aber, wissen Sie, es gibt Momente, in denen einem plötzlich ein vollständiger und perfekt ausformulierter Gedanke durch den Kopf schießt. Ich denke, das ist es, was wir Inspiration nennen.«

Loz lächelte anerkennend und sagte: »Und stimmen Sie mit Michel Foucault überein, daß der Begriff ›Autor‹ der Angelpunkt für die Individualisierung in der Ideengeschichte ist?«

Temperley runzelte angestrengt die Stirn und sagte: »Wissen Sie, ja, ich glaube, das tue ich«, und wandte sich dem nächsten Kunden zu.

Eine Weile ging dann alles glatt, als Verkäufer und Verkäuferinnen der Abteilungen für Toilettenartikel und für spanische Keramik und junges Eßzimmerdesign ihre Bücher signieren ließen. Aber von Zeit zu Zeit war ein weiterer Möbelträger an der Reihe und stellte eine komplizierte Frage.

Douglas, der Mann, der sich Namen für Rockbands ausdachte, fragte, ob Temperley ihm zustimme, daß ein Autorname nicht einfach ein Element in einem Diskurs sei (der Subjekt oder Ergänzung sein könne, die von einem Pronomen ersetzt werden könne usw.); und ob er nicht bezogen auf den Diskurs eine bestimmte Rolle habe und eine klassifikatorische Funktion besitze. Temperley stimmte zu.

Ein weiterer Möbelträger war der Auffassung, im Begriff »Autor« sei nicht die definitive Quelle für die unendlichen Bedeutungen zu sehen, die ein Werk enthalte und die aus ihm geschöpft werden könnten. Der Autor, sagte er, gehe dem Werk nicht voraus, sondern er sei nur ein gewisses Funktionsprinzip, mit dem in unserer Kultur eingeschränkt, ausgeschlossen und ausgewählt werde. Was Julian Temperley davon hielte? Temperley fand diesen Punkt sehr interessant.

Zuletzt war Anton an der Reihe. Er ging zum Tisch und sagte: »Entschuldigen Sie? Arbeiten Sie hier? Können Sie mir vielleicht sagen, wie ich zur Zimmerpflanzenabteilung komme?«

»Nein, ich arbeite hier nicht«, sagte Temperley ernst. »Ich bin Schriftsteller.«

»Oh, verstehe«, sagte Anton ohne jedes Zeichen von Arglist. »Und wie heißen Sie?«

»Temperley. Julian Temperley.«

Anton tat überrascht und zog etwas aus der Tasche. Es war eine Zeitungsannonce, in der auf die Signierstunde am folgenden Tag hingewiesen wurde. Er gab vor, erstaunt zu sein und die Anzeige sorgfältig zu studieren.

»Das kann ja wohl nicht angehen, daß Sie Julian Temperley sind«, sagte er schließlich. »Julian Temperley kommt erst morgen.«

Temperley riß Anton den Zeitungsausschnitt aus der

Hand, las die Annonce und sah im ersten Moment so wütend aus, als wolle er gleich Lava speien; aber dann überlegte er einen Augenblick, und urplötzlich stellte sich eine beruhigende Erkenntnis ein.

»Was mir beweist, wie beliebt ich bin«, sagte er. »Ich kann sogar am falschen Tag bei Haden Brothers auftreten, und trotzdem kommen die Leute in Scharen, um meine Bücher signieren zu lassen. Das nenne ich einen erfolgreichen Schriftsteller.«

24

Stickereien

Es war Montagmorgen und Anton Heath fühlte sich gut. Wie üblich hatte er am Freitagnachmittag seine Abrechnung beanstandet und so die eine oder andere erbauliche Stunde verbracht. Am Wochenende hatte er sich jedoch seinen Lohnstreifen noch einmal angesehen und etwas anderes entdeckt, was er bemängeln konnte. Einen besseren Wochenanfang konnte er sich kaum vorstellen. Er hatte einen Punkt mit der Überschrift »sonstige Aufschläge und Abzüge« entdeckt. Das war, wie ihm bekannt war, eine durchaus sinnvolle Methode, mit der winzige Beträge zu seinem Lohn hinzugefügt oder davon abgezogen wurden, um die Gesamtsumme auf ein ganzes Pfund auf- oder abzurunden und so die Abrechnung zu vereinfachen. Schon nach wenigen Wochen glichen sich diese Posten aus. Dieser Betrag mußte per definitionem kleiner als fünfzig Pence sein, und so lieferte ihm der durch eine undeutliche Linie auf dem Computerausdruck fast wie eine Einundachtzig aussehende Abzug den perfekten Anlaß zu einer Beschwerde. Darüber hinaus war Anton aufgefallen, daß vor wenigen Wochen ein paar neue Buchhalter im Lohnbüro angefangen hatten, und so war er überzeugt davon, mehrere Stunden totschlagen zu können, indem er diese neuen Angestellten nötigte, sich in die Geheimnisse der sonstigen Aufschläge und Abzüge einzuarbeiten, um sie ihm dann zu erklären; besonders wenn er all seine Intelligenz dazu nutzte, sich unsäglich dumm zu stellen.

Am Lohnbüro stellte er sich hochzufrieden ans Ende einer langen Schlange. Er sah sich um und grüßte ein paar Leute im Zimmer. Es waren fast alles alte Bekannte. Er entdeckte jedoch auch ein relativ neues Gesicht, Vita Carlisle, die er bei der Signierstunde gesehen hatte. Um sich die Zeit zu vertreiben, setzte er sich neben sie und verwickelte sie in ein Gespräch.

»Wußten Sie«, fragte er sie, »daß Haden Brothers früher eine Pelzabteilung gehabt hat?«

Vita hielt dies für einen seltsamen Einstieg in eine Unterhaltung, wollte aber nicht unhöflich wirken und antwortete: »Ach, wirklich?«

»Die hatten da alles mögliche«, sagte Anton. »Nerz, Lama, Leopard, Zebra, Tiger, Giraffe.«

»Ehrlich?« sagte Vita. »Hatten die wirklich Giraffenpelz?«

»Nein«, gab Anton zu. »Hatten sie nicht. Es war nur ein Versuch, ihre Aufmerksamkeit zu erregen.«

»Verstehe.«

»Da drin war es wie in einem Horrorfilm; wie im Schlachthaus«, schäumte er vor Empörung. »Das war schlimm. Schöne, edle, wilde Tiere waren gefoltert und ermordet worden; man hatte ihnen die Haut abgezogen und sie als Trophäen ausgestellt, damit sie später den Hintern irgendwelcher reichen Schlampen bedecken, die bei Haden Brothers einkaufen gehen.«

Vita war auch keine Freundin des Pelzhandels, regte sich aber nicht weiter darüber auf und hätte sich niemals so echauffieren können wie Anton...

»Aber inzwischen haben sie sie zugemacht?« fragte sie, um ihren Teil zum Gespräch beizutragen.

»Stimmt«, sagte Anton. »Die Leute haben sich beschwert. Sie haben Briefe geschrieben, Unterschriftenlisten eingereicht, Protest eingelegt und bezeichneten die Pelzabteilung als Schreckenskabinett. Glauben Sie, das hätte geholfen?«

»Offensichtlich«, sagte Vita. »Schließlich gibt es ja keine Pelzabteilung mehr, nicht wahr?«

»Es hat natürlich nicht geholfen. Sie haben mit der Verwaltung von Maden Brothers verhandelt. Sie haben über Grausamkeit und das Recht der Tiere auf Leben und Unversehrtheit gesprochen, und Haden Brothers hat sich sehr verständnisvoll gegeben und versprochen, seine Geschäftspolitik zu überdenken. Aber sie haben weiter Pelze verkauft.«

»Ach wirklich«, sagte Vita, da ihr nichts Besseres einfiel.

»Eines Tages«, fuhr Anton fort, »hat dann ein einsamer, heroischer Tierschützer einen kleinen Brandsatz in die Tasche eines Black-Glama-Nerzmantels gesteckt. Das hat funktioniert. Der Brandsatz hat ein mittelgroßes Feuer verursacht, bei dem niemand in Lebensgefahr geraten ist, aber Pelze im Wert von mehr als hunderttausend Pfund zerstört wurden. Die Aktion war ein voller Erfolg.

Unmittelbar betroffen war Haden Brothers natürlich nicht. Die waren gut versichert, wahrscheinlich haben sie sogar noch dran verdient, aber das war keine gute Publicity. Keiner wollte einen Pelz kaufen, wenn die Gefahr bestand, daß er dabei in Flammen aufgehen könnte. Also wurden weitere Verhandlungen geführt. Die Tierschützer haben sich zwar nie offiziell zu diesem Anschlag bekannt, aber sie haben deutlich gemacht, daß noch mehr teure kleine Feuer ausbrechen könnten, wenn Haden Brothers weiterhin Pelze im Angebot hat.

Merkwürdigerweise hat Haden Brothers die Pelzabteilung daraufhin geschlossen. Sie haben eine Presseerklärung veröffentlicht, in der stand, daß eine Pelzabteilung nicht mehr in unsere vom Naturschutz geprägte Zeit passe. Vielsagend, was?«

»Ja«, sagte Vita höflich.

»Und was sagt es Ihnen?«

Vita antwortete gleichmütig: »Es sagt mir, daß Haden Brothers weiß, was gut fürs Geschäft ist.«

Anton prustete. Es war eine Mischung aus verächtlichem Schnauben und unterdrücktem ironischem Lachen. Aber Vita ließ sich von ihm nicht aus der Ruhe bringen. Sie fuhr fort: »Außerdem zeigt es mir, daß beide Seiten nicht ernsthaft an einer Diskussion über die moralischen Aspekte des Pelzhandels interessiert waren.«

»Ich glaube kaum, daß es da viel zu diskutieren gibt«, sagte Anton.

»Dann hat es auch keinen Zweck, mit Ihnen darüber zu sprechen, nicht wahr?« sagte Vita kühl.

Anton lachte wieder. Diesmal weniger ironisch und mit einer gewissen Hochachtung für die Geschicklichkeit und Herablassung, mit der sie ihn hatte auflaufen lassen. Er ließ die Pelzfrage links liegen und erkundigte sich, wie lange Vita schon bei Haden Brothers arbeite, in welcher Abteilung sie gerade sei und ob es ihr Spaß mache. Er ließ seinen Charme spielen, und Vita zeigte sich nicht unbeeindruckt.

»Ich kann das nicht gutheißen, was Sie in der Signierstunde gemacht haben«, sagte sie, »aber ich habe ein gewisses Verständnis für Ihr Vorgehen.«

»Gut«, sagte Anton. »Wir machen doch noch eine Revolutionärin aus Ihnen.«

»Das kann ich mir kaum vorstellen.«

Noch mehr Leute kamen ins Lohnbüro. Es gab nur noch Stehplätze, und die Schlange bewegte sich nicht.

»Die machen dauernd Fehler bei der Lohnabrechnung«,

sagte Anton verschmitzt. »Ich bin jede Woche hier, um irgendwas zu beanstanden. Manchmal habe ich das Gefühl, die machen das mit Absicht. Worüber wollen Sie sich beschweren?«

»Wie es aussieht, hat man mir drei Pfund zuviel bezahlt«, sagte Vita.

»Aus Ihnen eine Revolutionärin zu machen könnte schwieriger werden, als ich dachte.«

Als er später wieder in der Möbelabteilung war, sagte er unverblümter, was er gemeint hatte. »Ich hab dieses komische Vögelchen im Lohnbüro getroffen«, sagte er. »Die wollte Haden Brothers doch tatsächlich Geld zurückgeben.«

Die Möbelträger mit Ausnahme Charlies brachen in schallendes Gelächter aus, wobei Charlie zu dem Schluß kam, daß ihr Frohsinn auf einer Art Reflex basierte. Wenn Anton erwartete, daß seine Leute über etwas lachten, dann lachten sie auch.

»Sie muß wohl eine der *Frauen von Stepford* sein«, fuhr Anton fort. »Sogar einen komischen Namen hat sie: Vita!«

Charlie freute sich, Vitas Namen zu hören, selbst wenn es aus Antons Mund war. Daß man sich über sie lustig machte, gefiel ihm zwar nicht, aber bei Anton war das wohl unvermeidlich. Im Prinzip war das egal. Zu wissen, daß sie im gleichen Kaufhaus war und jemand sie gesehen hatte, genügte schon, um ihn ein wenig aufzuheitern. Gerade wollte Charlie fragen, ob Anton wüßte, wo sie arbeitete.

Dann sagte Anton: »Aber wißt ihr, obwohl sie unverkennbar ein Kretin und ein Roboter ist, finde ich sie ausgesprochen sexy.

Würde mir 'nen Riesenspaß machen, die mal so richtig dranzunehmen.«

Charlie reagierte instinktiv.

Ohne auch nur einen Moment zu zögern, ließ er die marmorne Nachttischplatte, die er in der Hand hatte, auf Antons rechten Fuß fallen. Der brüllte vor Schmerz und hüpfte herum wie bei einem avantgardistischen Tanzfestival. Unverzüglich stieß Charlie eine Reihe nachdrücklicher Entschuldigungen und Nachfragen nach Antons Wohlbefinden hervor, bekam aber nicht sofort eine Antwort.

Schimpfend, fluchend und mit schmerzverzerrtem Gesicht ließ Anton sich schließlich auf einen Sessel fallen. Er warf Charlie drohende Blicke zu.

»Wenn ich davon ausgehen würde, daß du das absichtlich gemacht hast«, knirschte Anton, »würde ich dir das Leben zur Hölle machen.«

»Das ist mir absolut klar«, sagte Charlie. »Ich weiß, daß du mir das Leben zur Hölle machen würdest. Und du weißt, daß ich das weiß. Und ich würde mir doch nicht absichtlich das Leben zur Hölle machen? Daher ist es doch ganz offensichtlich, daß es keine Absicht war. Stimmt's?«

25

Wanderbekleidung

Als Charlie am darauffolgenden Donnerstagabend nach Hause kam, saß Keith alleine im Wohnzimmer. Er hockte in sich zusammengesunken auf dem Sofa und sah betrunken aus. Sarah war nicht zu sehen. Normalerweise wurde Charlies Ankunft nur durch ein Grunzen quittiert, aber diesmal fragte Keith: »Und, wie ist dein Job bei Haden Brothers so?« Er war schwer zu verstehen und klang etwas abgespannt, aber Charlie schob das auf den Alkohol.

»Ist in Ordnung«, antwortete Charlie. »Manchmal macht es sogar Spaß.«

»Und? Hast du deine Kunstform schon gefunden?«

Charlie hatte zwar den Eindruck, daß Keith sich über ihn lustig machte, hielt es aber für Stichelei unter Freunden und gab eine ernsthafte Antwort: »Na ja, weißt du, das ist nicht leicht, wenn man einen Vollzeitjob hat. Aber ich suche noch. Ich habe die Hoffnung noch nicht aufgegeben.«

Charlie hätte dieses Thema gern vertieft, aber anscheinend konnte Keith sich nicht lange auf irgend etwas konzentrieren.

»Und was hältst du vom Sofa?« fragte er.

»Es ist ziemlich bequem.«

»Findest du?«

»Na ja, ich hab mich dran gewöhnt.«

»Ja«, sagte Keith. »Wahrscheinlich gewöhnt man sich an alles.«

Erst da bemerkte Charlie eine Gehässigkeit und Kälte in Keiths Stimme. Den Grund dafür kannte er nicht, versuchte aber, besänftigend auf Keith einzuwirken.

»Mach dir keine Sorgen«, sagte er. »Ich zieh aus, sobald ich es mir leisten kann. Und ich bin euch echt dankbar für eure Gastfreundschaft.«

»Unsere Gastfreundschaft hat dich also zufriedengestellt«, sagte Keith sarkastisch.

»Wie schon gesagt, ich bin euch echt dankbar.«

»Natürlich bist du das«, sagte Keith verbittert und begann zu grübeln. Es dauerte eine ganze Weile, bis er fragte: »Und wie findest du Sarah?«

»Ich mag Sarah«, sagte Charlie, was nicht ganz der Wahrheit entsprach.

»Das weiß ich«, sagte Keith. »Das weiß ich verdammt genau.«

»Gut«, sagte Charlie arglos.

»Und wie findest du sie im Bett?«

»Was?« sagte Charlie.

Er konnte kaum glauben, daß Keith das ernst meinte, aber der schien wirklich nicht zum Scherzen aufgelegt zu sein. Charlie wußte nicht, was er sagen sollte. Er hoffte, wenn er gar nichts sagte, würden Keiths Gedanken zur nächsten Frage weiterhüpfen.

»Na ja«, sagte Keith. »Immerhin ersparst du uns die Farce, das abzuleugnen.«

»Wieso ableugnen?« sagte Charlie. »Da gibt's nichts abzuleugnen.«

»Ich bin nicht so blöd, wie ich ausseh, Charlie. Wenigstens jetzt nicht mehr. Tief im Herzen hab ich wohl schon lange gewußt, daß Sarah mit jemand anderem vögelt. Ich hatte keine Beweise und keine Ahnung, wer das sein könnte. Dann paßte plötzlich alles zusammen. Ich hoffe, es hat dir Spaß gemacht, meine Freundin zu bumsen, du Arsch.«

Seine zornigen Worte verloren dadurch, wie er sie vorbrachte, viel von ihrer Schärfe. Seine ursprüngliche Wut verwandelte sich in dumpfe Depression.

»Wie konntest du nur?« fragte Keith leise und begann zu weinen.

»Aber ich hab doch gar nicht«, widersprach Charlie.

»Fang jetzt nicht auch noch an zu lügen, nach allem was du getan hast. Ich hab Sarah direkt gefragt, ob sie eine Affäre hat, und sie hat ja gesagt. Sie hat mir alles erzählt, was ihr hier auf dem Sofa getrieben habt. Wenigstens wart ihr so anständig, nicht unser Bett zu nehmen.«

Charlie wußte nicht, was er sagen sollte. Sarah als Lügnerin zu bezeichnen half nicht weiter. Keith zu erzählen, daß sie es mit jemand *anderem* auf dem Sofa getrieben hatte, machte es nur noch schlimmer. Glücklicherweise redete Keith lieber selbst.

»Es hat mich verletzt, Charlie, daß mich mein bester Freund so hintergeht.«

Charlie war nie davon ausgegangen, daß Keith ihn für seinen besten Freund hielt, aber diese Erkenntnis kam etwas spät.

Er setzte an und sagte, »Sarah …«, aber Keith unterbrach ihn. »Nimm ihren Namen nicht in dein dreckiges Maul«, sagte er.

Charlie wußte, wie es Keith erging. Er fühlte sich genauso, wenn Anton über Vita sprach.

»Pack deine Sachen«, fuhr Keith bekümmert fort. »Vielleicht kann ich dir eines Tages vergeben, aber bis dahin gehst du mir besser aus dem Weg. Und wenn du je versuchen solltest, Sarah wiederzusehen, dann bring ich dich um, das schwöre ich dir.«

Charlie sah keine andere Möglichkeit, als seine Sachen zu packen und zu gehen. Er nahm seine Kleidung, die paar Bücher, den Stadtplan, seine Musikkassetten, und schon hatte er alles beisammen, was er für die Obdachlosigkeit brauchte.

»Ich bin nicht wütend«, sagte Keith, als Charlie durch die Wohnungstür hinausschlich. »Ich bin nur sehr, sehr traurig.«

Charlie verwirrte und erschreckte Keiths, besonders aber Sarahs Verhalten. Aber eigentlich war es nicht schwer zu verstehen. Keith versuchte, seine Beziehung zu retten, Sarah ihre Affäre. So konnten beide so weitermachen wie bisher. Daß Charlie dadurch obdachlos wurde, mußte man dabei in Kauf nehmen, besonders da es nicht auf ihre Kosten ging.

Charlie lief eine Weile ziellos durch die Straßen. Es war erst acht. Erst dachte er, so bliebe ihm wenigstens noch genug Zeit, seine Bekannten in London anzurufen und einen davon zu überreden, ihm einen Schlafplatz für die Nacht zu überlassen. Aber dann erinnerte er sich, wie sie genau das bei seiner Ankunft in der Stadt abgelehnt hatten. Sie würden es höchstwahrscheinlich wieder tun, und er war nicht bereit, ihnen soviel Macht über sein Leben zu geben. Inzwischen war er schon eine ganze Weile in London, und keiner seiner alten Collegefreunde war mit ihm auch nur ein Bier trinken gegangen. Anscheinend stand er den Möbelträgern bei Haden Brothers inzwischen näher als seiner alten Clique. Es war nicht einmal völlig ausgeschlossen, daß einer der Möbelträger ihn für ein oder zwei Nächte aufnehmen würde, aber er hatte keine Möglichkeit, mit ihnen in Kontakt zu treten. Er wußte nicht, wo sie wohnten, und war mit keinem auch nur annähernd so gut bekannt, daß er dessen Telefonnummer hatte.

Er durchwühlte seine Taschen und fand zehn Pfund. Das war alles, was er bis zum nächsten Zahltag hatte. Dabei war morgen sogar Freitag, und er bekam seinen Lohn, aber das nützte ihm im Moment wenig. Eine Kreditkarte hatte er nicht. Ein Hotelzimmer kam also nicht in Frage. Über Obdachlosenheime wußte er nichts, und das sollte auch so bleiben. Um halb neun konnte er zurück in die Wärme und Geborgenheit von Haden Brothers. Seine Aufgabe war gar nicht kompliziert: Er mußte etwas mehr als zwölf Stunden auf den kalten, ungastlichen Straßen Londons totschlagen. Der Gedanke, sich zu betrinken, gewann an Reiz. Das brächte Besinnungslosigkeit und Schutz vor der Kälte. Aber mitten in London aus den Latschen zu kippen war dumm und gefährlich, und so entschloß er sich, lieber ins Kino zu gehen.

Er dachte, in London müsse es Kinos geben, die ein Nachtprogramm bis in den frühen Morgen zeigten. Er ging in einen Zeitungsladen, blätterte ein ›Time Out‹ durch und mußte feststellen, daß lange Filmnächte nur am Freitag und Samstag liefen. Eine ordentliches Double Feature würde ihn immerhin mindestens bis elf von der Straße bringen, und so sah er sich in einem großen, kalten Kino in King's Cross zwei frühe Russ-Meyer-Filme an. Ton- und Bildqualität waren miserabel, aber das war sein geringstes Problem. Er war nicht da, um in die Filmwelt einzutauchen. Er wollte Zeit totschlagen und, was ebenso wichtig war, planen, was er machen könnte, wenn das Programm zu Ende war und er wieder auf der Straße stand.

Wenn es schon keine Kinos mit Nachtvorstellungen gab, dann mußte es doch wenigsten Clubs geben, die die ganze

Nacht geöffnet waren. Natürlich konnte er den Eintritt nicht bezahlen, aber er dachte, ein Mann mit dem entsprechenden Charme und der nötigen Motivation könnte sich wohl den Weg in einen Club freireden. Und wenn er erst einmal drin war, könnte er sich an einem Getränk die ganze Nacht festhalten und würde vielleicht ja sogar ein Eckchen finden, wo man ihn in Ruhe ließ und er ein wenig dösen konnte. Was das betraf, könnte derselbe Mann seinen Charme wahrscheinlich auch dazu einsetzen, sich bei einer der Clubbesucherinnen einzuschmeicheln, die ihn mit nach Hause nehmen und so all seine Probleme auf einen Schlag lösen würde.

Als der Film dem Ende zuging, war Charlie zu dem Schluß gekommen, daß er nicht dieser Mann war. Der Menschenstrom, dem er aus dem Kino folgte, löste sich auf der Straße auf, und alle gingen nach Hause. Wenn er wirklich der Simplicissimus seiner Phantasie war, wäre er ohne Zweifel in ein Gespräch mit einem der anderen Kinobesucher verwickelt worden, worauf dieser ihm eine Bleibe für die Nacht angeboten hätte. King's Cross, dessen Bevölkerung sich hauptsächlich aus brutalen Säufern und Lumpenprostituierten zusammensetzte, war kein Ort für einen Simplicissimus. Er entschloß sich, in Bewegung zu bleiben.

Er kannte sich in London wirklich nicht gut aus, aber in der Hoffnung, irgendwann zum Fluß zu kommen, ging er Richtung Süden. Die Themse schien ihm eine angemessen romantische, um nicht zu sagen kitschige Kulisse für seine einsame Wanderung zu sein. Die Nacht war kalt, und er ging schnell, um warm zu bleiben. Er bewegte sich, als hätte er ein Ziel, machte dabei aber absichtlich Umwege und Schlenker, so daß der Weg länger wurde und mehr Zeit in Anspruch nahm. Er war überrascht, wie leer die Straßen waren, wie früh

London nach Hause ging und sich schlafen legte. Er sah eine Reihe dunkler, verlassener Eingänge und Durchfahrten, in denen er möglicherweise die Nacht hätte verbringen können, aber das hätte ihn zu einem Vagabunden abgestempelt, einem Penner, und er wollte unbedingt beweisen, wenn auch nur sich selbst, daß er ein ordentliches, nützliches, angesehenes Mitglied der Gesellschaft war.

Durch seine Schlangenlinien dauerte es anderthalb Stunden, bis er am Fluß war, ein Weg, der normalerweise in einem Drittel der Zeit zu bewältigen gewesen wäre. Aber die Wanderung war eindeutig harte Arbeit, und es war erst halb eins. Er hatte noch einen beängstigend langen Teil der Nacht vor sich, und seine schmerzenden Füße meldeten ihm, daß er die nächsten sieben oder acht Stunden auf keinen Fall laufend verbringen konnte.

Er machte auf einer Bank am Embankment Pause. Ein Bettler alter Schule und ein junger Schnorrer setzten sich zu ihm und versuchten, ein Gespräch mit ihm anzufangen. Die Nacht wäre so bestimmt schneller vorbeigegangen, aber Charlie fühlte sich einsam und verschlossen, und worüber hätte er sich mit Bettlern oder Schnorrern schon unterhalten können? Er ignorierte sie, so gut es ging.

Wenn er zu lange auf der Bank sitzen blieb, würde ihm unweigerlich kalt werden. Er war schnell durchgefroren und begann wieder zu gehen, bis er an eine Bushaltestelle kam, an der mehrere Personen Schlange standen und auf einen Nachtbus warteten. Er stellte sich ein Weilchen dazu. So fühlte er sich schon besser und fiel auch weniger auf. Eigentlich wollte er gar nicht Bus fahren, aber seine Wochenkarte galt auch für Nachtbusse, und als plötzlich einer anhielt, sah er so freundlich, anheimelnd und einladend aus, daß er mit den anderen einstieg.

Er hatte nicht darauf geachtet, wohin der Bus fuhr, und geriet so in Gebiete im Süden Londons, in denen er noch nie gewesen war. Zuerst fürchtete er, er würde sich völlig verirren, aber da er seinen Stadtplan in der Tasche und die ganze Nacht Zeit hatte, den Weg zurück zu finden, machte er sich bald keine Sorgen mehr. Die anderen Leute im Bus schliefen entweder, oder sie lärmten betrunken herum. Er blieb in sich gekehrt und einsam.

An der Endstation verließen alle den Bus. Auch Charlie stieg aus, und wieder spürte er diese schreckliche Kluft zwischen den Menschen, die wußten, wo sie hingehörten, und denen, die ziellos durch die Nacht streiften. Er war in einer Vorort-Einkaufsstraße. Sie war schmal und etwas armselig. Es gab eine Art heruntergekommenes Einkaufszentrum, ein paar Take-away-Restaurants, diverse abgewrackte, verriegelte und verschlossene Läden. Genau der richtige Ort, um überfallen zu werden. Charlie ging ein Stück und bemühte sich, auf keinen Fall wie ein Opfer auszusehen. Er wußte nicht, was er als nächstes tun sollte, aber dann sah er auf der anderen Straßenseite ein junges Pärchen, das an einer Bushaltestelle wartete. Der Bus, mit dem er gekommen war, wendete gerade, um ins Zentrum zurückzufahren, und Charlie sauste über die Straße und stieg ein.

Die beiden Busfahrten dauerten mehrere Stunden. Langsam verstrich die Zeit. In der Nähe von Waterloo stieg er aus dem Bus und entdeckte einen Imbißwagen. Er trank eine Tasse Tee und aß ein Käsesandwich mit dem dicksten Brot und der dünnsten Scheiblette, die er je gesehen hatte. Ein paar ebenfalls teetrinkende Taxifahrer musterten ihn mit feindseligen Blicken. Er gehörte nicht hierher, und so machte er sich wieder auf den Weg.

Schließlich hatte er so den größten Teil der quälenden und

anstrengenden Nacht hinter sich gebracht: gehend, sitzend und in den zunehmend unregelmäßiger verkehrenden Nachtbussen herumfahrend. Er wurde immer müder, wollte aber wach bleiben. Er traute sich nicht einmal, im Bus einzunicken. Seine Fahrten und Wanderungen wurden immer ziel- und planloser. Meistens wußte er weder, wo er war, noch, woher er kam, und schon gar nicht, wohin er ging. Als er sich jedoch plötzlich vor Haden Brothers wiederfand, war er nicht sonderlich überrascht.

Charlie hatte eine bestimmte Vorstellung von Haden Brothers bei Nacht. Er hatte Postkarten gesehen: Darauf war es ein fantastischer, von Scheinwerfern angestrahlter Turm mit bunten Lichterketten, die die architektonischen Linien hervorhoben. Aber jetzt, um fünf Uhr morgens, waren die Lichter abgeschaltet, und das Gebäude war in unheimliche Finsternis getaucht. Die Schaufensterbeleuchtung war aus, und die Fensterreihen der oberen Stockwerke waren völlig schwarz. Irgendwie war das nicht richtig. Charlie dachte, Haden Brothers müsse immer durch eine Art ewigen inneren Schein erhellt sein, dürfe nie schlafen, nie zur Ruhe kommen. Zumindest hatte er drinnen eine Notbeleuchtung erwartet und war davon ausgegangen, daß Wachmänner im Gebäude ihre Runden gingen. Charlie trat an die Glasscheiben des Haupteingangs und blickte hinein. Alles lag in tiefster Dunkelheit. Es gab weder Licht noch irgendein Anzeichen für Wachmänner. Der Eingang wirkte immer noch einladend, sah noch immer verlockend aus, obwohl er verschlossen und undurchdringlich war.

Charlie entschloß sich, außen um das Gebäude herumzugehen. Er wußte, daß das ungefähr eine halbe Stunde dauerte, und rechnete sich aus, daß er etwa sieben solcher Umrundungen mit einer jeweils fünfminütigen Pause vor sich hatte, wenn er beschäftigt sein wollte, bis er ins Kaufhaus hineinkam.

Tatsächlich ging er nur eine halbe Runde und setzte sich dann auf die Treppe vor einem der Hintereingänge. Er wollte nicht lange sitzen bleiben und schon gar nicht einschlafen, aber plötzlich fielen ihm die Augen zu, sein Kopf sank zur Seite, und als nächstes merkte er, wie ihn jemand schüttelte. Es war ein livrierter Haden-Brothers-Portier. Im ersten Moment wußte Charlie nicht, wo er war, dann fiel es ihm ein, und als er auf die Uhr schaute, stellte er fest, daß es beinah sieben war. Der Portier war unwirsch, aber nicht brutal. Er wollte nur, daß Charlie von seiner Treppe verschwand, und als der sich bereitwillig auf den Weg machte, wurde der Portier deutlich freundlicher.

Charlie war zwar körperlich ziemlich mitgenommen, aber emotional ging es ihm gar nicht so schlecht. Er war erschöpft von dem vielen Gehen und hatte Schmerzen vom Schlafen auf den harten, kalten Steinstufen, fühlte sich aber gut, weil er eine Nacht in der Wildnis überlebt hatte. Er hatte gerade noch genug Geld zum Frühstücken. Er setzte sich in ein kleines italienisches Café, aß Ei mit Schinken und trank soviel Kaffee, wie er bezahlen konnte. Die Nacht überleben war eine Sache, mit nur ein paar Stunden Schlaf durch den Tag kommen eine andere.

Er stempelte seine Karte und ging in den Personalwaschraum. Obwohl er sich, so gut es ging, säuberte und zurechtmachte, fühlte er sich schmuddelig und ging davon aus, daß er stank. Er betrachtete sich im Spiegel und dachte, er sähe ziemlich übel aus – als hätte er die ganze Nacht nicht geschlafen. Im großen und ganzen war ihm das egal. Er wollte, daß seine Möbelträgerkollegen sahen, in welchem Zustand er war. Er war nicht so naiv, mit Mitleid zu rechnen, aber vielleicht fragte ihn ja wenigstens einer, was er die ganze Nacht gemacht hatte, so daß er seine Geschichte erzählen konnte. Sie würden dann von seiner Obdachlosigkeit erfahren, worauf einer ihm ein Dach überm Kopf anböte. So lautete zumindest die Theorie.

Sofort als er in Gesellschaft der anderen Möbelträger war, fiel ihm auf, wie bizarr und abwegig seine Theorie war. Die Kollegen sahen Charlie gar nicht genau genug an, um zu bemerken, wie viel oder wenig er geschlafen hatte. Und selbst wenn es ihnen aufgefallen wäre, hätte es sie nicht genug interessiert, um ihn zu fragen, was er getrieben hatte. Und natürlich wurde ihm vollkommen klar, daß er in einer stinkenden Gosse hätte verbluten können, ohne daß ihm einer von ihnen zu Hilfe gekommen wäre. Charlie brauchte dringend eine neue Theorie.

An diesem Freitagmorgen war nicht allzuviel zu tun. Mittags überlegte Charlie ernsthaft, in den Aufenthaltsraum zu gehen und sich eine Stunde hinzulegen. Aber solchen Luxus konnte er sich nicht leisten. Statt dessen kaufte er einen ›Evening Standard‹ und ging die Anzeigenseite durch. Auch wenn es nicht sehr wahrscheinlich war, hoffte er, sich noch am selben Abend ein Zimmer ansehen zu können, das er auf der Stelle akzeptieren würde, worauf sich herausstellte, daß der Vermieter keine Kaution verlangte und er noch am gleichen Abend einziehen konnte. Es war eine frustrierende Mittagspause. Er rief viele Nummern an, die Anschlüsse waren aber alle besetzt, oder es ging keiner ans Telefon. Er erreichte nur einen Mann, und der war nicht bereit, jemanden vor Sonntag das Zimmer besichtigen zu lassen. Charlie überlegte, wie er bis dahin wohl aussähe.

Sein einziger Trost war, daß er heute Geld bekam. Wenn sonst nichts ging, konnte er sich immer noch ein billiges

Hotel suchen. Aber mit seinem Lohn von Haden Brothers konnte er selbst im billigsten Hotel nicht länger als zwei oder drei Nächte bleiben. Und wenn er das machte, stand er Montagmorgen wirklich mittellos auf der Straße.

Die Möbelträger verbrachten den Nachmittag wie üblich mit der Beanstandung ihrer Lohnabrechnungen. Als das um vier erledigt war, verkündete Anton, daß jetzt alle nach Hause gehen könnten, außer Charlie, der dableiben und später alle Karten stempeln mußte. Charlie protestierte nicht. Sie ließen ihn alleine am Packtisch zurück und machten sich auf den Weg ins Wochenende.

Die Verkäufer und Beraterinnen wußten, daß es keinen Sinn hatte, am Freitagnachmittag einen Möbelträger zu rufen, also hatte Charlie für den Rest des Tages seine Ruhe. Er war hundemüde, und obwohl er versuchte, nicht einzuschlafen, konnte er es schließlich nicht mehr verhindern. Charlie dachte noch daran, daß er nicht schlafend bei der Arbeit gefunden werden wollte, also suchte er sich eine Ecke im Versandbereich und quetschte sich zwischen eine Rolle aus Plastikschutzfolie und ein schwarzes chinesisches Lackschränkchen, das zur Abholung bereitstand. Wenn er jetzt ein paar Stunden Ruhe fand, konnte er sich am Abend besser auf die wichtigen Dinge konzentrieren.

Er schlief sofort ein. Falls er etwas träumte, waren es ruhige und angenehme Träume. Nichts störte ihn. Eine ganze Weile später wachte er langsam und von selbst auf. Er war nicht desorientiert. Er wußte genau, wo er war. Nur eins war komisch; es war völlig dunkel. Irgend jemand hatte alle Lichter ausgestellt. Das war ein bißchen seltsam, machte ihm aber anfangs nichts aus. Dann sah er auf seine Uhr. Es war – o Scheiße – zehn Uhr nachts. Das Kaufhaus war seit Stunden zu. Man hatte ihn eingeschlossen. Er meinte, allen Grund zu haben, wütend zu werden. Konnten die hier denn nie was richtig machen?

Er stand auf und tastete sich durch die Dunkelheit zum Lichtschalter. Der Raum materialisierte sich um ihn herum. Er öffnete die Tür, die zur Möbelabteilung oder, um genau zu sein, zum Raffles Room führte, der auf Korb- und Rattanmöbel spezialisiert war. Er rief »Hallo«, war aber keineswegs überrascht, als er keine Antwort bekam.

Es war gerade hell genug, daß er die Stühle und Tische erahnen konnte, und so konnte er die Abteilung durchqueren, ohne etwas umzureißen. Am Schreibtisch eines Verkäufers nahm er den Telefonhörer ab. Er hielt ihn ans Ohr und lauschte dem beruhigenden Ton in der Leitung, wählte dann aber nicht, da er keine Ahnung hatte, wen er anrufen oder was er sagen sollte. Er legte wieder auf und kam zu dem Schluß, daß er nachdenken mußte.

Er wanderte behutsam zwischen Kaffeetischen, Stehlampen, Drehstühlen und ausziehbaren Sofas entlang in die Mitte des Stockwerks, durch die Schwingtür zu den Rolltreppen im Atrium. Die standen natürlich, aber von dort konnte Charlie in die große Eingangshalle hinunterblicken. Im Halbdunkel konnte er die einzelnen Etagen gerade noch ausmachen. Er sah nicht das geringste Lebenszeichen. Er rief noch einmal, und dieses Mal war ein leises Echo zu hören, eine Antwort bekam er aber auch jetzt nicht.

Er ging die erste Rolltreppe hinunter, dann die nächste, dann die nächste. Seine Entrüstung darüber, eingeschlossen worden zu sein, schwand allmählich, und er fing an, sich äußerst unwohl zu fühlen, wie ein Störenfried, ein Einbrecher. Ihm fiel ein, daß es – *wenn* noch jemand im Kaufhaus war, wie zum Beispiel ein Wachmann oder ein Mitglied der Geschäftsleitung, das Überstunden machte – nicht so einfach sein würde, zu erklären, warum man ihn eingeschlossen hatte. Er hatte nicht den Eindruck, irgend etwas falsch gemacht zu haben, außer natürlich einzuschlafen, aber er war davon überzeugt, daß dies ein weiterer Fehltritt war, für den man ihn rausschmeißen konnte. Das wäre dann wirklich eine Katastrophe: keine Wohnung und dann noch kein Job. Er dachte, vielleicht wäre es besser, wenn man ihn gar nicht erst fand. Ihm wurde auch klar, daß er, sobald man ihn entdeckt hatte, unabhängig davon, was sonst noch alles geschah, aus dem Kaufhaus hinausschicken würde, worauf er wieder auf den Straßen herumirren müßte.

Und doch, bei aller Brisanz und Angespanntheit seiner Lage, war er sich sicher, daß er im Kaufhaus niemandem begegnen würde. Irgend etwas sagte ihm, daß er ganz alleine war in den vielen Räumen und Etagen von Haden Brothers. Außer ihm gab es hier kein menschliches Leben.

Es war nicht besonders warm. Die Kälte machte sich bemerkbar. Außerdem hatte er Hunger und Durst. Einen kurzen Augenblick fühlte er sich miserabel, als ihm plötzlich der tollkühne und wagemutige Gedanke kam, daß das Kaufhaus Lösungen für all diese Probleme bot. Schließlich war es nicht sein Fehler, daß man ihn eingeschlossen hatte. Haden Brothers schuldete ihm zumindest ein Abendbrot und ein Bett für die Nacht.

Er ging zur Lebensmittelabteilung im Erdgeschoß. Aus den Kühlregalen nahm er sich eine kleine Quiche, einen Becher Kartoffelsalat und eine Packung Orangensaft. Natürlich hatte er eigentlich keinen Appetit auf kalte Küche. Er hätte viel lieber eine Portion Roastbeef mit Beilagen und Soße gegessen, aber an so ehrgeizige Ziele traute er sich noch nicht heran. Wenn er aber schon innerlich mit etwas Kaltem vorlieb nehmen mußte, konnte er sich zumindest äußerlich warm halten. Auf dem Rückweg zur Möbeletage machte er daher einen Umweg durch die Bettenabteilung und suchte sich eine dicke Wolldecke. Er ging zurück zum Raffles Room, legte sich die Decke um und aß sein »Picknick« von einem langen Glastisch mit Bambusgestell.

Als er fertig war, fläzte er sich aufs Sofa, legte die Füße hoch und empfand ein merkwürdiges und offensichtlich unangebrachtes Wohlbehagen. Er fühlte sich seltsam sicher und geborgen. Das Schicksal schien sich seiner anzunehmen. So ließ sich die Nacht viel angenehmer verbringen, als durch die Straßen zu streifen und von einem Nachtbus in den nächsten zu hüpfen. Irgend jemand da oben meinte es gut mit ihm, was schon okay war, weil hier unten alle entweder feindselig waren oder ihn einfach nicht beachteten.

Keiner wußte, daß er im Kaufhaus war, und es kümmerte sich auch keiner so richtig darum. Niemand würde sich fragen, wo Charlie Mayhew heute nacht war. Aber es war gar nicht so übel hier. Eigentlich war in Haden Brothers genug Platz für Hunderte von Menschen. Eine einzelne Gestalt in der Möbelabteilung würde heute nacht gar nicht auffallen – und auch sonst nicht.

Und da kam ihm die große Erleuchtung. Wenn das eine Nacht per Zufall klappte, warum sollte es nicht länger absichtlich klappen? Mit den Speisen und Getränken, den Betten, Sofas, Tischen und Decken bot Haden Brothers ihm Sicherheit und Nestwärme; er hatte praktisch alles, was er je brauchen würde. Er stahl nichts, er benutzte die Dinge bloß.

Es war ein verrückter, aus der Verzweiflung geborener Plan, aber je mehr er darüber nachdachte, desto logischer und folgerichtiger wurde er. Bei Haden Brothers konnte er ein viel glücklicheres Leben führen, als es ihm je zuvor vergönnt gewesen war. Er wäre eine Art blinder Passagier, ein Hausgeist. Der Gedanke amüsierte ihn. Er war verrückt, absurd und unverschämt, aber Charlie war davon überzeugt, daß er ihn in die Tat umsetzen und das Kaufhaus zu seinem natürlichen Lebensraum machen könnte. Er würde Haden Brothers' unsichtbarer Untermieter werden, das Gespenst des Kaufhauses. Das waren wundervolle Aussichten. Er hatte das Gefühl, endlich zu Hause zu sein.

26

Kontrakte

»In letzter Zeit geschehen seltsame Dinge«, sagte Arnold Haden zu Derek Snell.

»Ist mir wohlbekannt«, stimmte Derek Snell zu und dachte an den falschen Bombenalarm, die Probleme mit der Signierstunde und die ausgesprochen publikumswirksame Abfuhr, die Vita Carlisle ihm erteilt hatte.

Aber das meinte Arnold Haden nicht. »Ich glaube, ich bin verliebt«, sagte er.

»Was?«

»Ich dachte, es wäre nur eine vorübergehende Schwäche«, sagte Haden, »aber mit der Zeit mußte ich feststellen, daß meine Gefühle für sie keineswegs schwinden.«

»Für wen?«

»Vita Carlisle. Wen sonst?«

»Verstehe«, sagte Snell ohne jedes Mitgefühl.

»Nun ja, das kann ich von mir wohl nicht recht behaupten. Aber ich denke andauernd an sie. Ich mag ihren Charakter, obwohl ich immer gedacht habe, ich suche eine Frau ohne Eigenschaften. Ich brauche dringend ein paar Tips. Was würden Sie tun, Derek?«

Derek Snell tat, als würde er sich die Sache gründlich durch den Kopf gehen lassen, und sagte dann in einem Tonfall vermeintlich äußersten Bedauerns: »Schmeißen Sie sie raus.«

»Ich soll sie rausschmeißen?« hauchte Arnold Haden.

»Ja«, sagte Snell. »Ich glaube, sie hat einen schlechten Einfluß.«

»Auf keinen Fall. Sie ist die perfekte Arbeitskraft.«

»Sie hat einen schlechten Einfluß auf Sie, Arnold. Schließlich legen Sie Wert auf ein sorgenfreies Leben. Und wie ich sehe, machen Sie sich ihretwegen Sorgen.«

»Aber ich glaube, diese Sorgen kommen mir ganz gelegen.«

»Ohne daß ich dem Mädchen zu nahe treten möchte«, sagte Snell, »muß ich doch sagen, daß sie meiner Ansicht nach wirklich nur hinter Ihrem Geld her ist.«

»Aber sie hat mein Angebot doch abgelehnt.«

»Ich glaube, daß sie nur abgelehnt hat, weil sie auf ein besseres Angebot aus ist.«

Haden faßte das als gute Nachricht auf.

»An mir soll's nicht liegen«, sagte er. »Ich bin bereit, mein Angebot zu erhöhen. Sie braucht nur zu sagen, was sie will.«

»Wenn das mal nicht ein schlechtes Beispiel für die Zukunft abgibt, Arnold.«

»Nein, das glaube ich kaum, weil meine Gefühle für Vita nämlich beispiellos sind.«

»Natürlich könnten Sie ihren Preis zahlen, aber als Ihr Vertrauter muß ich darauf achten, daß Sie auch einen entsprechenden Gegenwert für Ihr Geld bekommen.«

»Eigentlich geht es mir nicht ums Geld.«

»Da haben Sie recht. Es geht um etwas viel Wichtigeres. Ihren Seelenfrieden.«

»Ich weiß wirklich nicht, was ich machen soll.«

»Arnold, in einem solchen Augenblick sollten Sie das tun, was Sie auch sonst getan haben: Stürzen Sie sich Hals über Kopf in gedankenlose Lust. Machen Sie etwas Bedeutungsloses, Leeres, das keine Konsequenzen hat.«

»Könnten Sie das arrangieren?«

»Natürlich kann ich das. Montag morgen haben wir einen ganzen Schwung von neuen, jungen, natürlichen, blonden Verkäuferinnen. Die werden Ihnen garantiert gefallen, Arnold. Die sind haargenau Ihr Typ. Wenn Sie Vita Carlisle dabei nicht vergessen, ist Ihnen nicht mehr zu helfen.«

»Derek, ich wüßte nicht, was ich ohne Sie tun sollte.«

»Ich offen gesagt auch nicht, Arnold.«

27

Exponate

Charlie zog bei Haden Brothers ein. Er fühlte sich sogleich und vollkommen zu Hause. Die Tage verbrachte er in seinem gewohnten Dasein als Möbelträger, die Nächte als blinder Passagier im Kaufhaus.

Morgens war alles ganz einfach. Er mußte bloß plötzlich auftauchen, in dem Augenblick erscheinen, wenn er in der Abteilung Stimmen hörte. Die anderen spotteten zwar ein wenig darüber, daß er immer so früh zur Arbeit erschien, während sie doch auf ihre regelmäßige Verspätung stolz waren, aber Charlie hatte eine einfache Antwort parat. Er sagte, das Sofa, auf dem er schliefe, wäre so unbequem und seine Mitbewohner so unausstehlich, daß er lieber zur Arbeit ginge. Die Möbelträger hielten das zwar für bescheuert, schöpften aber keinen Verdacht.

Der Feierabend war da schon komplizierter. Er konnte zwar manchmal unter dem Vorwand zurückbleiben, noch etwas Papierkram erledigen zu müssen, aber es gab nur selten genug Arbeit, um dies überzeugend zu begründen. Bei anderen Gelegenheiten ging er in die Herrentoilette, schloß sich in einer Kabine ein und wartete.

Das war allerdings nicht hundertprozentig sicher, weil man von dort aus nicht genau feststellen konnte, ob alle weg waren. Außerdem fingen die Leute an zu munkeln, wenn man so viel Zeit auf der Toilette verbrachte. Aber er mußte sich irgendwo verstecken, bis das Kaufhaus leer war, und mit der Zeit gelang es ihm immer besser, unbemerkt zu verschwinden und sich in Ecken und Kämmerchen zu verdrücken, von denen aus er zwar sehen, aber nicht gesehen werden konnte. Er beobachtete die Reinigungskräfte beim Staubsaugen und beim Leeren der Mülleimer, und wenn es danach wieder still geworden war und jemand das Licht ausgemacht hatte, nahm er sein Reich in Besitz.

Von Montag bis Samstag klappte das gut, aber die Sonntage waren überraschend kompliziert. Das Kaufhaus war geschlossen, und er hätte erwartet, sich frei bewegen zu können, wurde aber viel zu häufig durch kleine Gruppen von Angestellten gestört, die Abteilungen umgestalteten, neue Ausstellungsstücke aufstellten oder als Teil einer Werbekampagne Tudorhäuschen oder Pseudoplazas im italienischen Stil bauten. Sonntags mußte er äußerst vorsichtig sein, sich absolut ruhig verhalten und aufpassen, daß er am Samstagabend keine Spuren hinterließ.

Wie schnell er sich an seine nächtliche Welt gewöhnte und wie mutig er wurde, versetzte ihn in Erstaunen. Während er anfangs noch wie ein Einbrecher im Halbdunkel durchs Haus geschlichen war, ging er nun überall hin, wo er wollte, und schaltete vorher das Licht an. Während er seine erste Nacht unter einer Wolldecke auf einem Rattansofa kampiert hatte, ging er jetzt in die Bettenabteilung, machte sich jede Nacht ein anderes Bett und schlief auf frischen Leinenlaken. Quiche und Kartoffelsalat wurden schnell durch edle Käsesorten, Räucherlachs und gelegentlich eine kleine Dose Kaviar ersetzt. Er lernte, geschickt mit den Mikrowellenherden in der Elektrogeräteabteilung umzugehen und sich damit komplette warme Mahlzeiten zuzubereiten. Er lebte nicht exzessiv, wurde weder verschwenderisch noch zum Vielfraß, aber er hatte sich entschlossen, gut zu leben, und ein kostspieliger Geschmack war wirklich schnell entwickelt.

Im Kaufhaus war es nie so still, wie man hätte erwarten sollen. Die Bausubstanz quietschte und knarrte unheimlich, Wasserleitungen und Heizungen zischten und stöhnten geisterhaft. Anfangs war er bei jedem Geräusch panisch geworden und in Deckung gegangen, da er die Anwesenheit anderer Menschen befürchtete. Aber er hatte schnell gemerkt, daß das nicht der Fall war, und diese Geräuschkulisse als substantiellen Teil seines neuen Lebens akzeptiert.

Bald war ihm jeglicher Sinn für die Gefahr abhanden gekommen. Jeder Teil des Kaufhauses wurde von Videokameras überwacht, und anfangs war er um sie herumgeschlichen und hatte versucht, ihrem starren Blick zu entgehen. Aber dann dämmerte ihm, daß sie nachts ausgeschaltet waren. Es war mit Sicherheit zu dunkel für ordentliche Aufnahmen, und selbst wenn nicht: Würde Haden Brothers wirklich Leute bezahlen, damit sie sich die ganze Nacht lang Bilder von leeren, finsteren Abteilungen ansahen?

Die Sauberkeit war eine heikle Angelegenheit. Einerseits stand ihm ein ganzes Universum an Seifen und Lotionen, Shampoos und Duschgels, Rasierwassern und Badesalzen zur Verfügung, andererseits konnte er nirgends in Ruhe baden oder duschen. Er wußte, daß es im Haus mehrere Badezimmer geben mußte, versuchte aber gar nicht erst, sie zu finden. Er hätte sich zu schutzlos und verletzlich gefühlt, wenn er völlig nackt ins Wasser gestiegen wäre, also wusch er sich Stück für Stück am Waschbecken in der Herrentoilette. Aus Angst, entdeckt zu werden, traute er sich aber selbst das am frühen Morgen nicht und mußte seine Waschungen daher mitten in der Nacht erledigen.

Unterhaltung war kein Problem. Er ging in die Hi-Fi-Abteilung und hörte sich die beste CD auf der besten Anlage an. Er sah sich in der Fernseh- und Videoabteilung auf riesigen Flachbildschirmen mit Stereoton die interessantesten Programme oder Filme an. Er hatte unbeschränkten Zugang zu allen erdenklichen Herrenmagazinen aus der Zeitschriftenabteilung, und obwohl er sie langweilig fand, gab es Momente, in denen sie sehr nützlich waren. Er testete ein paar Computerspiele und beschäftigte sich mit den Büroaccessoires. Ab und an las er sogar ein gutes Buch: etwas von James Joyce, Primo Levi oder Georges Perec.

Ein Sozialleben hatte er natürlich nicht mehr, aber das war kein großer Verlust. Seit seiner Ankunft in London war davon sowieso nicht mehr viel übriggeblieben. Wenn er seine Abende schon alleine und ohne Freunde verbringen mußte, konnte er es am besten im weitläufigen und gut bestückten Luxus von Haden Brothers tun. Die Möbelträger forderten ihn zwar immer noch auf, mit ihnen ein Bier trinken zu gehen, aber jetzt hatte er noch einen besseren Grund, dies abzulehnen. Wenn er einmal aus dem Kaufhaus raus war, konnte er nicht wieder hinein.

Gelegentlich ging er zum Fitneßtraining in die Sportabteilung.

Er streifte sich Boxhandschuhe über und prügelte auf den Sandsack ein, fuhr einige Kilometer auf dem Heimtrainer, pullte ein paar Schläge auf dem Rudergerät oder stemmte ein paar Gewichte. Danach fühlte er sich gestärkt und erfrischt. Er stählte seinen Körper, wurde fitter, als er je gewesen war.

Von Zeit zu Zeit erfaßten ihn unbändige, absurde Gelüste, worauf er in die Herrenabteilung ging und Fracks und Zylinder, Reithosen, Kimonos, Bomberjacken oder Seidenanzüge anprobierte. Er dachte, er sähe verdammt gut aus, und wünschte, er hätte eine, mit der er die Freude teilen könnte, die ihn bewundern und mit ihm lachen würde.

Manchmal fühlte er sich einsam, und dann begann er zu trinken. Er ging in die Weinabteilung, nahm sich eine Flasche anständigen Châteauneuf-du-Pape und goß sie sich zügig hinter die Binde. Das brachte seine Lebensgeister in Schwung und machte ihn furchtlos und selbstbewußt. In solchen Fällen streifte er wie ein Eroberer und Herrscher über alles, was er erblickte, durchs Kaufhaus. Er wurde unvorsichtig und tolpatschig. Gelegentlich stieß er Sachen um und vergoß Rotwein auf weiße Damastdecken. Es tat ihm leid, schien aber nicht weiter schlimm zu sein. Es führte nie zu irgendwelchen Konsequenzen. Das einzige, wovor er wirklich Angst hatte, war, besoffen einzuschlafen und am nächsten Morgen von einem Wachmann entdeckt zu werden. Dann wäre das Spiel zu Ende, und er würde die Konsequenzen zu spüren bekommen.

Er war sich nicht sicher, welcher Vergehen er sich eigentlich schuldig machte, aber er nahm an, daß es auf so etwas wie Diebstahl und vermutlich Hausfriedensbruch hinauslaufen würde. Er wußte auch nicht genau, welche Strafen auf diese Delikte standen – bestimmt eine hohe Geldstrafe oder vielleicht gar Gefängnis. Er ging jedoch davon aus, daß er vermutlich mit einer ordentlichen Standpauke davonkommen könnte. Wahrscheinlich wäre es Haden Brothers viel zu peinlich, wenn das, was er tat, an die Öffentlichkeit geriete.

Er hoffte nicht, daß man ihn entdecken würde, meinte aber, früher oder später müsse es dazu kommen. Er hatte nicht vor, für den Rest seines Lebens bei Haden Brothers abzutauchen. Und mit ein bißchen Glück brauchte er das auch nicht. Obwohl er das Kaufhaus nie verließ, stempelte er immer noch morgens und abends seine Karte. Da er jetzt nicht für seinen

Lebensunterhalt aufkommen mußte – Kost und Logis waren frei, und er brauchte nicht einmal mehr eine Monatskarte –, gab er nichts von seinem Lohn aus. Er sparte sich einen hübschen Haufen Geld zusammen, und sobald der groß genug war, würde er das Kaufhaus verlassen und sich davon die Zeit kaufen, die er brauchte, um als Künstler zu avancieren.

Mit der ganzen Freizeit, die er abends und an den Wochenenden hatte, hätte er durchaus sofort mit der Ausübung seiner Kunst beginnen können, aber er zog es vor, seine künstlerische Tätigkeit als Projekt der Zukunft zu sehen. Im Moment war er noch in der Vorbereitung, bei den Recherchen, der Materialsammlung.

Er schnüffelte auch herum, durchsuchte Schubladen und Schränkchen mit persönlichen Gegenständen. Das war nicht sehr erhellend. So fand er etwa eine Schachtel mit Zäpfchen, eine Glückwunschkarte pornographischen Inhalts und ein paar Kondome. Das hätte man zwar für peinliche Enthüllungen nutzen können, aber meist kannte er die beteiligten Personen nicht. Auch geriet er in die Büros der Geschäftsleitung und entdeckte Entwürfe von Memoranden und Briefen, die jemanden interessiert hätten, der sich mit bürointernen Vorgängen beschäftigte, aber das tat Charlie nicht.

Eines Nachts kam er in Derek Snells Büro und fand einen Aktenordner mit der Aufschrift ›Vertraulich‹. Er blätterte ihn durch, fand darin aber nichts weiter als Bewerbungen von Schulabgängerinnen. Er zuckte die Achseln. Wirklich vertrauliche Akten hätte man zweifelsohne nicht einfach so herumliegen lassen.

Wenn er Antons Neigungen und Motive geteilt hätte, wären die unterschiedlichsten Sabotageakte möglich gewesen. Er hätte Dokumente stehlen und vernichten, Systeme zerstören, wichtige Bestellformulare, Preislisten oder Rechnungen verschwinden lassen und jede Art von Verwirrung stiften können. Aber so etwas kam ihm nie in den Sinn. Seine Schnüffelei beruhte auf wohlwollender Neugier. Er erkundete seine Umwelt, machte sich mit seinem Lebensraum vertraut. Die schlichte und erstaunliche Wahrheit war, daß er Haden Brothers viel zu gern hatte, als daß er irgendwelchen Schaden anrichten wollte.

Er sah sich aber in zunehmendem Maße in der Rolle eines verrückten Machthabers und das Kaufhaus als persönliches Lustschloß mit seiner privaten Schatzkammer. Natürlich gehörten ihm die ihn umgebenden Waren nicht, aber da sie ihm jederzeit zur Verfügung standen, war es nicht schwer, sie als die seinen zu betrachten. Er wollte sie nicht hamstern oder an sich reißen, und mit nach Hause nehmen konnte er sie sowieso nicht. Das Wissen, daß sie da waren, reichte ihm völlig. Er hatte ein wachsames Auge auf ihr Kommen und Gehen. Er wußte über Änderungen im Angebot Bescheid. Alte Bestände wurden verkauft, neue angeschafft. Saisonwaren hatten ihre großen Tage und verschwanden wieder. Ihm war bewußt, daß er Zugang zu einem Reichtum hatte, von dem andere Leute nur träumen konnten. Die Menschen mußten hart arbeiten, um Dinge zu besitzen, die er umsonst hatte. Er schätzte sich glücklich, hielt sich aber nicht für materialistisch; er erfreute sich der Güter, hegte aber nicht den Wunsch, sie zu besitzen.

In der Spielwarenabteilung spielte er mit der Modelleisenbahn, einer elektrischen Autorennbahn, Papierflugzeugen und Handpuppen. Er besichtigte ein Lager für Weihnachtsartikel mit künstlichen Tannen, im Takt blinkenden Lichterketten und mehreren Weihnachtsmann-Kostümen. Es war kindisch, aber das störte ihn nicht, und schließlich ging er nicht nur solch unschuldigen Freuden nach.

In der Drogerieabteilung probierte er, an welche Medikamente er herankam. Die harten Sachen und die Beruhigungsmittel waren verschlossen, aber er hatte jede Menge Hustensäfte, Erkältungspillen, Hautcremes, Antiseptika und fiebersenkende Mittel zur Verfügung. Auch Kondome, aber dafür hatte er noch weniger Verwendung als für das andere Zeug.

In der Damenwäsche-Abteilung sah er sich die Höschen und BHs, die Teddys und Bodys an. Er hielt sie vor sich, strich mit der Hand über das Gewebe, rieb damit über sein Gesicht und fragte sich, wer diese Artikel kaufte. Er stellte sich vor, wie sie nach Hause kam, ins Schlafzimmer ging, sich auszog und dann liebevoll die Neuerwerbung anprobierte, ohne je auf die Idee zu kommen, daß jemand wie er das Stück schon berührt und gestreichelt hatte. Vielleicht vermutete sie das aber auch oder wünschte es sich sogar, vielleicht trafen sich ihre Phantasien in diesem Punkt.

Charlie ging regelmäßig in die Haustierabteilung. Zu bestimmten Zeiten in der Geschichte von Haden Brothers hatte es in der Haustierabteilung jede Menge verschiedener exotischer Vögel, niedliche Welpen, Kätzchen, Pinseläffchen, Schlangen und Gespenstheuschrecken gegeben. Aber in den letzten Jahren hatten sich die Empfindlichkeiten verändert, und jetzt wurde hier hauptsächlich Haustierbedarf verkauft. Die einigen Lebewesen im Angebot waren einige tropische Fische in den wenigen Aquarien. Er setzte sich lange davor und betrachtete das Aufblitzen der metallisch schimmernden Farben im klaren, blauen Wasser. Es faszinierte ihn. Die Aquarien waren eigenständige Welten, winzige Planeten, ebenso komplett und in sich geschlossen wie Haden Brothers.

Er schaute die Fernsehnachrichten, las Zeitungen und ging manchmal in der Mittagspause vor die Tür, damit er nicht völlig von der Welt abgeschnitten war, aber das meiste, was dort geschah, schien ihn nichts mehr anzugehen. Steigende Preise, Bahn- und Busstreiks, Arbeitslosigkeit, Kriege in fremden Ländern und die Regierungspolitik zogen an ihm vorbei. Das Informationsblatt für Mitarbeiter, der Lageplan einer Etage von Haden Brothers oder ein Versandkatalog waren die Dinge, die sein Leben ausmachten und bestimmten.

Er war ein fleißiger Möbelträger, arbeitete aber nicht so viel, daß er damit bei seinen Kollegen Anstoß erregte. Er war zwar keiner von ihnen, aber das war ihm auch ganz recht so, und wenn sie ihn für einen komischen Kauz hielten, der am liebsten alleine war, dann war das schon in Ordnung. Je weniger sie über ihn wußten, desto besser. Zu Charlies Erleichterung ließ ihn selbst Anton inzwischen zufrieden.

Trotzdem gab es Momente, in denen er dachte: »Wenn die wüßten.« Eines Nachts, als er in die Beschwerdeabteilung mit den ganzen Swimmingpools und Papageien geraten war, verspürte er einen überwältigenden Drang, diese Entdeckung mit jemandem zu teilen. Sein Coup war so genial und verwegen, daß er sich manchmal kaum zurückhalten konnte, anderen davon zu erzählen, aber irgendwie schaffte er es dann doch.

Aber eines Nachts hörte er plötzlich ungewohnte Geräusche im Kaufhaus, nicht das übliche beruhigende Knarren und Quietschen, sondern das Brummen eines der Hauptfahrstühle. Charlie saß in der Möbelabteilung auf einem Parker-Knoll-Liegesessel herum, vertilgte ein Glas Oliven mit Anchovis, schlürfte ein belgisches Kirschbier und las zufällig gerade Huysmans' *Gegen den Strich*. Das war sein Glück. Hätte er Musik gehört oder den Fernseher laut gehabt, dann hätte er das nicht mitbekommen. Sein Liegesessel stand im Blickfeld des Fahrstuhls, also schnappte er sich Bier, Buch und Oliven und flitzte hinter eine handbemalte, geschwungene Stellwand, die den Raum im italienischen Stil von den Klassikern des modernen Designs trennte. Er konnte die Fahrstuhltür noch sehen, war aber gut versteckt. Er horchte intensiv und glaubte nicht nur einen, sondern sogar zwei Fahrstühle zu hören.

Er dachte, er müßte sich keine größeren Sorgen machen. Selbst wenn die Fahrstühle in Betrieb waren, gab es keinen erkennbaren Grund dafür, daß sie in seinem Stockwerk anhalten würden oder daß auch nur Leute darin wären. Er behielt jedoch die Leuchtanzeigen über den Türen im Auge und sah, daß tatsächlich zwei Aufzüge herabkamen, wobei einer etwas vor dem anderen war. Der erste Fahrstuhl erreichte die Möbeletage und hielt. Eine helle Glocke erklang, und die Tür öffnete sich. Charlie spürte, wie ihm das Adrenalin in die Adern schoß, erstarrte dann aber in ungläubigem Staunen, als eine kichernde junge Blondine aus dem Lift rannte. Sie wirkte betrunken, übermütig und war splitternackt. Charlie glotzte ihr hinterher, als sie über den Teppich zur Bettenabteilung spurtete. Er fragte sich noch immer, ob er an Halluzinationen leide, als der zweite Fahrstuhl ankam und ein ebenfalls nackter Mann mittleren Alters herausschoß.

Charlie war diesem Mann nie persönlich begegnet, aber er wußte, wer es war: Arnold Haden. Er war nicht so albern, übermütig oder betrunken wie die junge Frau, machte sich aber sofort daran, sie zu verfolgen. Charlie traute seinen Sinnen zwar immer noch nicht, wurde aber gleichzeitig ärgerlich. Was dachten sich diese Leute dabei, in sein Territorium einzudringen und ihn beim geruhsamen abendlichen Lesen zu stören?

Er wartete hinter der Stellwand, aß eine Olive und trank einen Schluck Bier. Über Arnold Hadens Vorhaben bestanden kaum irgendwelche Zweifel. Er nutzte das Kaufhaus als Schauplatz für ein nächtliches Schäferstündchen. Er jagte die Angestellte nicht um seinen Schreibtisch, sondern durchs gesamte Kaufhaus. Die Frau ließ sich anscheinend gern jagen und kam dabei offenkundig in Fahrt. Ihr verzücktes Kreischen war durch die ganze Etage zu hören. Charlie wollte sich das mal aus der Nähe ansehen.

Er ging zur Bettenabteilung hinüber. Es gab eine ganze Reihe unterschiedlicher Stile und Größen, von französischen Liegen über Polsterbetten bis Betten mit Kopfteilen, und es gab auch genügend Gegenstände, die ihm Deckung boten und hinter denen er sich verstecken konnte. Das geringe Alter und die Blässe der Frau fielen ihm auf. Ihre Haare hatten die Farbe von sonnengebleichtem Sand, und sie war ungeschminkt. Ihr Schamhaar bildete ein winziges, wie mit einem Lineal gezogenes Dreieck. Sie war hübsch und, wie er annahm, gut gebaut, dabei aber außerordentlich unscheinbar. Sie ließ sich von Arnold Haden fangen, und er warf sie auf eine mittelgroße französische Liege mit Teakholz-Schubladen.

Arnold Haden war ein munterer Liebhaber. Er streichelte und küßte und stimulierte seine Partnerin an allen wichtigen Stellen. Er war weiß, weich und übergewichtig, trotzdem lag eine Art massiver Grazie in seinen Bewegungen. Und wenn ihm das Ganze auch offenbar mehr Spaß machte als ihr, so versuchte sie doch, auf keinen Fall widerwillig zu erscheinen. Sie gingen von einem Bett zum nächsten und eine Stellung nach der anderen durch. Von oben, von unten, von vorn, von hinten, im Liegen, im Knien und im Stehen. Einmal legte er sie vor einen großen Spiegel, so daß er sich beobachten konnte.

Arnold Haden sah ebenso fasziniert zu wie Charlie, dennoch hatte das Treiben auf Charlie eine etwas kompliziertere Wirkung. Er war noch nie in dieser Situation gewesen, und wenn man den Vorfall mit Sarah und ihrem Liebhaber außer acht ließ, war er nicht einmal im Entferntesten in einer solchen Situation gewesen – und er fühlte sich unwohl. Es war peinlich, geschmacklos und wahrscheinlich unmoralisch. Es erregte ihn nicht; aber wegsehen konnte er auch nicht.

Ihm fielen Details auf: ein unregelmäßig geformtes graues Haarbüschel am unteren Ende von Arnold Hadens Wirbelsäule, seine Blinddarmnarbe, seine großen Plattfüße. Er sah, daß die Frau mehrere honigfarbene Muttermale unter dem linken Busen hatte, daß ihre Brustwarzen kaum dunkler waren als ihre Haut, daß an ihrem linken Handgelenk eine kleine Druckstelle von einer erst kürzlich abgelegten Uhr war.

Es war ein intimes und obszönes Schauspiel, und doch erschien es ihm wie ein seltsam unschuldiger Zeitvertreib; wie klassischer Tanz, Pantomime oder Gymnastik. Die beiden waren splitternackt und bewegten sich in völliger Freiheit in seiner mit Besitztümern vollgestopften Welt, und darum beneidete Charlie sie.

Er sah zu, bis sie fertig waren, das heißt, bis Arnold Haden fertig war. Der Höhepunkt war kurz, intensiv, aber wenig dramatisch, obwohl Arnold Haden während seines Orgasmus etwas schrie, ein paar Worte, die Charlie allerdings nicht verstand. Haden stieg von ihr herunter, und sie stieg aus dem Bett. Sie kicherte nicht mehr. Sie blieb schüchtern neben dem Bett stehen, als suche sie etwas, womit sie ihre Blöße bedecken könnte. Langsam stand auch Arnold Haden auf. Tröstend klopfte er ihr auf die Schulter, als hätte sie im Squash verloren, und führte sie zum Fahrstuhl. Beide stiegen ein und fuhren hoch zu Hadens Penthouse.

Charlie hatte eine trockene Kehle und stellte erfreut fest, daß er noch ein halbvolles Bier in der Hand hatte.

Alles war wieder ruhig und still, aber das Gefühl, gestört worden zu sein, hing noch in der Luft. Obwohl er wußte, daß es albern war, hatte Charlie das Gefühl, Arnold Haden wäre in sein Territorium eingedrungen, und, was noch schlimmer war, er könnte es jederzeit wieder tun. Auch mit diesem Problem mußte er leben. Wenn Arnold Haden anfing, nackt im Kaufhaus herumzulaufen, bestand die Möglichkeit, daß er Charlie begegnete. Beide würden den Schock ihres Lebens erleiden, aber Charlie wäre derjenige, der die Konsequenzen zu tragen hätte.

Gleichzeitig sah er allerdings auch, wie er die Situation zu seinem Vorteil wenden könnte. Arnold Haden in diesem Zustand gesehen zu haben, war eine weitere Karte, die er im Ärmel behalten sollte – nicht gerade ein Trumpf, aber sie sah ganz vielversprechend aus. Für eine Erpressung war sie kaum geeignet, aber wenn man ihn je erwischte, könnte es durchaus nützlich sein, intime Kenntnisse über Arnold Haden zu haben.

In den nächsten Wochen machte Arnold Haden noch eine Reihe weiterer erotischer Streifzüge ins Kaufhaus. Der Ablauf war bei allen fast derselbe, und Charlie lernte, damit umzugehen. Wenn er den Fahrstuhl hörte, versteckte er sich schnell. Er sah sich das Treiben nicht mehr an, trotzdem fiel ihm auf, wie ähnlich sich die Frauen sahen; alle waren jung, blond und ziemlich nichtssagend. Er merkte, daß diese Beschreibung zumindest zum Teil auf Vita Carlisle paßte, wobei er aber genau wußte, daß sie alles andere als nichtssagend war. Er wartete schon fast darauf, sie nackt aus dem Fahrstuhl kommen zu sehen. Dieser Gedanke versetzte ihn in Angst und Schrecken. Der Anblick der nackten Vita Carlisle hätte ihn schon erfreut, aber wenn er sie jemals in den schmierigen Klauen von jemandem wie Arnold Haden sah, konnte er für nichts garantieren.

Nachdem er Arnold Haden ein paarmal beobachtet und belauscht hatte, fand er heraus, was der beim Orgasmus schrie: »Hamnet kommt!« Das war als Lustschrei ebenso sinnlos wie als Graffito, Name einer Rockband oder möglicherweise als Codewort.

28

Binder

Arnold Haden und Vita Carlisle treten aus dem Weiß des Penthouses auf den Balkon, der früher Selbstmordschanze genannt wurde. Die Nachtluft ist kühl und streicht ihnen wie eine kalte Hand über die Haut.

»Du hast gefragt, warum ich keine Angst habe«, sagt Arnold. »Ich glaube, ich kann es dir erklären, aber das ist eine lange Geschichte.«

»Das macht nichts«, sagt Vita. »Wir haben eine lange Nacht vor uns.«

Arnold Haden sagt: »Es war am 13. Juni 1962, und wir hatten viel getrunken. Das war normal damals, das haben alle gemacht. Wir waren zu dritt, meine Frau Patricia, mein Bruder Timothy und ich, eine recht eingespielte Gesellschaft. Timothy hatte sich gerade ein neues Auto gekauft, einen Alvis in Blaumetallic mit cremefarbener Lederausstattung. Er wollte ein wenig angeben, also hatte er uns auf eine Spritztour nach Oxfordshire eingeladen. Wir waren in einem netten Pub am Fluß, tranken Pimms, Gin Tonic und Bier und entschlossen uns dann, wieder nach Hause zu fahren.

Wir beide, Tim und ich, waren damals Mitte zwanzig, wobei er aber ein paar Jahre älter war als ich. Während der Schulzeit hatten wir uns gehaßt, waren furchtbare Rivalen und ungeheuer eifersüchtig aufeinander gewesen, weil wir beide fuchsteufelswild wurden, wenn der eine etwas hatte und der andere nicht. Bis wir zur Universität gingen, hatten wir dann gelernt, uns gegenseitig zu akzeptieren, und als Erwachsene waren wir schließlich gute Freunde geworden. Das war auch besser so, schließlich wußten wir, daß wir früher oder später einmal gemeinsam Maden Brothers leiten würden.

Als Kinder war das Kaufhaus unser Spielplatz gewesen. Wir hatten nachsichtige Eltern und wußten, daß wir, solange es im Rahmen blieb, aus dem Kaufhaus haben konnten, was wir wollten. Komischerweise waren wir keine besonders habsüchtigen Kinder, was wahrscheinlich darauf zurückzuführen war, daß wir viel zu verwöhnt waren, um dasselbe Wertesystem wie der Rest der Gesellschaft zu entwickeln. Ein Sortiment ›Tiere auf dem Bauernhof‹ aus billigem Blech konnte uns ebensoviel Freude bereiten wie eine riesige und ausgefeilte Hornby-Modelleisenbahn. Außerdem war das Kaufhaus ein fantastischer Ort, um Verstecken zu spielen. Es gab Zeiten, da kannte ich jeden Zentimeter und sämtliche verborgenen Ecken und geheimen Verstecke.

Die Erbfolge bei Haden Brothers, wenn man es so bezeichnen will, war schon immer etwas kompliziert. Die Gründer des Kaufhauses, Edwin und Clifford Haden, hielten die Tatsache, daß das Kaufhaus von zwei Brüdern geführt wird, für etwas Besonderes und Bedeutsames. Sie dachten, die Kameradschaft und das Einfühlungsvermögen unter Brüdern sichere den geschäftlichen Erfolg, und meinten, daß immer Brüder am Ruder sein sollten. Haden-Vettern wären nicht geeignet, Haden-Schwestern völlig undenkbar. Das Schicksal stand ihnen zur Seite. Edwin hatte zwei Söhne, Clifford zwei Töchter. Die Mädchen wurden keineswegs schlecht behandelt. Sie bekamen Geschäftsanteile und Treuhandvermögen, aber die Geschäftsführung wurde allein den Jungen übertragen.

Auch das mag heute seltsam klingen, aber mein Bruder Timothy und ich sahen keinen Grund, etwas an diesem Verfahren zu ändern. Wir akzeptierten, daß wir, oder zumindest einer von uns, in der Pflicht standen, zwei oder mehr männliche Erben zu zeugen. Wahrscheinlich hätte es gewaltige Probleme gegeben, wenn wir beide zwei männliche Erben oder jeder nur einen gezeugt hätten, aber dazu sollte es nie kommen.

Wie schon gesagt, als wir uns auf den Rückweg nach London machten, hatten wir viel getrunken, und da ich ein klein wenig nüchterner war als Timothy, schlug ich vor, daß ich fahren könnte. Aber in unserem Rausch trat unsere frühere Rivalität wieder zutage, und Timothy bestand darauf, selbst zu fahren. Ich hatte damals den Eindruck, daß er mich einfach nicht mit seinem neuen Spielzeug spielen lassen wollte. Ich fügte mich.

Patricia und ich waren noch nicht sehr lange verheiratet, es waren noch ein paar Monate bis zu unserem zweiten Hochzeitstag. Natürlich hielt ich sie für schön und makellos. Es war eine echte Liebesheirat, wobei mir aber durchaus bewußt war, daß sie eine angemessene Ehefrau für einen Haden Brother war. Sie war charmant und weltgewandt. Sie konnte gut mit Kunden umgehen, hatte einen ausgezeichneten Geschäftssinn und liebte Haden Brothers fast ebensosehr wie ich. Ich hatte wenig Zweifel, daß sie mir zwei oder mehr männliche Kinder gebären würde, und ging davon aus, für immer mit ihr zusammen zu bleiben.

Ich dachte, damit wäre ich Timothy gegenüber deutlich im Vorteil. Trotz seines höheren Alters hatte er erheblich weniger Erfolg bei Frauen. Er hatte noch keine ernsthafte Beziehung gehabt, und das schien ihm nichts auszumachen. Er hatte sogar häufig davon gesprochen, was zugegebenermaßen allerdings viele junge Männer tun, sein Leben lang Junggeselle zu bleiben.

Wir fuhren eine Umgehungsstraße um Slough entlang, als Timothy sich an Patricia wandte und sie aufforderte: ›Es wird Zeit, daß du es ihm sagst.‹ Patricia kicherte und versuchte Timothys Äußerung herunterzuspielen, aber er sagte bestimmt: ›Wenn du es nicht machst, mach ich es.‹

Heutzutage ist das alles so offensichtlich, so vorhersagbar: keine große Tragödie, sondern eine schlechte Fernsehserie. Timothy war zu dem Schluß gekommen, daß er Patricia für sich wollte. Er sagte, daß sie verliebt wären, sich geliebt hätten, daß es leidenschaftlich und ihnen ernst wäre und Patricia mit der Lüge nicht mehr leben könnte. Sie würde mich verlassen, um ihn zu heiraten. Er wußte, daß ich am Boden zerstört sein würde, fand aber keine Worte der Entschuldigung.

Der Alkohol dämpfte die Wirkung dieses Bekenntnisses. Ich konnte nicht klar denken, konnte es nicht so recht glauben und wußte doch, daß es die Wahrheit war. Patricia sagte nichts, stritt aber auch nichts ab.

Ich war – und bin es noch – absolut davon überzeugt, daß Timothy Patricia nur wollte, weil sie zu mir gehörte. Er wollte sie genauso, wie er meine Dinky-Autos und meine Zinnsoldaten haben wollte. Ich glaube, daß Patricia ihn völlig kalt gelassen hätte, wenn sie frei und ungebunden oder auch nur mit einem anderen als mir verheiratet gewesen wäre. Ich war bestürzt, daß sie sich hatte verführen lassen und meinen Bruder so benutzt hatte. Ich war tief enttäuscht. Ich hatte ihr mehr Urteilsvermögen zugebilligt, einen besseren Blick für Qualität erwartet. Dann sagte sie: ›Das ist doch albern. Wir sind betrunken. Morgen sieht die Sache schon ganz anders aus.‹ Aber ich wußte, daß das nicht stimmte.

Möglicherweise hätte ich um Patricia kämpfen und versuchen müssen, sie mir wiederzuholen. Möglicherweise hätte ich größeres Vertrauen in mich und meine Fähigkeit setzen sollen, die Liebe einer Frau zurückzugewinnen, aber dieses Selbstvertrauen hatte ich nicht. Man hatte mich vor vollendete Tatsachen gestellt, und einen Streit darüber anzufangen wäre entwürdigend gewesen. Dazu kam, wenn Patricia wirklich glaubte, sie liebte Timothy, und wenn sie wirklich mit ihm geschlafen hatte, dann war sie nicht die Frau, die ich geliebt zu haben glaubte, und in meinen Augen rettungslos verloren.

Ich saß hinten im Wagen. Timothy und Patricia saßen vorne, eine Anordnung, die im nachhinein fast inszeniert wirken mag. In diesem Augenblick haßte ich meinen Bruder mehr, als ich je im Leben irgend etwas oder irgend jemanden gehaßt hatte, und fing an, auf seinen Hinterkopf und Nacken einzuprügeln. Mit fest zusammengeballten Fäusten, so daß ich ihm wirklich weh getan haben muß. Ich hatte einen Wutanfall und wußte nicht, wie hart ich zuschlug.

Er hatte nicht mit diesem hinterhältigen Angriff gerechnet und konnte sich nicht schnell genug verteidigen. Einer dieser wilden, verzweifelten Schläge muß unglücklich getroffen haben. Sein Kopf fiel nach vorne, er ließ das Lenkrad los, aber der Wagen raste weiter. Gerade war die Straße noch frei gewesen, aber jetzt kam ein riesiger LKW auf uns zu. Patricia schrie, und mir wurde die Ungeheuerlichkeit meiner Handlung bewußt.

Patricia konnte nicht Auto fahren, griff aber instinktiv nach dem Lenkrad. Es war zu spät, und wenn es überhaupt etwas bewirkt hat, dann brachte ihr hektisches Zerren am

Lenkrad uns noch direkter in den Weg des LKW. Der Fahrer bremste noch, aber der Zusammenstoß war nicht mehr zu verhindern, und er war fürchterlich.

Plötzlich flogen wir, wirbelten mit der Leichtigkeit einer alten Konservendose durch die Luft. Der Wagen landete auf dem Dach. Die Scheiben waren zersplittert, und alles war voll Blut. Ich hörte Patricia stöhnen, aber Timothy lag schweigend und unbeweglich da. Ich wußte, daß er tot war, und hatte selbst solche Schmerzen, daß ich dachte, auch ich würde sterben. Ich blieb aber im Laufe des ganzen langwierigen Prozesses bei Bewußtsein, wartete auf Polizei und Krankenwagen, sah zu, wie sie den Wagen aufschnitten, um uns rauszuholen, und ließ mich auf der holprigen Fahrt zum Krankenhaus durchschütteln.

Schließlich erzählten die Ärzte mir, daß ich Glück hätte, am Leben zu sein, aber das sah ich damals nicht so. Patricia überlebte noch knapp eine Woche. Sie war nur sporadisch bei Bewußtsein und durch die schmerzstillenden Mittel ziemlich apathisch, aber ich konnte kurz mit ihr sprechen. Sie fragte mich, ob ich ihr vergeben würde, und ich mußte ihr antworten, daß ich das nicht konnte.

Ein Arzt teilte mir mit, daß sie gestorben war. Obwohl er genauso alt war wie ich, war er erheblich unreifer. Nachdem er mir die Nachricht übermittelt hatte, zögerte er. Er wollte noch etwas sagen. Dann fragte er mich, ob ich gewußt hätte, daß meine Frau schwanger war. Das hatte ich nicht. Er war den Tränen nah, und ich tat alles, um ihm klarzumachen, daß ich mit dieser Neuigkeit umgehen konnte. Ich fragte ihn, ob das Baby männlich oder weiblich war, aber das konnte oder wollte er mir nicht sagen.

Ich bin immer davon ausgegangen, daß das ungeborene Kind ein Junge war, und ich neige zu der Ansicht, daß es mein Sohn war und nicht der meines Bruders. Ich weiß, daß das rein logisch betrachtet nicht unbedingt haltbar ist. Ich versuche mir oft vorzustellen, wie der Junge ausgesehen haben mag und was aus ihm hätte werden können, aber das ist alles zu unscharf, wie ein Bild hinter einem dichten Gazevorhang bei schlechtem Licht. Ich bin nicht so sentimental, daß ich glauben würde, er wäre ein perfekter Sohn gewesen und dann zum perfekten Mann für die Leitung von Haden Brothers herangewachsen, aber da er nicht da ist, weiß ich nicht, was mit Haden Brothers geschehen wird – wenn ich auch natürlich eine Vermutung habe. Ich glaube, es wird den Managern und Unternehmensberatern in die Hände fallen, in die Klauen besserer Buchhalter mit Wirtschaftsdiplomen, deren ›Bildung‹ den Umgang mit Computern beinhaltet. Und, offen gesagt, weiß ich nicht einmal, ob ich mir etwas daraus machen soll.

Die einzige Sentimentalität, die ich mir bei dieser ganzen Geschichte habe zuschulden kommen lassen, ist, meinem ungeborenen und untragbaren Sohn einen Namen zu geben. Ich habe ihn Hamnet genannt, wie Shakespeare seinen toten Sohn. Er war auf dem Weg, ist aber nie ganz angekommen.«

Erst jetzt merkt Arnold Haden, daß ihm Tränen die Wangen herunterlaufen. Ein wenig peinlich berührt sieht er Vita an und stellt fest, daß auch sie weint.

29

Herrendüfte

Es war ein weiterer ereignisloser Tag in der Möbelabteilung, und Charlie bummelte mal wieder durchs Kaufhaus. Seinen offiziell aussehenden Zettel in der Hand, hatte er gerade die Vorführung eines Kerzengießers im Erdgeschoß angeschaut und so etwas Zeit totgeschlagen. Er machte sich auf den Rückweg, aber anstatt die Rolltreppen oder die Treppen zu benutzen, nahm er einen der vielen Fahrstühle. Erst nachdem er eingestiegen war und die Türen sich hinter ihm geschlossen hatten, merkte er, daß der Fahrstuhlführer derselbe blinde alte Mann war, mit dem er damals zur Personalabteilung hochgefahren war. Der Aufzug setzte sich in Bewegung, und als er in der ersten Etage anhielt und der Fahrstuhlführer gerade anfangen wollte, die hier erhältlichen Waren aufzuzählen, unterbrach Charlie ihn.

»Das ist nicht nötig. Ich arbeite hier. Erinnern Sie sich noch an mich?« sagte er.

»Ich erinnere mich«, sagte der Fahrstuhlführer, und Charlie rechnete damit, daß er ihm zur Begrüßung zulächeln würde, aber das tat er nicht. »Wie gefällt es Ihnen denn inzwischen?« fragte der Fahrstuhlführer steif.

»Gut«, sagte Charlie. »Echt gut.«

»Wollten Sie nicht Künstler werden?«

»Ja, genau.«

»Wollen Sie immer noch Künstler werden?«

»Natürlich«, sagte Charlie.

Der Fahrstuhlführer schnüffelte wieder, und dieses Mal schien eine gewisse Mißbilligung darin zu liegen, wobei Charlie nicht sicher war, ob sie sich auf seine künstlerischen Ambitionen oder auf seine Person bezog. Charlie hielt es für gut möglich, daß er schlecht roch. Die desodorierende Wirkung der Ad-hoc-Waschungen von Körper und Kleidung könnte durchaus zu wünschen übrig lassen. Aber dann fragte er sich, ob nicht doch mehr dahintersteckte. Lag etwas in seinen Ausdünstungen, das die ganze Sache auffliegen lassen könnte? War die Nase des Fahrstuhlführers so empfindlich, daß sie ihm Charlies Geschichte und seine gegenwärtige Lage verriet?

»Ich habe Probleme mit der Kunst«, sagte der Fahrstuhlführer. »Sie soll die Sinne erfreuen: die Augen, die Ohren oder auch den Tastsinn. Aber kein bedeutendes Kunstwerk richtet sich an den Geruchssinn, nicht wahr?«

Charlie hoffte, darin läge auch die Erklärung für die abweisende Haltung des Fahrstuhlführers – da seine Anwesenheit ihn an den bedingten Ausschluß aus der Welt der Kunst erinnerte.

»Vielleicht sollte ich das machen«, sagte Charlie launig. »Olfaktorische Kunst erschaffen.«

Der Fahrstuhlführer schnaubte. Die Aussicht auf Charlies zukünftige künstlerischen Bemühungen halfen nicht, seine Stimmung zu verbessern. Dann fiel Charlie etwas ein, wobei der alte Mann ihm helfen könnte.

»Beim letzten Mal in ihrem Fahrstuhl war ich in Begleitung einer jungen Frau«, sagte Charlie. »Können Sie sich noch an sie erinnern?«

»Ich erinnere mich.«

»Ich frage mich, ob sie noch im Haus ist, ob Sie sie in letzter Zeit…«, er zögerte, während er nach einem feineren Wort für ›gerochen‹ suchte, »ob Sie ihr in letzter Zeit begegnet sind?«

»Ich bin ihr nicht begegnet, aber sie ist noch im Haus. Sie arbeitet noch hier. Das weiß ich genau. Warum fragen Sie?«

»Ach, nur so aus Neugier«, antwortete Charlie wenig überzeugend, und der Fahrstuhlführer war auch nicht überzeugt.

»Glauben Sie mir, sie ist nicht Ihr Typ«, sagte der Fahrstuhlführer unverblümter, als Charlie recht war. »Die können Sie sich aus dem Kopf schlagen.«

»Aus dem Kopf schlagen? Was denn? Ich habe nie gedacht, daß sie mein Typ ist. Ich meine…«

»Diese junge Frau hat etwas sehr Seltsames an sich«, sagte der alte Mann ernst.

»Ihr Geruch?« fragte Charlie.

»Der Geruch ist nur ein Fenster der Seele.«

»Fenster?«

»Ja, Fenster«, zischte der Fahrstuhlführer. »Eine Tür, eine Verbindung, wie der Dampf, der aus einem Kochtopf steigt.«

»Und Sie können einfach durch Schnüffeln erkennen, daß sie seltsam und nicht mein Typ ist?«

»Einfach ist das nun wirklich nicht.«

»Aber Sie können am Geruch feststellen, ob Menschen zueinander passen?«

»Ich kann alles feststellen. Ich erkenne ihr Alter, ihre Volkszugehörigkeit, aus welcher Gesellschaftsschicht sie sind, ihre sexuellen Vorlieben, ihre politische Ausrichtung und was sie zum Frühstück gegessen haben.«

Charlie lachte.

»Sie haben Bagels gegessen«, fuhr der Fahrstuhlführer fort. »Zwiebelbagel mit Frischkäse. Im Bagelshop in der sechsten Etage.«

»Nicht schlecht«, gestand Charlie ein.

»Das ist weit mehr als ein Zauberkunststückchen.«

»Das ist mir klar, ehrlich«, sagte Charlie, und der Fahrstuhlführer entspannte sich ein wenig. »Aber was ist so seltsam an Vita Carlisle?«

»So heißt sie also. Ja, der Name paßt zu ihr. Sie hat sehr sauber gerochen, fast zu sauber, als hätte sie sich Stunden über Stunden geschrubbt, als hätte sie etwas zu verbergen oder als müsse sie etwas in sich vernichten. Kurz gesagt, ich habe sie für einen falschen Fuffziger gehalten.«

»Dem kann ich nichts entgegenhalten«, sagte Charlie.

»Ich bin mir ganz sicher.«

»Schon gut«, sagte Charlie. »Macht mir nichts. Ich bin Ihnen nicht böse. Schließlich kenne ich die Frau ja gar nicht. Ich war nur neugierig. Nicht daß ich sie gleich heiraten wollte, oder so was. Ich wollte ihr nur etwas zurückgeben, das ich versehentlich eingesteckt habe. Können Sie mir vielleicht sagen, in welchem Stockwerk oder in welcher Abteilung sie arbeitet?«

Charlie wußte nicht, warum er bestritt, daß er Vita attraktiv fand. Was machte es schon, wenn der Fahrstuhlführer meinte, sie würden nicht zueinander passen. Wieso kümmerte ihn die Meinung des alten Mannes?

»Sie können jederzeit Derek Snell fragen«, sagte der Fahrstuhlführer hinterlistig. »Aber ich habe vollstes Verständnis, wenn Sie das nicht tun. Er riecht auch wie ein falscher Fuffziger.«

Charlie hatte den Eindruck, daß fast jeder, zu dem er bei Haden Brothers je Kontakt gehabt hatte, auf die eine oder andere Weise ein falscher Fuffziger war, und er fragte sich, ob man den Blinden nicht auch dieser Kategorie zurechnen mußte.

»Es hat keinen Sinn, sich einen falschen Bart anzukleben, um einen Blinden an der Nase herumzuführen«, sagte der Fahrstuhlführer.

»Das sehe ich ein«, sagte Charlie.

»Gut.«

Der Fahrstuhl kam in Charlies Etage an, aber der Fahrstuhlführer öffnete die Türen nicht sofort. Er atmete noch einmal tief ein. »Ich weiß, daß Sie irgend etwas vorhaben«, sagte er. Charlie wollte es gerade abstreiten, aber der Fahrstuhlführer ließ sich nicht unterbrechen: »Was immer es auch sein mag, ich hoffe, daß Sie damit davonkommen. Aber so recht vorstellen kann ich's mir eigentlich nicht.«

Er ließ Charlie aussteigen, und zwischen ihnen schien alles gesagt zu sein. Als Charlie im Lagerraum ankam, mußten achtzehn Polsterbänke mit tiefgeheftetem Dralonbezug umgestellt werden.

JACK YARDLEY, Fahrstuhlführer: Ich hätte schon vor Jahren in Rente gehen müssen. Wissen Sie, wer die eigenartigste Person ist, die ich je gerochen habe? Das ist lange her. Ich war erst sieben Jahre alt, aber ich war damals schon fast völlig erblindet. Das war 1933, am Eröffnungstag von Haden Brothers. Sie gaben eine Art Party im ganzen Kaufhaus, mit Blaskapellen, Drehorgeln, Gratisproben und Vorführungen und Ausstellungen von Kunsthandwerk. Ich war mit meiner Mutter hier, aber irgendwie hatten wir uns verloren. Ich war ein tapferer Junge. Ich bin alleine durchs ganze Kaufhaus gelaufen, und auf einmal war ich ganz oben auf einer Art Balkon an der frischen Luft. Dieser Balkon wurde als Selbstmordschanze bekannt, aber damals trug er diesen Namen noch nicht. Ich konnte natürlich nicht richtig sehen, wo ich war und was ich dort machte, aber ich wußte, daß ein Mann neben mir stand.

Er muß wohl Angst gehabt haben, daß ich vom Balkon herunterfalle, er legte nämlich seinen Arm um meine Schultern und zog mich zurück.

Sein Geruch war selbst für ein Kind ganz, ganz eigenartig. Es war eine ganz komplexe Mischung aus allem möglichen: Sauerteigbrot und Kohlenstaub, Vaseline und Kastanien, Manilapapier und Paraffin, Sauerampfer und Linoleum, Ohrenschmalz und alten Münzen. Ich habe ihn nie vergessen. Der Mann war seltsam, aber freundlich. Er hat mich gefragt, ob mir das Kaufhaus gefällt – er hat es sein Kaufhaus genannt. Ich habe geantwortet, daß es mir sehr gut gefällt, obwohl ich es natürlich nicht sehen konnte, und ich habe gesagt, daß ich eines Tages darin arbeiten will. Und dann sagte der Mann, daß er Edward Zander heißt und er der Architekt ist, der das Kaufhaus entworfen hat, und daß es ihn freut, daß es mir gefällt.

Ich hatte nie von Edward Zander gehört und konnte nicht feststellen, ob er das wirklich war oder nicht. Er ist ja direkt nach der Eröffnung verschwunden, und wenn er das wirklich gewesen ist, war ich wahrscheinlich einer der letzten, der ihn lebend gesehen hat, und das ist wirklich traurig.

Aber das Seltsamste an der ganzen Sache ist, selbst nach all den Jahren, den vielen Frühjahrsputzen und Renovierungen, sosehr sie es auch ummodeln und neu dekorieren und die Luft durch Klimaanlagen ausgetauscht wird, gibt es Momente, in denen ich schwören könnte, in denen ich wirklich schwören könnte, daß ich Edward Zander immer noch im Kaufhaus rieche.

30

Einzelstücke

Charlie hatte von seinen Kollegen viele Geschichten und Gerüchte über Arnold Haden gehört. Ein oder zwei Personen behaupteten sogar, ihm begegnet zu sein, aber ihre Beschreibung wies wenig Ähnlichkeit mit der Realität auf, die Charlie jetzt gesehen hatte. Charlie fühlte sich privilegiert, über das Kommen und Gehen des Mannes Bescheid zu wissen, und hätte auch gern weitererzählt, daß der Mann weder verschrobener Einsiedler noch Exzentriker war, sondern ein geiler alter Satansbraten. Aber natürlich konnte er das niemandem erzählen, ohne auch alles andere preiszugeben. Mit Arnold Haden verband ihn eine seltsame Vertrautheit und Intimität, und trotz der Unterschiede in Alter, Klassenzugehörigkeit, Einkommen, Arbeit und im Sexualleben gewöhnte er sich langsam an den Gedanken, daß zwischen ihnen eine gewisse Seelenverwandtschaft bestand.

Charlie dachte, Haden Brothers wäre wohl groß genug für beide. Er mied die Bettenabteilung, weil Arnold Haden seine Frauen meist dort nahm. Der nutzte aber auch gerne die Teppichabteilung und gelegentlich die Brautmodenabteilung, wo er die Frau in jungfräuliche weiße Spitze und Satin kleidete, bevor er sie hastig wieder auszog. Charlie sah keinen Grund dafür, warum sich ihre Wege jemals kreuzen sollten. Arnold Haden war für ihn kein Eindringling mehr, sondern

Teil seiner Umgebung, eine Art Markenzeichen wie die verzierten Treppenhäuser oder die Marmorfußböden. Manchmal sah Charlie Arnold Haden und seinen neuesten Schatz nackt und eigenartig unschuldig wirkend in der Möbelabteilung und dachte, sie sähen aus wie Adam und Eva. Dann wäre Haden Brothers eine Art Garten Eden und die beiden Adam und Eva vor dem Sündenfall. Das einzige Problem mit diesem Szenario war, daß für Charlie nur noch die Rolle der Schlange und des Teufels übrigblieb, und er war nicht bereit, diese zu übernehmen.

Folglich ging Charlie immer leichtfertiger damit um, daß er das Kaufhaus mit Arnold Haden teilte. Obwohl er versuchte, sich umsichtig zu verhalten und seine Spuren zu verwischen, wurde er mit der Zeit immer unvorsichtiger. Er hielt sich gern in der Abteilung mit dem Namen ›Welt von Morgen‹ auf, in der Geräte und Apparaturen verkauft wurden, die gleichzeitig Hightech und entbehrlich waren: ein Massagestuhl, Taschenkalender in der Größe von Kreditkarten oder Ghettoblaster in der Form von Cadillac-Armaturenbrettern aus den Fünfzigern. In einem Kaufhaus, in dem es viele mehr oder minder nutzlose Gegenstände gab, strebte diese Abteilung danach, Dinge zu verkaufen, die eine höhere Ebene der Nutzlosigkeit erreicht hatten. Charlie war nicht sicher, ob ihm diese Abteilung gefiel. Sie war für Leute mit mehr Geld als Verstand eingerichtet, aber warum sollte er dagegen mit puritanischem Eifer angehen? In seiner derzeitigen Situation konnte er sie genießen, ohne sie gutheißen zu müssen.

Die ›Welt von Morgen‹ war in der zweiten Etage, und Charlie wußte, daß Arnold Haden mehrere Stockwerke über ihm mit einer seiner Frauen herumtollte. Er hatte den Fahrstuhl herunterkommen hören und sich schnell verdrückt. Sobald das glückliche Paar fertig war, würde es mit dem Fahrstuhl wieder nach oben fahren. Charlie fühlte sich sicher, aber er hatte sich getäuscht.

Arnold Haden hatte die Frau weggeschickt und sich entschlossen, einen Spaziergang durch sein leeres Kaufhaus zu machen. Er bedeckte seine Blöße mit einem frisch gebügelten weißen Laken. Er sah komisch aus, wie ein Komparse in einer sehr amateurhaften Produktion von *Julius Cäsar*, und bewegte sich unaufhaltsam in Richtung ›Welt von Morgen‹. Er hatte keine besondere Vorliebe für diese Abteilung, aber in seiner jetzigen Stimmung war sie genausogut wie jede andere. Der Sex mit der jungen Frau war nicht sehr angenehm gewesen. Er war aufgewühlt und fand keine Ruhe. Er mußte unentwegt an Vita Carlisle denken. Er brauchte etwas Zerstreuung oder wollte wenigstens müde werden, damit er einschlafen konnte.

Leise, arglos und unbefangen schlenderte er in die Abteilung und traf auf einen ebenso arglosen und unbefangenen Charlie Mayhew, der in einer Ausstellungsvitrine einen Ionisator betrachtete. Zuerst traute Arnold Haden seinen Augen nicht. Er hielt es für ausgeschlossen, daß jemand im Kaufhaus war, also klammerte er sich an den Gedanken, daß die Gestalt, die er vor sich sah, nichts weiter als ein Mannequin war, eine Schaufensterpuppe, und seine Augen ihn trogen und er sich nur einbildete, daß sie sich bewegte. Aber diese Illusion konnte er nicht lange aufrechterhalten, und als er registrierte, daß wirklich jemand in der Abteilung war, brachen all seine Ängste wieder hervor. Er stieß einen absolut markerschütternden Schrei des Grauens aus. Charlie fuhr herum und schrie ebenfalls, wenn auch weit weniger eindringlich.

Arnold Haden hatte viel mehr Angst als Charlie, und Charlie fand das unangemessen. Schließlich war er der Eindringling, derjenige, der erwischt worden war. *Er* sollte zu

Tode erschrocken sein. Arnold Haden wich jedoch zurück, drückte sich flach und mit erhobenen Händen an einen verspiegelten Pfeiler, als wollte Charlie auf ihn schießen.

»Was wollen Sie?« fragte Arnold mit bebender Stimme.

Charlie war noch zu geschockt, um etwas sagen zu können, und zu überrascht darüber, daß er die Oberhand hatte.

»Sie wollen mich umbringen, nicht wahr?« fuhr Haden fort. »Ich wußte, daß das passiert. Ich wußte, daß jemand wie Sie kommt.«

»Ich will Sie nicht umbringen«, sagte Charlie.

»Was wollen Sie dann? Und wer sind Sie?«

»Ist nicht weiter wichtig«, sagte Charlie.

»Sie müssen wissen, daß ich nicht bereit bin, mit Terroristen zu verhandeln.«

Die Worte waren zwar mutig und respektlos, die Art, in der sie vorgebracht wurden, ließ diese Eigenschaft jedoch vermissen. Charlie erkannte, daß vielleicht doch noch nicht alles verloren war. Er wußte, daß er eine gewisse Machtposition innehatte, war aber nicht überzeugt, daß er schnell genug denken konnte, um seinen Vorteil zu halten. So verängstigt Arnold Haden auch war, er würde nicht lange brauchen, um zu begreifen, daß Charlie kaum zum Terroristen taugte.

»In Ordnung, ich werde mit Ihnen verhandeln«, sagte Arnold Haden, dessen Entschlossenheit nachließ. »Was verlangen Sie?«

»Ich verlange nicht viel«, sagte Charlie.

»Sagen Sie einfach, was Sie verlangen, und ich werde alles in meiner Macht Stehende tun, um es für Sie zu erreichen, das verspreche ich Ihnen.«

Arnold Haden zitterte vor Angst. Sein Gesicht war schweißbedeckt. Das weiße Laken rutschte seinen Bauch herunter, er wagte aber nicht, es festzuhalten, weil er fürchtete, das könnte eine ›falsche Bewegung‹ sein. Charlie machte einen Schritt auf ihn zu, und Arnold Haden fiel auf die Knie.

»Ich bin kein Terrorist«, sagte Charlie.

»Schon gut. Verstehe. Wahrscheinlich wollen Sie lieber Freiheitskämpfer genannt werden. Das geht in Ordnung.«

»Nein. Ich bin kein Freiheitskämpfer. Hören Sie, ich bin noch nicht einmal ein Einbrecher. Ich bin eher so eine Art Untermieter.«

Arnold Haden hörte nicht zu. Seine Gedanken rotierten in ihren eigenen paranoiden Bahnen. Was Charlie sagte, kam gar nicht an. Arnold Haden begann zu weinen. Er weinte leise und jämmerlich und konnte absolut nichts dagegen tun.

»Ich weiß, daß ich kein guter Mensch gewesen bin«, sagte er. »Ich habe Verständnis dafür, daß Sie sich an mir rächen wollen.«

»Wir könnten eine Vereinbarung treffen«, sagte Charlie.

»Ja, ja, das können wir. Stellen Sie Ihre Forderungen.«

Charlie versuchte, sich ein paar Forderungen auszudenken. Unterdessen rutschte Arnold Hadens Laken ganz herunter, und er kniete völlig nackt und elend vor Charlie.

»Das ist ja peinlich«, sagte Charlie. »Reißen Sie sich zusammen.«

Arnold Haden hob das Laken auf und hielt es dankbar vor sich.

»Stehen Sie auf«, sagte Charlie. »Mit Ihnen da unten kann ich mich nicht konzentrieren.«

Arnold Haden folgte der Aufforderung.

Charlie sagte: »Im Prinzip will ich nur, daß Sie vergessen, mich je gesehen zu haben.«

»In Ordnung, das mach ich«, erklärte Arnold Haden tränenüberströmt und schniefend. »Was noch?«

Charlie sagte: »Eigentlich nichts. Das ist alles.«

Der Ausdruck auf Arnold Hadens triefendem Gesicht zeigte, daß er Charlies Worte weder glaubte noch verstand. Er begriff nicht, was passierte, und dachte immer noch, daß Charlie gefährlich sei und ihn umbringen wolle. Er dachte, er müsse sterben und habe nichts zu verlieren. Und daher wurde er plötzlich von hysterischer und tollkühner Tapferkeit übermannt. Er nahm das Laken von seinen Hüften und warf es so in die Luft, daß es über Charlies Kopf fiel. Charlie war überrascht und konnte nichts mehr sehen, während Arnold Haden ihn mehrfach kräftig gegen den Kopf schlug, bevor er in panischer Angst flüchtete.

Die Schläge schmerzten nicht allzusehr, aber Charlie war für einen Moment perplex und orientierungslos. Er rief »Bitte kommen Sie zurück!« Aber Arnold Haden blieb erst an der Verkaufstheke der angrenzenden Elektro-Kleingeräteabteilung stehen, wo er sich mit beachtlicher Geistesgegenwart auf den Feueralarmknopf stürzte.

»O nein«, sagte Charlie. »Bitte tun Sie das nicht.«

Aber es war schon zu spät. Diverse Sirenen, alle mit unterschiedlichen mißtönenden Akkorden, gingen im Stockwerk los. Die Notbeleuchtung begann zu flackern, Leuchtpfeile wiesen den Weg zum nächsten Notausgang, und über Charlies Kopf rieselte Wasser in einem dünnen Strahl auf die darunter stehenden Elektrogeräte. Jetzt war es an Charlie, zu flüchten, wobei er kein so klares Ziel vor Augen hatte wie Arnold Maden.

Er raste von den Notausgängen weg. Eine mechanische Stimme aus einem Lautsprecher forderte ihn krächzend auf, zügig, aber ruhig weiterzugehen. Er befolgte die Anordnung nicht. Sein Weg wurde durch mehrere stählerne Feuerschutztüren behindert, die sich vor ihm aus der Decke herunterschoben, damit sich das nicht vorhandene Feuer nicht weiter ausbreiten konnte. Charlie sauste in die Handtuchabteilung, in den Wintersportraum, in die Lederwarenabteilung; er hatte immer weniger Auswahl.

Dann hörte er Stimmen, echte Stimmen, keine Ansage vom Band, und das wütende Bellen von Spürhunden. Die Stimmen gehörten Wachmännern. Sie sprachen laut, waren aber noch weit entfernt, was ihn allerdings kaum beruhigen konnte. Er hatte sich kein genaues Bild davon gemacht, was passieren würde, wenn man ihn entdeckte und festnahm, war aber davon ausgegangen, daß der Vorgang eher diskret ablaufen würde. Er hatte sich darauf eingestellt, sich still und leise aus dem Staub zu machen. Aber als es jetzt soweit war, mit den Sirenen, den Hunden, den herannahenden Wachmännern, dem Angriff von Arnold Haden, geriet er doch in Panik. Der Fluchtinstinkt war übermächtig.

Er wollte in die Möbelabteilung. Das war sein Territorium. Dort wußte er Bescheid und kannte viele Stellen, wo er sich verstecken konnte. Er erreichte ein wenig genutztes Treppenhaus und rannte die fünf Stockwerke zur Möbeletage hinauf, wo er in der Abteilung ankam, in der Reproduktionen von Möbeln der klassischen Moderne angeboten wurden. Er umkurvte Tische, Stühle und Bankette und suchte in einem kleinen Lagerraum Zuflucht, in dem kaputte Möbel aufbewahrt wurden, bis sie zum Hersteller zurückgeschickt wurden. Drinnen war es stickig und stockfinster. Als er sich mit pochendem und schmerzendem Herzen in eine Ecke hockte, war er sich der schrecklichen Absurdität seiner Situation durchaus bewußt, konnte sich aber trotzdem nicht mit dem Gedanken an eine Kapitulation anfreunden und die einfachen Schritte einleiten, die dem ganzen Unsinn ein Ende gesetzt hätten. Es waren schöne Wochen gewesen, er hatte auf Kosten von Haden Brothers aus dem vollen geschöpft und wollte, daß das so weiterging, aber in der gegenwärtigen Situation hatte er keine Ahnung, wie um alles in der Welt er das hinkriegen sollte. Und je länger er passiv und verängstigt im Dunkeln hockte, desto mehr schwand die Hoffnung, daß es darauf hinauslaufen würde. Wenn die Wachmänner das Gebäude systematisch durchsuchten, war es nur eine Frage der Zeit, bis sie ihn fanden.

Aber jetzt war es ruhig. Er hörte keine Sirenen, keine Hunde und keine Stimmen. Daß sie die Jagd abgeblasen hatten, war zwar kaum vorstellbar, aber zumindest waren sie ihm nicht allzu dicht auf den Fersen. Charlie dachte gerade darüber nach, sich ein anderes Versteck zu suchen, und war bereit für den nächsten Ausfall, als die Tür zum Lagerraum aufgerissen und er durch den Strahl einer ungeheuer starken Taschenlampe geblendet wurde. Er konnte den Besitzer der Taschenlampe zwar nicht erkennen, als aber eine Stimme sagte: »O Charlie. Du hast mich schwer enttäuscht«, wußte er, daß es Ray Chalmers war.

»Okay«, sagte Charlie und blinzelte ins grelle Licht. »Sie haben gewonnen. Guter Fang, den Sie da gemacht haben.«

»Hab ich das?« sagte Chalmers. »Hab ich das wirklich? Fünfzig Stück will ich sehen.«

»Was?«

»Auf den Boden. Fünfzig Liegestütze will ich von dir sehen.«

»Jetzt werden Sie nicht albern«, sagte Charlie. »Ich schaff keine fünfzig Liegestütze. Rufen Sie einfach die Polizei, damit wir es hinter uns bringen.«

»Die Polizei?« sagte Chalmers. »Ich weiß nicht recht, ob die Polizei mit einem Burschen wie dir umgehen kann. Ich glaube, die sind ein wenig zu nachsichtig. Ich bin nicht nachsichtig, Charlie.«

Er trat in den Lagerraum. Charlie wich zurück und warf dabei einen kaputten Kartentisch um. Er zog sich in ein Gewirr aus Stuhlbeinen und Tischplatten zurück, während der Strahl der Taschenlampe durch den Raum huschte und harte, scharfkantige Schatten warf. Er war viel flinker als Ray Chalmers, hatte aber dadurch nur geringe Vorteile. Charlie rannte direkt in die Möbelstücke und stieß sie mit Händen und Füßen beiseite.

Dann sah er seine Chance. Ein paar Meter vor ihm stand ein großer Spiegel. Es war einer von denen mit Holzfuß und Seitenstreben, die man um eine horizontale Achse kippen kann. Wenn er das untere Ende zu sich zog, drehte sich der Spiegel um die beiden Befestigungspunkte und knallte Chalmers auf den Kopf. Das richtige Timing war entscheidend. Charlie wartete, bis Chalmers sehr nah und genau am richtigen Fleck stand, und riß den Spiegel auf sich zu. Er hörte den Zusammenprall und einen Schrei des Erschreckens, als Chalmers die Taschenlampe fallen ließ, das Gleichgewicht verlor und Charlie an ihm vorbei aus dem Lagerraum stürzte.

Charlie hatte keinen Schimmer, was zum Teufel er jetzt machen sollte. Das lief alles völlig schief. Man konnte kaum behaupten, er hätte sich widerstandslos festnehmen lassen, nachdem er den Chef des Sicherheitsdienstes niedergeschlagen hatte. Ihm war klar, daß er in erheblichen Schwierigkeiten steckte, besonders als er Stiefel und Hundepfoten eine naheliegende Treppe heraufkommen hörte. Aber plötzlich wußte er, was er zu tun hatte. Es war absolut logisch und offensichtlich. Er mußte den Fahrstuhl finden, mit dem Anton und er in das versteckte Untergeschoß gefahren waren. Dort unten wäre er in Sicherheit. Er hatte nur eine vage Ahnung, wo dieser Fahrstuhl war, aber das schien seine einzige Chance zu sein. Er sauste in die, wie er hoffte, richtige Richtung, würde aber einige Zeit brauchen, um den Eingang zu finden.

Seine Suche wurde immer verzweifelter. Er rannte in Sackgassen, verirrte sich, lief im Kreis herum und hielt die ganze Zeit nach dem William-Morris-Wandteppich Ausschau, hinter dem die Fahrstuhltür versteckt war. Die Wachmänner kamen näher. Seine Lunge begann zu schmerzen, und er wußte, daß er nicht mehr lange durchhalten würde. Dann kam er plötzlich um eine Ecke und stand in einem kurzen, vertrauten Korridor, und wie durch ein Wunder hing da auch der William-Morris-Wandteppich. Zumindest sah er genauso aus. Hektisch rannte er darauf zu, nahm eine Ecke und zog am schweren Stoff, fand aber statt der erhofften Fahrstuhltür eine solide Wand mit Eichenholztäfelung.

»Ach, was soll der Mist«, sagte er sich. Er war lange genug weggelaufen, ohne damit viel auszurichten. Er würde aufgeben und der Dinge harren, die da kamen. Er blieb ruhig vor der Täfelung stehen und wartete darauf, daß sein Schicksal ihn ereilte. Kurz darauf stürmten sechs uniformierte Schläger mit ihren Hunden in den Korridor. Als sie ihn sahen, jauchzten sie wie eine Gruppe Fußball-Hooligans, und ihre Hunde wurden bedrohlich ausgelassen. Der Krach alarmierte auch Ray Chalmers, und bald kam er hinterhergetrottet. Er hatte eine blutende Schnittverletzung an der Stirn und wollte unbedingt jemandem weh tun.

Charlie blieb, wo er war, mit dem Rücken zur getäfelten Wand, und vorn hielten ihn die Wachmänner in Schach. Er warf Chalmers ein klägliches Lächeln zu und zuckte kurz mit den Schultern, aber das versetzte den nur noch mehr in Rage. Er schob sich zwischen den Wachmännern hindurch und sagte: »Du hast dir eine Tracht Prügel verdient.«

Er ging in Kampfstellung, holte aus und traf Charlie mit

einem weit ausladenden Schwinger am Kinn. Der Schlag war ungeheuer hart, so daß Charlie das Gleichgewicht verlor und rückwärts gegen die Wand torkelte. Aber die Wand bot ihm keinen Halt. Als er die Täfelung berührte, gab sie sofort nach, und er merkte noch, wie er hindurchfiel. Die Wachmänner waren beeindruckt, daß ihr Boß noch genug Schmackes hatte, um Leute durch eine Wand zu hauen. Aber dann sahen sie, daß die Wand keinen Schaden genommen hatte, sondern es sich um eine Art Luke handelte, bei der ein paar Paneele zur Seite geklappt waren, worauf Charlie in die dahinterliegende Höhlung gestürzt war. Und vor ihren Augen schloß sich die Luke, und Charlie war sicher auf der anderen Seite angekommen, als hätte die Wand ihn bei lebendigem Leibe verschluckt. Ray Chalmers war nicht weniger verwundert als seine Leute. Er begann, mit Händen und Füßen gegen die Wand zu hämmern, und schrie: »Dafür reiß ich jemandem die Eier ab!«

Er sah sich nach etwas um, mit dem er die Wand einschlagen konnte, und hatte gerade einen gußeisernen Feuerlöscher ins Auge gefaßt, als Derek Snell eintraf.

»Was in Gottes Namen haben Sie vor, Mr. Chalmers?« fragte er eindringlich.

»Ich geh da rein!« sagte Chalmers. »Ich werd Charlie ein für allemal erledigen. Wenn Sie mir erlauben, meine Methoden anzuwenden, dann zieh ich das durch.«

»Die Täfelung, die Sie gerade einschlagen wollen«, sagte Snell ruhig, aber bestimmt, »ist das Relikt eines bayerischen Klosters aus dem fünfzehnten Jahrhundert. Sie wurde von Edward Zander, dem Architekten von Haden Brothers, persönlich ausgewählt und angebracht. Wahrscheinlich ist sie das wertvollste architektonische Detail im ganzen Gebäude. Wenn man den Wert auch nicht bis ins letzte beziffern kann, sollte ich Ihnen wohl fairerweise mitteilen, daß er erheblich höher ist, als das was Sie hier verdienen.«

Chalmers sah aus, als würde er von einer Busladung Teufel gefoltert.

»Außerdem«, fuhr Derek Snell fort, »wüßte ich gern, warum in Gottes Namen Sie sie einschlagen wollen?«

»Weil er da drin ist. Auf der anderen Seite.«

Derek Snell klopfte mit zwei Fingerknöcheln leicht gegen die Wand. »Das ist eine solide Wand, Mr. Chalmers.«

»Nein«, widersprach Chalmers. »Es ist eine Geheimtür. Fragen Sie die Leute hier. Das können alle bestätigen.«

Er wandte sich an seine Wachmänner, die verzweifelt versuchten, jeglichen Augenkontakt zu vermeiden. Sie waren nicht sicher, was sie wirklich gesehen hatten, und je verrückter Chalmers sich verhielt, desto unsicherer wurden sie. Sie wollten nicht genauso irre wirken wie ihr Boß, also schwiegen sie lieber.

»Warum gehen Sie nicht nach Hause und legen sich etwas aufs Ohr, Mr. Chalmers?« sagte Derek Snell.

Die Suche dauerte die ganze Nacht. Weitere Wachmänner trafen mit weiteren Hunden ein, und dazu kamen noch ein paar lustlose Polizisten. Ray Chalmers wußte, daß es keinen Sinn hatte. Sie konnten Charlie Mayhew nicht finden, indem sie das Kaufhaus durchsuchten, weil er in der Substanz des Gebäudes verschwunden war.

Inzwischen hatte Derek Snell mit Arnold Haden gesprochen, der Chalmers' Behauptungen bis zu einem gewissen Punkt gestützt hatte. Snell machte deutlich, daß Chalmers und Arnold Haden seiner Meinung nach an einer Art gemeinsamer Halluzination litten. Er war keineswegs davon überzeugt, daß sie überhaupt etwas gesehen hatten. Snell hielt ein leeres, dunkles Kaufhaus, selbst bei wachem Verstand, für einen unheimlichen Ort.

Wenn Arnold Haden nachts, halbnackt und im postkoitalen Dämmerzustand darin herumwandelte, konnte er leicht zu dem Schluß kommen, daß er seltsame Schatten, Eindringlinge oder gar Gespenster sah. Und was Chalmers betraf, nun, nach Derek Snells Meinung war der Mann ein geisteskranker Phantast. Dem ging ein unausgegorener Gedanke im Kopf herum, und an dem hielt er fest, bis er durch eine noch verrücktere Idee abgelöst wurde. Aus nur ihm bekannten Gründen glaubte er, Charlie Mayhew wäre eine Art Rebell, also wollte er natürlich an Arnold Hadens Hirngespinst glauben, daß jemand im Kaufhaus war. Das paßte prächtig in seine Verschwörungstheorie. Snell glaubte nicht, daß jemand im Kaufhaus war, und schon gar nicht, daß dieser Jemand der lasche, harmlose Charlie Mayhew sein sollte, ein Mann, den er seit seinem Einstellungsgespräch kaum zu Gesicht bekommen hatte. Der Teil der Geschichte, in dem jemand von einer Wand verschluckt wurde, war selbst für Chalmers' hoch gesteckten Verrücktheitsstandard absurd. Derek Snell freute sich schon darauf, daß der ganze Spuk irgendwann wieder vorbei war und alle nach Hause ins Bett gehen konnten. Er war sicher, daß Mayhew am nächsten Tag wie üblich zur Arbeit erscheinen würde.

Charlie verbrachte die Nacht in einer kleinen dunklen Kammer hinter der getäfelten Wand. Sie war erstaunlich komfortabel, hatte zwar nur einen Holzfußboden, war dunkel und staubig, aber es gab frische Luft, und er fand eine Strohmatratze, ein paar Kerzen und eine Schachtel Streichhölzer. Die Kammer war sechseckig und schien keinen weiteren Ausgang zu haben außer der Wand, durch die er hereingekommen war. Er hatte keine Ahnung, wie man die

Falltür bediente. Er sah weder einen Griff noch einen Verschluß oder ein Scharnier. Im Moment war er froh, daß sie zu war. Auf keinen Fall wollte er sie öffnen und wieder einer Fuhre Wachmänner und Hunde gegenüberstehen. Dies schien seit längerem der sicherste Ort zu sein, an dem er sich aufhalten konnte, und so fand er sogar ein wenig Schlaf.

Für Arnold Haden war diese Nacht eine Offenbarung gewesen. Er wußte nicht, auf wen er gestoßen war. Obwohl er das abstritt, hätte Charlie ohne weiteres ein Terrorist, Räuber oder gar ein Mörder sein können. Arnold Haden schämte sich für sein anfängliches Verhalten, sein Zusammenbrechen, das Betteln und Jammern. Aber am Ende hatte er die Kraft gehabt, der Situation ins Auge zu sehen, und damit war er sehr zufrieden. Er hatte innere Reserven entdeckt, Elan und Tapferkeit, von deren Vorhandensein er gar nichts gewußt hatte. Ja, die Welt war angsteinflößend und gefährlich, aber vielleicht gab es Strategien, um damit umzugehen. Man hatte ihn gewogen und nicht für zu leicht befunden. Er beschloß, daß er, sollte er jemals wieder in eine vergleichbare Situation geraten, einem Eindringling, einem gefährlichen Terroristen oder einem potentiellen Mörder gegenüberstehen, diesen Elan, diese Tapferkeit und diesen Mumm von Anfang an verbreiten würde. Des weiteren glaubte er die Quelle seiner neuentdeckten Kraft zu kennen. Sie kam von Vita. So ist das mit der Liebe. Sie verändert einen, sie heilt und macht stark. Mit ihrer Hilfe ist alles möglich.

DEREK SNELL: Ein Haus kann genauso krank werden wie ein Organismus. Das habe ich Arnold Haden immer wieder gesagt, aber er hat nicht zugehört. Viele dachten schon immer, daß das ganze Gebäude von Haden Brothers ein Monstrum ist, eine architektonische Mißgeburt, das Produkt eines kranken Gehirns, aber im Lauf der Jahre habe ich erkannt, daß es viel mehr ist als das.

Wir waren immer bestrebt, aus Haden Brothers ein geschlossenes System zu machen. Damit wir alles regeln können. Fenster, durch die frische Luft und Sonne hereinkommen, machen jede Menge Schwierigkeiten. Indem wir das Gebäude, so gut es ging, abgeschottet haben, wollten wir Temperatur, Luftfeuchtigkeit, Licht, Verkehrslärm und vor allem das Ambiente kontrollieren. Aber leider bringt das auch Nachteile mit sich.

Es führt zu einem Rückstau abgestandener Luft, mit negativen Ionen, Lösungsmitteldämpfen, Bakterien, Radon und Kohlenmonoxid. Schon nach kurzer Zeit hat man ein krankes Haus, und das kann dann auch die Menschen krank machen. Die Angestellten bekommen Kopfschmerzen, Erkältungen und Allergien. Sie bleiben zu Hause, weil sie krank sind. Sie werden depressiv. Sie bleiben zu Hause, ohne krank zu sein. Sie werden reizbar und mürrisch. Die Moral sinkt. Der Korpsgeist fällt wie ein Stein. Das Reservoir menschlichen Elends wächst, und am Ende stehen fallende Verkaufszahlen.

Immer wieder habe ich Arnold Haden gesagt, daß die Zukunft in den Vororten liegt, außerhalb des Zentrums, draußen am Autobahnring. In extremen Situationen habe ich sogar vorgeschlagen, daß wir das Haden-Brothers-Gebäude an einen cleveren Investor verkaufen sollten, der daraus luxuriöse, überteuerte Designer-Apartments macht, und wir könnten ein neues Haden Brothers als Herzstück einer Shopping Mall in einem funkelnagelneuen Einkaufspark eröffnen. Aber ich wußte, daß es nie dazu kommen würde. Arnold Haden könnte das Gebäude niemals aufgeben.

Die Geschichten über Edward Zander, der angeblich ein

Netz aus Geheimgängen im ganzen Kaufhaus gebaut hat, waren mir bekannt, aber ich habe sie ehrlich gesagt nie geglaubt. Und selbst wenn ich sie geglaubt hätte, welchen Unterschied hätte das schon gemacht? Wie hätten wir die Geheimgänge finden sollen, ohne das ganze Gebäude aufzureißen. Und selbst *wenn* wir sie gefunden hätten, was hätten wir damit schon machen können? Überall Krippenschauen in die Höhlen bauen?

Als Arnold Haden behauptete, mitten in der Nacht einen Eindringling im Kaufhaus gesehen zu haben, und Ray Chalmers sagte, er habe dieselbe Person in einer soliden Wand verschwinden sehen, so war das für mich nur die Bestätigung dafür, daß sie an den Ausdünstungen eines kranken Gebäudes litten.

31

Wechselstube

Für Vita Carlisle war einige Zeit vergangen. Ihr Leben war nur noch Stückwerk, weil sie von einer Abteilung zur nächsten geschickt wurde und dabei einen oberflächlichen Eindruck bekam, wie es zum Beispiel im Blumenshop, beim Schlüsselmacher oder im Reisebüro ablief. Früher hätte sie sich eingeredet, daß das alles ›positive Erfahrungen‹ wären und daß sie kurze, aber wichtige Einblicke in unterschiedliche faszinierende Welten bekam. Sie glaubte jedoch immer weniger daran. Nach ein oder zwei Tagen in der Handschuhabteilung hatte sie das gleiche oberflächliche Wissen wie nach ein oder zwei Tagen in der Bäckerei oder irgendwo anders. Nie war genug Zeit, und sie wurde ein kleines Rädchen im Getriebe. Zwischen den einzelnen Abteilungen gab es minimale Unterschiede, natürlich einen anderen Warenbestand, aber das war weder bedeutsam noch interessant.

Die Kunden waren sich deprimierend ähnlich. Vita hatte erwartet, daß sie interessant, vielseitig und faszinierend wären, aber sie hatte den Eindruck, daß fast alle – unabhängig von den Waren, die sie kauften – die gleichen Wünsche und Charaktereigenschaften an den Tag legten. Ein Mann, der einen Regenmantel kaufen wollte, unterschied sich nicht grundsätzlich von einem, der sich für einen Toaster mit Brötchenaufsatz interessierte. Das Wesen seiner Bedürfnisse und die Art, wie er sie zu befriedigen suchte, waren grundsätzlich identisch.

Und die anderen Angestellten waren ihr auch keine Hilfe. Einige waren nett, andere nicht, aber sie waren in allen Abteilungen mehr oder weniger auf dieselbe Art angenehm oder unangenehm. Vita versuchte sich anzupassen, fühlte sich aber nie richtig heimisch, und wie sollte sie auch, wo sie doch immer wußte, daß sie bald wieder weg mußte? Der einzige Mensch, der ihr begegnet war, der irgendwie interessant und lebensfroh zu sein schien, war Anton Heath, aber sie konnte sein Verhalten immer noch nicht ganz billigen.

Wohin sie auch ging, der Ruf über die Geschehnisse in der Spielwarenabteilung eilte ihr voraus. Wie hätte es auch anders sein sollen? Wenn eine ganze Abteilung gefeuert wird, nimmt der Rest der Belegschaft natürlich tiefen und recht persönlichen Anteil daran. Schließlich könnte das auch ihnen passieren. Und Vita, der einzigen Überlebenden, wurde automatisch die Rolle der bösen Hexe zugewiesen. Gehässige und vor Anspielungen strotzende Gespräche wurden gerade noch in ihrer Hörweite geführt. Sie ließ sich das eine ganze Weile gefallen, aber als sie jemanden sagen hörte: »Wenn wir hier gewerkschaftlich organisiert wären, würde so was nicht vorkommen«, hatte sie die Nase voll. Ruhig und bestimmt sagte sie: »Mit gewerkschaftlicher Organisation hat das absolut nichts zu tun. Außerdem habe nicht ich sie rausgeschmissen, sondern Derek Snell. Und das war gut so. Wenn sämtliche Angestellten einer ganzen Abteilung herumstehen und lachen, während ein Kunde auf dem Boden liegt und stirbt, was soll man denn da machen? Sie befördern?« Die Tatsache, daß das sehr vernünftig klang, machte Vita auch nicht beliebter.

Sie hätte ohne weiteres kündigen, Haden Brothers den Rücken kehren und irgendwo anders einen Neuanfang machen können. Es war nicht unmöglich, einen anderen Job zu bekommen. Genaugenommen wäre es eher zu einfach gewesen. Sie war keine Drückebergerin, und außerdem hatte sie das Gefühl, eine seltsam intime Bindung zu Haden Brothers zu haben, und wollte besser verstehen, woher das rührte.

Dann kam der Moment, als sie mit ihrer Mutter telefonierte und die ihr die furchtbare Geschichte erzählte, wie man sie beim Ladendiebstahl erwischt hatte. Sie weinten gemeinsam am Telefon, und dann erzählte ihre Mutter ihr noch mehr: das Familiengeheimnis.

In Vita zerbrach etwas. Das war wirklich zuviel. Sie konnte das Unerträgliche nicht länger ertragen und wußte, daß sie etwas tun mußte. Daraufhin führte Vita ein kurzes, intensives Gespräch mit Anton Heath, das ihr Leben verändern sollte, und schließlich rief sie Arnold Hadens Sekretärin an und ließ ausrichten, daß sie noch am gleichen Abend um sieben alleine zu ihm ins Penthouse in die neunte Etage von Haden Brothers kommen würde.

32

Kombinationen

Als Charlie Mayhew am nächsten Morgen aufwachte, hoffte er, er hätte nur schlecht geträumt, aber dann fiel ihm das ganze, zweifellos alptraumhafte Szenario wieder ein, und er wußte, daß es nicht bloß das Erzeugnis seines hyperaktiven Unterbewußtseins sein konnte. Die Jäger waren wirklich hinter ihm her, und er hatte sich tatsächlich in einer Geheimkammer in der Möbelabteilung von Haden Brothers verkrochen. Der Albtraum begann von neuem.

Die Kerze war, während er geschlafen hatte, völlig heruntergebrannt, und da es in der Nähe keine Außenwand und kein Fenster gab, hätte es in der Kammer eigentlich stockfinster sein müssen. Das war es aber nicht. Milchigweißes Licht fiel in schmalen Streifen von oben ins Zimmer, und als er hochblickte, sah er in der Decke drei Belüftungsrohre. Sie waren nicht breiter als eine Männerhand, verliefen aber mitten durch den Kern des Gebäudes hinaus zu Licht und Luft. Er sah eine winzige Ecke einer vorbeiziehenden Wolke. Vor seinen Füßen entdeckte er noch drei Löcher, oder genauer gesagt die Fortführung der Rohre über ihm, mit denen die tieferliegenden Stockwerke belüftet wurden. Er sah durch eines der Rohre nach unten, konnte aber nichts erkennen.

Die Existenz dieser Geheimkammer bei Haden Brothers überraschte ihn nicht sonderlich. Die innere Struktur des Gebäudes wurde unablässig verändert. Tag für Tag wurden Mauern eingezogen und Abteilungen umgebaut oder Trennwände und Sichtblenden aufgestellt, um ungenutzte oder häßliche Ecken zu verstecken. Das Kaufhaus war aufgebaut wie eine Theaterbühne: hinter den mit grellen Farben bemalten Kulissen waren hastig zusammengepfuschter Kabelsalat und schäbige Bretterverschläge versteckt. Daß hinter diesen Bühnenbildern tote Winkel und Schlupflöcher entstanden, konnte kaum überraschen, auch wenn die Täfelung des Raums, in dem er sich gerade befand, nichts Zusammengepfuschtes oder Schäbiges an sich hatte. Daß hier ein Bett und Kerzen standen, war zwar seltsam, aber das ließ sich notfalls so erklären, daß sich schon vor ihm ein anderer arbeitsscheuer Möbelträger hier einquartiert hatte. Er wußte, daß diese Erklärung etwas kurz griff, aber unter diesen unkonventionellen Umständen zog er es vor, sich an schlichte und gewöhnliche Lösungen zu halten.

Die holzgetäfelten Wände seines Verstecks sahen genau gleich aus, und er wußte nicht, durch welche er hereingekommen war. Als er sanft und behutsam dagegenklopfte, klangen auch alle gleich solide. Scharniere oder Fugen konnte er noch immer nicht finden. Er kam zu dem Schluß, daß er es vielleicht mit anderen Mitteln als Sanftheit und Behutsamkeit versuchen sollte. Schließlich hatte ihn ein handfester Schwinger hierherkatapultiert, und vielleicht bedurfte es etwas ebenso Handfestem, um ihn wieder herauszubekommen. Er beschloß, sich gegen die Wände zu werfen, reihum, bis eine von ihnen nachgab, genau wie gestern nacht, und er in die reale Welt zurückkehren konnte.

Er sah auf seine Uhr. Das Kaufhaus war jetzt geöffnet. Er hatte keinen Augenblick damit gerechnet, daß Ray Chalmers die Jagd nach ihm völlig abgeblasen hätte, aber er konnte gewiß nicht das ganze Brimborium mit Hunden und dem ganzen Gedöns beibehalten. Denen da oben wäre es bestimmt nicht recht, wenn die Kunden das mitbekämen. Außerdem waren die vielen Ein- und Ausgänge von Haden Brothers jetzt offen. Das, und dazu noch ein paar Kunden, zwischen denen er sich verstecken konnte, schien ihm die beste Möglichkeit zur Flucht zu sein. Sein Abschied hatte etwas Endgültiges. Sobald er die Welt von Haden Brothers einmal verlassen hatte, gab es für ihn kein Zurück mehr. Er würde nicht wagen, sich je wieder hier blicken zu lassen. Er würde die Gegend, vielleicht sogar das Land verlassen. Das erfüllte ihn mit einer unbändigen Traurigkeit, aber was sollte er sonst schon machen? Er konnte nicht den Rest seines Lebens in dieser Kammer eingeschlossen verbringen. Und doch kam es ihm vor, als müsse er vielleicht genau das.

Er nahm den längstmöglichen Anlauf quer durch den Raum und warf sich dann gegen die erste der sechs Wände. Er prallte ab, und sie rührte sich nicht. Er versuchte es mit der zweiten, und wieder passierte nichts; keine Bewegung, kein Nachgeben. Binnen kürzester Zeit hatte er sich gegen alle sechs Wände geworfen, und keine hatte auch nur die geringste Reaktion gezeigt. Im Raum war nicht viel Luft. Er fühlte sich schmutzig, erschöpft, ausgelaugt und kam sich ziemlich dämlich vor. Sich gegen Wände zu werfen war nicht unbedingt das Vernünftigste, was man tun konnte. Seine Schulter tat weh. Er lehnte sich an eine Zimmerecke, um wieder zu Atem zu kommen, und die Täfelung hinter ihm fiel zusammen wie ein Kartenhaus.

Wieder fiel er rückwärts, dieses Mal länger, tief hinunter durch Dunkelheit und Raum. Die Täfelung, die nachgegeben hatte, brachte ihn nicht zurück ins Kaufhaus. Es war, als hätte man ihn in einen Metalltrichter gegossen, der nach unten hin immer schmaler wurde. Er fiel und rutschte kopfüber und rücklings auf den Schutt am Boden der versteckten Stollen des Kaufhauses zu. Selbst im Fallen fand er noch Zeit, darüber nachzudenken, daß er in einen Ventilationsschacht oder ein Belüftungsrohr geraten sein mußte, sich an einem normalen und gewöhnlichen Ort befand, und doch war das Innere des Schachts alles andere als gewöhnlich. Auf die Metallinnenseite waren große Mohn- und Ringelblumen gemalt, zwar skizzenhaft und flüchtig hingeworfen, aber sie konnten die offenkundige Fingerfertigkeit des Künstlers nicht verbergen. Sie waren in kräftigen Farben gehalten, in leuchtendem Rot und schreiendem Gelb, aber wer um alles in der Welt sollte sich die Mühe machen, das Innere eines Luftschachts auszumalen?

Charlie sauste schnell hinunter, aber sein Sturz endete zwischen Staub und weichen Stoffen, als er am Ende der Rutsche in einem Haufen alter Kissen und Matratzen landete. Sie rochen muffig und schimmlig. Jemand hatte sie befleckt, aber das mußte schon sehr lange her sein. Wieder war Charlie in einer geschlossenen Kammer. Diese war etwas größer als die andere, hatte Backsteinwände und eine kleine Luke in der Ecke. Am Mauerwerk hingen dicke und zottelige Spinnenweben und Staubfäden.

Auch hier war es nicht stockfinster. Auf dem Boden war ein diamantförmiges Lichtmuster zu erkennen, das aus einem schmalen, gut einem Meter langen und wenige Zentimeter über dem Boden angebrachten Metallgitter an der Wand kam. Charlie kickte ein paar Kissen aus dem Weg und legte sich flach auf den Boden, um durch das Gitter zu schauen. Er sah grauen Teppichboden, bodenlange Vorhänge, Einkaufstüten und Handtaschen, Spiegel, Frauenfüße, einige nackt, andere in Nylonstrümpfen, und außerdem hing viel Garderobe im Blickfeld herum. Er erkannte, daß er in den Umkleideraum der Ms Haden Boutique hineinsah. Es war ein außergewöhnlicher und einzigartiger Aussichtspunkt. Er konnte Frauen beim An- und Ausziehen zusehen. Einige waren oben ohne. Die Szenerie hatte etwas von einer pubertären Phantasie, und Charlies Pubertät lag noch nicht so lange zurück, als daß er sich nicht an dem Anblick erfreut hätte.

Durch einen Schrei hätte er die Frauen bestimmt auf sich aufmerksam machen können, auch wenn sie wahrscheinlich nicht gewußt hätten, woher die Stimme kam; sie rechneten wohl kaum damit, daß sich ein fremder Mann hinter einem kleinen Gitter an der Fußleiste verbarg. Er wollte sie rufen und um Hilfe bitten, aber was hätten sie schon für ihn tun können? Selbst wenn sie nicht in Panik gerieten und den Sicherheitsdienst benachrichtigten, was absolut nicht in seinem Sinne war, gab es keinen Durchgang zwischen dem Umkleideraum und Charlies verstaubter Kammer. Außer dem Einreißen der Wand gab es keine Möglichkeit, wie sie ihm hätten helfen können. Er beobachtete die Frauen noch ein bißchen und erhob sich dann, um die Luke in der Ecke zu untersuchen.

Sie sah aus wie ein Speisenaufzug mit zwei Schiebetüren, die so groß waren, daß ein Mann hindurchgepaßt hätte. Sie waren geschlossen, aber Charlie stemmte sie auseinander und spähte in die dahinterliegende Höhlung. Es war kein Speisenaufzug. Er fand kein Fach, kein Seil, keine Rolle, sondern nur einen schmalen, leeren senkrechten Schacht, der nach unten und oben in der Dunkelheit verschwand. Er sah nicht sehr einladend aus, aber außer der Metallrutsche, über die er hierhergekommen war, war es die einzige Möglichkeit, diesen Raum zu verlassen. Er stellte fest, daß in die Wand des Schachts Tritte eingelassen waren. Obwohl man sie recht mühelos benutzen konnte, mußte Charlie sich erst noch überlegen, ob er hoch oder runter klettern sollte.

Er entschloß sich, abwärts zu klettern. Er wußte zwar nicht genau warum, aber ihm spukte im Hinterkopf noch das Untergeschoß herum, das Anton ihm gezeigt hatte. Er sah es als sicheren Zufluchtsort, eine nur zu kleinen Teilen bekannte Dimension. Im Untergeschoß gab es Nahrung, Getränke und einen Fahrstuhl, der ihn wieder in die Verkaufsräume zurückbringen konnte.

Nach einer Weile wurde es im Schacht so dunkel, daß er nicht einmal mehr die Tritte sehen konnte. Er mußte sich langsam mit dem Fuß vortasten, bis er das entsprechende Loch gefunden hatte. Die Schwärze hüllte ihn ein. Er verlor die Orientierung. Anfangs hatte er noch die Stufen gezählt, war aber schnell durcheinandergekommen. Er wußte, daß er bis zum Untergeschoß sieben oder acht ganze Stockwerke im Gebäude hinunterklettern mußte, und war noch längst nicht so weit, als er plötzlich keinen Tritt mehr fand, sondern mit dem Fuß auf einen Steinboden stieß. Er war am Ende des Schachts angekommen und merkte, daß um ihn herum viel Platz war. Kühle Luft umstrich ihn, und obwohl er kaum etwas sehen konnte, erahnte er die in der Dunkelheit verschwindenden Gänge und Tunnel.

Außerdem hörte er etwas – gedämpfte Stimmen. Zwei Leute redeten miteinander, zwei Männer, gar nicht weit weg. Obwohl er kaum davon ausgehen konnte, daß es sich um Verbündete handelte, fühlte er sich zu ihnen hingezogen. Er watete durch die amorphe Finsternis, bis er mit den Händen gegen eine Backsteinwand stieß und sich in einem niedrigen Tunnel wiederfand, der ihn in Richtung der Stimmen führte. Sie wurden lauter. Die Worte verstand er noch immer nicht, er konnte aber den Tonfall ausmachen: die eine klang wütend und frustriert, die andere reumütig und flehend. Und dann erkannte er eine von ihnen. Die wütende Stimme war die von Ray Chalmers. Glücklicherweise war sie so weit entfernt, daß sie nicht bedrohlich wirkte.

Dann sah Charlie in der Dunkelheit einen Lichtfleck. Ein ordentliches rundes Loch in Augenhöhe, wie ein Türspion, und genau das war es auch. Ein Guckloch durch die Backsteinwand auf die andere Seite, zu Haden Brothers hinein. Er mußte einfach hineinschauen. Vor sich sah er einen Raum, den er nie zuvor gesehen hatte. Es war weder ein Verkaufsraum noch ein Büro. Er sah aus wie eine Mischung aus einer Sporthalle und einem Museum für griechische Kunst. Die Wände waren preußischblau gestrichen, mit verzierten Wölbungen und einem durchgehenden Holzsockel versehen. Zwischen glänzenden, komplizierten Fitnessgeräten standen griechische Statuen; nackte männliche Figuren aus weißem Gips in Diskus- oder Speerwerferpose. Bei der einen oder anderen Statue fehlten Arme oder Beine, aber die Torsi zeigten makellose Muskeln. Inmitten dieser Strukturen beschimpfte Ray Chalmers einen seiner uniformierten Wachmänner. Charlie wußte nicht, was er ihm gesagt hatte, aber der junge Mann wirkte gekränkt.

Dann brüllte Ray Chalmers: »Ich will diesen blinden Scheißkerl sehen, und zwar sofort.«

»Jawohl, Sir«, sagte der junge Mann. »Er wartet draußen. Ich schicke ihn rein.«

Der Gesuchte betrat den Raum. Er ging langsam und vorsichtig, ließ sich aber nicht führen. Es war Jack Yardley, der blinde Fahrstuhlführer.

»Ich brauche die Hilfe eines Spezialisten«, sagte Ray Chalmers.

»Wie bitte, Sir?« fragte der Fahrstuhlführer.

»Sehen Sie, ich suche einen Burschen, den es scheinbar nicht gibt. Einen Burschen, der durch Wände verschwinden kann. Einen Burschen, den außer mir niemand gesehen haben will. Nicht einmal Arnold Haden traut sich jetzt noch zu sagen, daß er ihn gesehen hat. Er glaubt, er könnte sich getäuscht haben. Aber ich weiß, daß er hier ist.«

»Ich sehe ihr Problem«, sagte der Fahrstuhlführer.

»Es heißt, Sie hätten eine ausgezeichnete Nase«, sagte Ray Chalmers. »Ich habe gehört, daß Sie einen Verräter auf zweihundert Schritt herausschnüffeln können.«

»Das ist etwas übertrieben, Sir.«

»Er heißt Charlie Mayhew. Erinnern Sie sich an ihn? Wissen Sie noch, wie er riecht?«

»Ich glaube schon. Er schien ein netter Bursche zu sein. Ich dachte, er würde es weit bringen.«

»Sie wissen ja, wie das mit den jungen Burschen ist. Manchmal gehen sie einfach *zu* weit.«

»Das ist schade. Und was hat er verbrochen?«

»Lassen Sie das meine Sorge sein, Jack. Sie brauchen nur zu wissen, daß er sich im Moment irgendwo in unserem großartigen Kaufhaus versteckt hält und ich nicht weiß wo. Die Spürhunde waren keine große Hilfe, meine Leute eher ein Hindernis, und Derek Snell will mich nicht einmal die Suche fortsetzen lassen. Er sagt, das wäre reine Zeit- und Geldverschwendung. Ist mal wieder typisch. Genau wie damals in Vietnam. Wir müssen das also als verdeckte Aktion durchführen, nur Sie und ich, Jack. Sie sind meine größte, vielleicht sogar meine einzige Hoffnung. Glauben Sie, daß Sie das schaffen?«

»Ja, ich denke schon«, sagte der Fahrstuhlführer. »Aber was machen Sie mit ihm, wenn Sie ihn finden?«

Ray Chalmers überlegte kurz.

»Ich lasse mir aus seinen Eiern Anhänger für Tittenringe anfertigen«, sagte er. »Auch wenn ich natürlich keine Tittenringe trage.«

»Versteht sich von selbst«, sagte der Fahrstuhlführer.

Er nahm einen ganz tiefen Atemzug durch die Nase, als wollte er die gesamte Luft aus dem Raum in sich einsaugen, und ging los, wich dabei durch eine Art sechsten Sinn den Statuen und den Fitneßgeräten aus, bis er vor der Wand mit dem Guckloch stand. Der dahinter stehende Charlie konnte den Blick nicht von ihm lassen.

»Was ist los?« fragte Ray Chalmers. »Haben Sie etwas entdeckt?«

Der Fahrstuhlführer holte noch einmal tief Luft und schüttelte dann den Kopf.

»Nein, Sir, da muß ich mich getäuscht haben. Es war wohl doch nur Ihr Aftershave.«

Charlie wußte, daß der Fahrstuhlführer mit seiner guten und extrem empfindlichen Nase ihn entdeckt haben mußte, und erkannte, daß er bei Haden Brothers schließlich doch noch einen Freund gefunden hatte. Die blinden Augen des Fahrstuhlführers blickten weiter Richtung Guckloch. Charlie hätte schwören können, daß der Mann ihm zublinzelte. Er wandte sich dann aber wieder an Ray Chalmers und ließ sich aus dem Raum führen, um im ganzen Kaufhaus dem Phantom Charlie Mayhew nachzuspüren.

Charlie wühlte sich weiter durch die Innereien von Haden Brothers. Sein Hauptziel war immer noch die Flucht, aber er kümmerte sich in ähnlichem Ausmaß um die Erforschung der Gänge und Kammern. Diese dunkle, geheime Welt übte einen seltsamen Reiz auf ihn aus, und nach einer Weile fand er es auch gar nicht mehr so dunkel. Dachluken, weitere Metallgitter und Gucklöcher ließen Licht herein.

Er war gefangen in einem System aus Tunneln und Schächten mit Wendeltreppen, Strick- und Metalleitern, abrupt abfallenden Abgründen, engen Gängen und niedrigen Decken. Es war sowohl Labyrinth als auch eine Art Gefängnis, hatte aber etwas Ansprechendes. Man begegnete faszinierenden Anzeichen wildgewordener Phantasie, und immer wieder traf Charlie auf Verzierungen von äußerst ausgeklügelter Kunstfertigkeit. Lange Tunnelabschnitte waren mit William-de-Morgen-Fliesen verkleidet, die zierlichsten Bögen von formvollendeten Säulen aus Purbeckmarmor abgestützt und Treppenhäuser mit goldenen und schwarzen Mosaiken dekoriert. Er entdeckte Wandgemälde, von denen einige wie primitive Höhlenmalereien wirkten, andere durch Besessenheit und Detailtreue bestachen, wobei die Motive von Engeln, über mythologische Ungeheuer bis zu Hollywoodstars der Zwanziger reichten.

Diese innere Unterwelt war ein in sich geschlossenes und paradoxes System. Nach Charlies Ermessen konnte es weder Funktion noch Existenzberechtigung haben, trotzdem wirkte es nicht unzusammenhängend und schon gar nicht bedeutungslos. Außerdem bekam man immer wieder Ausblicke in die wahre Welt von Haden Brothers. Durch Gitter, Löcher und Spalten konnte Charlie das Leben im Kaufhaus beobachten. Er konnte in Lager, Büros und die Fotokopierabteilung sehen, ins Pressezimmer und den Wickelraum. In der Küche des Regenwald-Bistros sah er, wie ein Koch mit triefender Nase einen Waldorfsalat zubereitete. Er sah zwei Buchhalter zwischen den Regalen, die sich einen feuchten Schmatz gaben. In der Abteilung für Haushaltskleidung stopfte ein außerordentlich respektabel aussehender Mann mittleren Alters einen Satz zusammengehöriger Schürzen, Topfhandschuhe und Teewärmer in seine Tasche.

Wieder einmal konnte Charlie sehen, ohne gesehen zu werden. Er konnte beobachten, aber nicht eingreifen. Er fand die verschiedensten Orte, von denen er zuschauen und lernen, Gespräche mithören und Geheimnisse erfahren konnte. Und er fragte sich, ob das der einzige Sinn dieser Welt war; ob sie vielleicht gebaut worden war, damit die Verwaltung Kunden und Personal ausspionieren konnte? Aber in diesem Fall war sie schon seit vielen, vielen Jahren nicht mehr benutzt worden. Er spürte, daß er der erste Mensch war, der diese Räume seit sehr langer Zeit betreten hatte. Und trotzdem gab es irgendeine Verbindung zur Gegenwart.

Er hielt sich lange in diesen dunklen, verborgenen Winkeln auf. Der größte Teil des Tages war vergangen, und er war dem Entkommen kein Stück näher. Er war zwar einigermaßen sicher, aber das war nicht die Sicherheit, die ihm vorschwebte. Er hatte sich zügig durch die Tunnel und Gänge bewegt, dabei aber keinerlei Fortschritte gemacht. Er war nicht ziellos herumgestrolcht, und doch hatte er sich treiben lassen und war Schlangenlinien gegangen. Es gab zu viele Sackgassen, zu viele Wege, die ihn im Kreis laufen ließen, die vielversprechend aussahen, diese Versprechungen aber nicht einlösten, und keiner hatte auch nur vage danach ausgesehen, als würde er ins Untergeschoß führen.

Haden Brothers schloß bald, und es würde wieder dunkel werden. Überall im Kaufhaus würden die Lichter ausgehen. Er hatte in einem Treppenhaus weitere Kerzen und Streichhölzer gefunden, also konnte er, wenn er wollte, seine Wanderschaft die ganze Nacht lang fortsetzen. Zur Sicherheit zündete er schon jetzt eine Kerze an. Er hatte Hunger und Durst. Füße und Beine schmerzten. Die Frustration über seine Gefangenschaft machte ihn so wütend, daß seine Sinne getrübt waren, aber irgend etwas trieb ihn voran.

Er kam an eine Kreuzung von Treppen und Tunneln. Er entdeckte mehrere Bleirohre, Kabelstränge und in der Wand ein Metallgitter von gut zwanzig Zentimeter Seitenlänge. Von der anderen Seite des Gitters fiel kaltes, weißes Licht herein, und als Charlie durch die Ritzen blickte, sah er, daß es von den Kühlregalen der Lebensmittelabteilung ausging. Bei diesem Anblick wurde er fast verrückt. Da wartete eine ganze Abteilung voll exklusiver Lebensmittel auf ihn: geräucherte Hirschkeule und gekühlter Gazpacho, Camembert und Litschis. Nicht daß es ihn momentan nach etwas so Ausgefallenem verlangte. Er hätte fast alles gegessen. Aber das spielte ja überhaupt keine Rolle. Ihm wurde alles vorenthalten. Er sah die Lebensmittel, die auf Regalen und Theken aufgereiht und in Kühltruhen gestapelt waren. Er konnte sie riechen. Er konnte sie sogar schmecken, ohne seine Phantasie allzusehr strapazieren zu müssen. Aber die stabile Backsteinmauer sorgte dafür, daß er sie nicht nehmen und essen konnte.

Dann erblickte er eine Marmortheke direkt unter dem Metallgitter. Auf der Theke stand eine kleine Pastetenpyramide, Wildpastetchen mit Deckeln aus Teiggitter. Sie waren ihm schon bei seinen Wanderungen durchs Kaufhaus aufgefallen. Er hatte einige davon gegessen und wußte, daß sie gut waren. Sie hätten über Nacht kaltgestellt werden müssen, aber er war äußerst dankbar für diese kleine Schlampigkeit. Er glaubte, wenn er das Gitter herausbekäme, könnte er einen Arm durch das Loch stecken und vielleicht, ganz vielleicht, an eine der Pasteten herankommen.

Er griff nach oben und hängte sich so an eine Bleiwasserleitung, daß er daran hin und her schwingen und dabei mit den Füßen gegen das Gitter treten konnte. Er brauchte zwar einige Versuche, um es aus der Halterung zu lösen, hatte aber schließlich Erfolg. Er steckte den Arm durch das Loch, streckte ihn, drückte die Schulter gegen die Wand, fuhr seine Finger so weit wie möglich aus und versuchte verzweifelt, auch noch den letzten Millimeter herauszuholen, um an die Pasteten heranzukommen. Er keuchte vor Anstrengung und Enttäuschung, und als er sich noch weiter in die Öffnung preßte, konnte er zwar nicht mehr sehen, wohin er griff, wußte aber, daß er ganz nah dran sein mußte. Seine Fingerspitzen strichen über die glänzende Kruste, ihm fehlte nur noch ein winziges Stückchen, und er wußte, er würde es schaffen.

In diesem Augenblick umschlang etwas Warmes, Fleischiges und Unsichtbares sein Handgelenk. Erschrocken stieß er einen Schrei aus. Er hatte das Gefühl, von etwas Monströsem gepackt worden zu sein, und es dauerte eine ganze Weile, bis er erkannte, daß es nichts weiter war als die Hand eines anderen Menschen. Das beruhigte ihn keineswegs. Die Hand war kräftig und sehr groß, und sie ließ nicht los, ließ ihn seine Hand nicht zurückziehen.

Eine Stimme sagte: »Hab ich dich, du Nillenkäselutscher!« Und Charlie wußte, daß Ray Chalmers ihn festhielt. Bei seinem letzten Rundgang durchs Kaufhaus mußte er gesehen haben, wie Charlies Hand aus der Wand gekommen war. Charlie konnte sein Pech kaum fassen.

Chalmers' Griff war leidenschaftlich und wild, aber Charlie war verzweifelter. Es folgte ein bizarrer, spiegelverkehrter Wettkampf im Armdrücken. Unter äußerster Anstrengung eroberte Charlie langsam die Kontrolle über seinen Arm zurück, indem er ihn Stück für Stück auf seine Seite der Wand zog. Aber Chalmers ließ nicht los, und das Handgemenge ging weiter, bis es Charlie schließlich gelungen war, Ray Chalmers' Hand durch das Loch auf seine Seite der Wand zu zerren. Charlie wußte, was er zu tun hatte. Mit seiner freien

Hand nahm er die brennende Kerze vom Boden, die er als Lichtquelle benutzt hatte. Er hob sie hoch und hielt sie unter Chalmers' festgekrallte Finger. Die Haut wurde schwarz, verkohlte und fing an zu schwelen, aber Chalmers machte noch keine Anstalten, Charlies Hand freizugeben.

»Laß mich los, du Idiot!« schrie Charlie, aber die Hand umklammerte ihn weiter.

Der Brandfleck auf der Haut wurde größer. Charlie spürte, wie die Hitze der Flamme durch die Lücken zwischen Chalmers' Fingern hindurch bis auf sein Handgelenk vordrang. Schon bei dem Gedanken drehte sich ihm der Magen um. Er konnte nicht hinsehen. Chalmers fing vor Schmerzen an zu heulen wie eine gepeinigte Katze, aber es dauerte noch lange, bis er Charlie endlich losließ.

Als er das tat, stürzten beide wieder in ihre getrennten Sphären. »Tut mir leid«, rief Charlie. »Tut mir echt leid.« Aber er wartete Chalmers' Antwort nicht ab. Er lief ins komplexe Herz des Kaufhauses zurück, und Chalmers sank auf den kalten Fliesen der Lebensmittelabteilung in sich zusammen. Nach einer Weile rappelte er sich auf und blickte in das schwarze Loch, vor dem das Gitter gewesen war. Er sah nichts. Zuerst wollte er eine Spitzhacke holen, einen Vorschlaghammer, einen Bulldozer, um die Wand einzureißen und Charlie Mayhew zu suchen. Daß Haden Brothers dabei zu Bruch gehen könnte, mußte man dafür in Kauf nehmen. Aber im selben Moment erkannte er, daß es keinen Sinn hatte, da ihm keiner glauben würde. Sie würden ihn die Wand nicht einreißen lassen. Niemand würde ihm glauben, wie er sich die Hand verbrannt hatte. Wahrscheinlich würden sie behaupten, daß er sich die Wunde selbst beigefügt hätte – und darin ein weiteres Symptom seines Wahnsinns sehen. Derek Snell wäre der Schlimmste. Er würde sich verständnisvoll zeigen. Er würde ihm den Vorschlag machen, sich etwas mehr Ruhe zu gönnen. Ray Chalmers fing an, hemmungslos zu weinen.

RAY CHALMERS: Und als die Hand aus der Wand kam, und nachdem ich sie ergriffen hatte und meine Finger nur noch verkohltes Hackfleisch waren und ich in das Loch, vor dem das Gitter gesessen hatte, in die Dunkelheit starrte, da wußte ich, daß es *wirklich* Vietnam war. Es war genau wie die Tunnel von Cu Chi, und damit kenne ich mich aus.

Die Vietcong haben jahrelang in diesen Tunneln gelebt. Sie hatten darin geheime Waffen-, Sprengstoff- und Lebensmittellager. Da gab es Munitionswerkstätten, Küchen und Feldlazarette. Babys wurden geboren, Menschen starben, und sie haben sogar Konzerte und Lyrikabende gegeben.

Aber was noch wichtiger war, das ganze Tunnelnetz war vermint. Stolperdrähte brachten Handgranaten zur Explosion, es gab Fallgruben mit angespitzten Metallstäben, in die man hineinfallen sollte, und Stahlstangen, die aus dem Boden schossen und einen im Schritt durchbohrten. Das Tunnelsystem war der ideale Ort, von dem aus man Überraschungsangriffe starten konnte, und die verdammte US-Army konnte absolut nichts dagegen machen.

Und plötzlich wußte ich, was bei Haden Brothers los war, und ich habe mich zu Tode erschreckt. Charlie hatte alles in der Hand. Dies war sein Territorium, und ich muß zugeben, daß ich bereit war, es ihm zu überlassen. Ich wollte da nicht rein und ihn verfolgen, und meine Jungs wollte ich auch nicht auf ihn ansetzen. Ich bin kein Held und auch keine Kanalratte. Wenn die vereinte Macht sämtlicher bewaffneter Kräfte der Vereinigten Staaten nicht ausgereicht hat, um Charlie in Vietnam aus seinen Tunneln zu jagen, wie sollte ich dann bei Haden Brothers eine Chance haben?

Ich habe das Gitter wieder an die Wand montiert. Ich bin in den Sanitätsraum gegangen und habe mir die Hand verbunden. Wenn jemand gefragt hätte, hätte ich gesagt, daß ich ein Feuer in einem Papierkorb löschen wollte. Aber es hat keiner gefragt. Obendrein hätte ich, wenn mich jemand danach gefragt hätte, geantwortet, daß ich mich auch getäuscht haben könnte, als ich dachte, ich hätte eine Person im Kaufhaus gesehen. Ich habe mich für ein ruhiges Leben entschieden. Ich habe einen strategischen Rückzug vollzogen. Ein guter Soldat weiß, wann er den Rückzug antreten muß.

Aber ich habe mir gesagt, wart ab, bis dieser Laden mal einen echten Sicherheitsdienst braucht. Sollen sie doch selbst sehen, wie sie das ohne Ray Chalmers hinkriegen. Ich müßte nicht lange warten. Eh ich mich's versah, hatte Vita Carlisle Arnold Haden als Geisel genommen. Soll er selbst sehen, wie er damit klarkommt, hab ich nur gedacht.

33

Saisonartikel

Charlie hatte seit fast vierundzwanzig Stunden nichts mehr gegessen. Er versuchte verzweifelt aus dem Labyrinth hinauszukommen, in dem er sich befand, aber dringender war noch, den Hunger und Durst zu stillen. An die Wildpasteten war nicht heranzukommen, aber schließlich gab es ein Untergeschoß voller Getränke und Lebensmittel. Warum war es so schwer zu finden? Trotz seiner intensiven Versuche, weiter nach unten zu kommen, hatte er nie den Eindruck gehabt, ihm näher gekommen zu sein. Vor seinem inneren Auge sah er die Unmengen Konserven mit Pfirsichen und Corned beef, Früchtecocktail und Räucherlachs, und das machte ihn wahnsinnig. Wie kam er an sie ran? Wo lag das Geheimnis? Was war der Trick?

Dann fiel ihm die Kerze runter. Die Flamme erlosch, er hörte, wie sie auf den Boden schlug und zu rollen begann. Er wühlte mit den Händen in Staub und Finsternis, fand sie nicht, entdeckte dabei aber eine Rille im Boden. Er fuhr mit dem Finger in ihr entlang und stellte fest, daß es eine durchgehende Linie war, der Rand von etwas Sechseckigem. Eine Falltür, der Deckel einer Einstiegsluke mit ein paar Löchern in der Mitte, wie bei einer Bowlingkugel. Er steckte seine Finger hinein, und es gelang ihm, sie hochzuheben.

Als er in das Loch starrte, das sich vor ihm aufgetan hatte, erkannte er im Halbdunkel eine weitere glatte, metallisch glänzende Rutsche, die sich wie auf einem Rummelplatz spiralförmig in die Tiefe bohrte. Sie wirkte nicht gerade einladend, sondern allenfalls unheilsschwanger und gefährlich, aber die Verzweiflung machte ihn so tollkühn, daß er etwas Verheißungsvolles darin sah. Zumindest ging sie in die richtige Richtung, und außerdem hatte er das Gefühl, daß er sowieso nicht viel zu verlieren hatte.

Er setzte sich auf den Rand des Lochs, senkte seine Füße in die Öffnung hinab und ließ sich für eine weitere wilde Fahrt durch die Dunkelheit hinuntergleiten. Der kalte Stahl hielt ihn in der Spur. Er merkte, daß er immer schneller die gewundene Bahn herunterwirbelte, als würde er zügig in einem dunklen, verschlungenen Darm entlangschliddern.

Von den unregelmäßigen Stößen und Schlägen, die ihn zwischen den Wänden der Rutsche hin und her warfen, wurde ihm schwindlig. Er breitete Arme und Beine aus, um die Fahrt zu verlangsamen, aber die Oberfläche war zu glatt. Sein Kopf wurde nach hinten geschleudert und stieß heftig auf den Stahl. Er schien endlos weiterzurutschen, aber das beruhigte ihn in gewisser Weise. Je tiefer es hinabging, desto größer wurde die Wahrscheinlichkeit, daß er im Untergeschoß ankam. Wenn das Ganze nur etwas langsamer ginge.

Plötzlich war die Rutsche zu Ende. Charlie hatte erwartet, entweder ins Nichts zu stürzen oder eine Bruchlandung zu machen, aber als es dann soweit war, wurde sein Fall behutsam abgebremst, und er landete sanft in einer Metallkugel von etwa zwei Meter Durchmesser. Plötzlich ging ihm ein Licht auf. Er wußte, wo er war. Er war im Untergeschoß angekommen und durch irgendein eigenartiges Verfahren *in* die an der Decke hängende, bemalte Metallkugel geraten; die, die er mit Anton zusammen gesehen hatte.

Von innen sah er, daß die Kugel aus einzelnen aneinandergenieteten Segmenten bestand. Sein Gewicht belastete die Verbindungsteile schon sichtlich, und als er gegen ein paar strapazierte Streben trat, brach die Kugel wie ein Ei entzwei, und er fiel ins unter ihm liegende Foyer, das ihm ein seltsames Gefühl der Vertrautheit gab. Da war es endlich, das Untergeschoß, genau wie in seiner Erinnerung: mit der gewölbten Decke, der Schmalspureisenbahn, dem Wasserhahn, den vielen Regalen, und, was am wichtigsten war, den Kisten mit Lebensmitteln und Getränken.

Damals, mit Anton, war es ihm unwirklich und furchteinflößend vorgekommen. Jetzt kam es ihm vor wie Aladins Schatzkammer. Er sauste zu einem Regal und zerrte ein paar Pappkartons heraus. Sie fielen herunter und zerplatzten. Lebensmittelkonserven quollen hervor und kullerten über den Boden wie kleine flüchtende Tiere, und er stürzte sich auf eine Dose Krabben in Pflanzenöl. Am Regal hing ein kleiner Dosenöffner; eines dieser altmodischen Modelle mit einem gefährlichen Haken, bei dem der Dosenrand nach dem Öffnen spitze Zacken hatte. Er schnitt den Deckel auf, zog ihn nach hinten und schaufelte sich die Krabben in den Mund.

Er war bereit, sich dem reinen Glücksgefühl hinzugeben. Der Geschmack interessierte ihn nicht, er wollte nur die Nahrung in seinen Körper schlingen. Aber in dem Augenblick, als die erste Krabbe auf seine Zunge traf, wußte er, daß irgend etwas völlig schiefgelaufen war. Die Krabben schmeckten abscheulich: nach Moder und Tod, nach Rost, Industrieabfällen und abgestandenem Schweiß fremder Menschen. Einen Augenblick bevor der Würgereflex seine Kehle zusammenschnürte, um ihn vom Schlucken abzuhalten, spuckte er die Krabben aus. Jetzt bemerkte er auch den Verwesungsgeruch, der von der Dose aufstieg.

Er untersuchte sie. Das Etikett hatte er noch nie gesehen. An der Schriftart erkannte er, daß es alt sein mußte, sehr alt, vielleicht sogar aus den Dreißigern. Wenn die Dosen wirklich so alt waren, konnte es kaum verwundern, daß der Inhalt vergammelt war. Er sah sich noch ein paar Konserven an, aber sie waren alle aus der gleichen Zeit.

Er öffnete noch ein paar Dosen und stellte fest, daß die Lebensmittel in allen widerlich waren. Sie stammten aus einer Epoche, in der es noch kein Mindesthaltbarkeitsdatum gab.

Zumindest wußte er, wo er hier unten trinkbaren Wein fand. Das hatte Anton ihm gezeigt. Er ging zum Regal, öffnete eine Flasche und kippte ihn in sich hinein. Der Wein hatte Aroma und Körper. Er vertrieb den üblen Geschmack aus seinem Mund. Das war aber im engeren Sinne keine Nahrung, und da sein Magen leer war, stieg der Alkohol ihm auch direkt zu Kopf, aber das Konsumieren an sich, endlich irgend etwas in den Bauch zu bekommen, fühlte sich ungeheuer gut an.

Während er den Wein genoß, sah er sich um und entdeckte ganz in der Nähe einen weiteren Konservenhaufen. Die Dosen waren leer. Sie waren offen, und irgend jemand hatte den Inhalt gegessen. Er fragte sich, wie lange das her war. Und dann sah er, daß sie vor einer Tür lagen, als hätte jemand sie einfach dort herausgeworfen. Es war eine schlichte, solide Holztür mit Holztäfelung und hübschem Messinggriff. Charlie wußte, daß er nachsehen mußte, was sich hinter der Tür befand.

34

Innenausstatter

Wir befinden uns im Jahre 1933, und es ist still im Zimmer. Edward Zander hat sein großes Projekt abgeschlossen. Kaufhaus und Kunstwerk Haden Brothers sind vollendet, und Edward Zander, Architekt und Genie, ist mit sich selbst im reinen. Er genießt das angenehme Gefühl, gute Arbeit geleistet, seine Kunden zufriedengestellt und die Öffentlichkeit vor der Besichtigung und Erkundung seines Meisterwerks in gespannte Erwartung versetzt zu haben. Außerdem ist er sicher, daß er nie wieder arbeiten wird, denn innerhalb der äußerlichen, sichtbaren Struktur von Haden Brothers hat er sich ein Zuhause geschaffen, eine verborgene Ruhestätte, eine geheime Unterkunft und eigene Welt. Neben den Verkaufsräumen, abseits von Kunden und Verkäufern, zwischen Mauerwerk und Stahlgerüst, in den Freiräumen und Leerstellen, im Herzen des Leitungssystems, der Versorgungseinrichtungen und der Stützkonstruktion, hat er sich seine eigene Struktur geschaffen. Er hat eine Welt in einer Welt gebaut, ein Labyrinth im Labyrinth, ein geheimeres Herz.

Er weiß, daß er Glück gehabt hat, als man ihm den Auftrag zum Bau des Kaufhauses gab – er war nicht die erste Wahl gewesen –, und er weiß, daß er nie etwas Besseres oder Großartigeres bauen wird. Er glaubt, falls man sich später einmal überhaupt seiner erinnert, so wird man sich an die Maßlosigkeit und die Widersprüchlichkeit von Haden Brothers erinnern, nicht an die früheren Arbeiten wie die paar schrulligen Privathäuser und die Handvoll steinerne Absurditäten, die er in Derbyshire und Dorret gebaut hat.

Mit dem Entwurf für Haden Brothers hat er gleichzeitig einen Ort für sich selbst entworfen., ein Netz aus geheimen Tunneln und Treppenhäusern, die sich durch die Gedärme des Gebäudes schlängeln und schließlich in ein tiefliegendes Untergeschoß münden, in dem er für den Rest seines Lebens genügend Güter und Lebensmittel eingelagert hat. Und neben dieses riesige Lager hat er sich eine kleine Suite gebaut, in der er die ihm noch verbleibenden Jahre ausharren wird. Er hat einen Blick auf die Zukunft geworfen, und die sieht chaotisch und furchteinflößend aus. Es ist eine Zukunft mit Autos und Flugzeugen, Filmen und einem neumodischen Ding namens Fernsehen. Es ist eine Welt aus Bakelit und Stahlrohr, aus Kunstfaser und Chemie. Es ist eine Welt der Massen: Massenmedien, Massenproduktion, Massenbewegungen.

Er weiß, daß für ihn etwas zu Ende gegangen ist. Er verspürt etwas Ähnliches wie den eiskalten Hauch der Geschichte. Er ist fehl am Platz, ein Visionär, ein Dilettant; es gibt keinen Markt mehr für Menschen wie ihn. Auf einer überfüllten Cocktailparty in Bayswater ist er Wells Coates begegnet und hat gedacht, der Mann wäre verrückt. Coates sprach von Moral, sozialen Prinzipien und davon, wie man menschliche Bedürfnisse erzeugen könnte. Er zitierte sogar noch einen chinesischen Dichter. Zander kann sich selbst gut genug einschätzen, um zu wissen, daß er mit einer solchen Moderne nicht umgehen kann, die sich mit der Planung und dem Entwerfen ganzer Gesellschaften beschäftigt und Stil für oberflächlich hält. Und doch weiß er, daß auch das die Zukunft ist.

Möglicherweise hätte ein Mann wie Zander in diesen neuen Technologien und Philosophien einen Quell der Inspiration sehen sollen, aber er fühlt sich nur fremd und deplaciert. Diese neue Welt, die er für sich in Haden Brothers erschaffen hat, entspricht seinen persönlichen Bedürfnissen, ist mit einem begrenzten Warenangebot ausgestattet, einem vielsagenden Sortiment, gibt gewissermaßen einen Ausblick auf einen Mann und seine Epoche. Hier fühlt er sich wohl, fernab von den Menschen und zweifelhaftem Fortschrittsglauben, fernab von Moden, Neuheiten und Tageslicht.

Die Suite zeigt sich ebenso exzentrisch wie ihr Erzeuger, ist aber ein Produkt ihrer Zeit. Im sechseckigen Wohnzimmer gibt es viel Profanes und Ordinäres: einen Servierwagen aus polierter Eiche, Temperafarbe an den Wänden, Schiffsparkett als Fußboden und einen zu dick gepolsterten Sessel. Andererseits kann man einen aufwendig gestalteten Kamin mit einer von Wyndham Lewis entworfenen Verkleidung entdecken. Die Inspiration für das Design des Wollteppichs stammt von Sonia Delaunay. Eins von Dalis Mae-West-Sofas, dessen roter Satin dem Rot ihrer Lippen entlehnt ist, steht neben dem Kamin. Und an die Zimmerdecke hat Zander selbst flauschige, himmlische Wölkchen gemalt.

Auch die kleineren Einrichtungsgegenstände sind nicht uninteressant: ein Wedgwood-Teeservice, unterschiedliche Cocktailgläser und Shaker, eine Tiffany-Lampe, eine Pye-Musiktruhe. Er weiß zwar nicht, ob das Radio so tief unten überhaupt etwas empfängt, aber er hat andere Möglichkeiten, sich zu unterhalten. Er hat eine Geige mit reichlich Ersatzsaiten, ein Schachspiel, einige selbstgemachte Puzzles mit Werken von Escher und Arcimboldi. Und er hat sich mit einem ordentlichen Vorrat an Schallplatten und Büchern eingedeckt, alles von Agatha Christie bis *Ulysses*, von Bach bis Bessie Smith und ein paar gebundene Ausgaben von ›Punch‹, ›Vanity Fair‹ und der ›Picture Post‹. An den Wänden hängen Bilder: Seestücke und Blumen, Jagdhunde und englische Landhäuser; Ansichten der Außenwelt.

Es gibt ein karg, aber funktional eingerichtetes Herrenbadezimmer mit vergoldeten Spiegeln, einem Marmorwaschbecken und einer cremefarbenen Badewanne mit Löwenfüßen. Das Schlafzimmer erinnert an ein großes Zelt. Es ist mit oranger Seide ausgekleidet, die sich aus einem Loch in der Deckenmitte an den Wänden herabkräuselt. Im Zentrum des Raums steht eine kleine, harte Lederliege, die für Zanders Einsiedlerleben vollkommen ausreicht.

Die Räume sind warm, er geht allerdings davon aus, daß es im tiefsten Winter etwas kühl werden könnte. Er hat fließend Wasser, und das reicht, um Körper und Kleidung sauberzuhalten. Es gibt elektrisches Licht, und in der Küche stehen eine kleine emaillierte Kochhexe und ein Electrolux-Kühlschrank, der in Luton nach schwedischen Entwürfen hergestellt worden ist.

Er hatte schon immer in dem Ruf eines Dandys gestanden und seinen unkonventionellen Lebensstil durch die Auswahl seiner Kleidung zu erkennen gegeben. Nur weil er damit niemanden mehr beeindrucken kann, heißt das nicht, daß er bereit wäre, seinen Standard herunterzuschrauben. Er hat einen vierteiligen Cordsamtanzug mit Knickerbocker, scharlachrote, grüne und rehbraune Reformhemden und Westen mit Blumenmuster. Er hat Seidenpyjamas und einen Smoking. Außerdem hat er einen Filzhut und einen Regenmantel, glaubt aber nicht, daß er dafür wirklich Verwendung haben wird. Er hat sogar einen entschieden avantgardistischen Straßenanzug mit einem dieser neumodischen Hosenschlitze mit Reißverschluß.

Mit der Nahrung ist es natürlich problematischer. An frisches Fleisch, Obst und Gemüse wird er kaum herankommen, aber er hat einen Vorrat an Konserven, geräucherten und gepökelten Lebensmitteln angelegt, der auf jeden Fall für den Rest seines Lebens ausreicht: Myriaden von Dosen mit Heringen und Sardinen, Birnen und Kirschen, Irish-Stew, Corned beef und Krabben. Aber das beste an seinen Lebensmitteln ist, daß sie Markenartikel sind. Er wird nie mehr auf den Markt gehen, etwas Unverpacktes oder Saisonales kaufen und das Risiko eingehen müssen, daß man ihm überreife oder angeschlagene Waren unterschiebt. Hier hat er Namen, denen er vertrauen kann: Bisto und Oxo, Horniman-Tee, McVitie und Prices's Käsesortiment und Cerebos Salz. Diese großen Namen des Alltags haben etwas Freundliches und Beruhigendes. Sie sind Zeichen für ein geordnetes und behütetes Leben. Heinz und HP, Lea and Perrin, Crosse & Blackwell: lauter gute alte Bekannte.

Es war nicht leicht, diesen geheimen Ort zu schaffen, ohne seine Absicht preiszugeben. Die Tunnel, Treppenhäuser und Kammern mußten gebaut werden, und er wußte, daß Bauarbeiter keine diskrete oder zurückhaltende Truppe sind. Heimlichkeit war das oberste Gebot. Teilweise tarnte er seine Absichten als Fehler. So teilte er seinen Vorarbeitern nach der Fertigstellung eines Korridors mit, daß sie die Baupläne falsch verstanden oder die Verantwortlichen von Haden Brothers es sich anders überlegt hätten. Da es unsinnig wäre, den fertigen Gang wieder abzureißen, forderte er sie auf, ihn einfach zuzumauern, was ihm später die Möglichkeit eröffnete, ihn mit anderen ›Fehlern‹ zu verbinden und so ein vollständiges, fortlaufendes System solch absichtlicher Fehler zu errichten.

Trotzdem hätte ein kluger Bauleiter herausfinden können, daß er etwas vorhatte, also brach Zander Streit mit seinen

Mitarbeitern vom Zaun. Er galt als launisch und schwierig. Das trug zur Steigerung seines geheimnisvollen Nimbus bei. Die Fluktuation bei den Arbeitern war hoch. Die Männer arbeiteten blindlings, befolgten jede Anweisung buchstabengetreu, ohne jede Kenntnis über das Ziel ihrer Bemühungen. Nur er hatte ein Bild vom Endprodukt im Kopf. Nicht einmal Matthew und Frederick Haden wußten, was er tat. Der Kunde wurde getäuscht, war aber zufrieden. Die Brüder waren hochbeglückt angesichts ihres neuen Gebäudes, und das Budget wurde nur geringfügig überschritten. Und selbst wenn sie erfahren hätten, daß Zander nebenbei noch etwas für sich selbst gebaut hatte – worüber hätten sie sich schon beschweren sollen?

Die verborgenen Gänge und Treppenhäuser, die das Kaufhaus durchziehen, ermöglichen ihm, sich darin zu bewegen. Die Gucklöcher geben ihm einen Ausblick auf eine wandelbare Welt, deren Veränderungen er an den im Kaufhaus angebotenen und verkauften Waren ablesen kann. Aber ihn werden diese Veränderungen nicht betreffen, und am Ende jeder Exkursion, nach jedem Spionagegang, wird er in sein Untergeschoß, in seine Suite, zu seinen gehamsterten Waren zurückkehren, wo es für immer 1933 sein wird.

Er hat den Entschluß gefaßt, sich hier zu verstecken, in diesem Bunker zu leben und zu warten, bis der ganze Firlefanz vorbei ist. Er hat alles, was er braucht, und er wird hier bis zu seinem Tod ausharren. Mit Haden Brothers hat er sich eine Maschine zum Sterben gebaut.

35

Nottreppe

Charlie drehte den Messinggriff an der alten Tür und öffnete sie. Er starrte in die Dunkelheit, sah zunächst nichts, entdeckte aber einen abgegriffenen Lichtschalter am Türrahmen. Er betätigte ihn. Langsam tauchte das Schlafzimmer aus dem Dunkel. Der seidene Wandbezug wirkte spröde und ausgefranst, und das Leder des Liegesofas erinnerte an alte, rissige Haut. Er wußte nicht, was er vor sich hatte, dachte aber, wenn es wirklich ganz hart kam, konnte er sich glücklich schätzen, dieses luxuriöse, wenn auch verblichene Nachtquartier zur Verfügung zu haben. Aber es gab noch mehr zu sehen. Der Fußboden war staubig, und er hinterließ Fußabdrücke, als er quer durch den Raum zu einer weiteren Tür ging.

Er öffnete sie und trat ins Wohnzimmer. Hier stürzten zu viele Bilder auf ihn ein, so daß er sie gar nicht alle auf einmal erfassen konnte: der sechseckige Grundriß, die an die Zimmerdecke gemalten Wolken, das rote Satinsofa und ein eigenartiger, übler, säuerlicher Geruch, der allerdings längst nicht so schlimm war wie der aus den alten Lebensmittelkonserven, und dann sah er den Bewohner, Edward Zander, oder zumindest das, was von ihm übrig war.

Edward Zanders Leiche saß seltsam aufrecht im Sessel und war nicht viel mehr als ein ordentlich gekleidetes Skelett, dessen Handknochen und Schädel aus Ärmeln und Kragen eines Liberty-Seidensmokings herausragten und dessen Füße in Lederhausschuhen mit Monogramm steckten. Ein grauer Haarstrang hing über eine Schläfe wie eine schlecht sitzende und halb vom Kopf gerutschte Perücke. Das grausige an diesem Fund wurde im ersten Moment durch den komischen Effekt dieses Anblicks überlagert, und so brauchte Charlie eine Weile, bis er erkannte, was er vor sich hatte. Aber dann wußte er es.

Es war lange her, seit diese Türen zum letzten Mal geöffnet worden waren und ein Lebender durch sie hindurchgegangen war. In diesen Räumen hatte sich ein äußerst empfindliches Gleichgewicht ausgebildet, das jetzt durch Charlies Anwesenheit gestört wurde. Luft strömte herein, und Charlies Schritte hallten durchs Zimmer. Die Szenerie geriet in Bewegung, und Edward Zanders Leiche kippte nach vorne, als wollte sie sich auf Charlie stürzen. Dessen Benommenheit, sein Hunger und seine Müdigkeit waren im Nu verflogen, er floh aus dem Raum und warf die Tür hinter sich zu, damit das Grauen ihm nicht folgen konnte. Er rannte durchs Schlafzimmer, knallte auch die nächste Tür zu, war jetzt schon im Untergeschoß, konnte aber nicht aufhören zu laufen.

Sein Instinkt zwang ihn zu klettern, immer höher ins Gebäude hinaufzusteigen und so viel Abstand wie möglich zwischen sich und diesen schrecklichen Raum zu bringen. Er brauchte frische Luft, wußte dabei aber, daß das zuviel verlangt war. Er flüchtete blindlings und wäre, selbst wenn er das gewollt hätte, nicht in der Lage gewesen, seinen Weg zurückzuverfolgen. Er rannte immer weiter, durch Tunnel und Treppenhäuser, wobei die Bewegung an sich wichtiger war als die Frage nach der Richtung oder des Ziels dieser Flucht. Wo war er? Was für eine Welt hatte er hier entdeckt, was für einen

Ort voller Tod und Verwesung, Staub und Finsternis, Skeletten und vergammelter Nahrung? Und jetzt hatte er zum ersten Mal den Eindruck, daß es von diesem Ort kein Zurück mehr gab, daß eine Flucht unmöglich war.

Er hielt kurz inne, um sich zu orientieren. Er war weit gelaufen und stand jetzt am Fuß eines langen, runden Schachts, in dem Eisensprossen angebracht waren. Ohne zu überlegen oder einen Grund für sein Verhalten nennen zu können, begann er, darin hochzuklettern. Es war ein langer Weg. Er stieg immer weiter hinauf, und je höher er kam, desto enger wurde der Schacht, bis ein Mensch kaum noch hindurchpaßte. Er malte sich aus, wie er steckenbleiben und verhungern würde, schob sich aber immer weiter hinauf, bis er das obere Ende des Schachts erreichte.

Irgendwoher kam etwas Licht, und von hier ging es nur noch seitwärts weiter, in die Lücke unter einer abgehängten Decke. Im Dreck kroch er auf dem Bauch über Metallverstrebungen und Kabel in den Zwischenraum. Er wollte nicht mehr fliehen, sondern sich verstecken, einen Ort finden, an dem er vor seinen eigenen Ängsten und bösen Geistern in Sicherheit war.

Er verharrte wieder, legte sich flach auf den Bauch, um zu Atem zu kommen, und glaubte, Stimmen zu hören, war sich aber bewußt, daß es gut angehen konnte, daß er inzwischen halluzinierte. Er hielt sie aber für echt, eine Männer- und eine Frauenstimme, und obwohl er zuerst nicht genau sagen konnte, woher sie kamen, schien ihm mit der Zeit, sie wären unter ihm. Er horchte angestrengt, versuchte, nicht zu atmen, und konnte nach einer Weile einzelne Worte heraushören. Sie sprachen über Mord, Haden Brothers und irgendeine Mutter, und er war ziemlich sicher, daß er den Namen Vita gehört hatte. Das fand er jetzt aber doch spannend.

So leise wie irgend möglich kroch er weiter in den Zwischenraum hinein, bis er bei einem in der Decke installierten Scheinwerfer ankam. Die Lampe füllte das runde Loch nicht vollständig aus. Charlie drückte ein Auge auf den frei gebliebenen schmalen, halbmondförmigen Spalt, um nachzusehen, was unter ihm geschah. Anfangs erkannte er nichts, alles war weiß, als würde er direkt in eine Lichtquelle starren, aber dann merkte er, daß es ein ganz weiß gestrichenes Zimmer war, und er rutschte vorsichtig hin und her, bis er ein paar Gegenstände im Blick hatte. Und nicht nur das, er sah auch ein paar Anwesende, und in diesem Fall waren sie immerhin lebendig. Obwohl ihn mit Arnold Haden und Vita Carlisle nur eine äußerst flüchtige Bekanntschaft verband, kamen sie ihm in diesem Moment vor wie Freunde aus längst vergangenen Tagen.

36

Fundsachen

Es ist spät. Arnold Haden sieht durchs Fenster auf die hellerleuchtete Stadt hinab. Das Treiben hat sich verlangsamt. Die Menschen sind in ihren Häusern, schalten Fernsehgeräte und Lichter aus, schließen Türen und Fenster, prüfen ihre Besitztümer, stecken ihre Reviere ab und legen sich ins Bett. Bald werden sie einschlafen, bis ans Ende der Nacht in Dunkelheit und Träumen versinken, eine Nacht, von der Arnold hofft, daß sie schnell vorübergeht.

Er sagt: »Glaubst du an den Himmel, Vita?«

»Nein«, antwortet sie ohne Zögern. »Wenn ich das täte, würde ich dich nicht umbringen.«

Arnold sagt: »Ich glaube an den Himmel, aber ich denke, mein Bild vom Himmel unterscheidet sich stark von dem anderer Menschen. Die meisten scheinen zu glauben, daß es eine riesige Party ist, ein Tollhaus, in dem es ähnlich wie in einem Kaufhaus zugeht. Sie glauben, man würde dauernd Leute treffen, alte Bekannte, Freunde, Frauen und Kinder; sie halten es für einen Ort der Begegnung, wo es alles mögliche zu sehen und zu tun gibt; die Gärten, die Engel oder die Musik. Sie denken, daß es der einzige Weg ist, nicht der Vergessenheit anheimzufallen. Aber ich bin mir da nicht so sicher. *Wenn* es einen Himmel gibt und wenn ich dahin komme, dann hoffe ich, daß es ein leerer Ort ist, ruhig und still, an dem nichts passiert, an dem es keine Objekte und keine Gefühle gibt.

Vita scheint nicht zuzuhören. Sie sagt: »Die Geschichte über den Tod deiner Frau, deines Bruders und deines ungeborenen Kindes hat mir gefallen. Ist sie wahr?«

»Natürlich ist sie wahr«, sagt Arnold verbittert.

»Und was ist dann geschehen?«

Arnold Haden sagt: »Ich wußte nicht, was ich machen sollte. Ich wußte nicht, welche Reaktion man von einem Mann in meiner Situation eigentlich erwartet, einem Mann, der seine Frau, seinen Stammhalter und seinen Bruder verloren hat. Ich wußte selbstverständlich, daß ich trauern sollte, und das tat ich auch. Aber danach würden sich die meisten Menschen ›in ihre Arbeit stürzen‹. Das ist eine naheliegende Lösung, und wahrscheinlich sogar weise. Die Arbeit bei Haden Brothers wäre eine Art Therapie gewesen oder hätte mich zumindest für eine Weile ruhiggestellt, mir die Zeit vertrieben und den Schmerz betäubt. Dann, nach ein paar Jahren dieser Selbstaufgabe, hätte man erwartet, daß ich wieder zu mir komme und mich selbst finde. Ich hätte meinen Kummer überwunden und aufgearbeitet und wäre bereit gewesen, wieder ins Leben zu treten. Unabdingbarer Teil dieser Rückkehr wäre ein neuer Lebenspartner, eine neue Ehefrau. Wir würden gemeinsam von vorn anfangen. Sie würde mir Kinder schenken. Männliche Erben. Wir hätten eine neue Generation Haden Brothers. Alles würde sich zum besten wenden.

Aber so erging es mir nicht. Ich konnte mich nicht in irgend etwas hineinstürzen. Das war mir zu durchsichtig. Ich zog mich vom Leben und von Haden Brothers zurück. Das Kaufhaus brauchte mich nicht. Es hat mich eigentlich nie wirklich gebraucht. Ich mußte mir meinen Lebensunterhalt nicht verdienen und hielt es im Kaufhaus nicht aus. Ich wollte nicht mehr von Objekten umgeben sein. Ich stand über diesen Dingen. Daraufhin bin ich in dieses Penthouse gezogen, wo ich versucht habe, ein asketisches und mönchisches Leben zu führen.«

Vita schnaubt höhnisch, bringt Arnold Haden damit aber nicht aus dem Konzept.

»Ich kann verstehen, daß du das komisch findest«, sagt er. »Ich lebe zugegebenermaßen nicht wie die meisten Mönche, aber ich würde behaupten, daß Sex eine heilige Handlung ist. Und ich würde behaupten, daß er heilig ist, weil er unsichtbar ist. Er hat keine Folgen. Ja, Sex kann man kaufen und verkaufen, aber wenn man dafür bezahlt hat, liegt er hinterher nicht überall im Weg herum. Man muß ihn nicht abstauben, instand halten oder versichern. Er verschwindet einfach bis zum nächsten Mal.«

In Vitas Gesicht zeigt sich die inzwischen vertraute Verachtung.

»Ich stehe dieser Situation mit ziemlich gemischten Gefühlen gegenüber, Vita«, fährt Arnold Haden fort. »Du stehst hier und drohst damit, mich umzubringen, während meine grundlegenden Instinkte noch intakt sind. Ich habe zwar keine Angst vorm Sterben, will aber leben. Aber wenn du mich fragen würdest, was ich noch hätte, wofür es sich weiterzuleben lohnt, müßte ich zugeben, daß mir nichts einfällt. Ich habe absolut keine Ahnung, worin der Sinn des Lebens besteht, habe kein Ziel und kein Projekt, das ich vollenden will. Ich muß sagen, daß mir mein derzeitiges Leben, jeden Tag für sich betrachtet, keinen großen Spaß macht. Aber Sex würde ich vermissen, der würde mir wirklich fehlen.

Ich will nicht behaupten, daß im Geschlechtsverkehr mit Haden-Brothers-Verkäuferinnen große Tiefe oder Bedeutung läge, aber trotzdem fühle ich mich bei diesem direkten und unkomplizierten Vollzug einer biologischen Funktion äußerst lebendig.«

»Aber«, sagt Vita, »es geht nicht um den ›Vollzug‹ der biologischen Funktion, nicht wahr? Das Ergebnis der biologischen Funktion sind Babys; sie dient der Fortpflanzung. Die Funktion ist, das Überleben der Sippe zu sichern.«

»Na ja, da hast du natürlich recht. Aber diese Funktion habe ich einmal zu erfüllen versucht, und das war nicht sehr erfolgreich. Ich könnte selbst im Traum nicht daran denken, das noch einmal zu versuchen.«

»Ach, ich weiß nicht, Arnold, ich glaube, das könntest du schon.«

Er schüttelt brüsk den Kopf.

Vita fährt fort: »Du gehst da ein ziemliches Risiko ein, findest du nicht, Arnold?«

»Nein, ich denke nicht. Ich schütze mich beim Geschlechtsverkehr.«

»Ich spreche nicht über Krankheiten, Arnold, ich rede über Fortpflanzung. Kondome platzen. Verkäuferinnen werden schwanger. Plötzlich gibt es einen unehelichen Haden-Brothers-Erben. Eh du dich versiehst, hast du eine Vaterschaftsklage am Hals, wirst erpreßt.«

»Das ist völlig ausgeschlossen.«

»Wirklich?«

»Ja«, sagt er entschieden und versucht dann, das Gespräch von diesem trostlosen Thema abzubringen. »Also, Vita, ich weiß, daß du mich umbringen willst, ich weiß, daß du das geplant hast, und glaube, daß du es wirklich tun wirst. Wenn es dir damit ernst genug ist, wird es dir auch gelingen, und ich werde nicht versuchen, es dir auszureden, aber ich spüre da doch eine gewisse Ambivalenz in dir, Vita. Aus irgendeinem

Grund willst du mich tot sehen, aber ich hin nicht davon überzeugt, daß du mich aus tiefstem Herzen haßt. Du bist schließlich auch nur ein Mensch.«

Da sie nicht darauf antwortet, fährt er fort: »Aber wenn du mich sowieso umbringst, würde es dir etwas ausmachen, mir einen letzten Wunsch zu erfüllen?«

»Den mußt du schon nennen, dann wirst du sehen, was ich dazu sage.«

»Würdest du mit mir schlafen, bevor du mich umbringst?«

Sie steht auf und geht auf ihn zu, setzt ihre nackten Füße ganz sacht auf den weichen Flor. Sehr nah vor ihm bleibt sie stehen und schlägt ihn auf die rechte Wange. Der Schlag ist nicht sehr hart, und er weicht nicht zurück.

»Und falls dir nicht nach Geschlechtsverkehr ist«, sagt er, »wie wäre es, wenn du mir oral oder mit der Hand etwas Erleichterung verschaffen würdest?«

Sie schlägt wieder auf dieselbe Stelle. Und noch einmal. Dann schlägt sie, mit der anderen Hand, auf seine andere Wange, und dann mit beiden Händen auf beide Wangen, und dann scheinen ihre Hände und Arme zu verschwimmen, als sie hart zuschlägt, so fest sie kann, mit aller Kraft und Energie ihres Körpers. Und ihre Hände fliegen auch gegen Nase und Mund, ballen sich zu Fäusten, und sie prügelt ihn windelweich. Blut tropft aus seiner Nase, und seine Lippen platzen auf. Vita schlägt immer weiter auf ihn ein, bis sie erschöpft ist. Inzwischen sind ihre Hände und ihr Kleid blutverschmiert. Sie hört auf. Arnold Haden rührt sich nicht.

»Das hatte ich wohl verdient«, sagt er.

Vita hat sich augenblicklich wieder beruhigt. Durch die Anstrengung sind Wut und Energie verflogen.

»Weißt du, was mich wirklich wütend macht, Arnold?«

»Nein.«

»Der Name des Kaufhauses. Haden *Brothers*. Ich bin keine verbiesterte Postfeministin, aber das regt mich einfach auf. Warum nicht Haden Sisters? Warum nicht Haden Brothers and Sisters and Daughters and Grandmothers and Wives and Nieces und die ganze Bagage?«

»Weil zwei Brüder das Kaufhaus gegründet haben.«

»Und warum nicht einfach Hadens?«

»Ich weiß es nicht, Vita. Ich habe mir den Namen nicht ausgedacht. Ich habe ihn einfach geerbt.«

»Aber du hast ihn beibehalten. Du hast ihn nicht geändert, als du die Möglichkeit dazu hattest.«

»Er ist Tradition«, beharrt er. »Es ist ein weltberühmter Name. Wir haben einen Ruf. Ihn zu ändern wäre schlecht fürs Geschäft.«

»Eine Namensänderung wäre schlecht fürs Geschäft. Weißt du, du machst es mir sehr leicht, dich umzubringen, Arnold.«

»Das ist doch Wahnsinn, Vita. Du hältst mich hier seit Stunden fest und sagst, daß du mich umbringen willst, weigerst dich aber, mir mitzuteilen, warum. Jetzt, endlich, nennst du mir einen Grund, und der soll darin liegen, daß dir der Name des Kaufhauses nicht gefällt! Ist das wahr? Sollte ich das wirklich richtig verstanden haben?«

Vita denkt sorgfältig darüber nach, wägt die verschiedenen Aspekte ab, fragt sich, ob das nicht etwas unvernünftig klingt, sagt dann aber: »Ja, das sieht wohl so aus, Arnold.«

»Wenn uns das weiterbringt, könnte ich den Namen des Kaufhauses ändern«, sagt er.

»Mach dich nicht lächerlich, Arnold. Auf die Art und Weise gäbe es immer noch einen Haden-Bruder auf der Welt, oder?«

»Ja, aber nicht mehr sehr lange. Ich bin nicht mehr jung, Vita. Bis zu meinem Tod sind es höchstens noch ein oder zwei Jahrzehnte. Und dann gibt es keinen Haden-Bruder mehr auf der Welt. Die Natur wird mich mit ebenso großer Sicherheit umbringen wie das Dynamit. Es dauert halt nur etwas länger.«

»Und ich habe nicht so viel Spaß dabei.«

»Spaß?«

»Ja, Spaß. Du kennst dich aus mit Spaß, nicht wahr, Arnold? Du versuchst einen auf gepeinigte Seele zu machen, aber ich glaube, daß du bloß ein erbärmliches, kleines, seelenloses Ekel bist. Ich behaupte nicht, daß du nichts fühlst. Natürlich fühlst du etwas. Hunde fühlen etwas, Ratten auch. Sie fühlen, wenn sie hungrig oder geil sind. Und wenn sie essen oder ficken, macht es ihnen Spaß. Aber das macht sie noch lange nicht zu Menschen, nicht wahr, Arnold?«

»Ich bin ein Mensch.«

»Wahrscheinlich kannst du dich an dieses konkrete bißchen Spaß gar nicht mehr erinnern, Arnold.«

»Welches konkrete bißchen Spaß? Wovon sprichst du?«

»Es ist lange her. Sie war eine junge, schlanke Blondine. Genau dein Typ. Sie war naiv, hohlköpfig, leichtgläubig. Sie fühlte sich durch dein Interesse geschmeichelt.«

Die Worte kommen Arnold Haden verdächtig bekannt vor, obwohl er nicht sofort weiß, woher.

»Du hast es mehrfach in der Teppichabteilung auf einem Haufen chinesischer Läufer mit ihr getrieben. Du hast sie gefickt, Arnold Haden. Es war kein großartiger Fick. Auf dich hat er gewiß keinen bleibenden Eindruck gemacht, aber sie kann ihn offenbar nicht vergessen.«

Und da merkt er, daß es dieselbe Geschichte ist, die ihm vor kurzem von der Ladendiebin erzählt worden war, die er dann hatte laufenlassen.

»Ja, doch, ich glaube, ich erinnere mich«, sagt Arnold.

»Ja? Und wie hieß sie?«

Er schüttelt den Kopf. Er hat keine Ahnung.

»Das war Erica Carlisle. Ich bin ihre Tochter.«

»Oh. Oh, ich verstehe. Tut mir leid.«

»Gar nichts verstehst du. Noch nicht. Tatsache ist, ich bin genau neun Monate nach diesem unerfreulichen kleinen Zwischenfall auf den Teppichen auf die Welt gekommen. Ich bin deine Tochter, Arnold. Das ist einer der Gründe, warum ich nicht mit dir schlafen will, wenn auch nicht der einzige. Ich bin eine Haden, verstehst du? Eine Haden-Tochter, eine Haden-Schwester. Ich habe es erst vor kurzem herausgefunden. Meine Mutter hat es mir gerade erst gesagt. Nach all den langen Jahren hat sie sich endlich überwunden, mir zu erzählen, wer mein Vater ist, und das bist ausgerechnet du. Der Boß, der mich ficken will. Wie die Mutter, so die Tochter. Und jetzt weißt du endlich, warum ich dich umbringen werde, Arnold. Und vielleicht verstehst du auch, warum es mir nicht allzuviel ausmacht, wenn ich dabei mit draufgehe.«

»Ist das dein Ernst?« fragt Arnold. Er sieht sie an, und weiß, daß sie es ernst meint. »Darum geht's in dieser ganzen blödsinnigen Räuberpistole?«

»Das ist kein Blödsinn.«

»Deine Mutter lügt«, sagt Arnold Haden. »Oder du lügst. Oder ihr beide seid Idiotinnen oder Erpresserinnen oder Besessene oder alles auf einmal.«

Mit dieser Reaktion auf ihre Enthüllung hatte Vita nicht gerechnet. Das war der Augenblick, in dem beide hätten in Tränen ausbrechen, sich in die Arme fallen oder alles mögliche hätte passieren können, der Augenblick, in dem sich ihr Leben und ihr Lebensziel ein für allemal verändert hätten.

Statt dessen sagte Arnold Haden: »Du bist bloß eine dämliche kleine Verkäuferin, stimmt's?«

Sie will gerade heftig widersprechen, kommt aber nicht zu Wort. Arnold Haden stürzt quer durchs Zimmer auf sie zu und bleibt erst wenige Zentimeter vor ihr stehen. Er gibt ihr eine kurze Ohrfeige, nichts Ernstes, keine Revanche für die Schläge, die sie ihm verpaßt hatte, nur eine Instinkthandlung, als müßte er ein tobendes, ungehorsames Kind zur Ruhe bringen. Seine jähe Wut überrascht und schockt sie.

»Ich bin nicht dein Vater«, schreit er, packt sie, wirft sie zu Boden, auf den weichen, weißen Teppich und kniet sich auf ihren Brustkorb.

»Ich bin niemands Vater, du blödes Miststück. Nicht seit der Autounfall mir jede Möglichkeit genommen hat, weitere Kinder in die Welt zu setzen. Ich kann ficken, aber ich kann mich nicht fortpflanzen. Ich schieße nur mit Platzpatronen. Symbolträchtig, oder?«

Er gibt ihr eine weitere Ohrfeige, sie versucht, sich zu wehren, kann sich aber nicht rühren. Er greift ihr an den Hals. Sie windet sich und kämpft, kann aber gegen ihn nichts ausrichten. Arnold Haden ist jetzt bärenstark. Ihr Hals liegt zart in seinen Händen, so herrlich fragil. Die Knochen, die Sehnen, die Luftröhre; man könnte ihn so leicht zerbrechen. Dieses selten empfundene Machtgefühl gefällt ihm. Roter Nebel senkt sich ins Zentrum seines reinen, weißen, reizlosen Terrains. Seine Sinne und Instinkte sind durch das sorglose Leben an diesem Ort verkümmert. Er kann nichts anderes sehen, hören und an nichts anderes denken als daran, wie schön und durch und durch befriedigend es wäre, diese idiotische Göre umzubringen, die sich für seine Tochter hält.

Er ist so in sich und seinen extrem eingeschränkten Horizont versunken, daß er die seltsamen Geräusche über sich nicht hört. Leicht knackend biegt sich die Decke durch, beginnt nachzugeben, und Putz rieselt auf ihn hinab. Dann teilt sich die ebene Fläche, bricht schließlich völlig auseinander, ein Männerschrei ertönt, und Charlie Mayhew fällt aus dem darüberhegenden Nichts durch die Decke und stürzt schwungvoll, mit einem laut krachenden, harten Aufprall in die weiße Welt.

Arnold Haden dreht sich um und sieht nach, was da los ist. Er traut seinen Augen nicht, versteht nicht, was passiert, läßt aber Vitas Hals nicht los. Charlie rappelt sich aus dem Schutt wieder hoch. Kopf und Gesicht mit einer dicken Staubschicht bedeckt, geht er auf Arnold Haden zu, den das aber nicht zu stören scheint. Er senkt den Kopf und wendet sich wieder seiner Aufgabe zu, dem Erwürgen von Vita Carlisle. Charlie schreit Drohungen heraus und versucht, Haden zu einer Reaktion zu bewegen, hat aber keinen Erfolg. Er tritt Arnold in den Rücken, schlägt auf ihn ein, dringt aber nicht zu ihm durch. Schließlich greift Charlie in Hadens Haar, zerrt mit aller Kraft daran und hält etwas Kaltes, Metallisches an Arnolds Kehle.

»Laß sie los, oder ich puste dir den Kopf weg«, flüstert Charlie Arnold ins Ohr.

Als Vita aufblickt, sieht sie Charlie, erkennt ihn aber kaum. Sie sieht hingegen, daß das Ding an Arnolds Hals keine Pistole ist. Es ist der Füller, der Parker Presidential International aus der Duofold Collection, den sie von ihrer Mutter geschenkt bekommen und schon vor langer Zeit verloren hatte.

Arnold Haden erstarrt und lockert den Griff an Vitas Hals, läßt sie aber nicht ganz los. Alle drei verharren reglos, und so stellt sich eine Art Gleichgewicht ein. Viel Zeit verstreicht im weißen Zimmer. Eine Ewigkeit scheint zu vergehen.

Schließlich läßt Arnold Haden Vita los, Charlie nimmt den Füller von seinem Hals und steckt ihn schnell in die Tasche, damit Haden nicht sieht, daß es keine Pistole ist. Sie stehen auf. Vita zieht ihr Kleid zurecht und vergewissert sich, daß das Dynamit noch richtig befestigt ist. Erst jetzt sieht Arnold Haden Charlies Gesicht. Ja, das ist der Eindringling, den er in jener Nacht im Kaufhaus gesehen hat. Er weiß nicht, was das bedeutet, aber ihn kann nichts mehr überraschen.

»Das ist keine Lösung«, sagt Arnold Haden zu Vita. »Er kann mir den Kopf wegpusten, du kannst uns alle drei in Fetzen reißen. Sieht aus, als müßten wir noch mal ganz von vorn anfangen.«

Charlie weiß zwar nicht genau, wo ganz vorn ist, stellt aber keine Fragen. Er ist eindeutig zu spät gekommen, um eine Exposition zu verlangen.

»Nicht ganz«, sagt Vita. »Wir sind nicht wieder genau da, wo wir waren. Ich hab's. Ich kenne jetzt meine Forderungen. Ich weiß endlich, was ich will. Mir ist etwas eingefallen, das mir wahrscheinlich mehr Spaß macht, das einen größeren Nutzwert hat, als dich oder irgend jemand hier umzubringen. Und das Komische dabei ist, daß ich glaube, daß es auch dir viel Spaß machen wird, Arnold.«

37

Räumung

Die große Verschenkaktion fängt gleich an. Sie kommen von nah und fern, aus vielen Klassen und Rassen, vielen sozioökonomischen Gruppen, manche mit gemischten Gefühlen und aus den unterschiedlichsten Beweggründen, aber sie kommen; aus den Vororten und den Städten, aus Wolkenkratzern und Villen, von den Straßen. Manche sehen nicht aus wie typische Haden-Brothers-Kunden, oder als würden sie öfter hier einkaufen, die meisten allerdings schon. Manche haben die ganze Nacht gewartet. Sie bilden einen dichten Kordon ums Kaufhaus, stehen in Pulks vor den Eingängen und warten auf die große Eröffnung.

Im allgemeinen herrscht gute Laune. Feiertagsstimmung. Die Leute sind begeistert und aufgeregt hinsichtlich ihres gemeinsamen Ziels und der Absurdität des bevorstehenden Ereignisses. Sie sind optimistisch und glauben, daß sie finden, was sie suchen. Es gibt aber Bereiche, in denen Zweifel herrschen, den einen oder anderen Skeptiker und Zyniker, der meint, daß da irgendwo ein Haken an der Sache sein muß, aber selbst der geht gern das Risiko ein, daß die Hoffnung, etwas umsonst zu bekommen, enttäuscht wird.

»Das gibt Chaos«, prophezeite Derek Snell. »Das gibt Tumult, Anarchie, völliges Durcheinander.«

»Was ist mit dem Ordnungsdienst?« fragte Ray Chalmers. »Was mit Disziplin? Sie sagen, wir haben einen Tag der offenen Tür. Sie sagen, die Leute können umsonst einkaufen. Für mich klingt das nach Raub und Plünderungen. Das wird das reinste Schlachtfeld.«

Nicht daß diese Aussicht ihn besonders stören würde. Schlachtfelder sind seine Welt. Und wenn er auch Arnold Haden nicht vor Vita Carlisle oder das Gebäude vor Typen wie Charlie Mayhew schützen konnte, so sollte er doch zumindest in der Lage sein, das Kaufhaus vor seinen Kunden zu schützen.

»Nein«, sagte Arnold Haden, mit dem Vita die richtigen Antworten einstudiert hatte, »ich glaube, da kommen selbstregulierende Feedback-Mechanismen zum Tragen.«

»Könnten Sie das wohl noch mal wiederholen«, sagte Chalmers.

»Also, natürlich kommen Leute von nah und fern, aber natürlich kommen sie nicht extra aus Schottland oder so was, weil sie davon ausgehen müssen, daß schon alles vorbei ist, wenn sie hier ankommen, und die Reisekosten für die lange Strecke rechnen sich dann einfach nicht mehr. Wir müssen unsere Kundschaft erreichen, brauchen es aber nicht in die ganze Welt herauszuschreien. So wenig wie möglich und so viel wie nötig. Eine kleine Anzeige bringt den Stein ins Rollen, und der Rest läuft über Mundpropaganda.«

»Da kommen dann aber immer noch verdammt viele Menschen«, sagte Derek Snell.

»Ja«, stimmte Arnold Haden zu, »das Kaufhaus wird bestimmt voll, aber die Tatsache, daß es so voll ist, ist schon an sich ein weiterer Feedback-Mechanismus. Das wird viele abschrecken. Wenn sie ankommen und feststellen, daß sie nicht ins Kaufhaus hineinkommen, dann gehen sie einfach wieder. Außerdem wird das Ganze nicht lange dauern, weil im Kaufhaus mit der Zeit immer weniger Waren sein werden. Das geht schon in Ordnung. Vertrauen Sie mir.«

»Na ja«, sagte Derek Snell. »Sie sind der Boß.«

»Ja, das bin ich wohl, nicht wahr?« sagte Arnold Haden.

Es war nicht einfach gewesen. Als Arnold Haden die Lagerverwalter, Abteilungsleiter und Aufsichtsratmitglieder angerufen hatte, war er, um es vorsichtig auszudrücken, auf Widerstand gestoßen. Sie dachten, er wäre betrunken, verrückt oder beides, obwohl er ganz normal und beherrscht klang. Mindestens einem Aufsichtsratmitglied war sogar der Gedanke gekommen, daß er von Terroristen erpreßt werde, aber Arnold Haden hatte ihn ermahnt, daß er doch keinen Unsinn erzählen solle.

Aber Arnold Haden hatte auch gar nicht versucht, die Leute zu überreden oder mit ihnen zu diskutieren, sondern ihnen einfach mitgeteilt, daß er den gesamten Inhalt seines Kaufhauses verschenken würde, und das war's. Die Lieferanten, die Verkäufer, die auf Kommissionsbasis arbeiteten, und die Franchisenehmer sollten sich keine Sorgen machen. Sie würden alles bekommen, was ihnen zusteht. Und noch mehr. Ja, es könnten gewisse organisatorische Probleme auftreten, aber dafür wären ja schließlich die Manager da, um diese Probleme zu lösen. Und wenn einer derjenigen, mit denen er sprach, darauf bestand, zu erfahren, was los war, sagte er nur: ›Hamnet ist hier‹. Natürlich wußte niemand so recht, was er damit meinte, aber seinen Worten wohnte genug Kraft inne, war es doch die Beschwörung des Unausweichlichen. Sie wußten, daß es geschehen mußte. Das war das Entscheidende. Arnold Haden war der Boß.

Die Türen werden geöffnet, nach innen gedrückt, und die Menschenflut ergießt sich ins Kaufhaus, dringt in jede Abteilung ein, steigt die Treppen und Rolltreppen hinauf in die oberen Stockwerke. Sie laufen und springen. Sie haben das Tollhaus betreten. Zum ersten Mal dürfen sie in den Zarenpalast. Und sobald sie das Kaufhaus betreten, merken die Leute, daß es wirklich kein Trick ist, daß sie nicht betrogen worden sind. Es ist wirklich alles umsonst. Wer zuerst kommt, mahlt zuerst. Alles, was man sieht, kann man mitnehmen. Wenn man es haben will, gehört es einem schon. Das ist nicht die übliche Sache knapper Geldmittel, die zum Zweck, dem Erstehen von Waren, ausreichen müssen. Mittel braucht man keine, aber die Warenmenge ist begrenzt. Irgendwann ist das Kaufhaus leer.

Sie treffen auf die Bekleidungsabteilungen: all die Röcke und Blusen, Pullover und Strickjacken, die Shorts und Hosenröcke, Strickkleider in feiner Tupfen-Optik und Bordüren mit Muschelmustern, modischen Jacken aus Waschseide, gepunkteten Badeanzüge mit Bügeleinsatz aus fünfundachtzig Prozent Baumwolle und fünfzehn Prozent Elasthan. Sie schnappen sich Windjacken und Blousons und Sakkos und Blazer und Mäntel und Regenmäntel und Wachsjacken und Anoraks und Parkas und Trenchcoats. Freizeitkleidung und formelle Anzüge finden ihre Liebhaber. Begierige Finger betasten die Stoffe: Jersey, Denim, Nylon, Antikleder, Seersucker, Gabardine, Acryl, Kambrik, Ziegenveloursleder. Und diese Details: Raglanärmel und Hornimitatknöpfe. Diese Farben: das Aubergine und das Weidengrün, das kontrastierende Mango mit Schiefer und Weinrot, die zueinander passende Kombination aus Distelgrün, Taupe und Stahlgrau. Und dann die Unterwäsche: die Langbein-Miederhosen und die Leibchen, die Teddys, die Tangas und Strings, die Büstenhalter: gefüttert und ungefüttert, mit Vorder- oder Rückenverschluß, Spaghettiträgern, Mittelträgern oder trägerlos.

Menschen streifen durchs Kaufhaus. Nicht in Form eines

gleichmäßigen Flusses, sondern eher wie der unablässige Beschuß durch einzelne Partikel. Einige sind begierig, andere unbekümmert, manche umgibt eine Aura der Verzweiflung – von extrovertierter oder introvertierter Art. Sie schubsen und stoßen einander ein wenig, sausen mit verlorenem oder gereiztem Blick von Abteilung zu Abteilung, aber irgendwann gehen sie wieder hinaus, mühen sich zum Teil unter dem Gewicht der Warenberge, die sie sich genommen haben. Manche tragen bedenklich hohe Stapel in den Armen wie Jongleure bei einer Balancenummer.

Andere haben bescheidenere Wünsche und kleinere Pakete. Sie sind vielleicht nur wegen einer einzigen Sache gekommen: ein vergoldeter Chronograph mit Alarm, Tachymeter, Drehring und mechanischem Kalender oder eine kugelgelagerte Multi-Angelrolle mit Aero-System. Sie haben, was sie wollten, und sind froh, wieder gehen zu können.

Andere flitzen ins Kaufhaus und schnappen das erstbeste, auch wenn sie es gar nicht brauchen können: einen Kleiderständer im Thonet-Stil, ein dreistufiges, batteriebetriebenes Cellulite-Massagegerät oder eine strapazierfähige Autowaschbürste mit Sprühvorrichtung. Sie sehen plötzlich äußerst erleichtert aus. Jetzt haben sie wenigstens *etwas*. Sie sind nicht umsonst gekommen. Jetzt können sie in aller Ruhe durchs Kaufhaus bummeln, bis sie etwas Besseres finden, es nehmen und das andere liegenlassen.

Manchmal kommt es zu seltsamen Tauschgeschäften. Ein Mann, der einen Rasenmäher mit Benzinmotor die Treppe hinunterträgt, begegnet einem Mann mit einem fünfzehn Zentimeter hohen Multischleifer. Beide packt der Neid. Ihre eigene Errungenschaft erscheint ihnen plötzlich langweilig und unbefriedigend. Sie haben nichts zu verlieren, also entschließen sie sich zu einem schnellen Tausch.

Am Anfang versuchen die Angestellten von Haden Brothers, die Verkäufer und Verkäuferinnen an den Tresen, sich normal zu verhalten. Schließlich sollte es keinen Unterschied machen, ob die Kunden bezahlen oder nicht. Die Kassen müssen nicht bedient werden, Kreditkarten und Schecks brauchen nicht geprüft zu werden, aber ansonsten dürfte sich an ihrer Rolle nicht allzuviel ändern. Die Leute könnten immer noch Hilfe oder Hinweise brauchen, für Informationen oder Fachwissen dankbar sein.

Aber die Normalität läßt sich nicht lange durchhalten. Die Kunden wollen keine Hilfe. Sie wollen nicht bedient werden. Sie wollen einfach nehmen. Ob die Sachen ihnen passen, interessiert sie nicht. Mode oder Tragbarkeit auch nicht. Wenn alles umsonst ist, spielt das keine Rolle. Die Verkäufer und Verkäuferinnen sind überflüssig. Sie stehen nur da und sehen zu, aber dann kommt ihnen der Gedanke, daß auch sie zu Kunden werden können. Sie verlassen ihre Arbeitsplätze hinter den Tresen und nehmen sich auch die eine oder andere Kleinigkeit. Bald sind sie in der Masse untergetaucht.

Natürlich geht etwas in die Brüche. In der Aufregung werden Ständer mit Vasen, Wein- und Whiskeygläsern umgestoßen und zersplittern. Einem Kunden wird versehentlich ein zweiundfünfzigteiliges Royal-Doulton-Porzellanservice mit englischem Rosetree-Dekor aus den Händen geschlagen. Ein 63-cm-Fernseher mit Black-Matrix-Bildröhre, zweiunddreißig Senderplätzen und beidseitig verwendbarer Fernbedienung fällt über eine Balustrade vom dritten in den zweiten Stock und verfehlt dabei nur knapp ein Baby in einem Beautiful-Dreamer-Sportwagen mit Rüschenbezug und Blumenmuster, der gerade aus der Kinderwagenabteilung geholt worden war. Die Mutter bekommt das nur am Rande mit. Der Schrott wird nicht weggeräumt.

Einige Waren, wie Waschmaschinen und Trockner, Herde, Gefriertruhen und Spülmaschinen lassen sich nur schwer transportieren. Jemand sagt: »Das ist völliger Nepp. Die müßten das frei Haus liefern«, aber die meisten gehen es pragmatischer an. Sie bilden kleine Gruppen, Kooperativen, jeder hebt an einer Ecke an, und so kämpfen sie sich durch die Abteilung zu einem der Fahrstühle oder zu den Rolltreppen und von dort aus dem Kaufhaus hinaus.

An anderen Stellen dominiert nicht Kooperation, sondern Demütigung. Eine schäbig gekleidete, abgezehrte alte Frau trägt unter jedem Arm eine klassische Wilson-Brücke erlesenster Qualität. Sie sind unhandlich und so schwer, daß sie kaum laufen kann. Langsam dämmert ihr, daß sie niemals mit beiden Teppichen bis nach Hause kommen wird. Mit einem wäre es kein Problem, aber dann müßte sie den anderen zurücklassen, und sie will unbedingt beide haben. Sie läßt die Teppiche fallen, setzt sich drauf und weint über das riesige Ausmaß und die fundamentale Ungerechtigkeit ihres Dilemmas.

In einer idealen Welt wären diese Waren natürlich ausschließlich an Arme und Bedürftige gegangen, vielleicht hätten Menschen wie diese alte Frau sie bekommen; aber wie hätten Vita Carlisle und Arnold Haden die Bedürftigkeit bestimmen sollen? Hätte man sie überprüfen können, indem man die Leute Formulare ausfüllen läßt und sie zu Bewerbungsgesprächen einlädt? Eine Bürokratie zur Verarbeitung der erhobenen Daten aufbaut? Nein. Es mußte schnell und unkompliziert, symbolisch und metaphorisch sein. Jedem nach eigenem Bedarf, der eigenen Fitneß und der Fähigkeit zum Einkaufen entsprechend. Genau wie im richtigen Leben.

In der siebten Etage, der Möbelabteilung, gibt es ein paar kleine Probleme. Ein vier Meter langer Eichentisch oder ein

Sideboard mit Marmorplatte läßt sich noch schwerer bewegen als eine Waschmaschine, aber irgendwie kriegen die Leute auch das hin. Da alles umsonst ist, kann es passieren, daß jedes Einzelteil einer dreiteiligen Sitzgruppe woanders landet. Zwölf zusammengehörige Eßzimmerstühle können ohne weiteres in zwölf verschiedene Richtungen verstreut werden. Aber das scheint keinen zu stören. Mit großer Anstrengung und unter lautem Gekeuche wandert schließlich jedes Möbelstück zum Ausgang: die Sekretäre, die Fernseh- und Videotische, die Midi-Hi-Fi-Regale, die Cocktailschränke und Anrichten, die Windsorstühle aus Eiben- und Ulmenholz, die Bücherschränke mit Glastüren, verstellbaren Einlegeböden und versenkten Griffen. Auch die Betten verschwinden: die Schlafcouches, die Futonliegen, die Himmelbetten. Menschen stöhnen unter dem Gewicht von Kommoden, vierteiligen Kleiderschränken mit Spiegeltüren, Schuhregalen und Krawattenständern. Die Tische mit Glasplatten und Sockeln, die Polsterecken mit Polyätherschaumkissen und Federkernpolsterung, die Chesterfield-Sofas und Chesterfield-Liegesessel, die dick gepolsterten Ottomanen mit tiefgeheftetem Gobelinbezug; das alles geht weg. Genau wie die Cocktailtischchen und die Telefonregale, die Schubladenschränke mit Eschenfurnier, die Beistelltische und die Etageren.

Die Möbelträger schauen äußerst zufrieden zu. Sie sind froh, dieses Zeug nur noch aus der Ferne zu sehen. Sie ermutigen die Kunden, ordentlich zuzuschlagen, richtig zur Sache zu gehen, alles mitzunehmen, was sie brauchen können, und es dürfte auch ruhig noch etwas mehr sein; aber sie gehen nicht soweit, jemandem Hilfe beim Tragen anzubieten.

Auch Journalisten und Fernsehteams sind im Kaufhaus. Dieses Ereignis wird Furore machen. Sie sind hier, um das Gedränge und die Konsequenzen ungebremsten Konsums zu filmen. Sie müssen feststellen, daß das harte Arbeit ist. Die Menge wirbelt und wogt, unkontrollierbare Strömungen und Strudel bilden sich, und es gibt kaum Platz zum Drehen. Der Berichterstatter steht unweigerlich mitten in einer Menschentraube. Kameras, Mikrofone und Reporter werden herumgestoßen und durcheinandergewirbelt, aber das macht das Programm in gewissem Sinne nur besser und authentischer. Nach kurzer Zeit kommen die Crews zu dem Schluß, daß sie es sowieso nicht besser hinbekommen und genausogut zusammenpacken und schnell noch ein bißchen einkaufen können.

Inmitten dieses seltsamen Geflechts von Beziehungen und Interaktionen finden wir auch Erica Carlisle. Mit versierter Effizienz schreitet sie durch die Menschenmassen, vorbei an Leuten mit Stehlampen, Küchenstühlen, Lederkoffern und Heimtrainern. Sie begegnet dem ganzen Treiben distanziert und unbeteiligt. Wer sind diese Menschen? Sie sehen aus wie Invasoren, sind ganz und gar nicht nach ihrem Geschmack. Sie will nichts damit zu tun haben. Wenn alles umsonst ist und man es einfach mitnehmen kann, interessiert es sie nicht. Das bringt nichts, macht sie nicht an, so ganz ohne Nervenkitzel. Sie verläßt das Kaufhaus mit leeren Händen und fragt sich, was ihre Tochter gerade tut.

Andere bekannte Gesichter tauchen im Kaufhaus auf. Carl Laughton, der ehemalige Einkäufer, schleicht noch immer mißmutig und empört durch die Spielwarenabteilung und freut sich über den Untergang eines Reiches, das ihn verstoßen hat. Er angelt sich eine Puppe aus dem obersten Regal und nimmt sie aus der Klarsichtpackung. Rüpelhafte Kinder toben um seine Knöchel herum, und er gibt einem einen Tritt. Die Puppe hat ein so offenes und zutrauliches Gesicht, sieht ihn mit so großen Augen an. Er legt die Innenfläche seiner rechten Hand darauf, nimmt den Hinterkopf in die Linke und drückt die Hände zusammen, so daß das spröde, rosafarbene Plastik sich verformt und bricht. Er fühlt sich gut dabei, wünscht aber immer noch, daß es Vita Carlisles Gesicht gewesen wäre.

Sogar der Kunde mit der Beschwerde kommt wieder, der mit der Hautkrankheit an den Händen, und diesmal nimmt er ein Ölgemälde, das eine Jagdszene in einem fiktiven, historischen England darstellt. Er sucht sich das aus, weil es flach und recht klein ist, so daß er es unter den Arm klemmen kann und die Hände nicht braucht.

Natürlich herrscht ein gewaltiges Geschiebe und Gedränge. Manche Menschen werden in der Begeisterung, die das gesamte Kaufhaus erfaßt, aus dem Weg geschubst und geboxt. Einigen Kunden werden die gerade erstandenen Waren aus den Händen gerissen. Eine Tagesdecke mit Webvoile und Spitzenvolants wird zum Objekt eines Tauziehens zweier Frauen. Ein paar junge Männer in bunten Jogginganzügen drohen sich angesichts eines Rennrads mit achtzehn Gängen, Cantilever-Bremsen, Nirostaspeichen und Aluminium-Tretkurbel gegenseitig Prügel an.

Zwischen rivalisierenden Jugendgruppen, die ein Auge auf dasselbe Paar Sportschuhe geworfen haben, kommt es zu kleineren Handgreiflichkeiten. Ray Chalmers heitert das für einen kurzen Moment auf. Er hofft, daß es schlimmer wird und Derek Snell ihn auffordert, einzugreifen und ein paar Leuten ordentlich was auf die Rübe zu geben, worauf er dann das außerordentliche Vergnügen hätte, Snell mitzuteilen, daß er sich jetzt erst einmal eine Weile rar machen würde. Die Streitereien verlieren aber schnell an Schärfe, als die Jugendlichen erkennen, daß ein Kampf sie nur davon abhalten würde, möglichst viele Waren in die Finger zu bekommen.

Arnold Haden, Vita Carlisle, Charlie Mayhew, Derek Snell und Ray Chalmers sitzen im Videoüberwachungsraum und beobachten das Spektakel auf einer Reihe Monitore, von denen jeder einen anderen Teil des Kaufhauses, einen anderen Aspekt des Gesamtbilds zeigt. Vita gefällt, was sie sieht. Natürlich ist es eine Farce, aber trotzdem hat sie das Gefühl, etwas Besonderes – etwas Großes – in Gang gesetzt zu haben. Ob sie mehr Spaß daran hat, als ihr das Umbringen von Arnold Haden gebracht hätte, wird sie nie endgültig in Erfahrung bringen, aber jetzt, wo sie weiß, daß er nicht ihr Vater ist, nimmt sie an, daß ihr das überhaupt keinen Spaß gemacht hätte.

Arnold Haden sieht sich das Ganze staunend an. Was ihn betrifft, hatte Vita absolut recht. Es bereitet ihm ein riesiges Vergnügen, und er wäre niemals in der Lage gewesen, sich dieses Vergnügen selbst zu machen. Es erinnert an einen Film im Zeitraffer, etwa an eine Tierdokumentation: Heuschrecken, die auf ein Getreidefeld einfallen, oder Schakale, die ein Skelett abnagen. Aber wenn das letzte bißchen Fleisch von den Knochen entfernt ist, wenn die letzten Artikel von Haden Brothers verteilt sind, bleibt etwas Reines und Schönes zurück. Er wird absolut glücklich sein und sich voll und ganz bestätigt fühlen.

Für Charlie Mayhew sind dies bittersüße Erfahrungen. Er wird Zeuge des Zusammenbruchs von etwas, das ihm sehr viel bedeutet: seines Zuhauses. Wenn die Kunden die Waren mitnehmen, ist es, als nähmen sie einen Teil von ihm mit. Verkaufsräume und Lager kann man wieder aufstocken, mehr und bessere Waren besorgen, aber es wird nie wieder so werden, wie es war. Dieser Tag wird alles vollkommen und für alle Zeiten verändern.

In den Cafés, Bars, Restaurants und Cafeterias des Kaufhauses kann man umsonst essen und trinken, aber dieses Angebot nutzen nicht viele. An einem solchen Tag sind Gaumenfreuden zu flüchtig, nicht substantiell genug. Die Kunden von heute suchen etwas Bleibendes, etwas, das sie mit nach Hause nehmen und in der Familie oder im Freundeskreis zeigen können, ein Andenken an dieses außergewöhnliche Ereignis. Das heißt allerdings nicht, daß die Lebensmittelabteilung völlig außer acht gelassen wird. Die Regale werden systematisch ausgeräumt, und die Erzeugnisse fallen in bereitwillig ausgestreckte Hände: das Rohe und das Gekochte, die Konserven und die Flaschen, Geräuchertes, Gepökeltes und Frischware.

Aus der Musikalienabteilung verschwinden die Gitarren und elektrischen Orgeln, die Tamburine und Trompeten und die Maultrommeln; und das Zubehör – die Saiten und Rohrblätter, das Kolophonium und die Stimmgabeln.

Die bekannten Marken verschwinden, die Namen, die jeder kennt und auf die man sich verlassen kann. Einige sind geläufig, klingen vertraut und zuverlässig: Hoover, Kenwood, Burberry, Durex. Andere erinnern an exotische Besucher aus dem Ausland: Givenchy, Lancôme, Cartier, Chanel. Wieder andere verbreiten internationales Flair: Zanussi und Kodak, Panasonic, Dupont und IBM.

Die Eponyme, die früher hochmütig und unnahbar erschienen, sind zu ganz normalen Menschen geworden: Calvin Klein, Zandra Rhodes, Ralph Lauten und Jasper Conran. Wie sollten sie auch hochmütig sein, wo sie doch umsonst und für jeden zu haben sind. Ja, das führt zu einer gewissen Demokratisierung. Wenn alles umsonst ist, ist alles gleich. Das bedeutet allerdings nicht, daß bestimmte Gegenstände nicht begehrenswerter wären als andere. Angebot und Nachfrage gelten noch immer. Die Rolex-Uhren sind immer noch gefragter als die No-name-Spülschüsseln und Ausstechformen aus Plastik. Das Gesetz vom abnehmenden Grenznutzen ist nicht vollkommen außer Kraft gesetzt. Trotzdem verschwindet alles. Alles hört auf, Ware zu sein, und geht auf wundersame Weise in den Besitz einer anderen Person über.

Der Tag läßt sich, wenn überhaupt, als eine lange, allmählich abklingende Antiklimax beschreiben; der Höhepunkt lag zumindest am Anfang, im großen Ansturm des ersten Menschenschwalls, auf den dann ein langes Diminuendo folgte. Das Kaufhaus wird schrittweise geleert, entrümpelt. Die Leute finden immer weniger, was sie interessiert, was sie haben wollen.

Es gibt Enttäuschungen. Je mehr Waren aus dem Kaufhaus entfernt werden, desto geringer wird die Auswahl. Die Menschen müssen sich mit weniger zufriedengeben, als sie sich erhofft hatten, oder sich gar etwas völlig anderes suchen. Wünsche werden abgewandelt und bescheidener, die Bäume wachsen nicht mehr in den Himmel. Und schließlich müssen sie nehmen, was sie kriegen können, den Restbestand, die Überbleibsel, den Bodensatz, den andere nicht beachtet oder bewußt zurückgelassen haben: den Ausschuß, Unbrauchbares und Sachen, die nicht zusammenpassen. Langsam und unwillig lichten sich die Massen, und die Leute gehen nach Hause.

Irgendwann ist es dann soweit, daß sich in den Abteilungen nur noch die Verkaufstheken, Vitrinen und der von den Menschen verursachte Dreck befinden, den die Putzkolonnen allerdings alsbald entfernen. Es ist nichts mehr da, was irgend jemand begehren könnte. Die Vorratskammer ist leer. Die wenigen Nachzügler werden freundlich zum Gehen aufgefordert, und dazu bedarf es auch keiner großen Überredungskunst.

Arnold Haden beschließt, daß jetzt der Zeitpunkt gekommen ist, durchs Kaufhaus – sein Kaufhaus – zu schlendern. Genau so, stellt er gerade fest, hatte er es sich immer vorgestellt, so hatte er es manchmal in seinen Träumen gesehen: geräumig, leer, ordentlich, frei von den Menschen und ihren Bedürfnissen. Ihm gefällt das stille Licht, das harmonische Zusammenspiel von Fläche und Weite, der Ausdruck der kahlen Oberflächen. Die ausgedehnten, einladenden Teppiche. Die klare Gliederung der Abteilungen, die nichts Geheimnisvolles mehr an sich haben. Er ist begeistert. Er überlegt, ob er nicht die Nacht hier verbringen soll, zwischen den Säulen und Ausstellungskästen, unter der abgehängten Decke.

Es ist ein kurzes Vergnügen. Ab morgen wird wieder die Normalität Einzug halten. Das Kaufhaus wird Stück für Stück mit neuen Waren gefüllt und zum Status quo zurückkehren. Die Geschäfte werden wieder den üblichen Gang gehen. Alles, was er mit Vita durchgemacht hat, scheint jetzt bedeutungslos zu sein. Dieser Augenblick der Ruhe, dieser in jeder Hinsicht zeitlose Moment, in dem beide Waagschalen in vollkommener, harmonischer Leere erstrahlen, war es wert.

Er steht in der absoluten Stille der Haushaltswarenabteilung, in der Messerblocks, Spargeltöpfe und Fischkochtöpfe verkauft werden. Jetzt, wo das Kaufhaus so entblößt ist, sind die Sichtlinien viel freier, und er sieht auf der entfernten Seite des Stockwerks eine Person, die beschwingten Schrittes auf ihn zueilt. Derek Snell, der über alle vier Backen grinst. Arnold Haden hofft, daß Snell ein wenig von seiner durch die plastische Leere hervorgerufenen Ergriffenheit nachvollziehen kann, hat aber, wie er Derek Snell kennt, erhebliche Zweifel.

»Ist es nicht wundervoll!« ruft Arnold Haden, als Snell bis auf zehn Meter an ihn herangekommen ist.

»Es ist fantastisch«, sagt Snell. »Absolut fantastisch.«

Die Zustimmung überrascht Arnold keineswegs – schließlich ist es eine von Snells herausragenden Fähigkeiten, seinen Vorgesetzten beizupflichten –, aber Snells Begeisterung scheint sowohl glühend als auch echt zu sein. Arnold Haden hat ihn noch nie so glücklich gesehen.

»Wie dumm von mir, jemals an Ihnen zu zweifeln«, stößt er hervor. »Sie sind ein Genie, Mr. Haden, ein absolutes Genie.«

Arnold Haden sagt: »Das glaube ich kaum.«

»Nun gut, aber jeder andere glaubt das. In allen Fernsehprogrammen, allen Radiosendern und auf allen Titelseiten wird über Haden Brothers berichtet.«

»Bloß weil wir etwas verschenkt haben«, denkt Haden laut. »Das ist eine ziemlich jämmerliche Vorstellung, nicht wahr?«

»Und alle wollen Sie interviewen.«

»In Interviews bin ich nicht besonders gut.«

»Das macht nichts. Die Leute wollen mit Ihnen reden, weil Sie ein Marketing-Genie sind. Ihr Werbegag ist Millionen wert. Das ist ein Publicity-Coup schwindelerregenden Ausmaßes. Der Tag, an dem Arnold Haden ein Kaufhaus voll Gratisproben verschenkt hat. Darüber wird man in zehn, zwanzig, wenn nicht hundert Jahren noch reden. Sie haben Geschichte gemacht.«

»Das war aber nicht meine Absicht«, sagt Arnold.

»Ihre Motive spielen dabei keine Rolle. Das ist einfach Ihr Gespür fürs Verkaufen.«

Arnold Haden sind diese Komplimente peinlich. Er weiß nicht einmal mehr, ob er ein talentierter Kaufmann sein will.

»Und ist Ihnen eigentlich bekannt, daß die Leute draußen wieder Schlange stehen?« fragt Snell.

»Nein, das war mir nicht bekannt«, antwortet Arnold Maden. »Und warum tun sie das?«

»Sie warten auf die morgige Ladenöffnung. Die neuen Artikel kommen schon in diesem Moment an. Unsere Lieferanten überschlagen sich förmlich, damit wir ihre Waren so schnell wie möglich wieder im Angebot haben. Sie geben uns bessere Konditionen und mehr Rabatt. Morgen um neun haben wir zumindest einen repräsentativen Kernbestand im Haus. Dann lassen wir die Massen wieder herein.«

»Aber warum stehen sie Schlange? Hat ihnen keiner gesagt, daß morgen alles wieder normal läuft und sie für alles bezahlen müssen, was sie haben wollen?«

»Doch, das haben wir ihnen gesagt. Aber das macht ihnen nichts. Das geht schon in Ordnung. Sie haben Geschmack an Haden Brothers gefunden. Sie wollen ins Kaufhaus, um Geld auszugeben. Deshalb sind Sie ein Genie, Mr. Haden, und deshalb verneige ich mich vor Ihren gottgleichen Fähigkeiten.«

38

Kassensturz

LESLEY CRANE: Ich war an dem Tag hier, als Arnold Haden den gesamten Inhalt des Kaufhauses verschenkt hat. Ich war nicht zum Abzocken gekommen. Irgendwie war ich immer noch Reporterin, aber meine Karriere war wirklich schlecht gelaufen. Mein Redakteur hatte das Interview mit Arnold Haden in der Schublade verschwinden lassen. Er sagte, das meiste wäre zu langweilig, und der Teil mit dem ›Hamnet war hier‹ ergäbe überhaupt keinen Sinn. Ich wußte, daß ein Streit es nur noch schlimmer machen würde. Ich nehme an, eine gewiefte Journalistin hätte sich daran festgebissen und recherchiert, was hinter diesen Worten steckt, aber so gewieft bin ich nie gewesen. Es hat mich sehr entmutigt. Ich hab dann keinen Job mehr gekriegt. Selbst als ich am Morgen der Verschenkaktion bei Haden Brothers aufgetaucht bin, hatte ich keinen richtigen Auftrag. Ich war nur als Freie da und habe gehofft, daß ich etwas sehe, was die Lohnschreiber verpassen. Ich brauchte dringend eine Story.

Als ich gesehen habe, wie diese Proleten und Nassauer, die Schieber und Parasiten im Kaufhaus herumrandaliert haben, hat mich das rasend gemacht. Ich wollte sagen: ›Diese Leute sollte man nicht zu Haden Brothers hereinlassen. Die verderben alles. Sie machen es kaputt. Die sind doch nicht besser als irgendwelche Plünderer. Sie haben diese Artikel nicht verdient.‹ Daß ich Haden Brothers gegenüber solche Gefühle hege, war mir bis dahin nicht bekannt gewesen.

Wie alle anderen war ich davon ausgegangen, daß der arme alte Arnold jetzt völlig durchgedreht war. Das war sehr traurig. Ich hatte ihn doch ganz nett in Erinnerung. Aber noch wichtiger war, daß die »Käufer« seine Schwäche und ihn ausnutzten. Das widerte mich an. Ich wollte mich auf keinen Fall daran beteiligen, andererseits aber irgendein Andenken an dieses Ereignis haben. Plötzlich stand ich in der Buchabteilung und habe mir ein signiertes Exemplar von *Der kälteste Krieg* von Julian Temperley genommen. Da lag ein ganzer Stapel, und man kann nicht behaupten, daß die Leute sich darum gerissen hätten. Ich habe es immer noch, ein merkwürdiges Andenken an einen noch merkwürdigeren Tag, aber ich habe kein Wort drin gelesen, und das werde ich wohl auch nie.

Ich habe mich dann aus Haden Brothers hinausgekämpft. Ohne Story oder irgend etwas, das ich hätte verkaufen können. Ich wußte nicht weiter. Ich war völlig abgebrannt, hatte die Rate für meine Hypothek nicht bezahlt, und die Telefongesellschaft drohte, meinen Anschluß abzustellen. Ich brauchte Geld. Ich brauchte einen Job. Da habe ich einen wirklich kühnen Entschluß gefaßt. Am nächsten Tag bin ich in die Personalabteilung von Haden Brothers gegangen, habe mit Derek Snell gesprochen und ihn gebeten, mich einzustellen.

DEREK SNELL: Ich nehme an, Sie würden auf schuldig entscheiden. Ich bin dafür verantwortlich, daß die Worte ›Hamnet war hier‹ in regelmäßigen Abständen auf den Schaufenstern von Haden Brothers erschienen. Ich habe dafür gesorgt, daß ebendiese Worte von Zeit zu Zeit auf Arnold

Hadens Anrufbeantworter zu hören waren. Von mir stammte der anonyme Brief an Lesley Crane, in dem sie aufgefordert wurde, Arnold Haden diese Worte ins Gesicht zu sagen und seine Reaktion zu beobachten.

Ich habe das getan, damit er mir nicht in die Quere kommt, keinen Unsinn machen kann. Er war völlig unberechenbar. Er hat den reibungslosen Ablauf der Geschäfte gestört. Je mehr Zeit er in seinem Penthouse verbrachte, desto ungestörter konnte ich arbeiten und desto besser lief Haden Brothers. Es schien für alle bei Haden Brothers von Vorteil zu sein, wenn Arnold Haden glaubte, die Welt wäre bedrohlich und gefährlich. Und wenn er meinte, da draußen gäbe es eine internationale Terrorgruppe, die ›Hamnet war hier‹ als Slogan gewählt hat und hinter ihm her ist, dann paßte mir das prima in den Kram. Ja, ich bin schuldig, Arnold Haden terrorisiert zu haben, aber ich gebe zu bedenken, daß ich es aus guten und vernünftigen Geschäftsinteressen getan habe.

Ich habe nie genau gewußt, welche Bedeutung der Satz ›Hamnet war hier‹ für Arnold genau hatte, aber mir war klar, daß er sehr bedeutsam war. Ich wußte, daß er beim Orgasmus ›Hamnet kommt‹ schrie; ich wußte es, weil es mir von mehreren Verkäuferinnen erzählt worden war, die mit ihm geschlafen hatten. Und auch in diesem Punkt bin ich vielleicht schuldig. Ich habe mit praktisch all seinen Frauen geschlafen, entweder bevor oder nachdem sie es mit Arnold Haden getrieben haben. Ich weiß, daß manche Leute das komisch finden, aber damals kam mir das ganz logisch vor. Es war eine Möglichkeit, mit dem Boß gleichzuziehen. Was er konnte, konnte ich schließlich auch.

Als Arnold mich zu Hause angerufen und mir erzählt hat, daß er den gesamten Inhalt von Haden Brothers verschenken will, dachte ich, er wäre endgültig übergeschnappt. Als ich ihn gefragt habe, warum er etwas so Außergewöhnliches tun will, hat er zuerst geantwortet ›Hamnet ist hier‹. Ich hatte natürlich keine Ahnung, was er damit sagen wollte. Dann erzählte er mir, er werde von einer terroristischen Bande festgehalten, die drohte, ihn umzubringen, falls wir nicht täten, was sie verlangten.

Was sollte ich machen? Ich konnte kaum sagen, daß es eine solche terroristische Bande nicht gibt und ich mir das alles ausgedacht hatte. Außerdem überzeugte er mich davon, daß er wirklich von *irgend jemand* in die Luft gejagt wird, wenn ich die Forderungen nicht erfüllen würde. Ich habe lange darüber nach gedacht. Ein toter Haden-Bruder und ein gewaltiges Loch oben im Kaufhaus, na ja, das klang nicht gerade, als wäre es gut fürs Geschäft. Ich habe getan, was er verlangte. Schließlich ist das ja auch meine eigentliche Aufgabe. Die Tatsache, daß es im Endeffekt die raffinierteste geschäftliche Transaktion in der Geschichte von Haden Brothers war, erstaunt und verunsichert mich noch immer. Und darin liegt vielleicht auch meine größte Schuld: Ich habe Arnold Haden unterschätzt.

Meinen Unterlagen zufolge habe ich vor etwas über zwanzig Jahren wohl tatsächlich mit einer Erica Carlisle geschlafen, kurz bevor oder nachdem sie mit Arnold Haden geschlafen hat. Und offenbar wurde sie in dieser Zeit schwanger, und aus dieser Schwangerschaft ist Vita Carlisle hervorgegangen. Ich bin allerdings keineswegs davon überzeugt, daß Vita Carlisle meine uneheliche Tochter ist. Miss Carlisle Senior war offenbar kein Unschuldsengel. Jede Frau, die sowohl mit ihrem Boß als auch mit seinem Personalchef ins Bett steigt, kann es genausogut noch mit jedem anderen treiben. Und wahrscheinlich hat sie das auch.

Da jedoch eine – wenn auch nur geringe – Möglichkeit

besteht, daß Vita mein Fleisch und Blut ist, muß ich mich wohl glücklich schätzen, daß es mir nicht gelungen ist, sie zu überreden, mit ihr ins Bett zu gehen. Und, ehrlich gesagt, falls ich ihr Vater sein *sollte*, dann schätze ich mich noch weitaus glücklicher, daß es mir nicht gelungen ist, sie zu überreden, mit Arnold Haden ins Bett zu gehen.

VITA CARLISLE: Herauszubekommen, daß Derek Snell dein Vater sein könnte, ist nicht unbedingt die schönste Überraschung im Leben einer jungen Frau. Ich weiß, daß Kinder, die keinen Vater haben, sich oft vorstellen, daß sie uneheliche Nachkommen eines reichen und berühmten Mannes sind. Aber bei mir war das nicht bloß Einbildung. Hatte mir doch meine eigene Mutter tatsächlich erzählt, daß ich Arnold Hadens Tochter wäre. Wie konnte sie sich da so vertun?

Und wenn sie es mir schon erzählen mußte, warum hat sie es dann nicht getan, bevor ich bei Haden Brothers im mobilen Einsatzkommando angefangen habe? Ich weiß gar nicht mehr so recht, warum ich da überhaupt hingegangen bin. War das genetisch bedingt? Lag es daran, daß Haden Brothers das Lieblingskaufhaus meiner Mutter war? Ich kann es nicht mehr sagen, weiß nur noch, daß ich wirklich da arbeiten wollte. Ich wollte mich wirklich hocharbeiten und Karriere machen. Wenn ich jetzt darüber nachdenke, finde ich das völlig idiotisch.

Seit ich Arnold Haden ›in Fetzen reißen‹ wollte, scheint unendlich viel Zeit vergangen zu sein. Mir kommt es fast vor wie ein Film, in dem ich eine Rolle gespielt und einen Text aufgesagt habe, der für jemand anders geschrieben wurde. Ich weiß inzwischen, daß ich niemals in der Lage gewesen wäre, ihn *wirklich* ›in Fetzen zu reißen‹. Das Dynamit war offenbar nicht echt. Meine Quelle, Anton Heath, wenn Sie's genau wissen wollen, hatte mir falschen Sprengstoff gegeben. Aber das habe ich damals nicht gewußt. Und jetzt, wo alles vorbei ist, bin ich ihm unbeschreiblich dankbar. Er hat mich vor mir selbst geschützt, und dafür danke ich ihm.

Ich weiß, daß ich in vieler Hinsicht sehr viel Glück gehabt habe. Ich hätte ins Gefängnis gehen können für meine Taten, oder dafür, was ich tun wollte. Es war sehr nett von Arnold Haden, keine Anzeige zu erstatten und der Polizei nichts davon zu erzählen. Ich weiß, daß ich so etwas nie wieder tun werde. Das war bescheuert, alles nur Schall und Rauch. Das einzig Positive, was für mich aus der ganzen Sache rausgesprungen ist, war, daß ich wenigstens meinen Füller wiedergekriegt habe.

ANTON HEATH: Als Vita Carlisle bei Haden Brothers gearbeitet hat, bin ich ihr ein paarmal begegnet. Sie war für mich ein Buch mit sieben Siegeln. Ich habe meinen üblichen Sermon abgelassen, über Einkaufen, Terrorismus, den Kaufhäusern innewohnenden Konservativismus und den Warencharakter des Menschen und seiner Arbeitskraft. Es kann gut sein, daß ich ihr erzählt habe, welche Vorteile es hätte, würde man Haden Brothers in die Luft jagen. Sie hat mir zwar zugehört, aber ich nahm an, daß sie nur höflich sein wollte. Schließlich war sie eine sehr zuvorkommende junge Frau.

Als Vita mich gefragt hat, ob ich ihr Sprengstoff besorgen könnte, war das ein einschneidender Moment in meinem Leben. Das Ende der Theorie war gekommen. Ich mußte zu meinem Wort stehen oder für immer schweigen. Den Worten mußten jetzt Taten folgen. Also habe ich gesagt, klar, kein Problem.

Natürlich war es kein echtes Dynamit. Wo um alles in der

Welt hätte ein Mann wie ich echtes Dynamit herkriegen sollen? Ich bin einfach bei Haden Brothers in das Lager gegangen, wo die Feuerwerkskörper für den Guy Fawkes Day aufbewahrt werden, und habe drei riesige Bengalische Feuer geklaut. Ich habe das farbige Papier abgemacht, etwas Draht und Klebeband drumgewickelt, damit sie echt und gefährlich aussehen, und sie so Vita überreicht. Ich glaube, die war schwer beeindruckt. Geld hab ich nicht genommen. Weder sie noch irgend jemand anders wußte, daß der Sprengstoff falsch war, und wie jeder Revolutionär weiß, kann man den gewünschten Effekt auch mit Attrappen erreichen.

Ein einschneidender Moment war es jedoch vor allem deshalb, weil ich gemerkt habe, daß ich ihr selbst dann kein echtes Dynamit gegeben hätte, wenn ich an welches rangekommen wäre. Vielleicht war ich ein Feigling, Schwätzer oder Heuchler, bedeutsamer war aber meine damalige Erkenntnis, daß ich Theoretiker und nicht Terrorist bin. Ich wollte nicht dafür verantwortlich sein, daß irgend etwas oder irgend jemand in die Luft gesprengt wird. Vita Carlisle hat mein Leben verändert.

Es gibt sie immer noch, die Männer der Gewalt, die Bombenleger und Umstürzler. Sie brauchen mich nicht. Sie haben ihren Glauben und ihren Sprengstoff. Sie versuchen noch immer, sich durch Bomben bei anderen Menschen Gehör zu verschaffen. Aber ich habe nichts mehr damit zu tun.

Sie versetzen mich in Erstaunen. Sind das Monster? Denken und fühlen die überhaupt wie wir? Verlieben sie sich, und machen sie sich gegenseitig Geburtstagsgeschenke? Gehen sie gern einkaufen? Gott weiß, daß ich nur Revolution gespielt habe. Ich war ein ungezogener Schuljunge. Jetzt bin ich aufgewacht. Es ist, als wäre ich tot gewesen. Es ist schön, wieder ins wahre Leben zurückgekehrt zu sein.

Natürlich hassen uns die Terroristen, weil wir nicht Teil ihrer Lösung sind. Wir sind aber ein unabdingbarer Teil ihrer Sache; eine anonyme, gestaltlose Öffentlichkeit, die sie benutzen, indem sie sie terrorisieren. Unsere einzige Chance liegt darin, uns nicht einschüchtern zu lassen, so zu tun, als ob alles in Ordnung wäre. Wir müssen einfach weiterleben. Wir pflegen unsere Gärten. Wir machen unsere Arbeit als Möbelträger. Wir gehen einkaufen.

Mir wurde kürzlich eine Beförderung zum Leiter der zentralen Versandabteilung von Haden Brothers angeboten. Ich habe sofort angenommen. Das war die Chance meines Lebens. Selbst meine Eltern, mit ihrer übersteigerten Liebe, die immer etwas verschnupft waren, daß ihr Sohn in einem Kaufhaus arbeitet, waren echt ganz schön beeindruckt, glaube ich.

ARNOLD HADEN: Wenn ich aus der ganzen Sache etwas gelernt habe, dann über die Liebe. Es gibt so vieles über die Liebe zu lernen. Wir sprechen über sie mit denselben Worten, die wir fürs Tauschen und Kaufen verwenden. Wir reden von Geben und Nehmen, über Eigentum und Besitz. Wir sagen, daß man sie mit Geld nicht kaufen kann.

Ich wollte Vita Carlisle nie besitzen, aber ich wollte sie mir für eine Weile ausleihen. Ich wollte bestimmte Dinge von ihr, aber ich wollte sie ihr nicht stehlen. Ich hatte ihr etwas zum Tausch angeboten und wollte verhandeln. Ich wollte ihr etwas schenken, habe aber nicht versucht, mir ihre Zuneigung zu kaufen. Und schließlich lernen wir daraus, daß die Liebe uns befreit und dafür sorgt, daß wir nicht mehr so sehr an Dingen und Objekten hängen. Und ganz am Ende konnte ich Vita loslassen, weil ich sie so sehr geliebt habe.

Als Charlie Mayhew durchs Dach meines Penthouses hereinplatzte, wußte ich, daß sich irgendein Kreis geschlossen hatte. Ich hatte schon eine ganze Zeit lang vermutet, daß irgend jemand früher oder später absichtlich oder durch Zufall in die von Edward Zander geschaffene Welt der Tunnel und Treppenhäuser hineingeraten würde. Jahrelang war es mein persönliches Reich gewesen. Im Badezimmer war eine Luke, die mit einem der Hauptschächte verbunden war. Ich war regelmäßig dort unten und habe mir Haden Brothers durch die Gitter und Gucklöcher angesehen, die Welt beobachtet, die mir so viel Angst eingeflößt hat, daß ich nicht an ihr teilnehmen wollte.

Edward Zanders Suite war mir schon seit Jahren bekannt. Ich hatte auch seine Leiche entdeckt. Aber was konnte ich schon tun? Wem hätte ich davon erzählen sollen? Ich hätte das Geheimnis der verborgenen Welt lüften müssen, und das war zu diesem Zeitpunkt völlig unvorstellbar. Ich habe es für mich behalten. Heutzutage ist das anders. Ich bin viel mutiger geworden. Ich habe viele meiner Ängste überwunden. Ich bin dauernd im Geschäft. Ich rede mit dem Personal. Ich rede mit der Öffentlichkeit. Ich halte Vorträge über Strategien des Einzelhandels. Ich biete zwanglose Führungen durch das Kaufhaus an und rede über das Gebäude und seine Geschichte. Als Höhepunkt machen wir einen kurzen Abstecher in Edward Zanders geheime Welt. Die Leute finden das großartig. Für diese Führungen kann ich viel Geld nehmen, und es ist wirklich ein angenehmes Gefühl, auch endlich etwas zum Wohlstand und Erfolg des Kaufhauses beitragen zu können.

CHARLIE MAYHEW: Manchmal wünsche ich, Vita hätte Erfolg gehabt. Ich denke, es wäre wirklich nicht schlecht gewesen, wenn Haden Brothers abgebrannt oder in die Luft geflogen wäre. Oder wenn man daraus ein Wohnheim für Stadtstreicher gemacht hätte. Oder einen Freizeitpark, oder einen Puff, oder eine Irrenanstalt.

Warum ich so gehässig bin? Also, wissen Sie, schließlich habe ich durch mein Erscheinen dafür gesorgt, daß der tote Punkt überwunden wurde, die Belagerung und Arnold Hadens lebensgefährliche Situation ein gütliches Ende fanden. Ich bin dafür verantwortlich, daß Arnold Haden und Vita Carlisle sich geeinigt haben. Ohne mich würden die wahrscheinlich immer noch im Penthouse hocken und drohen, sich gegenseitig umzubringen.

Und was habe ich dafür bekommen? Nichts. Absolut nichts. Kein Mensch hat sich bei mir bedankt. Auch so ein Satz wie: ›Wir verschenken alles, was im Kaufhaus ist, wollen Sie nicht auch runtergehen und sich etwas aussuchen?‹ ist niemand über die Lippen gekommen. Nein, ich mußte hier neben ihnen sitzen und mir die ganze Geschichte auf der Videoanlage ansehen. Keiner hat mit mir geredet. Die haben nicht mal wahrgenommen, daß ich auch noch da war.

Ich finde, eine Belohnung wäre schon angemessen gewesen. Ich hätte auch nicht viel verlangt, weiß aber genau, was es geworden wäre, wenn ich die Wahl gehabt hätte. Ganz bescheiden und würdevoll wäre ich aufgestanden und hätte gesagt, daß ich einfach nur der Hauskünstler von Haden Brothers sein möchte.

Null Chance. Statt dessen haben sie mir lebenslängliches Hausverbot erteilt. Sie haben gesagt, wenn ich mich je wieder hier blicken lasse, machen sie mich richtig fertig. Das hat weh getan. Das hat echt weh getan. Was sollte ich machen? Ich hatte kein Geld, keine Arbeit und keinen Platz zum Leben. Also eigentlich alles wie gehabt.

Und da kam mir plötzlich eine großartige Idee, ich hatte

eine Erleuchtung. Ich habe erkannt, wie meine Kunstform aussehen könnte. Sie war traditioneller und konventioneller, als ich erwartet hatte. Aber in diesem Augenblick habe ich gemerkt, daß es möglich sein müßte, einen Roman über Haden Brothers zu schreiben, der wie ein Kaufhaus strukturiert ist, mit schicken Schaufensterdekorationen, einem Schnäppchenmarkt, Sonderposten und dem ganzen Drum und Dran. Ich habe erkannt, wie man es machen kann und daß es sich lohnen würde. Das war die große schöpferische Offenbarung, auf die ich mein Leben lang gewartet hatte. Endlich hatte sich meine Kunstform gezeigt. Das Problem war nur, daß es mir, nach allem, was ich bei Haden Brothers durchgemacht hatte, unmöglich war, darüber zu schreiben. Manchmal kommt es mir richtig obszön vor.

Schon beim Gedanken an Haden Brothers wird mir schlecht, aber ich kann an nichts anderes denken. Ich will mit meinen Recherchen anfangen, darf aber nicht ins Kaufhaus. Ich kann nicht schreiben. Ich kann nicht schlafen. Ich kann überhaupt nichts machen.

Natürlich können sie mir nicht verbieten, draußen auf der Straße zu stehen und das Haden-Brothers-Gebäude anzusehen, die Architektur und die Dekoration zu bewundern und einen Schaufensterbummel zu machen. Aber ich vermute, sie beobachten mich auf Schritt und Tritt, behalten mich im Auge und passen auf, daß ich mich nicht danebenbenehme. Ich weiß nicht, wovor sie solche Angst haben. Man könnte ja glauben, ich wäre eine Art Terrorist.

39

Do it yourself

Es ist dunkel, aber die Lichter bei Haden Brothers brennen; eine reine Vorsichtsmaßnahme, damit es hell genug ist für die Überwachungskameras, so daß ein Eindringling entdeckt wird und keiner mehr in der Lage ist, einen auf Charlie Mayhew zu machen.

Ganz oben im Gebäude, im neunten Stock, Arnold Hadens Penthouse, ist es besonders hell. Dort geht es zu wie in einem Bienenstock, mit Zimmerleuten und Fliesenlegern, Anstreichern, Gipsern und Teppichlegern. Arnold Haden läßt sein Penthouse umdekorieren und neu einrichten.

Langsam nehmen die Räume Gestalt an: Erdfarben, Pastelltöne und Grundfarben ergänzen sich; ein violettes Badezimmer, Majolika-Fliesen in der Küche, afghanische Kelims, olivgrüne und azurblaue Holzarbeiten, gebeizte Holzfußböden. Den Räumen wird etwas ausgetrieben: eine gewisse Kälte und Trostlosigkeit. An den Wänden werden Kunstwerke hängen. Es wird Muster und Materialien geben. Aus der siebten Etage werden weiche, komfortable Möbel heraufgeholt.

Arnold Haden weiß im großen und ganzen, wie die Räume hinterher aussehen sollen, fühlt sich aber nicht in der Lage, die Arbeiten persönlich zu überwachen. Also hat er eine Expertin zu Rate gezogen: Vita Carlisle. Sie kommt oft ins

Penthouse, mit Farbdiagrammen, Katalogen, Skizzen und Proben. Mit ihr hat er eine gute Wahl getroffen. Dank ihrer Erfahrungen beim mobilen Einsatzkommando hat sie ein einzigartiges Wissen über den Warenbestand bei Haden Brothers. Sie weiß, was es gibt und was wozu paßt. Eine Folge dieses Projekts besteht darin, daß sich zwischen Arnold und Vita eine lockere, wenn auch nicht bis ins letzte geklärte Beziehung entwickelt hat. Das ist nicht ganz einfach, aber auch nicht besonders kompliziert. Er sieht sie nicht mehr als Sexualpartnerin, sie ihn nicht mehr als ihren Vater, den sie umbringen will. Das ist sittsam und praktikabel. Man könnte es sogar eine Freundschaft nennen.

Mit der Fertigstellung des Penthouses haben es beide nicht eilig. Der Wandel hält sie bei der Stange, der Sinn für das Mögliche und die Transformation, für Provisorisches und Veränderliches, für im Entstehen Begriffenes. Arnold Haden ist dankbar für das, was Vita für ihn tut, und obwohl er ihr seine Verbundenheit zeigen will, wird er versuchen, ihr nicht durch Waren oder Geld Ausdruck zu verleihen.

Kurz vor Mitternacht schickt Arnold Haden die Arbeiter nach Hause. Er trinkt mit Vita eine Flasche Rioja, und über beide senkt sich ein warmes Glücksgefühl. Er öffnet ein Fenster. Luft und der Lärm ferner Straßen strömen herein, aber er nimmt sie genußvoll in sich auf. Das Geräusch und der Puls des Lebens.

Draußen auf der Straße, weit unter Arnold Haden und Vita Carlisle, steht eine gebeugte, schmutzige Gestalt vor dem Kaufhaus. Er sieht sich ein Schaufenster an, in dem eine seltsame Dekoration aus Unmengen von Schneekugeln ausgestellt ist, von der jede einzelne ein kleines Plastikmodell des Haden-Brothers-Gebäudes enthält. Er scheint völlig in das Warenangebot vertieft zu sein, schaut sich dann aber verstohlen um, sieht, daß die Straße leer und er außerhalb der Reichweite der Überwachungskameras ist, und zieht eine Spraydose aus der Tasche. Er schüttelt sie mit zittriger und ungeübter Hand und sprüht quer über das ganze Schaufenster die Worte CHARLIE WAR HIER.

»Wenn *das* Frauenliteratur ist,
dann *liebe* ich Frauenliteratur!« *Else Buschheuer*

416 Seiten ISBN 3 251 00498 0

»Ein Roman wie ein Fausthieb. Und witzig dazu.«
Cosmopolitan

»Knallhart.« *Frankfurter Neue Presse*

»Der Fänger im Roggen als HipHop-Remix.« *Die Woche*

»Eine verbale Explosion.« *Abendzeitung / München*

»Ein herrliches Buch.« *Profil / Wien*

»Gangster-Rap zwischen Buchdeckeln.«
Frankfurter Rundschau

»Unbedingt lesen!« *MAX*

Haffmans Verlag